Les délaissées

Du même auteur

Romans
Adèle et Amélie, 1990
Les bouquets de noces, 1995
Un purgatoire, 1996
Marie Mousseau, 1937-1957, 1997
Et Mathilde chantait, 1999
La maison des regrets, 2003
Par un si beau matin, 2005
La paroissienne, 2007
M. et Mme Jean-Baptiste Rouet, 2008
Quatre jours de pluie, 2010
Le jardin du docteur Des Oeillets, 2011

La Trilogie
L'ermite, 1998
Pauline Pinchaud, servante, 2000
Le rejeton, 2001

Récits
Un journaliste à Hollywood, 1987 (épuisé)
Les parapluies du diable, 1993

Recueils de billets
Au fil des sentiments, vol. 1, 1985
Pour un peu d'espoir, vol. 2, 1986
Les chemins de la vie, vol. 3, 1989
Le partage du cœur, vol. 4, 1992
Au gré des émotions, vol. 5, 1998
Les sentiers du bonheur, vol. 6, 2003

Roman traduit en anglais
The Bridal Bouquets (*Les bouquets de noces*), 1995

En format poche (collection « 10/10 »)
La paroissienne, 2010
Un purgatoire, 2010
Et Mathilde chantait, 2011
Les parapluies du diable, 2011
Marie Mousseau, 1937-1957, 2012
Par un si beau matin, 2012
Quatre jours de pluie, 2012

Denis Monette

Les délaissées

roman

Les Éditions
LOGIQUES
Une société de Québecor Média

Catalogage avant publication de Bibliothèque et Archives nationales du Québec et Bibliothèque et Archives Canada

Monette, Denis
Les délaissées
ISBN 978-2-89644-017-7
I. Titre.

PS8576.O454D44 2012 C843'.54 C2012-941227-9 PS9576.O454D44 2012

Édition : JEAN BARIL
Direction littéraire : ROMY SNAUWAERT
Révision linguistique : FRANCINE FLEURY et MICHÈLE CONSTANTINEAU
Correction d'épreuves : ISABELLE LALONDE
Couverture : GASTON DUGAS
Mise en pages : LOUISE DUROCHER
Photo de l'auteur : GUY BEAUPRÉ
Photo de la couverture : © TATIANA BELOVA | DREAMSTIME.COM

Remerciements
Nous reconnaissons l'aide financière du gouvernement du Canada par l'entremise du Fonds du livre du Canada pour nos activités d'édition.
Nous remercions la Société de développement des entreprises culturelles du Québec (SODEC) du soutien accordé à notre programme de publication.
Gouvernement du Québec – Programme de crédit d'impôt pour l'édition de livres – gestion SODEC.

Les Éditions Logiques
Groupe Librex inc.
Une société de Québecor Média
La Tourelle
1055, boul. René-Lévesque Est
Bureau 800
Montréal (Québec) H2L 4S5
Tél. : 514 849-5259
Téléc. : 514 849-1388
www.edlogiques.com

Dépôt légal – Bibliothèque et Archives nationales du Québec et Bibliothèque et Archives Canada, 2012

ISBN : 978-2-89644-017-7

Distribution au Canada
Messageries ADP
2315, rue de la Province
Longueuil (Québec) J4G 1G4
Tél. : 450 640-1234
Sans frais : 1 800 771-3022
www.messageries-adp.com

Diffusion hors Canada
Interforum
Immeuble Paryseine
3, allée de la Seine
F-94854 Ivry-sur-Seine Cedex
Tél. : 33 (0)1 49 59 10 10
www.interforum.fr

À Matthew
et Sacha,
mes petits-fils
de l'Alberta.

Prologue

Femme dans la quarantaine, divorcée, belle apparence, cherche homme même âge ou dans la cinquantaine, célibataire, divorcé ou veuf. But : relation sérieuse. Aventuriers s'abstenir. Si intéressé, écrire au casier postal indiqué. Réponse assurée. R.C.

Ludger Vallin déposa le journal dans lequel il avait encerclé deux annonces, dont cette dernière qui semblait plus intéressante. Il se disait que, par le biais des journaux de quartiers, il augmentait ses chances de rencontrer celle qu'il cherchait. Cela faisait plus sérieux qu'Internet où les sites de rencontres étaient multiples et, pour certains, à caractère nettement sexuel. Il avala la seconde tasse de café que la serveuse venait de lui verser et, découpant de ses doigts la petite annonce, il se leva, paya son déjeuner, et se rendit d'un pas lent jusqu'au petit hôtel quelconque du centre-ville où il avait loué une chambre pour un temps indéterminé, premier mois payé comptant. La chambre la moins chère, avec vue sur le mur de briques de l'immeuble voisin. Prenant place au petit pupitre tout près de l'unique fenêtre de cette pièce vétuste, il sortit de sa mallette un joli papier à lettres vert à motifs printaniers agrémenté de moineaux d'un brun accentué sur des branches d'arbres et, malgré le va-et-vient de l'étage dû aux locataires d'une nuit, il rédigea, de sa plus belle main d'écriture, une courte lettre à l'intention de celle qui avait tout simplement signé R.C.

Dimanche 14 avril 2002

Chère madame,

J'ai pris connaissance de votre annonce placée dans le journal de quartier et je serais très intéressé à vous rencontrer. Je me présente : Ludger Vallin, cinquante-trois ans, veuf depuis fort longtemps, pas d'enfants et sérieux.

Avant toute chose, il faudrait cependant que nous puissions causer au bout du fil afin de nous rendre compte si nous avons des affinités ainsi qu'un certain intérêt l'un pour l'autre. Je vous donne donc le numéro de mon cellulaire au bas de ma signature et j'attendrai votre bon vouloir pour échanger de vive voix avec vous.

Veuillez considérer ma requête comme honnête et consciencieuse.

Bien vôtre,
Ludger Vallin

Après avoir relu sa missive pour éviter toute faute et changer, en passant, un mot ou deux, Ludger la glissa dans l'enveloppe, assuré que la destinataire n'aurait pas à se creuser les méninges pour saisir sa brève missive. Très instruit, il n'avait cependant osé lui faire peur avec une lettre trop élaborée. Que le strict nécessaire, s'était-il dit. Comme cela doit être fait dans une réponse à une petite annonce de quelques lignes. Voyant que la journée était belle, que le temps était doux et agréable, il enfila une veste de laine sur sa chemise et se rendit jusqu'au deuxième coin de rue afin de déposer l'enveloppe dans la boîte rouge qui côtoyait la devanture d'une pharmacie. Puis, souhaitant que cette dame s'avère la candidate recherchée, le quinquagénaire ne chercha pas plus loin ce jour-là, pas même sur son portable qu'il gardait dans une mallette. Dénichant un restaurant d'une chaîne populaire, il y entra pour commander un repas parmi les spéciaux du jour et refusa le vin maison que la serveuse lui offrait au verre. Une tasse de thé allait davantage plaire à son estomac, le point faible de son anatomie, maintes fois soulagé avec un sirop digestif vert menthe qu'il achetait régulièrement chez le pharmacien. De retour à sa chambre, il alluma le téléviseur et se contenta d'un film américain traduit en français avec Jeremy Irons, et entrecoupé d'un tas de pauses publicitaires qui le mettaient en rogne. Enfin couché, il était presque certain que sa démarche allait porter fruit. Éteignant sa lampe de chevet, il s'endormit avec un sourire quasi énigmatique au coin des lèvres, côté gauche.

Raymonde Costin, en congé ce matin-là et humant le café qu'elle venait de se préparer, dépouilla le courrier que le facteur venait de lui livrer tout en gardant de côté deux lettres qu'elle venait d'aller cueillir dans sa boîte postale louée à quelques rues de chez elle. Allait-elle commencer par régler son compte de téléphone et celui de sa carte de crédit ou ouvrir avec empressement les deux lettres reçues en réponse à son annonce dans la petite colonne du journal ? La curiosité l'emporta sur la raison et elle déplia vite le papier de la première, une petite enveloppe tachée de graisse. Elle la parcourut rapidement et la jeta vite au panier à cause du contenu vraiment sommaire et de l'âge trop avancé du prétendant sans vocabulaire. Puis, tout en avalant une gorgée de café, elle se rendit compte que la deuxième enveloppe d'un vert tendre laissait voir une belle calligraphie et une adresse correctement rédigée avec un *Madame* en entier avant le R.C. Soupirant, elle ouvrit l'enveloppe pour y découvrir la lettre savamment pliée et de très jolis oiseaux perchés sur une branche. Regardant encore l'écriture, elle baissa ensuite les yeux et sentit son cœur battre avant même de lire le moindre mot. Aurait-elle enfin trouvé le soupirant qu'elle cherchait tant ? Elle lut et relut la lettre deux fois, elle en avait même des frissons. Aurait-elle déniché la perle rare ? Veuf, pas d'enfants, cinquante-trois ans… Le candidat idéal, quoi ! Bien éduqué, d'après les tournures de phrases… Ébahie, elle se disait que ce monsieur devait être à l'aise, professionnel ou déjà retraité. Le regard dans le vide, Raymonde rêvait déjà. Mais le charme se rompit lorsque Steve, son fainéant de fils de vingt ans, sortit de sa chambre pour lui commander de lui verser son jus d'orange, de lui griller ses trois *toasts*, de les napper de beurre d'arachide et de lui faire couler un café corsé pendant qu'il allait sous la douche. Sans doute pour se remettre de la veille ! Soupirant d'impatience, elle fouilla dans son sac à main et en sortit une liasse de billets de banque qu'elle déposa sur le comptoir de la cuisine, avant que son fils ne lui réclame cet argent pour sortir avec ses *chums* le soir même. Elle qui, pourtant, travaillait si fort pendant que fiston, sans emploi, sans études, buvait, fumait, et parfois se droguait dans les parcs malfamés ou chez des amis de son espèce, avec des filles de rien collées aux fesses. Elle laissa la matinée s'écouler, attendit que son Steve passe la porte pour ensuite prendre une longue respiration et composer le numéro de téléphone que son correspondant lui avait donné. Trois coups se firent entendre et une voix grave et bien posée répondit :

— Oui, allô…

— Est-ce que je parle à monsieur Vallin ?

— C'est exact. Seriez-vous la dame de l'annonce… ?

— En effet, et je me présente à mon tour, Raymonde Costin.

— Enchanté, madame Costin, je suis heureux que vous daigniez me téléphoner.

Raymonde était sous le charme. Cet homme avait une voix envoûtante, un timbre d'acteur de cinéma. Profonde et agréable à la fois. Intimidée, elle lui demanda :

— Vous voulez discuter de choses en particulier ?

— Si vous me le permettez. Il est normal que dans une première approche on cherche à apprendre des choses l'un de l'autre, ne trouvez-vous pas ? Ne serait-ce que pour savoir si nous avons quelques traits de caractère en commun.

— Entièrement d'accord, monsieur Vallin, en autant que je puisse le faire aussi de mon côté.

— Heu… bien sûr, mais ne craignez rien, je ne serai pas indiscret, je me limiterai à des questions très sommaires.

— Je suis Balance ! lança-t-elle en riant.

— Voilà qui n'a pas d'importance, madame, je ne m'intéresse pas à l'astrologie. Ce sont des balivernes que toutes ces croyances.

— Curieux, car la plupart du temps, c'est ce qu'on me demande en premier.

— Ce qui n'est pas mon cas, mais j'aimerais bien savoir votre âge, si vous le permettez.

— Certainement ! Quarante-sept ans, monsieur Vallin. Et vous ?

— Je vous l'ai écrit, mais j'aurai un an de plus en juin qui vient, le 12 plus précisément. Cela vous satisfait ?

Sans s'en rendre compte, Ludger Vallin venait de lui révéler qu'il était du signe des Gémeaux. Ce qui ravit Raymonde qui adorait les affinités des signes, les grandes lignes surtout. Un Gémeaux ne lui déplaisait pas du tout. C'était sans doute mieux que le Sagittaire qu'elle venait de quitter.

— Vous avez des enfants, madame Costin ?

— Oui, un fils unique mais déjà grand. Vingt ans bien sonnés. Steve vit encore avec moi, mais il est plus souvent chez ses amis qu'à la maison. Et vous, pas un seul selon votre lettre ?

— Non, aucun. Je n'ai pas eu ce bonheur. Je suis veuf depuis si longtemps…

— Vraiment ? Vous pouvez préciser ?

— Je préférerais le faire de vive voix lors d'une première rencontre si cela vous va. Raconter sa vie au bout du fil…

Ravie de l'invitation à peine déguisée, Raymonde répondit :

— Vous avez tout à fait raison. Alors, à quoi bon toutes ces questions ? Moi, les conversations téléphoniques me gênent, je me sens mal à l'aise.

— Je vous comprends, madame, mais une dernière question si vous me la permettez…

— Allez, je n'ai rien à cacher.

— Vous mentionnez dans votre annonce être divorcée. Est-ce vous ou lui qui avez quitté ? Vous me suivez ?

Surprise par cette question inattendue, Raymonde répondit après un léger toussotement.

— N'est-ce pas indiscret ? Est-il nécessaire que je précise ?

— Non, vraiment pas, et cette réponse peut attendre. Je m'excuse de vous l'avoir posée. Moi qui viens à peine de vous dire que les confidences au bout du fil… Pardonnez ma maladresse, madame Costin.

— Non, ne vous excusez pas, je n'ai rien à me reprocher et je vais me faire un plaisir de vous dire que c'est moi qui l'ai quitté. Ne craignez rien, il n'est plus dans les parages, je l'ai quitté il y a sept ans et je l'ai écarté de ma route.

— Puis-je savoir pourquoi ?

— Décidément, c'est une confession que vous me demandez là ! répondit-elle en riant.

— Dieu que je suis gauche ! C'est sans doute de mauvais goût… Changeons vite de sujet !

— Non, non, tant qu'à y être, je vais vous le dire. Je l'ai quitté pour un autre qui m'était tombé dans l'œil. Rien de sorcier, un coup de foudre instantané !

— Et cet autre…

— Je l'ai quitté aussi, il y a un an. Moi, les natifs du Sagittaire… Excusez-moi, vous n'aimez pas ces sornettes… Depuis, je n'ai rencontré personne qui a su me plaire et c'est la première fois que je place une annonce de ce genre, mentit-elle. Je n'ai pas voulu le faire en passant par une agence ou un site internet ; je voulais que les candidats soient plus sérieux, comme je vous le mentionnais. Ça peut faire dépassé que de se servir des petits journaux et, pourtant, les gens les consultent encore puisque j'ai reçu deux réponses. Je parle, je parle et j'oublie de vous demander une question qui me chicote.

— Allez, je suis tout ouïe.

— Puis-je savoir ce que vous faites dans la vie ?

— Je suis professeur d'histoire, mais déjà à la retraite.

— N'est-ce pas un peu tôt ?

— Pas après vingt-cinq ans d'enseignement. J'avais fait le tour, croyez-moi.

— Une dernière petite question. Votre femme…

— Décidément… Mais puisque vous insistez…

— Non, je m'excuse, nous avons convenu… C'est la nervosité…

— Pas d'offense, madame Costin. Il serait sans doute préférable que je précise quelque peu… Ma femme est morte peu après notre mariage. Emportée par un mal sournois… Elle n'avait que vingt-trois ans.

— Oh ! mon Dieu ! je suis désolée…

— Tel était son destin et sa perte m'a causé un grand chagrin. Nous en reparlerons, vous voulez bien ?

— Est-ce à dire que vous…

Il l'interrompit vivement pour lui répondre :

— Que je vous invite vraiment à souper, madame, si l'idée vous enchante. Nous irons dans un restaurant discret du centre-ville, ce sera idéal pour une première rencontre. Qu'en dites-vous ?

— J'accepte avec joie, monsieur Vallin. Je sens même qu'il est probable que vous et moi…

— En autant que vous n'appuyez pas vos dires sur un horoscope du matin ! lui répondit-il en riant de bon cœur.

Subjuguée par ce rire franc, ce rire de bon vivant, elle rétorqua :

— Oh ! que non ! Que le timbre de votre voix, monsieur, rien d'autre ! Et qu'avons-nous à perdre ? Un souper en tête-à-tête, c'est si charmant.

Ludger approuva de sa voix suave et lui dit qu'il allait la rappeler au numéro qu'elle lui avait donné pour lui confirmer l'endroit et l'heure, et voir si l'horaire lui convenait. Ils se quittèrent poliment et, récepteur déposé sur l'appareil, Raymonde Costin était ravie. Son correspondant, en plus d'être veuf et entièrement libre, était un professeur, un homme instruit. Sans doute muni d'épargnes et d'une rente confortable ; elle qui tirait le diable par la queue avec son maigre salaire de vendeuse dans un magasin à grande surface. Serait-elle toutefois à la hauteur de cet homme si haut placé ; elle qui avait de peine et de misère terminé son secondaire ? Quelques heures plus tard, alors qu'elle ressassait encore leur entretien dans ses pensées, le téléphone sonna de nouveau et c'était Ludger qui lui suggérait un rendez-vous à la salle à manger d'un petit hôtel européen peu connu, mais agréable et discret, selon ses dires. Il avait même réservé une table en retrait... Pour le samedi qui venait, si elle était libre. Elle accepta d'emblée, nota l'adresse de l'hôtel qu'elle ne connaissait pas et ils optèrent pour un souper à vingt heures, dernier service selon lui, mais sans doute moins achalandé. Elle acquiesça, raccrocha et, retrouvant sa réalité parsemée de rêves, elle se surprit à l'imaginer. Aussi beau, aussi sensuel qu'elle l'était ? Ou, du moins, croyait-elle l'être, avec ses cheveux blonds teints et crépus, et ses hanches trop fortes pour les jambes fines qui devaient les supporter ?

De son côté, regardant par la vitre de la portière de sa voiture louée, Ludger Vallin souriait. D'un sourire inhabituel, sachant fort bien par le timbre de voix de Raymonde, son rire un peu gras et ses fautes de conjugaison malgré les efforts, que celle qu'il convoitait n'avait pas de classe. Du genre plutôt populo qui cherche beaucoup trop ses grands mots... Mais, qu'importait donc la conversation, c'était d'abord l'attitude et certaines particularités que l'ex-professeur évaluait. Malgré ses quelques doutes, Raymonde Costin, par sa nette franchise, ne lui avait pas fait mauvaise impression. Du moins, pour ce qu'il cherchait...

CHAPITRE 1

Le mercure avait chuté de vingt degrés en ce samedi, 20 avril. Une baisse inimaginable ! Quel drôle de retour tenace d'un hiver pourtant mort après un semblant de printemps alors que les gens anticipaient plutôt un début d'été précoce. C'était la guerre des saisons de Vivaldi. Ayant rassemblé ses efforts, Raymonde s'empara de son imperméable qu'elle jeta sur ses épaules et mit en marche le moteur de sa petite Mazda passablement usagée. Suivant les indications de son correspondant, elle n'eut pas de mal à repérer, adresse à l'appui, le petit hôtel qu'il lui avait décrit. Un drapeau français tournoyait à la façade et une enseigne, indiquant le stationnement, la dirigea sur le côté droit de l'immeuble. Poussant la porte, replaçant quelques mèches de sa crinière pourtant bouclée et enduite de fixatif, elle laissa son manteau de pluie au vestiaire et se dirigea vers la salle à manger où, la voyant chercher à gauche et à droite, un homme se leva d'une table en retrait pour venir à sa rencontre et l'accueillir, sourire aux lèvres :

— Madame Costin, si je ne m'abuse ?

— Monsieur Vallin ! de s'exclamer Raymonde, pour ensuite ajouter : enchantée de vous rencontrer.

Ludger la conduisit jusqu'à la table et, tirant le fauteuil désigné pour elle, il la pria d'y prendre place. Mais il avait eu le temps, durant ce court trajet, de la détailler de la tête aux pieds. Coiffure quelconque, la raie noire en évidence au centre, les boucles blondes figées sur le front, elle avait toutefois de jolis yeux bleus derrière ses verres, mais un peu trop maquillés, selon lui. Son nez était un peu large mais pas long, sa bouche, petite, et ses lèvres minces étaient enduites de trop de rouge comme pour les épaissir. Elle dégageait, de plus, un parfum trop lourd pour un endroit public. Raymonde avait revêtu un veston bleu poudre sur un chemisier blanc, et une jupe du même bleu pâle, quelque peu froissée. Elle avait chaussé des souliers bleu clair en cuir vernis qui se mariaient au sac à main qu'elle avait négligemment jeté sur le coin de la table. Les dents blanches cependant, elle affichait un beau sourire, ce qui compensait pour la tenue trop estivale pour ce soir d'avril. Les hanches fortes sur des jambes trop maigres n'avaient toutefois pas échappé au regard scrutateur de Ludger Vallin. Lui, cheveux poivre et sel, jolis traits, mince, veston gris sur chemise noire, cravate de soie grise rayée bourgogne, pantalon noir, chaussures Arnold Palmer bien lacées, avait la digne apparence du professeur qu'il avait été. « Très bel homme ! » avait songé Raymonde en le voyant. « Comment peut-il avoir besoin d'une annonce classée avec un charme à conquérir toutes les femmes ? » s'était-elle questionnée. Puis, cessant de s'interroger, elle se sentit privilégiée d'avoir été dans la mire d'un homme si éduqué et si bien conservé. Le garçon s'amena avec les cartes des repas et des vins et Ludger, poliment, demanda à sa compagne :

— Vous désirez un apéritif, madame Costin ?

— Heu, non... Je ne m'y connais pas et comme je conduis...

— C'est vrai. Il nous faut y penser et être raisonnables de nos jours. Ce qui n'empêchera pas le bon verre de vin de se poser sur la table.

— Voilà qui devrait suffire, je bois très peu, monsieur Vallin.

Ludger avait remarqué qu'en dépit de ses hanches et de ses jambes, Raymonde avait des mains gracieuses ornées de très jolies bagues, dont un camée rectangulaire à l'auriculaire. Somme toute, sans afficher une distinction sans faille, Raymonde Costin était une assez jolie femme. Il commanda le plat de foie de veau avec une salade jardinière ; elle, le potage du jour avec le poulet en lattes dans une sauce citronnée. Elle opta pour un verre de vin blanc, réserve de la maison ; et lui, pour un rouge à la carte, région de Bourgogne. Puis, la regardant, il lui demanda :

— Vous attendiez-vous à ce que je sois tel que je suis ?

— Honnêtement, je vous imaginais plus grand, mais moins bel homme que vous l'êtes. Et avec des verres, vous qui n'en portez pas ! Moi, j'en ai sur le nez depuis ma jeunesse, je suis myope comme une taupe ! ajouta-t-elle en riant un peu trop fort.

— Peut-on passer à des questions plus personnelles, Raymonde ? Vous permettez que j'utilise votre prénom ? Vous pourriez en faire autant.

Ravie, portant le verre d'eau à ses lèvres, elle répondit :

— Nous pourrions aussi passer au tu...

— Non, pas maintenant, que les prénoms, Raymonde. La familiarité engendre le mépris.

Il avait tellement appuyé sur les termes qu'elle en avait frémi. L'avait-elle offensé en voulant aller trop vite ? Se l'approprier avant même de le séduire ? C'était pourtant lui qui avait cassé la glace en lui suggérant un rapprochement, mais faisant contre mauvaise fortune bon cœur, elle répondit :

— Je m'excuse, Ludger, il en sera comme vous le désirez. Je croyais que vous m'aviez ouvert une porte…

— Non, pas à ce point. Mais converser aux « madame » et aux « monsieur », ça risque de devenir embêtant à la fin. On peut aisément utiliser les prénoms tout en se portant respect.

Raymonde avala son potage de travers. Il semblait être à cheval sur ses principes, Ludger Vallin ! Pas comme les autres qui, dès le premier coup de fil, parlaient de relations sexuelles avant même de lui demander son nom de famille. Parce qu'elle avait tenté sa chance avec des sites de rencontres, des agences, bref, tout ce dont on pouvait se servir pour ne pas être seule. Mais, aucun, à ce jour, n'avait eu une approche aussi galante et respectueuse que Ludger Vallin. La regardant lever son verre, ce dernier lui demanda poliment :

— Peut-on parler de votre mari, Raymonde ?

— Heu… oui, mais est-ce si important ? C'est déjà loin…

— Je sais, mais je voulais juste savoir s'il a été peiné lorsque vous l'avez quitté pour un autre.

— Peiné, oui. Il a mis du temps à s'en remettre. Je l'avais quitté si brusquement… Mais je ne l'aimais plus, Ludger, je ne ressentais plus rien pour lui.

— Et lui, de son côté ?

— Il disait m'aimer encore, il s'accrochait, mais je m'en suis dégagée. J'étais follement éprise… Vous comprenez ?

— Oui, si on veut, mais le choc a dû être terrible à encaisser.

— Sans doute, mais avec le temps… Il voulait avoir la garde de notre fils, mais c'est moi qui l'ai obtenue en cour. J'avais une avocate très compétente. Mais est-ce vraiment nécessaire de revenir sur tout cela ? Il y en a eu d'autres après lui…

— Qui vous ont quittée ?

— Non, c'est encore moi qui leur fermais la porte. Lorsque l'amour s'éteint, vous savez… Ce n'est pas que je me lasse, mais je ne suis pas encore tombée sur celui qui m'est destiné.

Ludger afficha un sourire que Raymonde considéra comme une approbation. Comme s'il lui affirmait d'un seul regard, sans prononcer un mot, qu'il allait être celui qu'elle attendait.

— Votre mari revient-il visiter votre fils, parfois ?

— Il l'a revu longtemps, il payait une pension pour lui, mais dès que Steve a eu dix-huit ans, il s'en est détaché.

— Par manque d'argent ?

— Non, parce que Steve ne voulait plus rien savoir de lui. Mon fils a été élevé par moi, pas par son père. Alors…

— Tout de même ! Il a dû le choyer au cours des années…

— Oui, mais pas autant que Steve l'aurait souhaité. Il l'habillait, il le sortait, mais, en prenant de l'âge, c'est de l'argent que mon garçon voulait et son père le lui refusait. Steve s'est détourné de lui et, à sa majorité, c'est mon mari qui l'a *flushé* !

— Quel terme ! J'ai peine à croire...

— Excusez-moi, Ludger, c'est sorti tout seul ! À force d'entendre mon fils parler de la sorte... Je voulais dire que mon mari l'avait laissé tomber.

Se rendant compte que tout était axé sur elle, Raymonde en profita pour détourner l'entretien en lui demandant :

— Et vous ? Veuf si jeune... Vous voulez bien m'en parler ?

— Je n'ai pas grand-chose à vous en dire, Raymonde, ma femme est décédée à peine un an après notre mariage. Elle était frêle des poumons, je le savais, mais je ne la pensais pas aussi malade. Elle non plus, d'ailleurs. J'ai encaissé le choc, mais j'ai été fort chagriné. C'était un mariage d'amour et Andréanne, parce que c'était son nom, était si jolie. Le deuil a été long à faire... Je lui en veux encore de m'avoir quitté si brusquement.

— Elle est décédée, Ludger, ce n'était pas une rupture...

— Je sais, mais comme elle est partie... C'était comme si tout s'effondrait autour de moi. Je n'avais plus de vie, j'y pensais sans cesse.

— Au point de n'avoir jamais cherché à vous remarier ?

— Au début, je ne souhaitais pas refaire ma vie, puis, avec le temps, j'ai commencé à jeter un regard à gauche, à droite, mais en trente ans, j'ai été incapable de remplacer Andréanne, je n'ai jamais trouvé la perle rare.

Raymonde soupira, elle en était même mal à l'aise. Se pouvait-il qu'un tel homme trouve en elle... Non, sûrement pas ! Lui qui avait certes côtoyé des femmes de son calibre.

— Vous ne m'avez pas dit ce que vous faisiez dans la vie, Raymonde.

— Heu… c'est si peu important. Je suis vendeuse dans un magasin grande surface comme on dit. Disons que je gère un département, ajouta-t-elle avec une moue.

— Allons, il n'y a rien de déshonorant dans ce que vous faites ! Que ferions-nous en tant que consommateurs sans des personnes comme vous ?

Constatant qu'il l'avait mise à l'aise, Ludger poursuivit :

— Il n'y a pas de sot métier, Raymonde, et chacun est essentiel dans ce qu'il fait. Le plombier autant que le pape !

Elle s'esclaffa de rire et, voyant que le temps passait, elle commanda un léger dessert avec un café noir. Lui, surveillant sa ligne, se contenta d'un thé citronné.

— Votre fils a-t-il terminé ses études ?

— Non, Steve n'a complété que son secondaire. Rien ne l'intéresse… Il préfère travailler quand il décroche des emplois. Mais ce n'est pas le plus vaillant des garçons.

— Une forte tête, que votre Steve ?

— Heu, peut-être, mais c'est ma faute, je l'ai trop gâté.

— Votre époux s'est-il remarié, Raymonde ?

— Encore lui ? Décidément ! Il est mon ex-mari, pas mon époux ! Et pour répondre à votre question, non, il ne l'a pas fait. Il fréquente présentement une dame, mais ça ne semble pas sérieux.

— Pauvre homme ! Il ne s'est sans doute jamais remis du choc…

— Bien, qu'il s'en remette ! Des femmes libres, il y en a à la pelle ! Oh, excusez-moi, je ne disais pas cela pour vous.

Ludger ne souleva pas la remarque désobligeante et poursuivit :

— Je vous le concède, mais quand on perd celle qu'on aime…

— Arrêtez, Ludger ! Vous allez me faire sentir coupable !

— Non, non, pas question ! Ce n'est qu'une conversation et non une opinion ! répondit-il en riant.

Ce qui la rassura et lui permit de demander :

— Vous habitez où, Ludger ? Dans une maison ? Un appartement ?

— Un appartement, rien de plus. Mais rien à vous faire visiter pour le moment. J'aimerais beaucoup cependant recevoir une invitation de votre part, rencontrer votre fils… Serait-ce possible ? s'empressa-t-il de lui demander.

— Heu… oui… À votre convenance. Je n'habite pas un château, vous savez, mais un modeste logement. Si vous n'êtes pas trop regardant… Est-ce que cela veut dire que nous allons nous revoir, Ludger ?

— J'en serais enchanté si, de votre côté, vous n'avez pas été trop ennuyée.

— Bien sûr que non ! La soirée a été superbe !

Subjuguée par l'homme qu'elle avait devant elle, heureuse qu'il veuille la revoir, Raymonde, agitée, lui demanda :

— Vous enseignez l'histoire ? Laquelle ? Celle du Canada ?

— Non, plus ancienne. Je rédige même, en ce moment, un mémoire sur Marie Louise Élisabeth d'Orléans. Vous connaissez ?

— Bien sûr que non ! Vous vous payez ma tête ou quoi ? C'est à peine si je sais qui est la reine d'Angleterre !

— Alors, je vous explique brièvement. Marie Louise Élisabeth d'Orléans était l'une des petites-filles de Louis XIV.

Elle faisait partie des dames galantes de la Régence. Promise à son cousin, Charles de France, duc de Berry, elle l'épousa malgré toutes les manigances contre elle. Mais, lorsque son mari la trompa avec une femme de chambre, Marie Louise Élisabeth sauva son honneur bafoué dans les bras de monsieur de Salvert, un écuyer de la Grande Écurie.

Raymonde, la tête ailleurs, eut le malheur de regarder sa montre.

— Pardonnez-moi, je sens que l'histoire de France ne vous intéresse pas.

— Non, non, ce n'est pas ça, Ludger, c'est que j'ai peine à vous suivre et je crois que le patron attend notre départ pour fermer.

— Bien sûr, je me suis laissé emporter, j'avais oublié... Moi, lorsque je m'égare dans l'enseignement, je n'en vois plus la fin.

Ils se levèrent de table après qu'il eut réglé l'addition et, sur le parvis de l'hôtel, il lui remit un bout de papier.

— Le numéro de mon cellulaire, une fois de plus, Raymonde. Pour l'invitation...

— Deux fois valent mieux qu'une... Je l'avais gardé précieusement, cependant.

Elle le déposa dans son sac à main, lui présenta sa joue qu'il effleura de ses lèves, et il la reconduisit jusqu'à sa voiture. Puis, d'un pas alerte, il regagna la sienne stationnée dans l'allée suivante, une Volvo de l'année d'un noir bien ciré, avec l'intérieur rouge. Ce qui fit soupirer davantage celle qui croyait avoir décroché le gros lot avec cet homme qui, selon elle, semblait être aussi riche qu'il pouvait être beau.

Deux jours plus tard, à son travail, durant son heure de lunch, Raymonde invita son amie Carmelle à s'asseoir à une table éloignée des autres. Assurée de ne pas être entendue de cet endroit, elle lui révéla :

— Je pense avoir trouvé l'homme de ma vie, Carmelle !

— Encore ? Ça fait trois fois que tu me dis ça en quelques mois !

— Je sais, je me trompais... Cette fois, c'est la bonne !

— Tu l'as déniché où, ton oiseau rare ?

— Par l'entremise d'une petite annonce d'un journal de quartier. C'est pas le même monde que sur Internet ceux qui consultent à l'ancienne. J'ai reçu deux réponses, une d'un homme trop vieux pour moi, et une autre, celle de celui dont je te parle.

— Tu vas le rencontrer ?

— C'est fait ! Il m'a invitée à souper ! Un homme de cinquante-trois ans, veuf depuis très longtemps, libre, pas d'enfants, beau comme un cœur et professeur d'histoire à peine retraité.

— Tout un bagage ! Mais ça semble louche... Pourquoi un type de son genre aurait-il besoin d'un journal de quartier pour se trouver une compagne ? Il doit en avoir des tonnes à ses pieds !

— Sans doute, mais je crois qu'il cherchait une pure étrangère, une femme venue de nulle part. Il s'exprime bien, sort de grands mots, Il m'a parlé de la petite-fille du roi Louis XIV... Tu la connais, toi ?

— Ben, voyons donc, tout ce que je connais de l'histoire de France, c'est Marie-Antoinette, celle à qui on a coupé la tête. Ils ont fait tellement de films et de séries télévisées sur elle... Mais ça va pas plus loin qu'elle, mon instruction dans ce domaine !

— C'est déjà ça de pris, moi j'ai déjà entendu son nom, pas plus, mais je sens que je vais m'instruire avec lui.

— Il n'a pas insisté pour... Je veux dire, le premier soir...

— Absolument pas ! Il est trop distingué pour ce que tu penses, Carmelle. Il n'a même pas voulu qu'on se tutoie.

— Drôle de moineau ! Est-ce qu'il sait ce que tu fais dans la vie ?

— Oui, je le lui ai dit et ça ne l'a pas dérangé. Il ne se prend pas pour un autre, Ludger ! Il cherche une bonne personne.

— Il habite où, ton Ludger ?

— Je ne le sais pas encore, je n'ai que son numéro de téléphone.

— Bien, par l'échange, ça doit se trouver sur Internet.

— Il utilise un cellulaire. Rien à faire ! Et puis, ça n'a pas d'importance pour le moment. Je le saurai bien assez vite. Il m'a dit vivre en appartement et, si je me fie à sa voiture, une Volvo flambant neuve, il ne doit pas être dans la dèche. Il m'a invitée dans une chic salle à manger d'hôtel et il a payé l'addition avec un billet de cent, rien de moins !

— Comme tu dis, il n'est sûrement pas dans la rue ce type-là, mais lui as-tu parlé de Steve ?

— Oui, je lui ai dit que mon fils de vingt ans vivait avec moi.

— As-tu ajouté que c'était un dévergondé, un décrocheur qui avait un caractère de chien à ses heures ?

— Carmelle ! Tout de même !

— Bien... t'aurais pu au moins lui dire que c'était un effronté !

— Tu exagères ! Steve sait se tenir quand il le faut.

— Ah oui ? C'est pour ça qu'il m'a envoyée chier quand je lui ai demandé s'il se cherchait une *job ?*

— Toi, tu l'agresses, Carmelle ! Steve est soupe au lait...

— Soupe au lait ? C'est un boulet de canon, ton fils mal élevé ! Tu le protèges, tu le défends sans cesse, mais si ton Ludger le rencontre un soir où il aura bu sa bière et fumé son joint... Moi, à ta place, je dirais vite à ce type-là que t'en arraches avec ton gars.

— Pour qu'il en finisse avant même que ça commence ?

— Non, mais pour qu'il s'attende, quand tu l'inviteras chez toi, à se faire tutoyer par ton ti-cul qui va se péter les bretelles devant lui. Steve éloigne tout le monde autour de toi, même tes amies. Je suis la seule à avoir survécu !

— Tu penses vraiment que je devrais mettre Ludger en garde ?

— Oui, fais-le, Raymonde ! Avertis-le ! Tu seras moins sur les nerfs si tu l'invites chez toi pis que le flanc mou sort de sa chambre avec sa face de beu !

— Aie ! Tu l'aimes vraiment pas, mon Steve, toi !

— Comme si je te l'apprenais ! Tu en connais qui l'aiment ?

— Oui, sa petite amie.

— Voyons donc ! Une p'tite fille de seize ans qui a peur de lui ! S'il sortait avec des filles de son âge, ça ferait longtemps qu'il aurait écopé de deux ou trois claques en pleine face !

— Il arrive parfois ici avec des filles dans la vingtaine…

— Bien oui, des putes du bas de la ville qui viennent faire une ligne avec lui. En retour, elles lui… Pis, j'préfère ne pas aller plus loin, ça risquerait de trop t'choquer. Tu l'invites quand, Ludger ?

— Bien, vendredi ou samedi prochain…

— Vas-tu me le présenter, celui-là ?

— Bien sûr, Carmelle, mais laisse-moi au moins le temps de le connaître. Je ne sais rien de lui encore… Presque pas ! Faut quand même que je prenne le temps de l'apprivoiser et de le mettre un peu dans ma manche !

— Bon, bon, j'insiste pas, mais je ne serais pas surprise de t'entendre me dire dans deux semaines qu'il est sorti de ta vie.

— Non, pas lui ! Attends de le voir, Carmelle ! La perle rare, que je te dis ! Je pense que le Tout-Puissant va me l'offrir sur un plat d'argent, celui-là ! Depuis l'temps !

Ludger Vallin rappela Raymonde le lendemain soir de cette conversation. Au numéro qu'elle lui avait laissé lors de leur rencontre. Heureuse de l'avoir au bout du fil, surexcitée même, elle ne lui laissa pas le temps de parler et s'empressa de l'inviter à souper chez elle le samedi soir qui venait. Surpris, il accepta tout en lui disant :

— Mais ça vous occasionnera beaucoup de travail… Vous ne pensez pas qu'un petit restaurant…

— Voyons, Ludger, c'est vous qui aviez exprimé le désir de venir chez moi, de faire la connaissance de mon fils…

— Peut-être ai-je été un peu trop impulsif ? S'inviter de la sorte…

— Aucunement et, de toute façon, je préfère vous cuisiner un bon plat plutôt que d'aller encore dans une salle à manger. Vous verrez que j'ai du talent ! s'exclama-t-elle en riant.

— Je n'en doute pas un seul instant.

— Toutefois, j'habite le nord de la ville, boulevard Saint-Laurent près de Gouin.

— Qu'importe ! J'ai une voiture, non ? Et je connais assez bien la ville, ne craignez rien ! Tiens, je vous parlerai de la reine Margot, celle qui a dit oui à Henri de Navarre. Vous n'avez pas vu ce merveilleux film avec Isabelle Adjani ?

— Heu... non, je vais rarement au cinéma. Je regarde plutôt la télévision, je suis une adepte des téléromans.

— Bien, je vous parlerai d'elle quand même ! Une autre page de l'histoire qui n'a laissé personne indifférent.

— J'aimerais vous glisser un mot sur mon fils, Steve, avant de faire sa connaissance...

— Non, pas nécessaire, je constaterai quand je le rencontrerai. Vous n'avez pas à me mettre en garde, je connais les gars de cet âge-là, j'ai été professeur, vous savez.

— Alors, advienne que pourra ! Steve est imprévisible et je comptais seulement vous prévenir...

— Pas question, je m'en charge, ne vous inquiétez pas ! répondit-il fermement.

— Vous avez une semaine chargée, Ludger ?

— Non, pourquoi ?

— Bien, comme samedi c'est encore loin. D'ici là, demain ou jeudi, une promenade ou un petit bistrot avec terrasse...

— Voyons, ce n'est pas encore l'été, on annonce même de la faible neige en fin de semaine. De toute façon, même en saison, je déteste les terrasses. Trop de monde, aucune intimité, la poussière de la rue, les mouches dans nos assiettes… Et puis, soyons patients un peu, Raymonde, samedi, c'est dans quelques jours.

— Vous avez raison. Je m'emballe, je m'emporte… Alors, je vous attends pour six heures ?

— Disons, dix-neuf heures, ce sera plus approprié et, pour moi, plus prudent, je conduis lentement.

Ils allèrent raccrocher lorsqu'il lui demanda dans un dernier souffle :

— Vous aimez les roses sûrement. Quelles sont vos préférées ?

— Les rouges, naturellement !

— Alors, à samedi, Raymonde, et portez-vous bien d'ici là.

Il avait raccroché et Raymonde, éblouie, sous le charme, songea intérieurement : « Il va m'offrir des roses… Quel homme galant ! Oh ! mon Dieu, faites que je sois capable de provoquer ses sentiments ! Et plus encore ! »

Samedi 27 avril, dix-neuf heures précises, Ludger sonnait à la porte du logement de Raymonde après avoir garé sa voiture de l'autre côté de la rue. Un joli duplex dont elle occupait le second plancher, mais avec une entrée privée. Le coin était agréable. On pouvait presque voir la rivière des Prairies de la dernière marche menant à la porte. Ludger sonna et une tonalité désagréable se fit entendre, lui permettant d'entrer. Il ouvrit et aperçut au haut de l'escalier intérieur Raymonde, qui lui lança :

— Montez ! Vous n'avez pas eu de peine à trouver ?

— Non, ça s'est très bien fait. C'est si simple du sud au nord, toutes les grandes rues nous y mènent.

Il s'essuyait les pieds alors qu'elle le priait de n'en rien faire, mais comme il avait sous les semelles de la terre moite des crevasses des trottoirs, il insista. Le salon vers lequel elle le dirigeait semblait fort attrayant. Un canapé brun et un fauteuil s'y jumelant meublaient la pièce. Avec, toutefois, dans un autre angle, une bergère de cuir beige avec pouf, secondée d'une lampe torchère à gauche. « Sans doute le coin lecture », songea-t-il. Près des tentures beiges, une majestueuse plante mettait un peu de couleur. Imposante, mais artificielle. Avec un feuillage qui aurait certes apprécié un coup de... plumeau ! À la hauteur de ses genoux, une table de centre avec des plats de menthes vertes et de bonbons assortis, disposés entre deux petits vases de fleurs de soie. Sur les murs, deux tableaux d'illustres inconnus et, juste en haut du fauteuil de cuir, une reproduction des *Tournesols,* de Van Gogh, achetée sans doute là où elle travaillait. Sur une autre petite table à trois pattes, en coin, une boîte musicale de porcelaine accompagnait une photo encadrée d'une dame âgée. « Sa mère, cela va de soi ! » pensa-t-il. Ludger s'empressa de lui remettre les roses rouges qu'elle disposa dans un vase approprié en le remerciant chaleureusement et, sans plus attendre, elle lui demanda :

— Vous désirez un apéro avant le repas ? J'ai du Cinzano blanc, de la vodka, du scotch importé...

— Non, rien de tout cela, merci. Vous avez de l'eau pétillante ?

— Oui, la Perrier ! Ça vous irait avec des cubes de glace ?

— Non, nature, Raymonde. Sans glaçons, c'est encore froid dehors. On nous annonce de la neige pour demain. Vous le saviez ?

— Vous me l'aviez prédit et, effectivement, on nous l'a signalée, à la radio, cette neige. Pas possible ! Fin avril ! Les p'tits oiseaux vont geler !

— Oh ! ils en ont vu bien d'autres, les moineaux ! Ce sont les enfants qui vont s'en plaindre. Ils devront ranger leur bicyclette à peine sortie de la remise.

— Avant de passer à table, si vous n'y voyez pas d'inconvénients, je vais vous présenter Steve. Il sort justement de sa chambre, il s'en va veiller chez des amis.

À peine cela était-il dit que Ludger put apercevoir, dans l'embrasure de l'arche du salon, un grand garçon aux traits assez durs, mais passablement beau. Mince, portant bien le *jeans*, les biceps en évidence sous son pull à col roulé, les cheveux mi-longs, épars sur la nuque derrière les oreilles, il s'empara d'abord de sa veste de cuir sur la patère et regarda Ludger qui s'apprêtait à se lever pour lui serrer la main. Mais mal lui en prit puisque l'autre, fouillant dans ses poches, l'accueillit avec un simple *Salut !* prononcé d'une voix ferme. En évitant la poignée de main, bien entendu.

— *Salut !* c'est pour les amis, les gars de ton âge, mon grand ! On n'emploie pas ce terme pour un homme de ma génération. Il est de mise de dire *bonjour* ou *bonsoir* selon le cas, et d'ajouter *monsieur* quand on sait vivre.

Raymonde avait pâli. Connaissant le tempérament de son fils, elle redoutait la réplique. Ce dernier, l'air fanfaron, debout, les jambes écartées, les bras croisés, regarda Ludger de haut et lui répondit :

— Écoutez, « monsieur » ! J'ai pas demandé à vous rencontrer ! C'est ma mère qui a insisté ! Je suis ici chez moi et j'ai pas de leçons à recevoir de personne ! Encore moins d'un prof, je les ai tous haïs sur les bancs d'école ! Alors, moi, c'est « Salut ! » Que ça vous plaise ou pas !

Soutenant le regard effronté du jeune homme qui avait remis ses mains dans ses poches, Ludger répliqua :

— Alors, garde tes « Salut ! » pour d'autres, parce que je pense qu'on n'aura pas à se croiser souvent, toi et moi. Et si ça arrive, la prochaine fois, je ne lèverai même pas les yeux de mon journal !

— Pas nécessaire ! La prochaine fois que vous serez ici, je vais sortir par en arrière. Ni vu ni connu ! Ça marche-tu ?

Ludger soutint une fois de plus le regard frondeur de Steve, et ce dernier, voyant qu'il ne répliquait pas cette fois, se tourna vers sa mère :

— As-tu laissé l'argent sur le coin du buffet, la mère ?

— Oui, comme d'habitude.

— Alors, j'm'en vas ! Pis, attends-moi pas, j'rentrerai peut-être pas !

Il sortit sans même un « merci » à celle qui le bourrait d'argent et, exaspéré de la situation, Ludger dit à Raymonde :

— Je ne comprends pas que vous vous laissiez parler de la sorte ! Quel voyou que votre fils ! J'abonde maintenant dans le sens de son père…

— Non, Ludger, ne parlez pas de lui ! Son père est dans la brume !

— Pas surprenant ! Avec un fils comme ça, moi, je me serais réfugié sur la Lune !

— Je tenais à vous prévenir au sujet de Steve, rappelez-vous, c'est vous qui m'en avez empêchée.

— Oui, je voulais constater par moi-même. Je m'attendais certes à un jeune écervelé, mais pas à un petit *bum* dévergondé !

— Encore chanceux qu'il ne vous ait pas tutoyé, Ludger !

Ils oublièrent l'incident et Raymonde, retrouvant son calme, invita Ludger à passer à la salle à manger, une petite pièce adjacente à la cuisine, séparée par des persiennes coulissantes. Elle avait mis le couvert, le vase de roses au centre, tiré une chaise à un bout de la table pour lui, la sienne, en face, près de la cuisine. Un jus de légumes était versé et, dans un grand bol en bois, une salade César attendait d'être assaisonnée. Raymonde avait fait bouillir des pâtes : des farfalles et des nouilles aux œufs qu'elle allait arroser d'une sauce aux trois champignons. Deux verres à vin étaient en place et, dans un seau en métal rempli de glaçons, un vin blanc d'Italie, que Ludger ne connaissait pas, reposait. « Sans doute de l'épicier... » songea-t-il. Des petits pains croûtés sortis du four s'étaient entassés dans un panier d'osier. Assis l'un en face de l'autre, ils trinquèrent à leur santé et à leur belle rencontre. Ludger, à titre d'invité, goûta le vin et donna son assentiment, même si un goût amer lui était resté au palais. Mais le repas était de bon goût, voire succulent. Sur un mur de la salle à manger, une étagère soutenait un coq en plâtre et des petits pots de faïence remplis de fleurs séchées. Puis, sur l'autre, un calendrier avec des animaux de la ferme, dont le mois d'avril en cours illustrait... un cochon ! Et, juste au-dessus de l'entrée, une truite sur une plaque de bois. « Sans doute un cadeau de noces d'une vieille tante radine… » pensa Ludger, en remarquant qu'une partie de la queue du poisson était fendue. Raymonde était toute de rouge vêtue. La robe comme les souliers. Les boucles d'oreilles et le bracelet aussi. Une couleur que Ludger détestait ! Surtout lorsque le rouge était aussi choquant que celui qu'elle arborait. Même sur ses lèvres ! Lui, décontracté, portait un pantalon gris et un veston marine sur une chemise grise. Sans cravate, pour être plus à l'aise dans une maison privée. Un veston, cependant, qu'il avait refusé d'enlever malgré les efforts de Raymonde qui le voulait plus dégagé. Cherchant à meubler la conversation, Ludger lui demanda :

— Qui est la dame sur la photo du salon ?

— Ma mère, à l'époque de ses trente ans. Elle était si jolie…

— En effet, j'ai cru vous reconnaître en la regardant.

Rougissant, baissant les yeux devant le compliment, elle répondit :

— Merci, c'est très gentil. Partie trop tôt cependant…

— Vous voulez bien que je vous parle de la reine Margot ?

— Heu… oui, je vais peut-être en retenir des bouts.

Passant outre la remarque signifiant le peu d'intérêt manifesté, Ludger lui confia que cette reine de la branche dite de Valois-Angoulême était de la dynastie capétienne. Il lui apprit aussi que sa participation aux complots de la Cour lui valut l'aversion du roi. Puis, égrenant de plus en plus ses chapitres, Ludger en était rendu à lui dire qu'à titre de femme de lettres reconnue, elle fut un vecteur de la pensée néoplatonicienne. Il allait poursuivre lorsqu'il entendit :

— Assez, Ludger ! N'allez pas plus loin, je ne comprends même pas les termes que vous employez ! Ça ne m'intéresse pas, l'histoire, parlez-en avec vos amis professeurs ou vos anciens élèves, mais pas avec moi. Mieux vaut être franche en partant, les rois, les princesses et les duchesses, ça m'ennuie terriblement.

Quelque peu vexé, il n'en laissa rien paraître et lui répondit :

— Soit ! Je ne vous en reparlerai plus, Raymonde. J'ai eu tort de vouloir vous l'imposer. Il y a tant d'autres choses à parler. Tiens ! Vous pourriez peut-être me dire où vous en êtes dans vos téléromans ?

— Non, pas davantage, vous ne les suivez pas, mais, si vous le permettez, pour finir le dessert et le café, je pourrais mettre de la musique en sourdine.

— Faites donc ! Vous êtes ici chez vous. Allez-y !

Elle se leva, fouilla dans un tiroir de la table du salon et en sortit un CD qu'elle installa sur son appareil. Elle précisa d'un bouton une plage de l'album, et la chanson de Laurence Jalbert *Encore et encore* se fit entendre. Ludger, désintéressé, constata que Raymonde avait les yeux perdus dans le vide à l'écoute des mots lancés d'une voix rauque. Peu touché, il la sortit de sa rêverie en lui demandant :

— C'est une chanteuse d'ici ?

— Voyons, Ludger ! La plus populaire ! La meilleure ! Laurence Jalbert !

— Désolé de vous décevoir, mais je ne la connais pas. Je suis beaucoup plus porté sur la musique classique et l'opéra.

— Tout de même ! De quel pays venez-vous ?

— Du même que vous, Raymonde ! répondit-il d'un ton sec.

S'apercevant qu'elle l'avait blessé, elle se reprit pour lui dire :

— Excusez-moi ! Il est vrai qu'on ne peut avoir les mêmes connaissances et les mêmes goûts. C'est comme moi avec l'histoire…

Elle avait encore eu le dernier mot et, agacé, Ludger lui demanda :

— On peut passer au salon ? Vous avez, certes, une musique de fond.

— Oui, j'ai l'album *Romance et fantaisie* de Lucie Gascon, à la harpe.

Un autre nom qui ne lui disait rien, mais il n'en laissa rien voir. Il écouta religieusement les plages de l'album et lorsque l'artiste interpréta l'adagio de la *Sonate Op. 27, Nº 2* de Beethoven, Ludger, sous le charme, s'empara de la main de Raymonde pour la serrer dans la sienne. Le cœur palpitant, le petit verre de Cointreau à ses lèvres vermeilles, madame Costin était restée bouche bée. Plus audacieux encore, Ludger Vallin l'attira contre lui et, la tête de Raymonde appuyée sur son épaule, il écouta avec délice *Summertime* de George Gershwin. Il n'en fallait pas plus pour qu'il se penche et qu'ils échangent un premier baiser. L'audition de cette belle musique terminée, il lui dit :

— Quelle gracieuse harpiste ! Je vais me procurer ce disque.

Puis, posant de nouveau ses lèvres sur celles de Raymonde, il lui déclara :

— Voici le moment où la retenue se doit de s'enfuir, mon amour. Le « tu » va remplacer le « vous » dès cet instant.

Enivrée non par le vin ni le digestif, mais par le « mon amour » qu'il avait glissé dans sa phrase, Raymonde murmura :

— Tout ce que tu voudras, Ludger. Tout !

Il n'avait pas vu les heures filer, elle non plus, lorsqu'il manifesta le désir de partir alors qu'il était tout près de minuit. Déjà plus à l'aise avec lui, elle n'était cependant pas encore prête à lui avouer qu'elle en était amoureuse. Follement amoureuse ! Contrairement à d'autres qu'elle n'avait qu'effleurés de ses bonnes intentions. Mais là, fin quarantaine bien en vue, plus inquiète face à l'avenir, Raymonde rêvait d'être plus constante dans ses amours et Ludger lui en donnait l'occasion. Il n'était pas « qu'un autre », celui-là, il était « la perle rare », l'homme que toute femme seule désirait rencontrer dans un but très sérieux. Une véritable histoire de cœur, sans que les sens n'entrent en cause. Pour l'un comme pour l'autre. Il se leva, enfila son veston marine qu'il avait fini par retirer, et lui dit :

— Je vais rentrer car, s'il est vrai qu'il va neiger, je risque de me retrouver dans des rues glissantes avant d'arriver chez moi.

— Chez toi… murmura-t-elle. Vais-je avoir l'honneur d'être invitée à mon tour, Ludger ?

— Pas pour le moment, je suis en pleine rénovation. Mais j'ai d'autres plans pour nous si notre lien se fortifie.

— Moi, je le sens déjà fort… J'éprouve déjà des sentiments… Et puis, non ! Pas après un ou deux baisers seulement, tu pourrais me prendre pour une jouvencelle en quête d'un mari, ce qui n'est pas le cas.

Il sourit, caressa sa joue de sa main douce et, ouvrant la porte pour emprunter l'escalier, murmura :

— Alors, on se revoit, madame Costin ?

— Oh ! comment donc ! Mais, ne redeviens pas formel, même si c'est en plaisantant. Pas après m'avoir appelée « mon amour » deux fois.

Il l'attira à lui, déposa ses lèvres sur son cou et descendit non sans lui demander :

— Je t'appelle ou tu le fais ? Quelle est la suite ?

— À toi de décider, Ludger. Tu connais mon emploi du temps.

— Toi de même, Raymonde.

— Non, pas tout à fait, monsieur Vallin ! s'exclama-t-elle, en riant nerveusement.

Deux heures du matin et Raymonde ne dormait pas encore, elle tournait en rond dans ce lit trop grand pour elle, en se remémorant les bons moments de la soirée. Chavirée, elle se sentait vraiment éprise et ne pensait qu'à lui. Elle s'imaginait déjà au bout du monde au bras de Ludger... Soudain, un bruit sourd, c'était la porte de l'entrée qui venait de se refermer. Enfilant sa robe de chambre, elle se leva et se dirigea vers le couloir où elle arriva face à face avec Steve qui s'apprêtait à regagner sa chambre.

— Toi ? Déjà ? Tu m'avais dit ne pas rentrer de la nuit...

— Ben, j'ai changé d'idée, la mère ! Pis, y'est parti ton vieux snob de prof ? Jamais j'croirai que tu vas t'embarquer avec un plein d'marde comme lui ! Moi, j'lui ai haï la face dès que j'l'ai vu ! Y s'prend pour le nombril du monde !

— Arrête, Steve ! Ça suffit ! Que ça te plaise ou non, j'ai envie de refaire ma vie, moi ! Et un homme comme Ludger Vallin, ça court pas les rues !

— T'en as eu d'autres...

— Oui, des pas bons, des nullités, des hommes de ton espèce ! Pas de cœur au ventre, juste la couchette !

— Aie ! Tu m'attaques, la mère ! Si j'voulais...

Prononçant ces mots, il lui avait saisi le bras. S'en dégageant brusquement, sa mère lui lança au visage, tel un seau d'eau :

— Écoute-moi bien, mon p'tit baveux ! J't'ai à mes trousses pis collé à mes jupes depuis vingt ans ! C'est assez ! Tu peux sacrer l'camp, c'est pas moi qui vas en pleurer ! T'as fini d'faire la loi ici ! T'as fini de donner des ordres pis de m'prendre pour un compte de banque ! T'auras plus une chienne de cenne, Steve ! J'ai fini de travailler pour un demi-salaire à force de t'en donner la moitié ! Tu bois ! Tu te drogues ! Tu travailles pas ! Tu cherches même pas ! Plus nul que toi, j'en n'ai jamais vu un autre dans ma vie !

— Ben, continue, garroche-les, tes roches ! J'ai la couenne dure ! Heureusement que mes blondes pensent pas comme toi !

— Tu vois, tu en parles au pluriel ! Pas ta blonde, tes blondes ! Parce qu'elles sont aussi dégueulasses que toi ! Des filles à faire honte à leurs parents, rien de plus. Des filles que pour ton lit, pas même une dans ton cœur ! Pis, si ça s'arrêtait là ! Me prends-tu pour une folle, Steve ? J'entends même le lit craquer avec les gars qui s'ramassent ici ! T'es juste une bête de couchette, Steve ! Un animal !

— Ben, tu sauras que le sexe n'a pas de sexe, la mère ! Quand on est *horny*, on prend c'qui passe !

— Fais c'que tu veux, mais ça s'passera plus sous mon toit, mon p'tit morveux ! Décampe ! J'veux qu'tu sortes d'ici le plus vite possible !

— Tu m'mets à la porte ? Tu m'crisses dehors, la mère ? C'est-tu ton prof qui t'a monté la tête ?

— Non, personne, ça fait longtemps que j'veux qu'tu fasses de l'air ! Moi, un fils sans avenir, un paria de la société, j'ai pas besoin d'ça ! Pas plus qu'ton père qui s'en est débarrassé, lui aussi !

— Ben, tu m'le diras pas deux fois, la mère ! J'fais mon sac pis j'décrisse ! En pleine nuit ! Pis, y sera pas long à faire !

— J'en doute pas, t'as juste des *jeans* pis d'la drogue à fourrer dedans ! Pars, Steve ! Éloigne-toi d'ma vue ! Déguerpis ! J'ai une vie à vivre, moi ! J'attendrai pas d'avoir les cheveux gris pis de t'voir encore effoiré dans ton lit avec n'importe qui, les narines bouchées de tout ce que tu *sniffes !* Va-t'en !

Steve lui jeta un regard haineux, entra dans sa chambre, lança quelques vêtements dans un sac à dos et en ressortit quinze minutes plus tard pour appeler un taxi :

— Tu vas aller où, à cette heure-ci ? T'as encore de l'argent ?

— Tiens ! Tu t'inquiètes encore de ton gars, la mère ? Ben, t'en fais pas, j'ai tout c'qui m'faut dans l'fond d'ma poche ! J'ai fait une passe à soir. J'en fais pas mal souvent. Ton argent, y m'servait juste pour payer les services rendus par les putes !

— Espèce de p'tit salaud ! Me dire ça en pleine face ! Moi qui trime comme une folle pour joindre les deux bouts !

— Ben, t'auras pu à l'faire, la mère, j'serai plus là ! Pis, si t'arrives pas avec c'que tu gagnes, t'auras juste à demander à ton vieux riche de vendre sa Volvo !

Il avait claqué la porte et, de sa fenêtre, elle l'avait vu monter dans un taxi. Son cœur de mère n'avait pas fondu pour autant. Pas cette fois. Plus jamais. Pas après toutes les injures qu'il lui avait lancées à la figure. Se versant un verre de vin pour se remettre de cette violente altercation, elle se laissa choir sur le divan en écoutant *Summertime* que Ludger avait tant aimé. Avec son fils parti, elle entrevoyait maintenant des jours meilleurs avec l'élu de son cœur. Le Ciel après l'Enfer ! Le petit jour se leva enfin et, passé sept heures, elle appela Ludger sur son cellulaire, quitte à le réveiller :

— Il est parti, Ludger ! Steve a passé la porte, il ne reviendra plus !

Toussotant, la voix éteinte, l'homme de sa vie lui demanda :

— Pas à cause de moi, du moins, je ne voudrais pas...

— Non, tu n'y es pour rien. Je ne pouvais plus endurer sa paresse, sa vie de débauche, c'est moi qui l'ai foutu dehors. Et il avait de l'argent plein les poches ! Va donc savoir où il le prenait ce gain. Sûrement pas en lavant la vaisselle dans un restaurant ! Il est parti, c'est tout ce qui compte ! Je ne veux plus jamais le revoir, ce fainéant ! Tu, tu... es encore là ?

— Oui, Raymonde, je t'écoutais... C'était sans doute ce que tu avais de mieux à faire. À toi, à moi, à nous maintenant les bons moments.

Elle en avait frémi. Il semblait si épris, si amoureux d'elle…

— Je vais devoir te laisser, le menuisier se pointe à huit heures.

Ludger Vallin raccrocha et, passant sa main dans ses cheveux devant le miroir, on pouvait discerner une fossette accentuée au creux de sa joue.

CHAPITRE 2

Jeudi 2 mai 2002, Raymonde était au boulot en ce jour où le mercure atteignait à peine cinq degrés. Les clients affluaient, ne sachant quoi faire d'autre que d'aller courir les aubaines sans avoir besoin de rien. « Est-ce que ces taies d'oreillers ne devaient pas être à 2,95 $? Elles sont étiquetées à 2,99 $, madame. » Le genre d'approche qui pouvait mettre Raymonde hors d'elle, mais comme les clientes avaient toujours raison, selon la gérante, inutile de répondre à la dame qu'elle avait mal lu le prix dans la circulaire. Il était préférable de jouer de patience et d'indiquer à la caissière de réduire de quatre cents l'article en question. Heureusement, l'heure du lunch arriva et Raymonde s'empressa de s'attabler avec Carmelle dans un petit resto à aire ouverte du centre commercial.

— Et puis ? Pas de nouvelles de Steve ?

— Non, aucune. Pas de nouvelles, bonnes nouvelles, dit-on.

— Tout de même ! Ça t'inquiète pas ?

— Non, Carmelle, pas une miette ! Je m'inquiéterai le jour où la police viendra sonner à ma porte. Il a un père, cet enfant-là, pas juste moi ! Il ira s'arranger avec lui s'il est dans le trouble !

— Ben, voyons donc ! Tu l'as écarté de ta route et de celle de Steve, ton ex ! Depuis un maudit bon bout de temps !

— Oui, mais la paternité demeure, et ça, il devra l'assumer toute sa vie. Et puis, change de sujet ! Ça commence à peine à bien aller pour moi.

— Toujours en amour par-dessus la tête ?

— En amour raisonnable, Carmelle. J'suis quand même pas une enfant d'école ! J'espère seulement que Ludger a des projets sérieux. J'avoue que je souhaiterais partager la deuxième partie de ma vie avec lui. Je frise presque la cinquantaine...

— Tu l'as rencontré seulement deux fois, Raymonde !

— C'est vrai, mais on se parle chaque soir au téléphone et je le sens de plus en plus intéressé. Il va encore m'appeler vers l'heure du souper pour qu'on se voie en fin de semaine. Dimanche, sans doute, parce que j'ai pas été capable d'avoir mon samedi. La gérante trouve que je refile trop de mon temps à d'autres qui n'ont pas mon expérience, et Bertha, mon bras droit, s'en va aux noces. Et toi, rien de neuf de ton côté ?

— Non, un *chum* de temps en temps, mais jamais à me faire tomber dans les pommes ! Pis, regarde-moi, j'ai rien d'une Sharon Stone !

— Bah... Si tu changeais de coiffure, si tu te maquillais un peu... Il n'en tient qu'à toi, Carmelle, tu as juste quarante-trois ans.

— Oui, j'sais bien, mais j'ai baissé les bras devant tout ça, Raymonde. Y'a bien assez de ma mère qui prend tout mon temps... Moi, c'est elle qui m'appelle chaque soir, rarement un homme. Ma sœur a déménagé à Québec, mon frère vit à Ottawa avec sa famille, y'a juste moi, la cave, qui reste à deux rues d'chez elle. C'qui fait que j'suis pognée avec ! Qui d'autre veux-tu qu'elle appelle ? Pis moi, les hommes...

— Ça t'fait pas peur de vieillir seule ?

— On est aussi seule qu'on veut bien l'être, Raymonde. J'ai des amies, dont toi, je vais dans les bars où, parfois, je rencontre... J'suis pas la seule célibataire sur terre ! Quand viendra l'temps, j'quitterai mon logement pis j'irai en appartement. Là où vivent les gens sans famille en prenant de l'âge. Pis, on jouera aux cartes ! Mais j'ferai pas ça tant et aussi longtemps qu'ma mère aura pas levé les pattes !

Le soir venu, tel que convenu, Ludger téléphona à Raymonde :

— Quel affreux temps gris ! Tu as dû trouver le temps bien long au magasin.

— Non, pas tant que ça, les *bargaineuses* sont venues quand même ! Et, toi, qu'est-ce que tu as fait de ta journée ?

— J'ai donné des ordres au plombier pour les nouveaux robinets, et ensuite, je suis allé à la bibliothèque fureter dans les nouveautés sur l'histoire. Mais comme il n'y avait rien de bon, je suis retombé dans les vieilleries et j'ai pu prendre des notes sur le prince de Condé. Des écrits que je n'avais pas et qui peuvent me servir un jour.

— Donc, tu ne t'es pas ennuyé à ce que je vois.

— Disons que j'ai meublé le temps de cette façon parce que, honnêtement, je m'ennuie de toi, Raymonde. J'ai hâte de te revoir.

Surprise et ravie à la fois, elle répondit spontanément:

— Et moi, donc ! Mais je n'ai que mon dimanche de libre en fin de semaine, la gérante n'a pas voulu me donner mon samedi.

— Qu'importe ! Nous sortirons dimanche dans ce cas-là. Que dirais-tu d'aller voir une pièce de théâtre ou d'assister à un concert ?

— Heu... non, deux endroits où il faut garder le silence. J'ai envie de parler, moi ! En apprendre davantage sur toi, sur nous. J'aimerais beaucoup mieux un restaurant tranquille.

— Comme tu voudras, j'en dénicherai un et nous irons bavarder.

— Voilà qui me plairait, Ludger. Ensuite, tu pourrais venir prendre le digestif chez moi.

— On verra... Tout dépendra du temps qu'il restera, car tu travailles le lendemain, mon amour.

Conquise par l'appellation qui lui touchait le cœur chaque fois, elle murmura:

— Bah... ça n'aura pas d'importance, mon chéri.

Elle avait osé et il ne la rappela pas à l'ordre. À croire qu'il voulait bien être le « chéri » de celle qui s'avérait, pour l'instant, son « amour ».

Il faisait un temps superbe en ce dimanche et Ludger s'était levé du bon pied. Après avoir arpenté le parc le plus rapproché de son hôtel pour garder la forme, il revint, se glissa sous la douche, s'habilla et descendit déjeuner d'un croissant et d'un café au petit salon apprêté le matin en salle à manger. Après avoir consulté et transposé ses notes, la fin de l'après-midi lui imposa de fermer son cahier et de se diriger en droite ligne chez Raymonde qui l'attendait, toute pimpante. Vêtue d'un tailleur lilas avec de fins souliers de même teinte, elle était moins maquillée que la fois précédente et avait remonté ses cheveux pour en faire un chou sur le dessus de la tête, ce qui lui donnait une allure des années 1940. Betty Hutton, quoi ! Pas trop avant-gardiste, madame Costin, mais Ludger aimait bien cet effet qui lui rappelait la grand-mère d'un ami, alors qu'étant jeune, il l'épiait quand elle venait chez lui. Il avait choisi, cette fois, un restaurant pas trop achalandé de la rue Fleury. Avec un menu assez cher pour l'ambiance et une très mauvaise musique de fond, mais l'endroit convenait à Raymonde. N'importe où en autant qu'elle soit avec lui ! Ils commandèrent le même plat tous les deux, le rôti de bœuf, assez bien apprêté toutefois, avec un peu de vin rouge pour lui, pas pour elle. Et c'est lors de ce souper que les langues se délièrent davantage :

— Tu as de la parenté, Ludger ? On n'en a pas encore parlé.

— Non, hélas, plus maintenant. Mes parents sont décédés presque la même année…

— Ils étaient pourtant jeunes ?

— Non, ils m'ont eu sur le tard. Ils n'étaient pas parmi les plus âgés, mais tout de même. C'est mon père qui est parti le premier. Et comme j'étais fils unique… J'ai cependant quelques cousins, un oncle, deux tantes, mais je ne les fréquente guère… Voilà pour la famille!

— Nous avons tous les deux des choses en commun, je suis également fille unique et mes parents sont aussi décédés. Pour tout t'expliquer, ma mère a eu des jumeaux, mon frère et moi. Raymond et Raymonde, mais le petit gars n'a vécu que deux mois. Il était frêle, il n'engraissait pas... Ma mère a ensuite fait une fausse couche et elle est morte d'une hémorragie cérébrale à trente-cinq ans. J'ai donc été élevée par mon père qui est décédé dans un accident de la route douze ans plus tard, sans s'être remarié. J'ai logé ensuite chez l'une des sœurs de ma mère et je me suis plus tard mariée pour ne plus dépendre d'elle. Je désirais une grande famille et je n'ai eu qu'un fils. J'avais hérité des points faibles de ma mère, côté grossesse, mais je n'ai pas insisté, moi. J'ai cependant, comme toi, des cousins, des cousines, des tantes et des oncles, que je ne rencontre pas souvent non plus. On se perd de vue, tu sais, en vieillissant. De toute façon, à la mort de mon père, son côté à lui s'est effacé de ma vie. Des gens de l'Abitibi que je voyais rarement. Une grand-mère pas très affectueuse, une tante pas souriante, un oncle qui levait le coude... C'est à peu près le seul souvenir que j'ai gardé de la seule fois où mon père m'y avait emmenée.

— Trêve de cette conversation sur nos parentés, Raymonde, revenons au présent, oublions le passé. Ton fils n'a pas donné signe de vie ?

— Non, pas encore, et je doute qu'il le fasse. Il est ancré dans sa mauvaise vie avec ses amis, d'autres voyous comme lui ! Je pense qu'il s'est réfugié chez Carlo, son préféré parmi les fumeurs de joints qu'il invitait à la maison. Pas de nouvelles, bonnes nouvelles !

— Pas toujours, Raymonde... Il y a de ces silences qui font parfois pleurer...

— Bien, ce ne sera pas le cas en ce qui me concerne avec Steve ! Je commence à peine à respirer, Ludger. Il ne m'a pas épargnée, celui-là !

— *Mea culpa*, Raymonde ?

— Oui, par ma faute, je l'admets, mais aussi par celle de son père qui n'a jamais eu de couilles… Oh ! pardon !

— Ça va, je connais le terme… Mais c'est toi qui l'élevais, pas lui.

— J'aurais dû proposer la garde partagée. Je l'ai regretté… Mais, passons, veux-tu ? Il est plus important de parler de nous.

— En quel sens ?

— Celui de nos fréquentations, voyons ! On s'aligne vers quoi, Ludger ? Envisages-tu cette relation sérieusement ?

— Évidemment ! Je t'aime ! Ne suis-je pas ici ?

Embarrassée une fois de plus par l'aveu, elle balbutia :

— Heu… oui, mais suis-je vraiment la femme qui te convient ? Je n'ai aucune instruction…

— Si tu as, comme moi, de l'amour à donner, Raymonde…

— Bien sûr ! Je t'aime aussi, Ludger ! Profondément.

— Assez pour qu'un jour, on puisse vivre ensemble ?

Elle avait senti son cœur battre à tout rompre. Il parlait déjà de vie à deux. Elle n'en croyait pas ses oreilles, mais répondit :

— Je l'espère de tout cœur, mais ne crois-tu pas qu'on aurait avantage à se connaître un peu mieux, d'abord ? On commence à peine…

— Oui, je sais, tu as raison… Mais on n'est plus à l'âge de réfléchir trop longtemps… Un essai, ce n'est pas un engagement.

— Tu souhaiterais qu'on vive ensemble, Ludger ? Chez toi ? Chez moi ?

— Oui, mais chez moi, ce n'est qu'un appartement sens dessus dessous pour l'instant. Il serait préférable qu'on s'installe chez toi.

— Mais je n'ai qu'un logement bien ordinaire, pas très grand... Tu as vu ? C'est loin d'être ce à quoi tu es habitué, Ludger.

— Qu'importe ! Avons-nous besoin de plus pour le moment ?

— Non, mais... Et si Steve revenait ?

— On reparlera de tout ça une autre fois, tu veux bien ?

— Comme tu voudras, mais j'aimerais visiter ton appartement.

— Pas question, il est tout à l'envers, je viens de te le dire, on s'enfarge partout avec les rénovations. Ça sent le plâtre, la peinture... Non, pas pour l'instant, Raymonde, j'ai beaucoup plus à t'offrir pour les jours qui viennent.

— Ah oui ? Quoi donc ?

— Une longue fin de semaine à Québec. Au Château Frontenac, rien de moins ! Que nous deux, les longs repas, l'intimité... Le voyage idéal pour faire plus ample connaissance.

Elle avait tressailli de joie. Un déplacement ! Elle qui n'allait nulle part ! Et dans cet hôtel dont elle avait vu la beauté sur une carte postale. Raymonde croyait rêver :

— Mais je travaille vendredi, Ludger. Samedi et dimanche, je peux m'arranger...

— Non, tu prendras le vendredi à tes frais, tu ne seras pas plus pauvre pour autant. Je t'emmène là où peut se jouer notre futur. Rien ne doit venir entraver...

— Ne va pas plus loin, je la prendrai, ma journée. Mais, j'ai peine à croire... Je ne suis pas sortie souvent de chez moi depuis l'temps. J'avais toujours Steve...

— Et tu n'aurais pas pu aller loin, Raymonde, tu lui versais la moitié de ton salaire. En plus de payer pour tout le reste !

— Oui, quand j'y pense ! Mais ça va pour le Château Frontenac. Jamais j'aurais cru qu'un jour...

— C'est quand même pas un château en Espagne ! Juste à Québec, Raymonde.

— Ça vaut tout autant pour moi ! Attends que je dise ça à Carmelle ! Tu sais, celle à qui je me confie ? La grande qui travaille...

— Oui, ton amie, tu m'en as déjà parlé. Celle qui n'aime pas ton fils.

— En plein ça ! Elle va en être verte de jalousie ! Non, je ne devrais pas dire ça, elle va être contente pour moi, mais elle va m'envier, j'en suis certaine.

Ludger, son café presque terminé, déposa sa tasse sur la table et, la regardant, lui dit :

— Je ne voudrais pas t'ennuyer avec ça, Raymonde, mais j'ai presque terminé ma recherche sur Marie Louise Élisabeth d'Orléans, et je vais en commencer une autre immédiatement après.

— Sur qui cette fois ? demanda-t-elle évasivement.

— Nulle autre que Pauline Bonaparte, la sœur de Napoléon !

— Lui, je le connais, mais je ne savais pas qu'il avait une sœur, répondit Raymonde, la tête ailleurs.

C'était enfin le printemps ! Il était temps ! Mai ne pouvait pas traîner l'hiver encore derrière lui ! Raymonde et Ludger avaient effectué le voyage Montréal-Québec en train. Première classe en plus ! Avec repas, bière et vin pour agrémenter le trajet. La vue était superbe. Ces maisons de campagne croisées ici et là, ces belles grandes fermes, ces quais de gare où le train arrêtait pour y déposer ou cueillir d'autres passagers. Enfin, la gare du Palais et un taxi jusqu'à l'hôtel. Avec peu de bagages, que le strict nécessaire pour un week-end. Dès leur arrivée, ils déambulèrent dans les rues du Vieux-Québec et Raymonde n'avait de cesse de vanter la beauté des rues étroites briquetées qu'elle confondait avec des ruelles, et Ludger l'informa :

— À Paris, c'est comme ça partout ou presque. Un jour, tu verras.

Elle faillit se tordre le pied ! Le cou aussi ! En s'arrêtant net et sec ! Voulait-il dire qu'elle et lui... Elle n'osait le questionner, elle en était encore médusée. Regardant les toitures des maisons, Ludger poursuivit :

— Paris est l'endroit où une grande partie de l'histoire s'est jouée au temps de la Révolution. On y avait ramené de force Louis XVI et sa famille après leur tentative d'évasion. On les avait arrêtés à Varennes. Ils étaient à deux pas d'être à l'abri des ignobles sans-culottes...

Mais Raymonde n'écoutait plus la narration historique. Dans sa tête, elle ne voyait que les immenses châteaux, les boutiques de vêtements de luxe, la tour Eiffel qu'elle avait vue dans un cadre chez une amie, tout en rêvant de croiser sur un trottoir une vedette ou deux, Catherine Deneuve, Gérard Depardieu... Ludger la sortit de sa rêverie en lui désignant un bar-terrasse où ils s'arrêtèrent pour un café au lait. Lui qui détestait ce genre d'endroit avait tenu à lui faire plaisir, même si la table qu'elle avait choisie était la plus près de la poussière de la rue.

Le souper gastronomique du Château Frontenac la jeta par terre ! Jamais elle n'avait mangé de l'agneau si bien apprêté. Le vin coulait plus que de coutume entre les lèvres de la dame, histoire de se donner une certaine contenance devant les autres clientes très bien vêtues. Pour sa part, elle avait enfilé une robe longue de teinte bourgogne rehaussée d'un long sautoir de cristal de roche. Mais rien, malgré ses efforts, ne lui donnait cette allure altière que Ludger aurait souhaitée. Il était impossible pour Raymonde d'afficher la classe qu'elle n'avait pas, même si elle avait porté au doigt une bague en or de dix-huit carats ! Ses cheveux bouclés, ses lunettes trop modernes et son rouge à lèvres trop épais lui enlevaient toute chance d'être admirée. Pas seulement de Ludger, mais de certaines femmes plus raffinées qui semblaient la regarder de haut. Ce que Raymonde ne remarqua pas, aveuglée par les reflets des lustres qui dansaient sur la porcelaine de son assiette.

La chambre était vaste, le lit immense, et la salle de bain luxueuse. Ludger n'avait rien ménagé pour l'impressionner, il avait loué une suite. Un joli salon bien meublé, un téléviseur de dernière technologie, mais Ludger préféra la musique classique diffusée d'un appareil de radio de bon ton installé sur la commode. Elle aurait voulu descendre, aller danser dans les bras de son cavalier, mais il lui avait répondu :

— Désolé, Raymonde, je ne danse pas.

— Allons, juste un *slow*...

— Non, pas davantage. Je ne danse plus depuis des années.

— Tu... tu dansais avec ta jeune femme ?

— Oui, de temps à autre, mais après sa perte, je n'ai plus jamais dansé avec une autre. Je me le suis juré.

Elle n'insista pas et la soirée s'écoula, blottis l'un contre l'autre, un digestif à la main. Pour briser le silence et la monotonie de l'atmosphère, Ludger avait enfin accepté d'allumer le téléviseur, et ils se retrouvèrent devant un film avec Vincent Martinez, mais dont ils ignoraient le titre.

La relation intime fut sublime. Ludger Vallin fut à la hauteur de ce que Raymonde attendait de lui. Un merveilleux amant qui comblait savamment sa partenaire. Avec délicatesse, avec tendresse, avec... amour ! Les baisers se multiplièrent et, au septième ciel, Raymonde murmura :

— Si tu savais comme je t'aime... Je n'ai jamais aimé un homme comme ça... Tu es merveilleux, Ludger !

— Il en va de même pour moi, mon amour, tu es vraiment celle que je cherchais. J'ai mis du temps à croiser ta route, mais l'attente en valait la peine. Je t'aime...

Ravie, plus qu'éprise de lui, elle répliqua :

— Il va falloir que la relation devienne plus sérieuse dans ce cas-là. J'aimerais que tu sois toujours là...

— Et si j'emménageais chez toi ?

Elle sursauta, elle croyait qu'il avait compris que, chez elle, dans son humble logement...

— Chez moi ? Dans mon modeste quatre et demi ? Tu n'y penses pas...

— Pourquoi pas ? Ton fils est parti, il n'y aura que nous.

— Mais ce n'est pas grand, tu as tes meubles...

— Je les entreposerai et nous les reprendrons quand nous habiterons ailleurs, un peu plus tard.

— Ailleurs ? Tu veux dire que...

— Oui, nous allons vivre ensemble, Raymonde. J'ai des projets qu'il nous sera possible de réaliser, un à la fois. Mais ne gâtons pas cette première nuit à deux, mon amour. Vivons-la pleinement. Nous aurons bien le temps de reparler de tout cela.

Elle l'encercla de son bras, lui caressa la hanche, la fesse, et, se jetant une fois de plus sur lui, elle marmonna :

— J'ai encore envie de toi, mon chéri. Tu es si magnifique !

Ludger esquissa un sourire qu'elle distingua à peine dans le noir et il l'honora une seconde fois de son savoir-faire.

Attablée avec Carmelle, trois jours après le retour, Raymonde lui annonça :

— Ludger va venir habiter chez moi.

— Quoi ? Dans ton petit logement ?

— Oui, pour un certain temps. Il a ensuite des projets.

— Pourquoi pas chez lui ?

— Son appartement est en rénovation. Ensuite, on verra.

— Et si Steve décidait de revenir ?

— Tant pis ! Plus de place pour lui ! Il a d'autres amis chez qui aller nicher ! J'suis pas en peine pour lui !

— Tu trouves pas qu'il est un peu vite en affaires, ton Ludger ?

— Non, pas de temps à perdre à notre âge ! Ça marche ou ça marche pas ! Rendus où l'on est, ça marche bien, Carmelle !

J'ai pas du tout envie d'une longue fréquentation, moi ! Lui non plus ! On a cherché tous les deux dans un but sérieux.

— Tu penses pas déjà au mariage tout de même ?

— Et pourquoi pas ?

— Ben, voyons, Raymonde ! Tu l'connais depuis un mois, cet agrès-là ! Raisonne ! Parle avec ta tête !

— C'est tout pensé et si Ludger me proposait de l'épouser, je le ferais les yeux fermés !

— Ben, t'es plus folle que j'pensais !

— Folle de lui, Carmelle ! Tu l'serais pas, toi, à ma place ?

— J'l'ai même pas encore vu ! Tu parles d'une question !

— J'voulais dire, sans même l'avoir rencontré. Juste d'après c'que je t'en dis ?

— Pantoute !

— Menteuse !

Il avait plu toute la nuit du 30 mai 2002 et, le lendemain, jour où Ludger s'installait chez Raymonde, c'étaient des orages terribles qui prenaient la relève. Au point que cette dernière lui demanda :

— Est-ce un mauvais présage ? Allons-nous avoir une relation orageuse sous le même toit ?

Ludger avait ri de bon cœur. Sa bien-aimée avait de ces réflexions qui le laissaient pantois. Un fait demeurait, elle n'était pas sotte, madame Costin !

— Tu devrais consulter ton horoscope, mon amour.

— C'est déjà fait et, le plus drôle, c'est que tout est ensoleillé dans mon signe. Et le tien, quoique terne, n'annonce aucun désagrément.

Il souriait tout en rangeant ses sous-vêtements dans un tiroir de la commode qui n'allait servir dorénavant que pour lui. Le regardant faire, elle lui dit :

— Tu n'as presque rien ! On dirait que tu t'installes à l'hôtel !

— C'est un peu ça, j'ai tout entreposé, Raymonde. Je n'ai apporté que mon linge d'été et mes effets utiles et personnels. Et mon réveille-matin, il pourrait servir lorsque je fais des siestes.

— Et ces flacons de pilules ? Tu prends tout ça ?

— Des ordonnances, rien d'autre. Pour l'hypertension, le cholestérol, l'anxiété... Rien de plus !

Elle en avait saisi un et remarqua qu'aucun nom de médecin n'apparaissait sur le flacon. Que le sien écrit à la main. Et rien sur les autres. Étrange ! Mais, faisant mine de rien, elle enchaîna :

— C'est déjà bien assez ce que tu prends... Tu souffres d'anxiété ?

— Depuis toujours, mais c'est plutôt un mal incontrôlable. J'angoisse à rien, on dirait que je me noie, mais je remonte vite à la surface. Et toi, Raymonde ?

— Bien, la ménopause qui commence... Un peu de haute pression...

— Ce qui veut dire que tu ne risques plus d'être enceinte ?

— Tu n'as pas à t'inquiéter. En plus d'avoir les failles de ma mère, j'ai été ligaturée il y a bien longtemps. Steve m'a suffi. Et, à vrai dire, je n'ai jamais eu la fibre maternelle très poussée.

— Bon, je dépose mes chaussettes dans quel tiroir ?

— Choisis ! Je t'ai dit que la commode entière était à toi, j'ai la mienne. Et avec ce que tu as apporté, on ne sera pas tassés ici dedans ! Deux complets, deux vestons sport, trois pantalons, quatre chemises et une seule paire de souliers.

— Tu as raison, j'en ai gardé peu, mais de bonne qualité. Je n'achète que des complets griffés et des souliers importés d'Italie. Mais j'ai aussi apporté mon imperméable, si tu l'as remarqué. Et puis, pourquoi m'embarrasser d'un tas de vêtements puisque nous risquons de déménager ?

— Pour aller où ? Dans ton appartement en rénovation ?

— Heu… non, j'ai l'intention de le vendre. Tu verras, mon amour. Tu n'en seras pas contrariée quand viendra le moment. Pour l'instant, j'ai un p'tit creux, Raymonde. Tu as quelque chose à manger ?

— Bien sûr ! J'ai du jambon, d'autres viandes froides, des œufs et du fromage, un reste de pâté chinois d'hier soir à réchauffer et des pâtes dans une sauce rosée, prêtes en sept minutes.

— Un sandwich au jambon serait suffisant. Avec un café, si ce n'est pas trop te demander.

— Je te prépare tout ça dans le temps de le dire, mon chéri. J'ai aussi des petits *cream puffs* pour dessert si t'as le goût d'un peu d'sucré !

Ludger Vallin était installé depuis trois jours lorsque Carmelle se présenta pour faire sa connaissance. Il se montra fort aimable, distingué, et la pauvre fille en fut subjuguée. Descendant l'escalier lorsque vint le moment de quitter, elle chuchota à Raymonde :

— Tu t'étais pas trompée, ma grande ! La perle rare ! Pis pas mal beau avec ses cheveux poivre et sel et ses yeux pers. Il a dû faire battre bien des cœurs avant le tien.

— Non aucun, je suis la première femme qu'il fréquente depuis la mort de sa femme.

— Voyons donc ! Elle est morte dans la vingtaine ! Il a dû en rencontrer d'autres ! À moins qu'il était pas tenté de courtiser…

— Pas tout à fait, Carmelle ! Il a cherché sans succès durant toutes ces années, puis il l'a enfin trouvée. Moi !

Raymonde et Ludger s'accoutumaient l'un à l'autre. Ils se levaient tôt tous les deux, déjeunaient ensemble et, lorsqu'elle partait pour le travail, il regardait le bulletin de nouvelles à la télévision et sortait ensuite pour faire sa marche de santé matinale. Il aimait emprunter les rues qui le menaient au bord de la rivière. Que pour humer l'odeur de l'eau malgré le crottin des canards et entendre le bruit des vagues sur les roches au bord des quais. Il longeait souvent le boulevard Gouin, se rendait aussi loin que le centre de détention, autrefois la prison de Bordeaux, et traversait à cet endroit pour aller s'asseoir dans l'herbe non loin de l'eau, là où bon nombre de personnes allaient se faire bronzer. Il lui arrivait d'aller faire les emplettes au supermarché le plus près sur le boulevard Saint-Laurent. Ils avaient convenu, Raymonde et lui, de partager les factures d'épicerie. Il lui avait même offert d'en faire autant avec celles de l'électricité et du téléphone, mais elle lui avait répondu : « Allons donc ! Tu ne t'en sers jamais, tu utilises ton cellulaire et encore… Puis, l'électricité, je la payais avant, je continue, rien ne change. Ça ne coûte pas plus cher avec toi qu'avec Steve. Penses-y ! » Il n'avait pas insisté. Durant les heures de travail de Raymonde, il faisait la lessive, s'occupait du lave-vaisselle et dressait la table pour le souper. Sans ne rien faire cuire cependant, il ne cuisinait pas. Mais aucun repas préparé par elle ne se prenait sans son verre de vin rouge. Il lui arrivait même d'en prendre un peu, seul, lorsqu'il était plongé dans ses recherches à sa table de travail. Bref, tout allait bien dans ce couple qui avait réussi à se complaire l'un à l'autre. À table autant qu'au lit ! Car Ludger, malgré sa personnalité très distinguée, changeait facilement de peau sur celle qui, allongée sur le dos, gémissait de plaisir lorsque l'union charnelle semblait sans fin. Ils allaient rarement au cinéma, à moins que ce ne soit un film à saveur historique, mais ils se rendaient souvent au restaurant. Toutefois, ils ne conviaient jamais personne à la maison. Ils se suffisaient. Carmelle n'avait plus été invitée depuis sa brève rencontre avec Ludger. Il craignait qu'elle s'immisce dans leur couple avec ses questions indiscrètes. Ils vivaient donc à deux ! Qu'eux deux ! Et Raymonde adorait de plus en plus ces tête-à-tête quotidiens le soir venu. Personne d'autre qu'elle et lui... Pour être certaine que son fils n'allait pas surgir sans prévenir, elle avait fait changer les serrures sur recommandation de Ludger. Par simple mesure de précaution, car Steve ne donnait plus signe de vie. Il devait être fort bien là où il se trouvait, choyé par celle ou celui qui, amoureusement, l'hébergeait.

Un soir de la fin de juin, la veille de la Saint-Jean plus précisément, Raymonde s'était écriée, après avoir lu son horoscope dans le journal :

— Chéri ! Tu ne me l'as pas dit et tu as eu un an de plus ! Tout est passé sous silence ! Pas même un cadeau ni un gâteau de ma part !

— Pas d'importance, mon amour, j'ai horreur des anniversaires autant que de l'astrologie. Surtout des miens ! Oui, j'ai un an de plus depuis peu. Suis-je maintenant trop vieux à tes yeux ?

— Grand fou ! Voyons donc ! Cinquante-quatre ans ! En forme comme tu l'es, et tu ne les fais pas, crois-moi. Beau, mince, tous tes cheveux… Que demander de plus ? J'en aurai quarante-huit en octobre, tu sais !

— Oui, je sais, Balance du 14 octobre ! Tu me l'as répété si souvent… Mais, tu ne seras pas plus vieille qu'aujourd'hui. Et sans doute plus belle !

Flattée, lui passant la main dans les cheveux, elle murmura :

— Comme je t'aime ! Tu ne t'ennuies pas avec moi ?

— C'est la vie rêvée, Raymonde. Et toi ?

— Celle que j'ai souhaitée depuis mon divorce… Enfin ! Mais dis-moi, pourquoi ne parles-tu jamais de ta femme, de tes parents ? Je sais qu'ils ne sont plus là, mais ils ont fait partie de ta vie, Ludger. Jamais un mot sur ton enfance…

— Il n'y a rien à en dire, Raymonde. L'école primaire, les graduations, l'université, l'enseignement…

— Et Andréanne ? Tu l'as connue où, ta femme ?

— Sur un banc de l'une de mes écoles lorsque j'étais étudiant. La seule qui m'a intéressé, la seule que j'ai aimée.

— Et après ?

— Je t'en prie, Raymonde, ne me fais pas revivre ce que j'ai encore peine à oublier. J'ai maintenant une autre vie avec toi. Parlons plutôt du présent et de l'avenir, tu veux bien ?

— Oui, excuse-moi, je ne voulais pas ressasser… Je tentais de meubler la conversation…

— Tu n'as qu'à le faire en me parlant de ton travail, de tes passe-temps, de tes téléromans… Tiens ! Où donc en est l'idylle entre la patiente et son médecin ?

— Tu te payes ma tête, Ludger ? Tu détestes les téléromans !

— Autant que tu méprises mon histoire de France. Tu sais, Pauline Bonaparte…

Il s'arrêta, s'esclaffa de rire, elle aussi, et, la serrant dans ses bras, il lui dit :

— J'ai eu une merveilleuse idée aujourd'hui, mon amour.

— Ah oui ? Laquelle, mon chéri ?

— Nous allons déménager, Raymonde !

Elle était restée bouche bée. Le regardant béatement, elle finit par répliquer :

— J'ai bien entendu ? Tu as dit « déménager » ?

— Oui, mon amour, dès cet automne. Nous allons sous-louer ton logement et aller nous installer dans quelque chose de plus confortable, de plus élégant.

— Où ça ?

— Ne crains rien, j'ai investigué, j'ai même communiqué avec un agent immobilier. Un ami de celle qui m'a débarrassé à perte de mon appartement minable, finalement.

— Un agent ? Pour une location ?

— Non, nous allons acheter, Raymonde. Il est ridicule de payer la propriété des autres quand nous pouvons le faire pour la nôtre.

— Tu songes à acheter une maison, Ludger ?

— Non, un bel appartement, un condo comme on dit plus communément. Nous irons en visiter plusieurs et celui qui te plaira sera celui qu'on choisira. Sur la Rive-Sud ou la Rive-Nord !

— Bien, je préfère Laval, c'est là que je travaille.

— Alors, nous chercherons dans ce coin-là, mon amour.

— Je veux bien te suivre dans tes projets, mais il y a l'argent, Ludger. Ce n'est pas avec mon maigre salaire…

— Ne pense pas à cela, j'ai tout prévu et je t'expliquerai plus tard. Je voulais juste te mettre au diapason de mes intentions. Ça te plaît comme idée ?

— Heu… oui, mais moi, je ne connais rien à ces choses-là…

— Es-tu prête à me faire confiance ?

— Les yeux fermés, Ludger ! Tu m'as tellement choyée jusqu'à ce jour. Le seul fait de vivre avec toi sous le même toit m'a transformée.

Elle s'en approcha, l'embrassa à deux reprises, il la serra contre lui, lui mordilla le lobe d'oreille et murmura :

— Tu ne le regretteras pas, mon amour. Ce n'est que le commencement de ce que j'entrevois pour toi. Pour nous, devrais-je dire…

Elle l'embrassa de nouveau, déboutonna de son index le premier bouton de sa chemise, et lui, devinant ses intentions, la délivra habilement de son soutien-gorge sous son pull sans manches. Elle soupira, laissa perler une larme de joie sur son mascara et marmonna :

— Le souper peut attendre, je crois…

Ludger la renversa sur le divan et l'honora de ses « bons sentiments ». Elle, les yeux mi-clos, évadée dans les méandres du rêve, avait égratigné de ses ongles le dos quelque peu bronzé de son amant. Il ne s'en plaignit pas et embrassa goulûment la bouche entrouverte de sa bien-aimée en lui caressant d'une main affectueuse le sein gauche, pour ensuite ajouter :

— Tu ne perds rien pour attendre, mon amour… Jamais tu n'auras été aussi heureuse.

Août s'était levé avec une chaleur empreinte d'une humidité insupportable. Surtout samedi le 3 ! « Le 3 fait le mois », disait-on, quand on est aussi à cheval sur les dictons que pouvait l'être Raymonde. Pourtant, au bulletin de la météo, on annonçait qu'il avait neigé en Alberta. Eh oui ! Avec une chute de mercure atteignant trois degrés. Le 3 août 2002 ! Ludger n'en croyait pas ses oreilles et Raymonde lui avait lancé :

— Qu'importe ! En autant que ça ne soit pas ici !

Ce à quoi il avait rétorqué :

— Il faut aussi penser aux autres, Raymonde, pas seulement à nous !

Comme il avait froncé les sourcils, elle avait répondu :

— Excuse-moi, je disais ça comme ça… Bien sûr que ça doit pas être drôle pour les enfants qui, au lieu de jouer dans le sable, sortent leur costume de neige.

— Voilà qui est plus charitable. Et pense aux gens âgés qui, de leur fenêtre, verront la neige envahir leur balançoire de chaque jour. Comme s'ils n'avaient pas été assez enfermés tout l'hiver, ces pauvres vieux.

Raymonde, quoique indifférente à tout ce qui se passait ailleurs que dans son quartier, n'en remarqua pas moins que

Ludger avait le cœur sur la main. Tout le secouait intérieurement. Une neige en Alberta autant qu'un tremblement de terre en pays étranger. Déformation professionnelle, sans doute, puisque tous ces événements allaient faire partie de... l'histoire ! Depuis un certain temps, néanmoins, Raymonde constatait que Ludger ne lui parlait plus de Napoléon Bonaparte et de sa sœur... Tiens ! Elle avait oublié son prénom ! Ce qui l'aurait sans doute choqué s'il l'avait questionnée sur... Pauline !

La canicule, quarante degrés en ce 13 août, et Ludger avait attendu le retour de Raymonde avec un brin d'impatience dans le regard :

— On crève dans ce logement ! Pas d'air climatisé et à peine deux ventilateurs ! On sait bien ! Quand on travaille à la fraîcheur toute la journée !

— Ludger ! Tu es fâché ? C'est la première fois que je te vois ainsi.

— Pas fâché, Raymonde, mais incommodé ! Il est temps qu'on sorte d'ici ! Je ne me vois pas dans ce logement l'an prochain, moi !

Voilà qui la rassurait. Malgré tout, il comptait bien rester avec elle encore longtemps. N'importe où, Rive-Nord, Rive-Sud, selon sa volonté. Ce qui comptait, c'est qu'elle n'avait plus à douter de ses bonnes intentions.

— Ma Mazda n'a pas l'air climatisé. J'ai eu aussi très chaud en revenant.

— Bien simple, change-la, Raymonde ! Elle a presque dix ans, ta voiture !

— Je voudrais bien, mais avec quoi ? Je n'ai pas les moyens...

— Tu les trouveras ! Choisis une bonne voiture confortable et ménage juste un peu sur les vêtements… Tu n'as pas à m'impressionner, tu sais !

— Mais ce n'est pas dans ce but que je magasine ! Au travail…

— Allons donc, ils vous fournissent le blouson à leur effigie. Ce n'est pas là que tu vas jouer de coquetterie.

— Oui, tu as raison… Mais tu crois que je réussirais à payer une voiture neuve ? Je gagne si peu…

— Bien sûr que tu le pourras ! Et quand tu manqueras d'essence, je t'aiderai à faire le plein, mon amour. Il faut oser dans la vie, sinon on n'avance pas d'un pouce. La caisse populaire va te financer ton auto au complet, tu verras. Tu vas la payer sans même t'en rendre compte !

Convaincue, confiante dans les calculs de Ludger, Raymonde se présenta à la caisse de son quartier où l'on n'hésita pas une seconde à lui financer sa nouvelle petite Mazda, achetée au même endroit que la précédente, avec l'air climatisé cette fois.

— Je l'ai choisie beige, Ludger. C'était la moins chère. Comme personne ne veut de cette teinte, sauf les personnes âgées, j'ai donc bénéficié d'un rabais.

— Bravo ! Te voilà femme d'affaires, mon amour. Et le beige est moins salissant que le noir, le blanc ou le vert foncé. Bon choix !

Raymonde se sentait évoluer avec lui. Elle était moins terre à terre, moins peureuse, plus optimiste, plus audacieuse. Elle avait même tenté de devenir gérante d'un département, mais sa candidature avait été refusée parce qu'elle n'était pas bilingue. Apprenant la nouvelle, déçu pour elle, Ludger lui avait lancé :

— Si tu avais écouté tes *soaps* en anglais au lieu d'en français, tu aurais pu progresser en pratique, Raymonde. Depuis le temps que tu es rivée à *General Hospital* et les autres...

— Tu parles anglais, toi, Ludger ?

— Oui, couramment ! Je me débrouille même en italien. À force de lire *Les Borgia*, j'ai appris... Je n'ai pas que lu les versions françaises, j'ai plongé dans les originales et j'ai fouillé souvent dans le dictionnaire pour comprendre ce que Lucrèce disait à son frère... C'est comme ça qu'on enrichit ses connaissances linguistiques, Raymonde !

— Bien, moi, j'enrichis ma langue en dégustant les vins que tu achètes, Ludger ! C'est déjà ça de pris ! ajouta-t-elle en s'esclaffant.

Elle riait de bon cœur, pas lui. Il n'esquissa qu'un très léger sourire. À quoi bon ! Il ne ferait pas d'une soubrette d'impératrice une duchesse ! Dans son « histoire de France » illusoire, parfois romancée, il imaginait Raymonde en châtelaine exclue de la Cour, épouse d'un homme de haut rang, sans doute lui, qui l'emmenait chez les perruquiers les plus en vue de Paris. Somme toute, une poissarde déguisée en marquise pour lui !

Le dimanche suivant, alors qu'il avait plu cinq minutes, pas davantage, Raymonde et Ludger prenaient le petit déjeuner près de la fenêtre de la cuisine lorsque ce dernier, sourire aux lèvres, lui annonça :

— C'est fait, Raymonde ! J'ai trouvé ! Nous déménagerons début novembre !

Estomaquée, prête à tomber de sa chaise, elle sut se retenir et lui rendre son sourire. Ne venait-il pas de lui faire l'amour la nuit dernière, comme il ne l'avait pas encore fait ? En se surpassant ? Souvenance fraîche éclose à travers son corps, elle déposa sa tasse de café et, calme, malgré son esprit torturé, elle lui demanda :

— Où ça, Ludger ? Dans un appartement ? Une maison ?

— Un condo flambant neuf de six pièces à Chomedey ! Rien de moins, Raymonde ! Nous allons leur en mettre plein la vue !

— À qui ? Steve ? Carmelle ? On la voit si peu, celle-là ! Quant à mon fils, il s'est évaporé dans la brume ! À qui d'autre ?

— Bien… aux voisins ! À tes camarades de travail ! À mes vieux amis…

— Tes vieux amis ? Qui ça ? Je n'en ai jamais vu un seul ici !

— Ne serait-ce que pour nous deux, mon amour… Tu n'es pas contente d'évoluer, d'aller habiter au douzième étage d'un immeuble luxueux avec vue sur la rivière ?

— Oui, si on veut, c'est un grand pas de plus, Ludger, mais si jamais, toi et moi… Je risque de me retrouver dans la rue…

— Allons donc ! J'ai pensé à tout, mon amour. Le condo sera à ton nom, mais c'est moi qui vais payer les mensualités.

— Je… je ne comprends pas…

— J'ai déjà tout planifié avec une banque du centre-ville, cette fois. Ils vont te prêter le *cash down* de 20 000 $ qu'on réclame, et ils vont hypothéquer l'appartement pour une période de vingt ans. À bas intérêts !

— Mais qui donc va rembourser ce montant ?

— Moi, voyons ! Je te verserai l'argent chaque mois et tu n'auras qu'à le déposer.

— Et l'hypothèque ?

— Avec un paiement mensuel pré-autorisé dans ton compte, que je te remettrai au fur et à mesure des mois.

— Si je comprends bien, je n'aurai rien à payer.

— Non, et tout sera à ton nom ! Ce qui te sécurisera ! N'est-ce pas fantastique ?

— Oui, mais injuste. Je pourrais au moins verser le montant du loyer que je paye ici. Faire ma part...

— Non, je veux que tu n'aies que ta Mazda à payer. Je me chargerai donc de toutes les dépenses du condo, les denrées incluses !

— Bien, écoute, c'est trop... Tu es donc bien riche, Ludger Vallin ?

— Disons que j'ai des placements qui me rapportent gros. Voilà pourquoi ils ne veulent pas me prêter. J'ai trop de liquidités en circulation, dont certaines étalées sur plusieurs années. Intouchables ! Mais toi, c'est différent, tu as un emploi et tu fais peau neuve dans le domaine.

Hébétée, le regardant sans rien comprendre de son baragouinage, elle serra sa main dans la sienne et murmura :

— Je ferai tout ce que tu voudras, j'ai tellement confiance en toi !

— Merci, Raymonde, et ne crains pas, je ferai de toi une femme privilégiée, bien établie.

Il versa un peu de café dans les deux tasses et comme elle était tout de même songeuse et quelque peu déboussolée, il l'éloigna du sujet de ses inquiétudes en lui demandant :

— Savais-tu que Messaline avait besoin de huit mâles vigoureux chaque nuit ?

— Qui ? Ah ! je vois ! Une autre page d'histoire qui surgit. Je me fous de ta Messa... Messa qui ?

— Messaline !

— Bien, tant pis pour elle s'il lui en fallait autant. Moi, je n'en ai qu'un et il me comble suffisamment ! Ah ! Ludger... Si tu savais comme je t'aime ! J'ai parfois l'impression de rêver!

Lundi 2 septembre, fête du Travail, et Raymonde, payée « temps double », avait accepté de faire l'inventaire des marchandises, même si le magasin était fermé. Ludger l'avait avertie de ne rien dévoiler de leurs projets à Carmelle, de lui réserver la surprise le moment venu. Mais Raymonde, aussi discrète était-elle, n'en pouvait plus de garder ce secret pour elle. Or, Carmelle, qui œuvrait dans les colonnes de chiffres des sections du commerce, avait elle aussi accepté d'entrer afin de mettre de l'ordre dans les évaluations des marchandises. Ensemble pour un café à l'heure du lunch, Raymonde lui avait chuchoté :

— Dis-le pas à personne, Carmelle, mais je déménage en novembre !

— Où ça ? Avec lui, je suppose ?

— Évidemment ! Ludger a déniché un condo flambant neuf à Chomedey. Je l'ai visité, Carmelle ! Tu devrais voir ça à côté de mon logement ! Des ascenseurs, de grands balcons, une cuisine moderne, une chambre à perte de vue !

— J'imagine ! Mais si ça marchait plus, Ludger pis toi, tu pourrais te retrouver le derrière sur la paille, non ? As-tu pensé à ça ?

— Aucun risque ! Le condo est à mon nom !

— Comment ça, à ton nom ? T'as pas une cenne, Raymonde ! T'as obtenu un prêt de justesse pour ta Mazda neuve !

— Tu comprends pas ! J'emprunte le *cash down* et c'est Ludger qui va payer toutes les mensualités ! C'est le bonheur total avec lui ! Jamais j'aurais cru qu'une telle chose m'arriverait !

Carmelle se grattait la tête et, le crayon entre les dents, elle lui débita :

— Sais-tu qu'y est pas bête ton prof ! Y s'engage à rien, lui !

— Voyons donc ! J'te dis qu'il va payer les mensualités... Il parle même de payer la nourriture, l'électricité, tout l'reste !

— J'veux ben croire, mais c'est pas sur papier tout ça ! Pas devant l'notaire non plus ! Pis pas à la banque ! Y s'engage dans rien si j'comprends bien !

— C'est pas qu'il ne veut pas, c'est qu'il ne peut pas pour l'instant, le plus gros de son argent est placé solidement. C'est juste avec les intérêts qu'il va régler les paiements.

— Il aurait pu emprunter le *cash down*, lui ! Il a vendu son appartement ! Pourquoi toi ?

— Je viens de te le dire ! Pis tu comprends rien ! J'aurais dû fermer ma grande gueule ! Ça devait rester entre lui et moi !

— Ben sûr ! Pis j'vois pourquoi !

Raymonde avait été dérangée par un coup de fil de son chef de service et, de retour, Carmelle lui apprit, en se limant un ongle :

— Confidence pour confidence, j'ai rencontré Steve vendredi soir.

— Steve ? Où ça ?

— Sur la terrasse d'un bar de la rue Saint-Denis. Je prenais un *drink* avec mon *chum* quand y m'est arrivé en pleine face !

— Comment était-il ? Poli, au moins ?

— Oui, plus que de coutume, mais toujours aussi macho avec des *jeans* troués aux genoux et un *tee-shirt* pas d'manches.

— Qu'est-ce qu'il fait ? T'a-t-il parlé de moi ?

— Non, c'est moi qui lui ai annoncé que Ludger vivait avec toi. Il a éclaté de rire en regardant le gars qui était avec lui, pis y m'a dit :

— A va encore se mettre les pieds dans'marde ! Plus épaisse qu'elle...

— Le maudit effronté ! J'espère que tu l'as rappelé à l'ordre, au moins !

— J'ai pas eu l'temps, y m'a dit « Salut ! », pis y'est rentré à l'intérieur pour *caller* deux bières. Y'a même pas salué mon *chum* !

— Pas surprenant ! Bien, comme il semble se tirer d'affaire, qu'il aille au diable ! C'est plutôt lui qui va avoir les pieds dans... J'ose pas répéter, y parle comme y marche, c'te p'tit maudit-là ! Pis son argent, j'me doute bien où il le prend ! Mais si tu l'revois, Carmelle, ne lui dis surtout pas que Ludger et moi, on s'en va vivre en condo à Chomedey. Pas un mot ! Si jamais y'est mal pris, il ira voir son père !

— Ben, ça, c'est si y peut encore le trouver !

— Facile ! Mon ex a son numéro dans le bottin de téléphone ! Y'a déménagé, mais y'a pas été assez brillant pour s'en aller sans laisser d'adresse ! Pauvre innocent ! J'te dis qu'y a toute une marge entre Ludger et lui !

— Ça s'comprend, l'autre est prof ! Mais t'as pas besoin d'l'écraser pour autant, Raymonde. Y'était pas méchant ! Pis y t'a pas mal aidée avec le p'tit dans l'temps !

— De c'côté-là, oui ! Mais c'est tout juste s'il a fini sa septième année !

— T'es pas allée beaucoup plus loin qu'lui, Raymonde ! Le secondaire de justesse ! Pis arrête ça net ! Avant d'connaître Ludger, tu savais même pas qui était Marie-Antoinette !

CHAPITRE 3

Les enfants du quartier avaient repris le chemin de l'école, les chaleurs persistaient et Ludger vociférait encore contre le fait que Raymonde n'avait pas d'air climatisé dans son logement. À quoi bon puisque, selon le calendrier, l'automne était à quelques mètres et qu'ils devaient prendre possession du condo en octobre. Il suait, mais il trouvait le temps de lire et de prendre des notes sur les Bonaparte, les Tudor, bref, sur toutes les lignées royales ou impériales qu'il rencontrait au cours de ses recherches chez les libraires spécialisés. Le soir venu, après une harassante journée de travail, Raymonde n'aimait guère se faire raconter ce que Messaline avait dit à son fils Britannicus et, sans hausser les épaules devant Ludger, elle respirait par le nez, trop délicate pour lui répéter que ses trouvailles ne l'intéressaient pas. Elle l'aimait tant ! Et puis, il aurait pu avoir d'autres marottes plus embêtantes que l'histoire ! Il était aimable, patient, tolérant, ne se plaignait jamais d'un repas et ne la reprenait sur rien sauf, parfois, sur un parfum trop lourd ou des vêtements rouges ou bleus, deux couleurs qu'il ne supportait pas. Il adorait le vert, le noir, le brun, le beige, le jaune et les tons orangés, ainsi que le blanc lorsqu'il était de circonstance. Raymonde avait donc modifié ses goûts pour lui plaire. Elle avait fait le deuil de ses souliers pastels pour les remplacer par d'autres, moins communs, plus raffinés.

Ils avaient signé tous les papiers pour leur acquisition. Pas « ils » mais plutôt « elle » qui avait effectué tous les emprunts. Ce qui l'avait poussée à demander à l'homme de sa vie :

— Tu n'as pas à m'endosser ? Rien à débourser pour le condo avant qu'on l'habite ?

— Non, mon amour, tu n'as pas besoin d'endosseur et, en ce qui concerne le premier versement pour le condo, il sera effectué en décembre ou même en janvier avec un léger intérêt supplémentaire, si nous voulons laisser passer le temps des Fêtes. Mais, me connaissant, je commencerai en décembre plutôt qu'en janvier, et avec l'intérêt que je sauverai, nous irons prendre un élégant souper dans un très chic hôtel. Pas bête, non ?

— Tout ce que tu dis n'est pas bête, mon chéri ! Tu analyses tout, rien ne t'échappe ! Je te dis que, pour un homme de lettres, tu n'es pas le dernier venu dans les chiffres !

— À mes débuts, comme professeur, j'ai enseigné les mathématiques et l'anglais avant de bifurquer en histoire. Quand on est enseignant, on doit être capable de se débrouiller dans toutes les matières.

Elle le regardait avec une admiration sans bornes. Non seulement son amant était beau et merveilleux au lit, il était, de plus, intelligent, instruit et cultivé ! Ce qui la renversait ! Laissant échapper un soupir, elle demanda :

— Que vas-tu faire de tes meubles, Ludger ?

— Je vais les vendre. Ça va gonfler notre pécule. Les tiens sont pas mal beaux...

— Bien... pas pour un condo flambant neuf ! Je ne voudrais pas le faire visiter avec ce que j'ai dans mon logement. Ce serait gênant...

— Alors, on va acheter du neuf, Raymonde ! Pour toutes les pièces ; les tableaux et les bibelots aussi ! On repart à zéro ! Un condo à faire rêver, des meubles sortis du magasin et une décoration de maître ! Par des designers !

— Mais ça va coûter plus cher que ce que nous récolterons de la vente de tes meubles et des miens, Ludger !

— Et puis ? Les banques sont faites pour ça ! Nous allons tout vendre *cash* et tout acheter à crédit ! C'est ça, avoir le sens des affaires ! Le comptant servira pour nos folles dépenses. Fais-moi confiance !

— Je veux bien, mais ce n'est pas encore moi qui vais emprunter, il y a des limites. La banque, la caisse populaire...

— Tu sais fort bien que je ne peux rien emprunter pour l'instant, j'ai endossé des gens, j'ai des emprunts qui arrivent à échéance... Mon compte est quasi gelé, Raymonde ! Pour encore une couple de mois. Ensuite, tout va débloquer. Et ne t'en fais pas avec nos achats à venir, les grands magasins ont des marges de crédit à n'en plus finir. Ils te financeront eux-mêmes !

— Et s'ils exigent un endosseur ?

— Tu leur dis que tu vas aller acheter ailleurs ! Tu verras... Ils ne te laisseront pas partir comme ça ! Pas avec un emploi régulier. De toute façon, avec tes cartes de crédit de grands magasins dont les marges sont élevées, ils ne te poseront aucune question. Tes relevés sont à zéro présentement. Fais le tour, vois où c'est le plus raisonnable. Et comme je ne serai pas avec toi...

— Tu veux dire que tu vas me laisser choisir toute seule tout ce dont on aura besoin ? Je n'ai pas ton bon goût, moi !

— Allons, mon amour, tu as quand même un bon discernement. Surtout pour les choses de la maison, c'est très joli chez toi. Je ne connais pas une seule femme qui ne puisse pas choisir judicieusement ce qu'il faut pour enjoliver un condo dans lequel elle vivra. Ton choix sera le mien, Raymonde. Évite seulement le rouge et le bleu pour les meubles et la literie.

— Ça, je le sais, Ludger ! À force de t'entendre me le répéter, tu n'as rien à craindre de ce côté-là !

Il l'étreignit, l'embrassa, se versa un peu de vin, lui en offrit qu'elle accepta et, main dans la main alors que le soleil tirait sa couverture pour la nuit, ils se dirigèrent à pas lents, enlacés, jusqu'à la chambre où, sans se déshabiller entièrement, ils firent l'amour passionnément. Avec des « je t'aime » à tour de bras et des « moi aussi » à fendre le tapis. Pour Raymonde, le rêve se poursuivait, pourchassé par la réalité qui lui gonflait le cœur de bonheur. Ludger, pour sa part, respirait l'air frais qui s'infiltrait par la fenêtre entrouverte, en jouant du pouce et de l'index dans ses fossettes accentuées.

Raymonde et Ludger étaient fin prêts pour le déménagement qui devait avoir lieu à la mi-octobre, si le condo était enfin disponible, tel que convenu avec l'agent immobilier. Entre-temps, ils coulaient des jours heureux. Le quotidien pour elle consistait en son travail et les repas qu'elle préparait le soir, bien souvent, pour le lendemain. Les téléromans avaient sa préférence, mais elle les regardait seule, Ludger étant peu friand de la télévision de toute façon. Ses journées, il les consacrait à des promenades, à des visites dans les bibliothèques, d'autres chez les libraires sans jamais rien acheter ou presque. Il faisait ensuite les courses au supermarché et, de retour chez lui, il embrassait Raymonde sur la joue quand elle rentrait. Le soir venu, il ouvrait son portable et ajoutait à ses recherches ce qu'il avait déniché dans de vieux livres et transcrit dans un calepin qu'il traînait avec lui. Il ne parlait plus d'histoire à sa douce moitié, sachant qu'elle faisait la sourde oreille, peu intéressée à s'instruire, surtout dans une filiation où il était question de... Messaline ! Et, depuis peu, de la fille de cette dernière, Octavie ! Elle aurait préféré commenter les articles de magazines qu'elle lisait, mais peine perdue. Ludger ne savait même pas qui était Roy Dupuis ! Il était aussi profane en célébrités contemporaines qu'elle pouvait l'être en histoire. Parfois, confiant à son amie Carmelle son emploi du temps avec Ludger, cette dernière rétorquait :

— Il est bien vieux garçon, ton *chum* ! Pis plate à part ça ! Il ne t'emmène jamais aux vues ? Juste au restaurant ?

Raymonde soupirait. En effet, Ludger ne l'invitait guère. Il lui proposait des promenades avec lui, mais elle refusait, elle avait été debout toute la journée au magasin. Ce qu'il semblait comprendre, mais il lui arrivait d'insister et d'ajouter :

— Tu pourrais t'asseoir sur un banc de parc, regarder les gens passer…

Elle qui voyait des gens circuler à longueur de journée dans le magasin ! Elle avait souri, mais elle avait esquivé l'invitation on ne peut plus ordinaire qu'il venait de lui faire. Un banc de parc ! « Comme un vieux couple ! » songeait-elle. Elle aurait préféré aller dans les bars ou assister à des récitals d'artistes de l'heure, à la Place des Arts ou ailleurs, mais lorsqu'elle lui suggérait un chanteur très en vogue, il répondait :

— J'admets qu'il a une belle voix, mais de là à se déplacer… Vas-y avec Carmelle ! Je ne t'en empêche pas !

Raymonde préférait alors rester à la maison. Elle voulait sortir avec lui, pas avec Carmelle. Et elle fermait les yeux sur ces failles parce que, malgré tout, celui qu'elle aimait lui faisait l'amour avec une maîtrise inexplicable.

Samedi 21 septembre, après avoir déjeuné en compagnie de sa bien-aimée, Ludger lui déclara :

— Raymonde, nous allons aller manger au restaurant ce soir. Il faut que je te parle.

Elle avait frémi. Elle avait senti son cœur cesser de battre. Il semblait si solennel, si formel…

— Me parler ? De quoi ?

— Pas maintenant, ce soir seulement, après le digestif. Nous irons au *Bordelais*. Ce n'est pas tellement loin d'ici et il y a un grand stationnement.

— Je le connais, Ludger, j'y suis déjà allée avec Carmelle.

— Bien, je le découvrirai. Je l'ai aperçu en faisant une longue marche de santé. Ça va nous changer des restaurants du centre-ville.

— Ça me va, mais qu'y a-t-il de si important ? Quelque chose ne va pas ?

— Tu insistes ? Non, ce soir, pas avant.

Sur ces mots, il s'était rendu sous la douche et, restée seule à la cuisine, Raymonde jonglait. Se pouvait-il qu'il veuille mettre un terme à leur relation ? Non, c'était trop bête ! Pas après tout ce qu'ils avaient planifié ensemble. Sans doute pour la reprendre sur quelque chose qui lui déplaisait, alors... À moins qu'il cherche à l'éloigner de Carmelle, même au travail, puisqu'il ne la tolérait pas dans les parages... Raymonde brodait dans sa tête des scénarios et chacun d'eux la troublait. « Pas une question d'argent, au moins... » songea-t-elle en plissant le front. Non ! Elle n'allait pas s'en faire avec toutes ces déductions, elle allait attendre d'être au restaurant. Mais pourquoi la faisait-il languir, sachant qu'elle angoissait facilement ? « Non, non, pas d'anxiété, pas de stress... » pensait-elle pour se rassurer. Se levant de sa chaise, enfilant un manteau et prenant son sac à main, elle lui dit alors qu'il regagnait la chambre, une serviette enroulée autour de la taille :

— Je vais aller au centre d'achats, Ludger ! J'ai besoin de sous-vêtements !

— Vas-y et prends ton temps ! J'ai des notes à transcrire sur mon ordinateur pour ajouter à l'un de mes dossiers. C'est sur Lepida, la mère de Messaline. Elle lui avait tendu un poignard...

Il ne put aller plus loin, Raymonde était sortie en lui criant :

— À plus tard, mon chéri !

Au volant de sa voiture, encore soucieuse, elle se posait mille et une questions. Elle cherchait à deviner ce qu'il avait à lui dire… « Non, pas Carmelle », il lui avait suggéré d'aller au cinéma avec elle. « Et pas Steve » qui n'avait pas remis les pieds chez elle. Quoi donc, alors ? Non, ça ne pouvait être un reproche intime ni un désintéressement, il l'avait honorée avec fougue la nuit précédente.

Le restaurant était bondé. Fort heureusement, ils avaient réservé et on les dirigea vers une table sur la mezzanine, non loin d'une fenêtre. C'était passablement bruyant et Ludger ne se sentait pas à l'aise avec cette grande tablée au centre où l'on fêtait une sexagénaire. Il demanda une table plus discrète, au premier plancher, longeant le mur, et on la lui offrit avec courtoisie. Raymonde n'avait rien dit. Elle craignait de le contrarier, lui déjà rendu maussade par l'atmosphère des lieux. La nourriture compensait pour l'ambiance, c'était succulent. Le vin se versa dans les verres et, cette fois, Raymonde l'accepta pour se donner plus de contenance au cas où la confidence allait se révéler négative. Après avoir bien mangé et discuté de tout et de rien à la fois, ils commandèrent le café, passèrent outre au dessert, optèrent plutôt pour le digestif et Ludger, la regardant droit dans les yeux, sans préambule, lui déclara :

— Je veux t'épouser, Raymonde. Je veux faire de toi ma femme.

Elle sentit ses genoux trembler et sa main suivre. Au point d'avoir à déposer sa tasse dans la soucoupe. Figée, la bouche ouverte, elle le regardait, muette de stupéfaction. Lui, avec un sourire en coin, lui prit la main et lui demanda :

— As-tu bien compris ? As-tu envie d'être ma femme ?

Sidérée, la main sur sa poitrine, elle lui demanda tout bas de peur d'être entendue de la table voisine :

— Tu es sérieux, Ludger ? Tu ne plaisantes pas ?

— Je ne suis pas du genre, tu le sais... Comme tout va bien entre nous, pourquoi ne pas légitimer le fait de vivre ensemble ? Nous sommes libres tous les deux...

— Oui, je sais, mais nous nous fréquentons depuis à peine quelques mois. Permets-moi d'être étonnée, jamais je ne m'attendais à une telle demande si tôt.

— Nous n'avons plus l'âge de calculer le temps, Raymonde. Et moi, le concubinage...

— Tu es certain que je suis la femme pour toi ?

— Bien sûr puisque je t'en fais la demande. Mais tu n'as pas encore répondu...

— Oui, oui ! Sans hésiter ! Devenir ta femme est un complément inespéré !

— À moins que je ne sois pas l'homme pour toi...

— Ludger ! Je t'aime à la folie ! C'est la surprise, j'ai failli perdre connaissance ! T'épouser ! Devenir ta femme ! J'ai de la misère à le croire ! C'est le plus beau moment de ma vie !

— Chut ! Pas si fort, on nous regarde... Mais il en va de même pour moi, mon amour. Un condo, de nouveaux meubles, une nouvelle avenue et toi et moi, unis, pour l'emprunter ensemble.

— Mon Dieu que tu parles bien ! Si nous n'étions pas en public, je t'embrasserais comme je ne l'ai jamais fait !

— Un peu de retenue, je te prie, nous ne sommes plus des enfants...

— Pour quand prévois-tu ce mariage, toi qui penses à tout ?

— Le samedi 30 novembre, juste avant que la froidure se fasse sentir. J'ai planifié avec le palais de justice, car ce sera civil, cela va de soi. Un mariage simple, Raymonde, ne t'emporte pas trop. Une brève cérémonie, l'échange des alliances et un petit dîner quelque part.

— Sans invités ? Rien que nous deux ?

— Non, tu pourras inviter ton amie Carmelle et qui tu voudras. Ton fils aussi, s'il accepte de se joindre à nous. De mon côté, j'ai un cousin qui me servira de témoin, son amie de cœur l'accompagnera. Je n'ai pas encore tout orchestré, mais je le ferai en une journée ou presque. J'ai beaucoup plus de temps que toi, je suis à la maison, moi.

— Et pour les alliances ?

— Je les ai déjà, mais je veux t'en réserver la surprise. J'espère que tu me fais confiance… J'avais apporté l'une de tes bagues pour la pointure. Je sais que ce n'est pas bien de tout décider sans même te consulter, mais comme c'était mon idée…

— Tout sera parfait, je n'en doute pas, tu as du goût, Ludger ! On n'est pas un prof d'histoire avec autant d'images dans la tête pour ne pas savoir comment préparer un mariage intime. Tout de même ! Moi, j'accepte tout, les yeux fermés ! Si tu savais comme je t'aime ! J'ai l'impression d'avoir un coin du cœur crevé, Ludger ! De joie ! Une demande en mariage par-dessus tout ce que tu m'as offert à ce jour… Je pense que Carmelle va en faire une syncope ! Mariés dans deux mois ! Je n'y crois pas encore, Ludger ! C'est comme un conte de fées !

Le lundi qui suivit fut excitant pour Raymonde qui, dès que rentrée au travail, avait confié à Carmelle à l'insu des autres :

— J'ai hâte au lunch, ma grande, j'ai des choses à t'apprendre.

— Bon, juste à t'voir l'air, c'est une bonne nouvelle, mais qu'est-ce qu'il a encore fait de merveilleux, ton *chum* ! Il t'a acheté un caniche ? Un yacht ? Écoute, j'ai revu Steve au même endroit...

— Plus tard ! Ne gâte pas ma journée, attends l'heure du dîner au moins. Ah non ! pas encore la bonne femme de la semaine passée qui revient avec ses draperies ! En voilà une qui n'arrête pas de m'faire sacrer !

— Veux-tu que je m'en occupe, Raymonde ? Avec moi, elle va repartir vite avec son *stock,* j't'en passe un papier !

— Je l'apprécierais, mais parle pas si fort, la gérante observe et cette femme, aussi détestable soit-elle, est une cliente régulière. Elle dépense énormément ici, elle paye une partie de notre salaire. Alors attention, vas-y mollo, Carmelle, et change-lui ses draperies si c'est ça qu'elle veut.

— Mieux qu'ça ! J'vais la rembourser ! Ce sera plus vite réglé !

Assise à la petite table de métal du resto à service rapide, Carmelle s'empressa de demander à Raymonde :

— Tu veux que je te parle de ton fils avant de t'écouter ?

— Non, garde ça pour après, ça va couper ma joie d'un trait.

— Bon, comme tu voudras. Qu'est-ce qu'y t'arrive de bon ?

— J'me marie, Carmelle ! Ludger m'a demandé de devenir sa femme !

L'autre, un coin de sandwich dans la gorge, faillit s'étouffer. Les yeux aussi grands que ceux d'un ourson de peluche, elle balbutia:

— Tu… tu t'maries? Si vite que ça? Voyons! Tu l'connais à peine, cet homme-là!

— C'est ce que je lui ai dit, mais Ludger prétend qu'à notre âge on n'a pas besoin de longues fréquentations. C'est pas ce que je t'avais dit quand tu m'avais demandé si c'était sérieux, notre affaire? Le temps presse…

— Ouais… tant qu'à ça… Mais vous comptez vous marier quand?

— Le 30 novembre! Il a tout organisé, il a même acheté les alliances!

— Ben, pour une surprise, c'en est toute une! Une nouvelle n'attend pas l'autre! Une auto de l'année, un condo, des meubles neufs et un mari! On peut dire que c'est ton année chanceuse! Vous allez faire un mariage intime, j'suppose?

— Oui, et civil, j'suis divorcée, mais il y aura une petite fête et tu es invitée, Carmelle!

— Ah oui? C'est toi qui as insisté auprès de Ludger?

— Non, ça vient de lui! Il a même dit que Steve pouvait venir s'il le désirait. En ce qui te concerne, tu vas me servir de témoin, ma grande. Ça marche?

— C'est ben certain! Ça va me donner de l'importance! Mais je n'ai pas une garde-robe à tout casser…

— Tu mettras ce que tu voudras! Ton tailleur brun avec l'épinglette en forme de fer à cheval fera l'affaire. C'est ce que tu as de plus beau! De toute façon, Ludger n'a jamais vu tes vêtements.

— Ça s'comprend! Vous n'm'avez jamais invitée!

— Ne reviens pas avec ça, Carmelle, tu l'as rencontré une fois et après, il a tenu à préserver notre intimité. Tu sais, pour les noces, tu peux emmener ton *chum*, si tu veux !

— Lequel ? Ils font tous dur ! J'suis pas choyée de ce côté...

— Le dernier en lice, il se présente bien et, sans être beau, il est quand même passable. Et il est aimable.

— Va falloir que je l'rappelle, je l'ai déjà *flushé !* Moi, les hommes trop entreprenants, merci, pas pour moi !

— Bon, voilà pour la nouvelle ! C'est surprenant, je l'sais, j'ai failli tomber à la renverse ! Mais je sens que je vais être très heureuse avec Ludger et je vais le choyer comme pas un !

— Bon, ça va ! Veux-tu entendre parler de Steve maintenant ?

— Pas trop, mais sors-le, qu'est-ce qu'il a fait encore ?

— Rien de grave, sauf qu'il n'a plus une cenne, il est tout nu dans'rue ! J'lui ai passé dix piastres, mais j'suis certaine que j'les reverrai plus !

— Et son copain, celui chez qui il logeait ?

— Ben, il l'a foutu à la porte ! Parce que Steve ne travaillait pas et que c'est l'autre qui payait pour tout, même les cigarettes. Je pense que le p'tit *racket* de nuit de ton fiston n'a pas marché longtemps. Des p'tits revendeurs frais chiés, on s'débarrasse de ça assez vite dans ce milieu-là. Chanceux d'être encore en vie avec c'te *gang*-là ! Il aimerait que tu lui envoies de l'argent. Il ne veut pas avoir à te quêter lui-même, mais il m'a dit que comme ton *chum* était plein aux as...

— Qu'il aille au diable ! Plus une cenne de ma part ! Qu'il se prenne en main ou qu'il aille voir son père ! À bien y penser, je ne l'inviterai pas au mariage, il va tout gâcher. Ne lui dis surtout pas que j'me marie, Carmelle, y va s'prendre pour le fils adoptif de Ludger pis essayer d'le vider de son argent. Ah ! qu'est-ce que j'ai fait au bon Dieu pour avoir un gars comme ça !

— J'sais pas, mais comme c'est là, c'est moi qui passe au *cash*...

— Tu le rencontres où ? Chez vous ? Il a ton adresse ?

— Bien sûr, y'est venu chercher le dix piastres chez nous ! Quand je l'ai croisé au restaurant du bar, j'avais à peine de quoi payer mon *grilled cheese* dans ma sacoche. Pis y'a mon numéro de téléphone aussi !

— Ben, change-le, Carmelle ! Pis, pour ton adresse, comme c'est pas fameux où tu restes, déménage !

Toutefois, Carmelle n'eut pas à changer son numéro de téléphone ni à trouver un autre logis, puisque, lors d'une troisième rencontre au hasard, Steve lui annonça qu'il avait une nouvelle *job* de nuit, à la frontière de l'Ontario cette fois. Un homme dans la trentaine, intéressé par son passé et son allure de voyou, l'avait invité à venir habiter chez lui, sous sa protection, en échange d'un boulot pas mal payant. Steve, sans le moindre scrupule, avait vite sauté sur l'occasion, même s'il avait compris que le gars mal rasé, les cheveux en broussaille et le ventre plutôt rond, avait d'autres intentions. « Le sexe n'a pas de sexe », se répétait-il encore, quand il devenait opportuniste. Cette proposition lui vaudrait le gîte, la nourriture, de l'argent plein les poches, la belle vie, quoi ! Et peut-être même une auto, selon celui qui jouait les samaritains. Ce qui valait pas mal mieux que les petits montants gagnés la nuit à Montréal, ainsi que le freluquet grippe-sou qui l'hébergeait et qui lui payait à peine ses cigarettes. Sans s'informer de sa mère, cette fois, il avait dit à Carmelle :

— Vous m'reverrez pas dans l'coin pour un bout d'temps!

— Ton père est-il au courant, Steve ?

— Lui ? D'la marde ! Y m'faisait vivre au compte-gouttes ! Là, j'aurai plus besoin d'personne ! Pis, tiens, dis à ma mère que j'vais la laisser en paix avec son vieux *schnock!* J'dérangerai pas leur histoire d'amour, j'vais m'occuper d'mon histoire de c...

— Va pas plus loin, j'ai compris ! Avec une fille de troisième ordre encore une fois ?

— Qui te parle d'une fille ? Maudit qu't'es cruche, Carmelle ! T'as rien saisi de c'que j't'ai dit ?

Insultée, cette dernière répliqua :

— Vas-tu au moins me remettre mon dix piastres ?

— Aie ! Dis-moi pas que t'attends après ça pour vivre, la grande ! Ça m'a juste permis de commander un *hot chicken* avec un Coke, c'que tu m'as prêté ! Pis, avec moi, prêté, c'est donné !

— J'y ai bien pensé, mon p'tit maudit ! Mais comment tu vas faire pour te débrouiller en Ontario, tu parles pas un maudit mot d'anglais !

— Pas nécessaire, mon *boss* le parle, lui, pis moi, commissionnaire... t'as pas besoin d't'ouvrir la gueule pour faire ça ! Encore là, t'allumes pas, hein, Carmelle ?

Le mois d'octobre se balançait entre le reste de l'été et la fraîcheur qui avait davantage sa place en automne.

Le 4, avec une pluie fine et incessante ; le 5, nuageux avec un soleil qui tentait de percer. Mais en vain. Ludger avait invité Raymonde à sortir le soir. N'importe où, au hasard, où ils pourraient souper dans un nouveau décor. Ils avaient stationné sur la rue Saint-Denis, porte du Plateau, et déambulant lentement, ils croisèrent un restaurant français, le *Bleu Raisin,* où ils purent obtenir une table, un repas de choix et un vin de qualité :

— C'est joli ici, Ludger, il nous faudra revenir.

— Peut-être, mais après le déménagement seulement. C'est en fin de semaine prochaine que nous vivrons enfin dans notre condo. À deux jours de ton anniversaire, mon amour ! Tu entameras donc ton nouveau chiffre dans un décor tout neuf.

— Oui, quarante-huit ans, avec l'homme que j'aime et un avenir merveilleux à l'horizon, mon chéri. Si tu savais comme je suis heureuse !

— Tous les meubles seront arrivés ?

— Oui et en place. Tu t'occupes du mariage, moi de l'appartement. Ce qui sera facile puisqu'on repart à zéro ! Même les ustensiles de luxe sont d'un nouveau coffret ! Imagine ! La literie et les serviettes aussi. Je n'aurai qu'à tout ranger, tout placer, et le tour sera joué. Mais ça va nous faire des comptes à payer en pas pour rire, Ludger ! J'ai fait comme tu me l'avais demandé, je n'ai pas regardé à la dépense, mais en ce qui a trait à mes cartes de crédit…

— Qu'importe ! C'est moi qui réglerai tout ça, mon amour ! Et, parlant de régler, il me reste un dernier point à discuter avec toi.

— Ah oui ? Lequel ?

— J'aimerais que tu quittes ton emploi, Raymonde. Ce travail de vendeuse dans un magasin n'est pas digne de la femme de Ludger Vallin.

— Tu méprises ce que je fais ?

— Pas du tout, je te l'ai déjà dit, on a besoin de vendeuses... Mais comme tu n'auras plus à travailler en devenant ma femme...

— Ludger ! Nous aurons un tas de dettes à rembourser ! Je veux t'aider !

— Pas question ! Je te l'ai dit et je te le répète, c'est moi qui rembourse ! En devenant ma femme, plus de soucis pour toi, Raymonde.

— Bien, si je m'attendais à cela par-dessus tout le reste !

— Et tu ne t'ennuieras pas, nous voyagerons, mon amour. Je te ferai voir Londres, Amsterdam, Rome, les plus grandes villes du globe. Et, sans te l'avoir encore dit, notre voyage de noces en décembre, ce sera à Paris.

— Paris ? La France ? Tu es fou, Ludger ! C'est le bout du monde !

— Pour toi, pas pour moi. Et je te ferai vivre un pan de l'histoire. Le Louvre, Versailles, la Conciergerie, le cimetière du Père-Lachaise...

— Un cimetière, en voyage de noces ?

— Les plus grands de ce monde reposent à cet endroit. Tu pourras même offrir des fleurs à Marie d'Agoult.

— Qui c'est, celle-là ? Une autre princesse ?

— Non, une comtesse qui a quitté son mari pour devenir ouvertement la compagne de Franz Liszt de qui elle a eu des enfants. Elle a publié aussi des livres sous le pseudonyme de Daniel Stern parce que les hommes étaient plus à l'honneur que les femmes en littérature à cette époque. Comme George Sand ! C'est d'ailleurs Marie d'Agoult qui a écrit *Histoire de la Révolution de 1848* dont je te reparlerai sur sa tombe.

Raymonde ne l'écoutait plus. Tous ces noms, c'était du chinois pour elle. Même Franz Liszt, dont la musique était pourtant connue à travers le monde, ne lui disait pas grand-chose. Ce qu'elle avait retenu cependant, c'est qu'elle verrait Paris qu'il lui avait déjà fait miroiter, mais pour beaucoup plus tard, pas à deux mois d'avis. Elle s'imaginait déjà devant les vitrines des magasins huppés où les marchandises étaient si chères, ainsi que devant les enseignes des grands couturiers où les vêtements étaient griffés. S'acheter une robe là où s'habillaient Fanny Ardant ou Isabelle Adjani. Ce qui la ravissait aussi, c'est que Ludger lui demandait de quitter son emploi. Ce minable travail qui la faisait suer depuis tant d'années. Plusieurs employées dont une, prénommée Bertha, n'attendaient que son départ pour s'emparer de son poste sans importance, mais un peu mieux rémunéré que celui de simple vendeuse. Elle pourrait donc franchir les tourniquets du magasin en tant que cliente privilégiée désormais, comme la dame aux draperies, et non en simple employée au service de ces détestables personnes. Les yeux ailleurs, levant son verre de vin pour le porter à ses lèvres, elle s'arrêta et demanda à l'élu de son cœur :

— Tu veux que je le laisse quand, mon emploi ?

— Il faudrait que tu sois sortie de là le 12 octobre. Juste avant ton anniversaire. Ce qui leur donne une semaine pour te remplacer.

— C'est bien peu, Ludger. On donne habituellement quinze jours…

— Pas toi ! Et pas à cet endroit ! Ils ont des vendeuses à la pelle, ils ne se soucieront même pas de ton départ. Ils vont vite te remplacer par une jeune moins bien payée.

— Tu as peut-être raison, mais après toutes ces années de service…

— N'aie pas trop le cœur sur la main, Raymonde, ils n'en ont pas, eux ! Tu les quittes, un point, c'est tout ! Et une semaine d'avis, c'est déjà beaucoup !

Ils rentrèrent à la maison et, avant de se mettre au lit, Ludger se versa un verre de porto qu'il leva devant elle en lui disant :

— À tes souhaits, mon amour ! À notre bonheur !

— Attends ! Je n'ai même pas un verre d'eau pour trinquer !

— Pas nécessaire. Souffle-moi juste un baiser de ta main douce, ça voudra dire que mes vœux sont aussi les tiens.

Elle s'exécuta et, s'approchant de lui, lui encerclant la taille, s'exclama :

— Dieu que le Ciel a été généreux de te mettre sur ma route !

Le lundi suivant, Raymonde demanda à voir sa gérante et lui signifia son départ pour le vendredi qui venait. Sans feindre la surprise, cette dernière lui demanda :

— Pour quelle raison ? Un plus gros salaire ailleurs ?

— Non, je me marie.

Sans sourciller et encore moins sourire, la gérante lui répliqua :

— Ah oui ? Félicitations, Raymonde. Tes papiers seront prêts d'ici là et, dès lundi prochain, Bertha prendra la relève.

Exactement ce qu'elle avait prédit en imaginant la scène. Aucune désolation, du vite fait et Bertha à son poste ! Déçue du peu d'intérêt qu'on lui manifestait, elle n'en demeurait pas moins heureuse pour sa collègue qui, avec deux enfants à sa charge, allait bénéficier de vingt dollars de plus sur son maigre salaire. Croisant Carmelle dans une allée, cette dernière, décontenancée, lui demanda :

— C'est vrai ce que j'ai entendu ? T'as donné ta démission ?

— Oui, et on ne m'a pas retenue, t'en fais pas ! Ils vont ménager avec Bertha, elle va recevoir vingt dollars de plus sur sa paye, alors que moi, j'en avais trente. Mais je ne ferai pas de bisbille…

— T'aurais pu m'le dire que tu sacrais ton camp ?

— J'pouvais pas, ça s'est décidé samedi soir. C'est Ludger qui a insisté ! Pis, tu l'sais pas encore, mais c'est à Paris qu'on s'en va en voyage de noces ! J'en reviens pas !

— Moi non plus ! Coudon ! Y'est-tu millionnaire, ton futur ?

— Je n'en sais rien, je ne le questionne pas, ça ne me regarde pas pour l'instant, mais il doit être à l'aise pour se permettre tout ce qu'on a acheté. Faut croire que ça gagne cher, un professeur d'histoire…

— Pas tant qu'ça ! Mais lui, veuf, pas d'enfants, y'a dû en tasser de côté ! À moins qu'y soit un gratte-la-cenne.

— Voyons, Carmelle ! Il m'emmène dans les restaurants les plus chics, on s'en va à Paris, il achète un condo, il me meuble à neuf… *Cheap,* lui ? Raisonne !

— Y'en a qui en mettent plein la vue, pis après…

— Arrête de t'casser la tête pis de présumer, tu l'connais même pas ! J'ai trouvé un homme en or ! La perle rare ! Tu devrais t'voir la face, Carmelle ! On dirait qu't'as un brin de jalousie…

— Moi ? Pantoute ! Pas une miette ! C'est parce que j'ai été souvent échaudée, tu l'sais !

— Bien oui ! Qui l'serait pas avec les agrès qu'tu pognes !

Lundi 14 octobre 2002, jour de l'Action de grâces, tout le monde était en congé ou presque. Raymonde et Ludger étaient dans leur condo depuis deux jours où tout avait été aménagé avec soin… quoique les goûts de « madame » ne concordaient pas toujours avec ceux de « monsieur ». Surtout pour les tableaux qui ornaient les murs du salon. Elle avait tenté de lui plaire en choisissant des paysages ancestraux, mais ils étaient de piètre qualité, peu réalistes et trop nombreux sur un même mur. Que de la verdure et des sentiers de forêt sans fin, dans un style impressionniste, ce qu'il détestait au plus haut point. De plus, aucun visage, aucune silhouette, pas même celle d'un berger et ses moutons. Il aurait préféré une reproduction de *La liseuse,* de Fragonard, dans un encadrement approprié. Mais où donc était-elle allée chercher ces banalités signées d'un illustre inconnu ? Au-dessus du lit de la chambre, un nu datant des années 1960, sans goût, sans nom, comme ceux qu'on donnait en prime dans les magasins avec l'achat d'un ameublement. Se pouvait-il que cette coutume existe encore ? Ludger n'avait rien dit. Ça n'en valait pas la peine. Et comme il lui avait donné carte blanche… Elle était si heureuse de tous les efforts fournis qu'il n'osait pas lui faire le moindre reproche. À quoi bon ! C'était le jour de son anniversaire. Il ne voulait rien gâcher, rien énoncer qui puisse la contrarier. Il lui avait plutôt dit :

— Ce soir, nous irons célébrer ta fête dans une salle à manger d'un hôtel de Laval. Ils ne sont pas loin d'ici, je réserverai dans l'un ou l'autre…

Elle l'avait vite interrompu pour lui répondre :

— Non, sais-tu ce qui me ferait plaisir ? Ce serait de faire venir un repas de quelque part que nous prendrions ici avec un vin de notre choix, nous en avons tellement. Ce serait plus intime. J'adore les tête-à-tête décontractés.

— D'accord, mais commander d'où et quoi ?

— Je ne sais pas, moi… Des mets chinois ou italiens, du poulet…

— Raymonde ! C'est ton anniversaire ! Pas un souper ordinaire de soirs de pluie ou quand on n'a pas envie de sortir !

— Ce serait suffisant, Ludger. Ça fait longtemps que je n'ai pas mangé de mets asiatiques. Regarde ! J'ai un dépliant rempli de restaurants ! On pourrait mettre au frigo un bon Saint-Véran !

— Bien, si c'est ce qui te ferait plaisir, je ne te le refuse pas. J'aurais voulu t'offrir plus, te choyer…

— Ta présence me suffit, mon chéri. Depuis que nous sommes ici, c'est tellement merveilleux que je n'ai plus envie de sortir. Toi, nos petits repas à deux, les vins capiteux et l'amour dont tu me combles. Que demander de plus ?

— Quel amour ? demanda-t-il, le poing sur une fossette.

— De cœur et de corps, mon chéri. Jamais je n'ai été aimée d'un homme comme je le suis de toi. Tu es mon Ciel !

Il détourna la tête, gêné par le compliment trop élogieux de celle qui, inconsciemment, s'était de « rouge » vêtue, pour célébrer ses quarante-huit ans. Mais, il ne lui en fit pas la remarque. Elle semblait tellement avoir tout mis en œuvre pour lui plaire et le séduire, avec ses lèvres « écarlates » et ses pendants d'oreilles trop longs pour l'espace entre ses lobes et ses épaules. Ils commandèrent des mets chinois, le *Pineaple Chicken* et le *Chow Mein* qu'elle aimait tant. Lui s'était contenté d'un *Moo Goo Guy Pen* avec riz cuit à la vapeur. Pas fameux comme repas, selon Ludger, mais bien arrosé de vin blanc, la digestion se ferait sans doute autant quoique plus lentement. À la toute fin, alors qu'ils en étaient au café et au digestif, il sortit d'un sac noir qu'il avait camouflé un superbe écrin de velours rouge. Sa couleur, quoi ! Émue, elle s'en saisit d'une main nerveuse et, soulevant la partie supérieure, elle y découvrit un superbe rang de perles. Un magnifique collier ! Seul et flexueux dans les replis du satin blanc. Elle soupira d'émotion, le palpa et, décrochant le fermoir, s'empressa de le mettre à son cou, après avoir pris soin d'enlever ses bijoux cliquetants fort dérangeants durant le repas.

— Ludger, tu n'aurais pas dû ! Quelle merveille ! Ça doit valoir une fortune…

Toussotant légèrement, il murmura :

— Rien de trop beau pour toi, mon amour. Ce sera pour le mariage et, ensuite, pour les grands événements.

Conquise, croyant rêver, elle se surprit à essuyer une larme de sensibilité, figée sur le bout de son nez.

En sourdine, elle avait fait tourner *Classical Moments* sur lequel il y avait du Bach, du Mozart, du Debussy… Un

CD acheté sans doute à une table d'aubaines, mais tout de même de bon goût. La pensée, à elle seule, était fort louable. Ayant tout rangé, ils se rendirent compte qu'ils étaient à l'orée de la nuit. Regagnant la chambre, sur l'oreiller de leur belle liaison, Ludger honora son jour de fête avec le doigté auquel elle s'attendait. Puis, la regardant, il sourit et lui demanda:

— Heureuse, mon amour?

Les yeux embués, elle répondit d'une voix chevrotante:

— Oui, mon chéri. Tellement que j'ai peur de me réveiller. J'ai peine à croire que dans un mois…

Il lui mit l'index sur la bouche et murmura:

— Chut… Un jour à la fois.

Jeudi 24 octobre, le temps était gris, le vent frais, on sentait que le mois des morts, celui des pluies, n'était pas loin. Tout se passait bien entre les tourtereaux qui allaient bientôt s'unir. Raymonde avait choisi un petit bouquet de roses chez la fleuriste qu'elle passerait prendre le matin même de son mariage. Interrogé sur ce qu'il allait porter, Ludger avait répondu:

— Mon complet bleu marine le plus récent, ma chemise blanche, une cravate de bon ton et peut-être un œillet à la boutonnière.

Raymonde s'était écriée:

— Oui, oui, fais-le, un œillet blanc! Ce sera plus solennel sur le portrait de noces que nous prendrons chez le photographe.

Pour sa part, elle tenait à lui réserver la surprise de sa toilette en chuchotant souvent avec Carmelle au bout du fil quand elle lui parlait de ses achats. Ils étaient allés au restaurant à deux ou trois reprises, Ludger adorait être attablé dans un endroit huppé avec la carte des vins devant lui. C'étaient là ses seules sorties et Raymonde suivait. Aucun spectacle ne l'attirait et aucun film ne l'intéressait, pas même *Un homme d'exception,* avec Russell Crowe, dont on vantait les mérites. Raymonde se promettait bien d'aller voir *Sam, je suis Sam*, avec Sean Penn, quitte à s'y rendre avec Carmelle. Ludger ne serait jamais son compagnon pour ce film et pour cause, il détestait cet acteur. Or, pendant qu'elle sortait de temps à autre avec sa bonne amie, son compagnon de vie multipliait les démarches pour trouver des faits inédits ou presque sur Messaline et sa famille damnée. Ce qui embêtait Raymonde, car, devant ses recherches sur l'ordinateur, Ludger restait muet comme une carpe. On ne pouvait pas lui parler, surtout pas le déranger. Elle avait tenté une fois de l'en distraire, il s'était emporté pour ensuite s'excuser, mais elle avait compris. Pour cet ex-professeur, ses thèses, ses essais, ses recherches, ses études… passaient bien avant elle ! Quand il avait la tête trop lourde de toute cette perfidie de l'histoire qu'il étudiait à fond, il sortait et marchait le long du boulevard Gouin, en regardant les vagues de la rivière brusquer quelques petits rochers. Il marchait tellement qu'il se rendait parfois jusqu'à l'hôpital Notre-Dame de la Merci où des visiteurs entraient après être descendus de l'autobus. Puis, de retour, se disant en bonne santé, il reprochait à Raymonde de ne pas faire assez d'exercice. D'autant plus qu'ayant quitté son emploi, elle n'était plus sur ses jambes à longueur de journée. Sur ce, elle avait répondu :

— Ça fait vingt ans que je suis debout du matin jusqu'au soir ! À en avoir des crampes la nuit ! Laisse-moi au moins le temps de reposer mes mollets ! Quand nous serons mariés, Ludger, je t'accompagnerai.

— Excuse-moi, mon amour, j'avais oublié ces dures années.

Mardi 5 novembre. Plus que vingt-cinq jours avant le mariage. Elle le lui avait souligné en tartinant sa rôtie de confiture de fraises. Agitée, elle lui avait demandé :

— Tout est prêt, mon chéri ? Tout est sous contrôle ?

— Tu parles de quoi ? avait-il répliqué en pliant son journal.

— De notre mariage, quoi d'autre ? J'ai tellement peur qu'on oublie quelque chose, Ludger ! Tu as tout noté ? L'heure…

— Oui, même les minutes et les secondes ! répondit-il en riant.

— Ne te moque pas de moi, ça me rend si nerveuse.

— Tu n'as pas à l'être, ce sera un jour comme un autre, sauf…

— Ludger ! Tout de même ! C'est de notre union qu'il s'agit !

— Oui, je sais, devant les hommes puisque ce ne sera pas un mariage religieux. Mais le soir venu, nous ne serons encore que nous deux avec la différence que nous serons mari et femme, rien d'autre. Dis, est-ce que Steve va être là ? T'a-t-il répondu ?

— Non, parce que je ne l'ai pas invité ! Selon Carmelle, qui l'a rencontré par hasard, il travaille à la frontière de l'Ontario, quelque part dans ce coin-là. Rien pour avoir le bon

Dieu sans confession d'après ce qu'elle m'a raconté. Je préfère le laisser faire sa vie de *bum* et m'en tenir éloignée. S'il s'attire des ennuis, il n'aura qu'à aller voir son père.

— Encore lui ? Le pauvre homme a décidément le dos large !

— Quoi ? Je l'ai eu pendant vingt ans accroché à mes jupes, le p'tit ! À me donner des coups de pied ! Et tu plains son père ?

— C'est parce que tu l'as mal élevé, Raymonde. Tu l'as toi-même admis…

— Oui, c'est vrai, mais ne revenons pas sur le sujet. Steve ne sera pas à notre mariage et ça m'arrange. Moi, les voyous de son espèce…

— Il est déjà neuf heures, mon amour. Ne devais-tu pas sortir aujourd'hui ?

— Oui, Carmelle est en congé et elle va passer me prendre vers onze heures. Nous allons aller luncher au restaurant, et ensuite, voir *À la folie, pas du tout,* avec Audrey Tautou. Un film léger comme elle les aime.

— Sans doute, ça ne demande pas d'efforts.

— Que veux-tu dire au juste ?

— D'intelligence !

— Ludger ! C'est vraiment pas gentil pour elle… Ce n'est pas de sa faute…

— Oui, oui, je sais. C'était dit avec humour. Allez, va te préparer.

— J'oubliais ! Où donc sera servi le buffet après le mariage ? Carmelle me demandait ça tout bonnement…

— Une autre surprise, Raymonde, mais tu ne seras pas déçue, crois-moi.

— Décidément, je ne saurai rien avant le moment arrivé. Tu es le roi des cachottiers, Ludger. On dirait que ça te plaît de laisser les autres en suspens…

— Énormément !

À onze heures pile, Carmelle sonnait à l'entrée du condo, mais Raymonde ne l'invita pas à monter, lui disant par l'interphone qu'elle allait descendre dans la minute. Puis, se tournant vers Ludger, elle l'embrassa sur la joue et lui demanda :

— Tu ne vas trop t'ennuyer, mon chéri ?

— Tu vas me manquer, mon amour, mais comme tu seras de retour pour souper… Et ne crains pas pour moi, je saurai me désennuyer. Je vais me rendre dans une bibliothèque située à Montréal-Nord. On m'a dit, au téléphone, avoir un livre pas mal usé sur l'époque de Messaline. Il vient de France. C'est peut-être un exemplaire légué par un abonné après le décès d'une personne de sa parenté. Je suis curieux de voir ce bouquin. Tu sais, Octavie, la fille de Messaline…

— Non, je ne sais pas et je ne veux pas le savoir ! répondit Raymonde sur un ton humoristique. Et je me sauve avant que tu recommences avec tes découvertes sur cette famille déséquilibrée. Si tu sors, n'oublie pas de barrer la porte derrière toi et de fermer toutes les fenêtres en cas de pluie, le ciel est sombre…

— J'ai compris, mon amour, tout compris ! Pars en paix et passe une bonne journée. Salue ton amie Carmelle de ma part.

Raymonde verrouilla la porte derrière elle et descendit rejoindre sa compagne qui s'impatientait. Ludger, enfin seul, se dirigea vers sa chambre.

Il était presque dix-huit heures lorsque Raymonde rentra chez elle. Après les emplettes et le film qu'elles avaient plus ou moins aimé, les deux amies avaient opté pour une légère collation dans un petit restaurant du Complexe Desjardins pour ensuite traverser la ville dans l'affluence de l'heure de pointe et emprunter avec peine le pont Lachapelle entre Montréal et Chomedey. Un long parcours dans la vieille Honda de Carmelle, dont le grondement du silencieux inquiétait les passagères. Raymonde avait tenté de joindre Ludger à la maison, mais ce dernier ne répondit pas. « Sans doute à la bibliothèque en train de fouiner dans son livre rare », avait-elle dit à Carmelle. Elle réessaya un peu plus tard d'atteindre le cellulaire de Ludger et referma brusquement.

— Pourquoi tu raccroches ? lui demanda son amie.

— Parce que je viens de me rendre compte qu'on n'appelle pas dans une bibliothèque. Ça dérange. Et s'il est encore là, son cellulaire est sans doute fermé. Si je rentre avant lui, je l'attendrai et il en fera autant s'il arrive avant moi. Rien ne presse, on a pris l'habitude de souper plus tard depuis quelque temps.

— Tiens, on arrive ! Te voilà rendue chez vous ! Merci pour la sortie, Raymonde !

— De rien, ma grande, et je t'inviterais bien à monter…

— Non, je préfère ne pas indisposer Ludger. D'autant plus que je suis dans ses bonnes grâces pour le mariage !

Raymonde monta dans l'ascenseur et, rendue à son étage, se dirigea rapidement vers son appartement. La porte encore verrouillée l'étonna un peu, mais comme son bien-aimé aimait flâner dans les bibliothèques... Elle déverrouilla, poussa la porte, déposa son sac à main sur le banc du vestibule, retira son imperméable qu'elle accrocha à la patère et, regonflant quelques boucles éparses de sa crinière devant le miroir, elle cria :

— Ludger ! Tu es là ? Ludger ! C'est moi !

Aucune réponse. Il était donc évident qu'il n'était pas revenu et qu'elle aurait le temps de préparer le repas. Ayant sorti une casserole de l'armoire, l'idée lui vint de se rendre à la chambre afin de voir s'il avait bien fermé la fenêtre. Oui, tout avait été exécuté correctement, mais, revenant sur ses pas, elle fut surprise de ne pas apercevoir les pantoufles de son conjoint au pied du lit. Pas plus que son portable qu'il laissait toujours sur la commode quand il sortait. Intriguée, elle étira le bras jusqu'à la porte de la garde-robe de Ludger et... elle la trouva vide ! Entièrement dépouillée de ses complets, ses chemises, ses pulls, ses cravates, ses souliers, sa robe de chambre... Étonnée, quasi angoissée, elle ouvrit les tiroirs de la commode de Ludger pour les découvrir complètement vidés de leur contenu. Pas même une paire de bas ni un seul sous-vêtement, rien ! Prise de panique, elle crut à un vol et se préparait à téléphoner au concierge de l'immeuble lorsqu'elle aperçut de son placard entrouvert tous ses effets à elle. Son manteau de cuir neuf, ses robes de soie, ses souliers, bref, tout ! Ses tiroirs étaient également remplis de tous leurs effets, pyjamas de satin inclus. Son coffre à bijoux était intact, il n'y manquait rien, pas même son précieux collier de perles. Angoissée, ne comprenant pas ce qui se passait, elle attendit durant plus d'une heure le retour de celui qu'elle aimait. Sans manger, un verre de vin à la main. Sans tenter de le joindre sur son cellulaire, elle craignait l'anéantissement… Il allait certes l'appeler, s'expliquer… Puis, tremblante à l'idée de ce qu'elle imaginait, elle appela sa copine pour lui dire :

— Il est parti, Carmelle ! Il ne reste plus une trace de lui ici. Son linge, ses articles de travail, plus rien n'est là. Et je viens de me rendre compte que même son rasoir, sa crème à barbe, sa brosse à dents… Tout est parti ! Il a tout vidé, Carmelle ! Je ne trouve plus rien de ce qui lui appartenait.

— Ben, voyons donc ! Tu dois rêver ? Ça s'peut pas, Raymonde ! C'que tu m'dis là n'a pas d'bon sens !

— Arrive et dis-moi que je rêve ! Viens vite ou je ne réponds plus de moi ! Il ne peut pas m'avoir fait ça ! Pas à trois semaines de notre mariage ! La tête me fend en deux, j'ai la nausée… Viens me raisonner avant que j'devienne folle ! Quand je pense à tout ce que j'ai acheté, signé… Non, ça s'peut pas !

Carmelle s'amena aussi vite que possible pour trouver son amie dans un bien triste état. Décoiffée, les yeux rougis par les larmes, elle avait à la main une bouteille de Saint-Véran que Carmelle lui enleva avant que les effets ne lui soient désastreux. Mais force était de constater que plus rien de Ludger n'était dans l'appartement. Dans le lavabo de la salle de bain, des traces de dentifrice, rien d'autre. La douche n'avait pas coulé pour lui et seul le gel de douche de Raymonde était encore humide. Le savon qu'il utilisait reposait sur le rebord du bain, sec de la veille, et sa longue serviette blanche, pas même froissée. Il n'avait laissé que ce qu'elle avait acheté. La literie, les serviettes pour monsieur, le savon et la sortie de bain en ratine dont il ne se servait jamais. Mais il n'avait rien oublié de ses effets à lui. Pas même son eau de toilette Royal Copenhagen qu'il avait portée durant des années et qu'il avait retrouvée chez un parfumier.

— Tu vois, Carmelle ? Je ne rêve pas ! Bel et bien parti, l'oiseau rare !

— Appelle-le sur son cellulaire ! Il a peut-être eu un accident ?

— Carmelle ! Maudit ! Réveille ! Y reste plus rien de lui ici ! Il a foutu l'camp durant mon absence ! J'sais même pas où il habitait, je ne connais personne de sa famille, je ne sais même pas où il a enseigné !

— On va l'retrouver, Raymonde ! Y'a sûrement un moyen ! Quelqu'un le connaît sûrement ! Le libraire, les bibliothèques... On va tout essayer et, si après, ça donne rien, on va appeler la police.

— Voyons donc ! Un homme qui quitte sa femme, sa blonde plutôt, ils voient ça tous les jours. Surtout à notre âge ! Il n'a pas été enlevé, il n'a pas disparu, il a crissé son camp, Carmelle ! Avec tout son *stock* ! Et c'est ce qui me fend le cœur. Je l'aimais tant. Lui aussi, pourtant. On devait se marier... Il m'a fait tout acheter, tout emprunter, il m'a vraiment embarquée... Il disait qu'il n'avait pas de liquidités. Il devait commencer à tout payer prochainement. Juste avant le mariage pour les premiers comptes qui allaient arriver. Ma carte de crédit aussi... Et notre voyage de noces, des mensonges que tout ça ! Pourquoi ? Qu'est-ce que j'ai fait de pas correct ? Il m'a même fait quitter ma *job*, Carmelle ! Penses-y ! Y m'laisse tout nue dans'rue, comme c'est là !

— J'te dis qu'on devrait appeler la police ! Y peuvent te conseiller…

— Non, y peuvent rien faire. Ludger n'est pas un escroc, il ne m'a pas volée, il a juste décampé. Comme un sauvage !

— Écoute, tu devrais manger quelque chose, Raymonde.

— Non, apporte-moi un verre d'eau et deux Advil avant que ma tête éclate. C'est une bombe que je viens de recevoir dessus !

Dans un geste de solidarité, Carmelle passa la nuit avec Raymonde en essayant tant bien que mal de la consoler, de la conseiller, mais cette dernière, complètement démolie, répéta une partie de la nuit :

— Pourquoi, Carmelle ? Il m'appelait « son amour » sans cesse ; et moi, « mon chéri ». On était sur le chemin du bonheur. Il m'aimait comme un fou ! Nos nuits d'ivresse me le prouvaient, il était un amant exceptionnel ! Je ne m'étais jamais sentie tant aimée ! Il appréciait ma cuisine, il ne me reprochait rien, sauf quand je portais des robes rouges. Ou bleues… Il n'est quand même pas parti pour ça !

— Peut-être que le mariage lui a fait peur à la dernière minute…

— Il n'avait qu'à le dire, nous aurions tout annulé. C'est lui qui voulait m'épouser… Tout venait de lui, que de lui !

— Demain, on va vérifier bien des choses. On va le retracer, j'te l'jure ! Essaie de dormir, j'ai des somnifères dans ma sacoche… Dors un peu, je vais rester avec toi et je vais tenter de m'assoupir sur le sofa. Attends à demain, Raymonde. Peut-être qu'il appellera ? Un homme de sa classe, un ex-professeur, ça n'agit pas comme un déserteur !

— Reste à savoir s'il était vraiment professeur ! J'ai jamais posé de questions, j'ai rien vérifié, je le croyais sur parole… Tellement, que j'ai nulle part à fouiller pour tenter d'le retrouver !

— Allons, calme-toi, prends une autre pilule.

— Imagine si je ne le revois plus ? J'ai le condo sur le dos, les meubles à payer, ma voiture, les vêtements que je dois, mes cartes de crédit sont au *top* pis j'ai plus d'*job* ! Les banques, la caisse, les compagnies de finance, y vont tous me courir après ! Il s'est mouillé nulle part, lui ! Comment j'vais faire ? Pis quelle honte devant tout l'monde ! Même Steve va se payer ma tête quand il va l'apprendre… J'peux pas croire, Carmelle, c'est impossible ! Ludger peut pas m'avoir plantée là comme un clou ! Il va au moins me téléphoner…

— Tiens, essaye donc encore son cellulaire pour voir !

— Je l'ai fait avant que t'arrives et ça n'a pas répondu. Pire, j'ai même pas pu laisser un message, la fonction n'existe plus… Mais j'peux bien essayer encore devant toi, j'ai rien à perdre.

Raymonde composa le numéro de Ludger, mais cette fois, un message enregistré disait : « Le numéro que vous avez composé n'est pas actif. » Désactivé ! Compte fermé ! C'est bien ce qu'elle pensait ! On lui avait dit cela en anglais, sans même s'identifier…

— Est-ce que tu sais avec quelle compagnie il faisait affaire ? insista Carmelle.

— Même pas ! J'ai jamais vu son appareil de près ! Pis là, mon chien est mort. Y'a plus de ligne à lui. Tu vois bien qu'il voulait en finir avec moi !

— T'as quand même gardé son numéro en mémoire ?

— Non, il l'avait programmé sur le mien, j'avais juste à peser sur le huit !

— Et quand lui t'appelait ?

— J'ai même pas d'afficheur ! J'ai jamais payé pour l'avoir, j'en avais pas besoin.

— Bâtard ! T'as pris aucune précaution à c'que j'vois ! Ça s'peut-tu marier un gars pis rien savoir de lui ?

— Quand on aime comme une folle, tout se peut, Carmelle ! Je l'avais avec moi à longueur de journée et j'ai jamais pensé à lui demander le nom d'son père ou d'sa mère ! Faut être cave en maudit, non ? Il me répétait sans cesse : « Un jour à la fois. » J'comprends pourquoi, asteure ! Il planifiait déjà sa fuite ! Il ne parlait jamais du passé, sauf de ses princesses d'autres siècles, jamais de l'avenir non plus. Que du présent. Oui, « un jour à la fois », le pâté chinois inclus ! Jusqu'à hier après-midi où il a déguerpi comme un bandit pour sortir de ma vie ! Ah ! si je l'avais devant les yeux… J'te l'dis, lui…

— Pour son numéro de téléphone, y'a sûrement moyen avec un expert…

— Peut-être, à coups de cinquante piastres pour jouer dans le mien ! Non, oublie ça, ça me l'ramènera pas ! Pis, j'ai pas une cenne de côté… J'sais même pas comment j'vais faire pour le prochain marché !

— Bon, c'est assez, tu dors à présent, y'est déjà trois heures du matin. On va régler c'qu'on pourra demain. Et qui sait s'il va pas rappeler ?

— Tu crois encore que ça s'pourrait ?

— Tout est possible. C'est quand même un type bien élevé…

Raymonde, épuisée par le flot de paroles, et déjà sous l'effet des comprimés avalés, ferma les yeux et s'endormit au creux de son lit, tout habillée. Carmelle éteignit la lampe, ferma doucement la porte, et se glissa jusqu'au divan du salon où, morte de fatigue, elle plongea dans un sommeil profond. Sans même avoir eu le temps de plaindre, en son for intérieur, la seule amie qu'elle avait et qui, en ce moment, souffrait.

Huit heures du matin, Carmelle, de son divan, humait l'odeur du café qui coulait. Raymonde, une tasse devant elle, avait le regard dans le vide. Les cheveux en broussaille, on sentait qu'elle avait peu dormi, qu'elle avait tourné toute la nuit dans son lit malgré les sédatifs et qu'elle avait pleuré à maintes reprises dans son oreiller. Relevant la tête, apercevant son amie dans l'embrasure de la porte, elle lui dit :

— Le café est frais fait, il y a du pain, des céréales, des œufs, du fromage, fais-toi à déjeuner, moi, j'en ai pas la force.

Compatissante, Carmelle acquiesça d'un signe de la tête et, optant pour des rôties avec de la confiture de bleuets, elle dit à sa copine :

— Qu'est-ce que tu vas faire aujourd'hui, Raymonde ? Tu vas pas passer la journée à t'laisser aller, à dépérir... Veux-tu que j'reste avec toi ? J'peux prendre la journée *off*, j'ai juste à téléphoner et leur dire que j'ai une gastro.

— Non, va travailler, ça va me permettre d'enquêter. J'ai un tas d'appels à faire et si j'tombe sur quelqu'un qui sait où il est, il n'est pas sorti du bois avec moi, Ludger Vallin !

— Attends un peu avant de t'mettre à l'haïr ! Il va peut-être revenir, surgir de quelque part et s'expliquer.

— Non, Carmelle, tu divagues ! On ne revient pas quand on s'en va avec tout son *stock*, sa brosse à dents incluse. Y'a foutu l'camp, mais j'veux savoir pourquoi ! Il faut que j'le retrouve ! Termine ton café et pars vite travailler, ça va m'donner le coup d'pied dont j'ai besoin pour le retracer.

Carmelle avala une dernière bouchée et, sans aller sous la douche, se donna un coup de peigne et enfila son imperméable passablement usé :

— Veux-tu que je t'appelle dans mon heure de lunch ? T'auras peut-être des nouvelles…

— Non, appelle pas au cas où j'manquerais un retour d'appel. Mais, si tu le peux, viens souper avec moi après le travail. Je te raconterai où j'en suis dans mes recherches.

— D'accord, mais je devrai passer chez moi avant. Une robe pour demain et un pyjama au cas où tu me demanderais de passer encore la nuit ici.

Raymonde acquiesça du regard et porta sa tasse à ses lèvres. Carmelle partie, restée seule, sans ressources, épuisée, la victime de l'excessif affront ne savait par où commencer. Tiens ! Pourquoi pas le palais de justice où devait avoir lieu le mariage ?

Lorsque Carmelle arriva pour souper avec une pizza *all dressed* achetée en passant, Raymonde était encore entortillée dans sa robe de chambre du matin, le téléphone à côté d'elle, l'oreille rougie par les nombreux appels. Sans même lui dire bonjour, Carmelle s'écria :

— Pis ?

— Ben pis rien ! Je l'ai pas retrouvé le... J'me retiens, mais y'avait sûrement préparé son plan.

— Ben, raconte, pendant que j'tranche la pizza en pointes.

— Merci, pas pour moi, ça va m'tomber su'l cœur !

— Faut qu'tu manges, Raymonde ! Tu vas faiblir...

— J'me suis fait un demi-sandwich aux tomates avec un thé. J'ai pas plus faim qu'ça, Carmelle. J'ai l'corps tout à l'envers, l'estomac comme les intestins ! Pis l'mal de tête lâche pas !

— As-tu pris une Advil ? Une Tylenol ?

— J'ai tout pris ! Ça m'soulage, mais ça revient. Faut dire que le stress y est pour quelque chose. J'suis à bout d'nerfs ! J'avais peine à m'exprimer au téléphone.

— Vas-tu finir par m'les donner, les résultats de tes appels ?

— Oui, d'un trait, ma grande ! Ouvre bien tes oreilles ! J'ai commencé par le mariage civil. Eh bien, crois-le ou non, mais y'a aucun mariage d'enregistré à nos noms. Ni pour le 30 novembre, ni avant ni après ! J'suis pas allée plus loin parce que, si y'a pas de mariage, y'a pas plus de buffet quelque part ni de voyage à Paris. De la foutaise, tout ça ! J'ai ensuite appelé aux bibliothèques où il se rendait afin d'y dénicher une adresse. Y'en avait une ! Toujours la même ! La mienne ! Celle de mon ancien logement en plus ! Pour son cellulaire dont j'sais pas d'où il vient, Ludger l'a sans doute jeté à la poubelle après l'avoir fracassé.

— Son assurance sociale ? Son baptistaire ?

— Penses-tu qu'on t'donne ça au bout du fil, toi ? C'est très confidentiel. Pis j'sais même pas où il est né !

J'me demande même si Ludger Vallin, c'était bien son nom.

— Il l'utilisait pour ses affaires, pourtant…

— Quelles affaires ? Bien sûr qu'il a signé son nom au club vidéo pas loin, mais avec mes coordonnées. À la pharmacie, il payait comptant et on n'avait aucun dossier sur lui, il ne prenait plus ses pilules prescrites, il s'était mis aux médicaments naturels. D'ailleurs, je ne l'ai jamais vu sortir une carte de crédit devant moi, il payait toujours *cash* quand on allait au restaurant. J'ai même essayé trois petits hôtels non loin d'où il m'avait rencontrée la première fois, et aucun d'eux n'a pu retracer de Vallin dans leur registre, même en remontant de quatre mois. S'il vivait en appartement, fouille-moi, j'sais pas où ! J'ai même appelé deux Valin du bottin avec juste un *l* pour voir s'ils le connaissaient, et aucun d'eux n'avait de Ludger Vallin avec deux *l* dans leur famille. Encore moins un professeur d'histoire ! J'peux pas l'jurer, mais j'pense de plus en plus que c'est un nom d'emprunt !

— Il t'a quand même trouvé la banque, la caisse où tu as emprunté. Par eux…

— J'ai essayé, Carmelle ! Bien sûr qu'on se souvient de lui, mais on ne lui a pas demandé de carte d'identité ou de papiers, il n'avait pas à m'endosser. C'est moi qui empruntais, pas lui. J'étais donc la seule en cause. Pour la caisse populaire, c'était encore plus facile, c'était la mienne, celle où je fais affaire depuis des années. Il n'avait même pas à être là. Pour les meubles, j'ai mis le *cash down* sur ma carte de crédit et ils m'ont offert les paiements de la balance en vingt-quatre mois parce que j'avais une bonne *job* depuis longtemps. Avec une compagnie de finance pour prendre la relève à gros intérêts, bien entendu ! J'ai tout essayé, Carmelle, j'ai même appelé deux cimetières afin de retracer des défunts de sa famille. Ils n'ont rien trouvé ! Il y avait un Vallin quelque part, mort en 1885. Imagine ! Aucun rapport avec lui ! Quelle perte de temps pour moi ! Mais je ne comprends pas encore pourquoi il a fait ça. Me faire tout acheter, me nourrir de belles promesses, pis me mettre dans la rue ! Après toutes les nuits d'amour, les gestes tendres... Ça n'a pas de mots ce que j'ressens !

— Écoute, si tu t'es fait avoir, il va falloir te r'virer d'bord assez vite ! T'es pas pour attendre que les comptes rentrent !

— Qu'est-ce que tu veux que j'fasse ? J'ai plus d'*job*, plus d'argent, j'ai à peine soixante piastres dans ma sacoche...

— Aie ! Il devait bien avoir un compte de banque ?

— Non, pas à la caisse ni là où j'ai emprunté. C'est moi qui avais le compte. Mais j'avais pas à y aller, il me donnait de l'argent pour mes dépenses et il payait les factures qui entraient. Mon téléphone, le câble pour la télé, l'électricité, seulement les p'tits montants et depuis pas longtemps. Dans mon compte, j'ai à peu près soixante-quinze piastres. Juste assez pour le garder ouvert.

— T'as rien mis de côté durant toutes tes années de travail ?

— Non, j'ai pas pu, j'arrivais à peine. Une mère monoparentale, c'est pas toujours facile...

— Ton ex te payait une pension pour le p'tit, Raymonde ?

— Oui, pour lui, mais y'avait moi aussi pis tout l'reste à payer chaque mois. T'es bien placée pour savoir qu'on roule pas sur l'or même après quinze ans avec nos salaires de famine !

— Pour ça, t'as pas tort ! Faut ménager en maudit pour joindre les deux bouts avec le coût d'la vie !

— Et les petites économies accumulées, t'en fais pas, Steve s'en est chargé en prenant de l'âge. Il m'a mise à sec bien souvent, celui-là ! En plus de lui donner la moitié de ma paye ! Je t'apprends rien, non ?

— J'sais tout ça, Raymonde, mais là, qu'est-ce que tu vas faire ?

— Je l'sais plus… C'est toi qui sembles avoir des idées.

— À ta place, je partirais vite d'ici, je laisserais tout en arrière, et quand ils vont te retrouver, t'auras fait une faillite personnelle. J'peux t'arranger ça, un d'mes *chums* travaille pour un syndic. Il va te dire quoi faire.

— Mais, j'vais aller où ?

— Chez moi, Raymonde. J'pourrai t'accommoder, j'ai un boudoir avec un divan-lit, un grand placard, un bureau avec cinq tiroirs… C'est rempli d'cochonneries, mais j'vais tout vider pour toi ! Pis ensuite, tu recommenceras à travailler…

— Travailler où ?

— Ben, t'auras qu'à revenir au magasin, y cherchent des vendeuses sans arrêt ! C'est sûr que tu pourras pas reprendre ton ancien poste, ils l'ont donné à Bertha, mais si tu recommences au bas de l'échelle…

— Avec le salaire de crève-faim qui va avec ?

— Écoute, Raymonde, c'est mieux qu'un coup d'pied dans l'cul ! T'as même pas deux cents piastres en liquide présentement.

— J'sais, mais je vais vendre ce qu'il m'a offert, le collier de perles surtout.

— J'peux-tu l'voir ton fameux collier, asteure qu'y servira pas ?

Raymonde se rendit à son coffre à bijoux, puis, retirant l'écrin de velours, elle l'ouvrit pour le présenter avec minutie à Carmelle qui, le regardant de tous côtés, le roula dans sa main et lui dit :

— C'est du toc, rien de cultivé c'te machin-là ! L'écrin vaut plus cher que le collier ! J'peux t'en faire voir des pareils sur un *rack* de La Baie. J'connais ça les bijoux ! Le vrai pis l'faux ! J'ai eu le département à ma charge pour un bout d'temps au magasin! C'est pas qu'y est pas beau, mais ça vaut pas grand-chose. Rien pour revendre, tu vas faire rire de toi !

Sidérée, lançant le collier sur le mur, Raymonde se remit à pleurer.

— Désolée de t'avoir fait de la peine, mais moi, j'aime mieux être franche et dire les choses en face. Il t'a eue en viarge, c'te... Non, j'dirai rien au cas où... Mais, tu m'as pas répondu. Vas-tu venir, oui ou non, rester chez moi ? C'est pas l'paradis, c'est même moins beau que ton ancien logement, mais t'auras un toit sur la tête et de quoi manger dans ton assiette.

— Est-ce que je devrais vendre ce que j'ai ici ? Les meubles ?

— Non, fais pas ça ! Ça pourrait s'retourner contre toi ! Ils pourraient t'accuser de les avoir fraudés !

Découragée, revoyant encore dans ses pensées le beau voyage de noces prévu avec Ludger, Raymonde lança dans un dernier sursaut d'espoir :

— Et s'il revenait, Carmelle ?

— Avec sa brosse à dents, comme tu disais ? Penses-y pas ! C'qui serait élégant de sa part, toutefois, ce serait de t'envoyer un bon montant d'argent pour que tu restes pas pognée avec tous les problèmes. Pour que tu te sortes du trou avant de relever tes manches… Y doit savoir en maudit que t'as les deux pieds dans l'ciment ! Y semblait pourtant avoir du cœur…

Raymonde n'eut pas la force de relever les propos de son amie. Elle savait que tout était perdu…

— Il y aurait une autre solution, ma grande.

— Ah oui ? Laquelle ?

— Que toi, tu viennes vivre avec moi. Peut-être qu'à deux…

Carmelle l'interrompit avant qu'elle ne dépense trop de salive :

— Oublie ça, Raymonde ! J'ai juste mon salaire, rien de côté, une vieille bagnole que j'peux même pas changer, pis un loyer modeste que j'paye rubis sur l'ongle. J'ai mes *chums* d'occasion, mais qui viendront pas chez moi si j'habite chez toi. J'ai ma vieille mère dont je prends soin, ma façon de vivre depuis vingt ans, et mon p'tit logis d'la rue Poincaré, j'y tiens énormément. Les propriétaires qui habitent le bas, un vieux couple, me portent dans leur cœur. Non, oublie ça, Raymonde. Moi, les condos pis Chomedey, c'est pas ma tasse de thé !

— Bon, j'ai compris. Il ne me reste qu'à accepter ton offre, si je comprends bien.

— Ça, c'est si tu veux ! J'te force pas ! Mais, pour le moment, c'est la seule façon de t'sortir du trou. C'est quand même pas Steve…

— Parle-moi pas d'lui, Carmelle ! Prononce même pas son nom ! Y'a ben assez d'moi qui suis dans'marde !

— J'disais ça comme ça... Bon, qu'est-ce que tu vas faire ?

— Comme j'ai encore des jours de grâce avant que le premier paiement du condo m'arrive en plein visage, laisse-moi prendre un peu plus mon temps. Reste à coucher ici ce soir, j'vais m'sentir moins seule. J'le vois encore partout, tu sais. Je l'aimais...

— Oui, j'imagine pis j'compatis, mais là, p'tit à p'tit, va falloir que tu t'fasses une carapace.

Raymonde soupira, avala la boule qui l'étranglait et répliqua :

— Ouvre une bouteille de vin, Carmelle, n'importe laquelle ! Ça va m'aider à décompresser. Pis fais jouer de la musique, mais rien de classique ni d'Isabelle Boulay, ses chansons sont trop tristes. Regarde en dessous d'la pile, y'a un album de Michel Fugain. Avec lui et le vin, ça va mettre un peu plus d'entrain.

La nuit avait été plus paisible cette fois. Raymonde s'était levée encore très triste, mais ses yeux étaient moins rouges que la veille. Carmelle, sous la douche, tentait de contrer l'atmosphère en turlutant un air d'une chanson de Marjo. Enfilant ensuite ses bas, sa robe et sa veste de laine, elle vint à la cuisine rejoindre Raymonde qui grignotait une rôtie enduite de beurre d'érable.

— T'as bien dormi, ma grande ?

— Oui, assez bien, et toi ?

— Bah ! À peine, mais avec un ou deux comprimés... Tu sais, hier soir, je n'ai pas tout à fait confirmé, mais j'accepte ton offre, Carmelle. Me retrouver chez toi pour quelque temps va m'aider à traverser l'épreuve.

— Sans aucun doute, mais attends-toi pas au confort que tu as ici !

— Carmelle ! J'le connais ton logement ! J'y suis allée souvent !

— C'est vrai, mais dans l'temps, on était plus sur un pied d'égalité. Et puis, laisse faire mes remarques, tu vas être bien traitée, tu es ma seule amie, tu sais.

— Toi de même ! Et tu es bien bonne de me dépanner de la sorte. Oh ! avant que j'oublie, parle à la gérante et dis-lui que je serais prête à reprendre le travail la semaine prochaine.

— Non, Raymonde, après les Fêtes. Arrange-toi pas pour avoir des saisies de salaire en partant ! Faut faire faillite avant !

— Dis donc, tu penses à tout, toi ? Sors-tu avec un avocat ?

— Non, mais j'm'y connais assez bien. Y'a plein d'monde qui sont dans l'trouble pis qui viennent me voir pour des conseils. J'ai fini par apprendre. Bon, j'me sauve, j'veux pas être en retard, j'ai des livraisons en masse qui rentrent à matin !

— Une chose, Carmelle, d'ici les Fêtes, j'ai pas beaucoup d'argent... J'vais te donner ce qui m'reste...

— Non, sujet clos, je te garde su'l bras, Raymonde ! T'as du linge en quantité ? Apporte-le ! Tout ! Y peuvent pas saisir ce que t'as sur le dos ! Pour la nourriture, oublie ça ! Quand y'en a pour une, y'en a pour deux ! En autant que tu t'contentes d'un Kraft Dinner de temps en temps, ajouta-t-elle en riant.

Raymonde sourit, serra son amie sur son cœur et cette dernière demanda :

— Vas-tu m'appeler ce soir ? Nouvelles ou pas, téléphone-moi !

— Promis et parle pas trop vite de tout ce qui m'arrive aux autres filles. Tu sais, j'ai fait bien des envieuses…

— Bouche cousue !

Seule et encore sous le choc sans trop le laisser paraître, Raymonde songeait à son avenir. Elle s'était vue heureuse et elle avait été bernée. Assise devant le téléviseur, elle regardait une émission à TVA lorsque, du coin de sa fenêtre, elle aperçut le facteur qui retournait à son camion. Laissant tout de côté, elle emprunta l'ascenseur jusqu'aux boîtes postales de l'entrée et, déverrouillant la sienne, elle découvrit des réclames publicitaires, un compte de Sears et, tout au fond, une enveloppe blanche adressée à son nom sur une étiquette adhésive, mais sans adresse de retour. Elle remarqua que le timbre était à l'effigie de la reine d'Angleterre, les seuls que Ludger achetait dans sa fidélité envers la royauté. Puis, examinant de plus près l'étiquette, elle crut reconnaître le caractère de son ordinateur, celui en italique qu'il utilisait fréquemment. Ses jambes se mirent à trembler tout comme sa main qui tenait fébrilement l'enveloppe, en la serrant entre le pouce et l'index. Elle monta en comptant les étages sur le panneau à chiffres lumineux de l'ascenseur. Puis, rouvrant la porte de son appartement, elle jeta son courrier sur la table sauf la précieuse enveloppe qu'elle emporta avec elle au salon. Fermant le téléviseur, se saisissant du coupe-papier, elle la décacheta en prenant soin de ne pas la mutiler. À l'intérieur, une feuille blanche pliée en trois qu'elle déplia de son majeur. Ses yeux se posèrent sur la signature et elle put y lire *Ludger*, écrit en lettres penchées comme il le faisait quand il signait pour un livre à la bibliothèque. Une lettre écrite à la main, toutefois. Raymonde avait fermé les yeux. Elle sentait son cœur battre très fort. Elle avait hâte et peur à la fois de ce qu'elle allait découvrir dans cette brève missive. Que deux paragraphes, ce qui se voulait bien court pour un professeur qui écrivait des pages entières sur… Messaline ! Bref, également, de la part d'un homme qui l'avait aimée. À moins que ce ne soit que pour lui demander pardon… Elle se retenait de jeter un coup d'œil sur les premières lignes, de peur de voir mourir tout espoir. Que de sombres pensées émanaient de sa tête alors qu'elle n'avait qu'à poser les yeux sur le papier. Craintive, elle prit le temps de se verser un verre de vin rouge avant de trouver le courage de parcourir ce qui la concernait. Une première gorgée avalée, elle baissa enfin les yeux sur la première ligne…

Chère Raymonde,

Puis, prête à tout, plus négative que positive, elle prit connaissance de la missive. En partant, une fois de plus, par l'appellation du début :

Chère Raymonde,

Désolé de t'avoir fait de la peine par mon brusque départ, mais il se devait d'en être ainsi. Navré pour toi, mais j'ai eu « le coup de foudre » pour une autre femme. Tu connais cela, un « coup de foudre », non ? J'imagine que tu as éprouvé tout un choc et, si tu as de la difficulté à le gérer, demande à ton ex-mari comment il a composé avec le sien, naguère.

J'ai passé quelques bons moments avec toi, pas plus. Mais comme je pars en te laissant tout, j'espère que tu sauras te débrouiller.

Ludger

Elle avait failli tomber à la renverse ! Cette courte lettre était une gifle cinglante ! Jamais elle ne l'aurait cru capable d'une telle humiliation ! Lui, le professeur d'histoire qui lui disait l'aimer au point de l'épouser. Lui qui avait tout planifié pour lâchement la laisser tomber. Pour un coup de foudre ! Mais pour qui donc ? Une femme rencontrée chez un libraire ? Il osait lui dire qu'il lui laissait « tout ». Le mufle ! Que des dettes et un condo qu'elle allait perdre. Après l'avoir leurrée avec un collier de perles satinées comme on en retrouve dans les grandes pharmacies ! Elle pleurait de rage ! Elle hurlait presque ! Il avait passé de bons moments avec elle, pas plus. Le misérable ! Elle qui s'était donnée à lui corps et âme... Elle vociférait ! D'autant plus qu'il avait le culot d'espérer qu'elle allait se débrouiller ! Alors qu'elle était dans la m... jusqu'au cou ! Tout ça écrit d'un trait ou presque ! Elle le détestait autant qu'elle l'avait aimé. Comment pouvait-il avoir été si manipulateur, si sans-cœur, si méchant ? Pourquoi ?

Il était évident que si Raymonde avait relu plusieurs fois la missive et qu'elle s'était arrêtée pour réfléchir au « coup de foudre » entre guillemets, elle aurait pu repérer et saisir la raison profonde de cet abandon. Hélas, la pauvre dame n'avait pas le quotient intellectuel assez élevé pour lire entre les lignes ni pour se souvenir de leur première conversation au bout du fil. Et encore moins de son « coup de foudre » instantané pour un autre qu'elle lui avait avoué, lorsqu'il avait cherché à savoir pourquoi elle avait quitté son mari. Non, Raymonde n'était pas assez douée pour déchiffrer la portée du cynique message. Pas assez subtile pour creuser dans les mots du premier paragraphe et en extraire l'essence. Pas assez Messaline, quoi ! Dans son cœur, elle avait été trompée. Par un homme qui prétendait l'aimer. Trompée et quittée brutalement, sans pitié, sans remords, sans la moindre explication valable. Parce que Raymonde, vu son niveau d'éducation, n'était pas assez cultivée pour chercher à comprendre.

Elle attendit que la journée s'écoule en s'enivrant de plusieurs verres de vin successifs pour apaiser sa rage. Sentant son rêve évanoui, son « conte de fées » meurtri, elle tituba quelque peu, se laissa choir dans un fauteuil moelleux et se mit à verser des larmes de tristesse. Des larmes qui venaient du fond du cœur. Tout en blâmant profondément, pour son geste sans merci, celui qu'elle avait aimé chaque nuit. Celui qui…

Le carillon tinta, elle se leva avec peine, ouvrit d'en haut, c'était Carmelle qui rentrait. Trouvant son amie effondrée et enivrée à la fois, elle resta bouche bée. Pour ensuite, sans trop la brusquer, lui demander :

— Qu'est-ce qui t'arrive ? Tu devrais t'voir ! Pourquoi t'es-tu soûlée ?

Sans lui répondre, atterrée, Raymonde lui indiqua la lettre restée sur la table à café. Carmelle s'en empara et, sur un signe de la main invitant de son amie, la déplia. Debout dans le cadre de la porte, elle la parcourut des yeux une fois, deux fois, sans rien comprendre aux sous-entendus, elle non plus. Elle remit la lettre dans son enveloppe, serra le poing gauche et la rendit à son amie en lui disant :

— L'écœurant !

CHAPITRE 4

Mercredi 2 avril 2003, et l'avion se pose sur le sol de Moncton au Nouveau-Brunswick pour laisser descendre ses passagers, dont Ludger Vallin qui avait réussi à dormir au cours de ce long voyage entre ciel et terre. Au comptoir de location d'auto, il opta cette fois pour une Toyota économique et non une voiture de luxe dans le but de ne pas trop en mettre plein la vue. Muni de sa carte routière, il n'eut aucun problème à repérer le modeste hôtel attaché à ses unités de motels, à quelques kilomètres de l'aéroport. Là où personne ou presque ne vivait dans les alentours. Il avait croisé la rue Weldon, puis une autre, tel qu'indiqué sur les instructions, et il avait finalement trouvé l'endroit de son nouveau refuge. Très prudent, il avait signé le registre du nom d'un oncle du côté maternel et, comme il avait payé comptant deux mois complets d'occupation, il bénéficia d'un rabais appréciable. Le proprio des lieux ne lui posa aucune question, d'autant plus que le visiteur désirait l'unité 8, la moins louée par les passants parce qu'elle était la plus éloignée du restaurant de la réception. Quand la serveuse lui avait demandé en lui apportant un café ce qu'il faisait dans la vie, Ludger avait répondu dans un anglais impeccable qu'il était archéologue et qu'il venait pour effectuer des recherches dans leur province, sans savoir encore, cependant, combien de temps il resterait dans leur établissement, après les deux mois réglés d'avance. La chambre n'était pas grande, cela allait de soi, c'étaient des unités pour les clients d'un jour ou... d'une nuit ! Mais le lit était confortable, la salle de bain très propre, et on lui avait prêté un bureau et une chaise rembourrée puisqu'il devait transcrire d'un carnet de poche sur son *laptop* chacune des notes de ses supposées... découvertes !

Il avait passé les Fêtes et l'hiver chez lui. Loin de Raymonde et de ses multiples ennuis. Il avait retrouvé quelques amis avec lesquels il avait décompressé de sa virulente aventure à Montréal, en se promettant bien, regardant sa perruche dans sa cage entretenue par une voisine serviable, de reprendre son souffle avant de songer au prochain voyage. C'est tout à fait par hasard qu'il avait choisi la ville de Moncton, conscient toutefois qu'au Nouveau-Brunswick on parlait aussi le français. Ce qui serait fort utile au professeur d'histoire qu'il avait été, pour les narrations et les propos intimes. C'était morne, plus que triste, là où il avait fait son nid près de l'aéroport. Il le savait, mais dans son existence singulière, c'était en plein ce qu'il fallait pour un anonymat. Mais, tout en souhaitant s'habituer à cet environnement déprimant, il comptait bien ne pas être seul dans sa bulle... trop longtemps !

Après avoir mangé au restaurant adjacent au motel, Ludger savait qu'il n'allait pas s'asseoir souvent à cette petite table aux napperons de papier, même s'ils avaient un permis d'alcool. La nourriture était égale à celle d'un restaurant terrasse d'un centre commercial, et le vin, un merlot semblable à ceux qu'on vendait dans les avions et les trains. Il avait parcouru le journal local du jour laissé sur une table et, à la section des Arts, on invitait les gens de la région au Salon du livre d'Edmundston, un trajet qu'il n'allait sûrement pas effectuer. Même s'il avait envie de se retrouver parmi les bouquins et voir s'il ne dénicherait pas, à l'étagère d'un petit exposant, quelque biographie historique qui lui permettrait de prendre des notes et de les rédiger ensuite sur son ordinateur, ce qu'il ne cesserait jamais de faire. Mais il trouverait sûrement de bonnes bibliothèques à Moncton. Cette fois, il comptait être un peu plus prudent avec son argent, de moins régler d'additions dans les restaurants et de moins choyer celle qu'il n'avait pas encore rencontrée. Chose certaine, il ne recherchait pas une Acadienne, elles avaient trop de parenté, trop de racines, trop d'amis ou de connaissances. Et elles étaient trop indiscrètes, trop fouineuses. Il était plutôt à la recherche d'une âme perdue dans ce coin-là, une femme qui venait d'ailleurs. Comme lui, quoi !

Le lendemain matin, son portable sur sa petite table, il ouvrit, afin d'échanger d'éventuels courriels, une boîte Hotmail sous un nom d'emprunt. Puis, se rendant sur un site de rencontres par région, il insista pour le Nouveau-Brunswick et trouva dans Moncton au moins douze candidates dans les âges qu'il avait sélectionnés. Entre quarante et cinquante-cinq ans, plus précisément. L'une d'elles était justement Acadienne, elle le soulignait dans son résumé. Il l'imaginait avec son accent, ses yeux bleus perçants comme ceux de La Sagouine et son tutoiement dès le premier contact. La photo de la dame, mère de quatre grands enfants, parlait d'elle-même. Il chemina dans les autres annonces et une autre attira son attention. Sans photo, résumé très serré, la dame se présentait ainsi : *Femme de cinquante ans, divorcée, pas d'enfants, professionnelle, cherche compagnon à peu près du même âge, pour discussions et rencontre probable. Fumeurs, hommes mariés et aventuriers s'abstenir.* C'était signé du pseudonyme *Océanie*. Où donc avait-elle puisé ce nom ? Dans un roman ? Il suivit les indications du site et parvint à répondre à la dame par courriel : *Veuf, sans enfants, cinquante-quatre ans, professeur d'histoire retraité, serait intéressé à vous rencontrer. Si intéressée, veuillez répondre, madame, à l'adresse électronique ci-haut inscrite.* Pour ensuite signer du prénom *Océan*. Ce qui la ravirait sûrement, songea-t-il, sans se tromper. La courte missive parvint à la boîte de réception virtuelle de la dame qui, charmée par le jeu des prénoms fictifs, retint ce candidat en supprimant les trois autres qui s'étaient intéressés à elle.

Judith Laurent, originaire de la ville de Québec, avait suivi ses parents au Nouveau-Brunswick à l'âge de vingt ans alors que son père, directeur d'une firme d'importation, avait obtenu un transfert au siège social de l'entreprise en même temps qu'un poste très bien rémunéré à la vice-présidence. Famille à l'aise, le père avait fait l'acquisition d'une vaste maison dans un quartier huppé de Moncton. Le fils de la famille, Raynald, seul frère de Judith et de cinq ans son aîné, avait préféré aller s'établir au Manitoba d'où venait sa fiancée qu'il comptait épouser. Reçu au Barreau depuis peu, Raynald comptait faire plus d'argent dans les provinces de l'Ouest, tout en épousant celle qu'il aimait. Deux prévisions de sa part qui s'avérèrent exactes puisqu'il devint un excellent défenseur des présumés innocents dans des causes difficiles et que, du côté intime, trois enfants, deux filles et un garçon, vinrent s'ajouter à son bonheur. Sarah, sa douce moitié, ancienne reine de beauté, jugea que sa famille était terminée, ce qui fut le cas sans la moindre opposition de son mari, l'avocat. Judith, de son côté, s'accoutuma peu à peu aux us et coutumes du Nouveau-Brunswick où elle termina avec succès son cours d'infirmière. Elle dénicha vite un emploi dans l'un des deux grands hôpitaux de la ville pour lentement bifurquer vers les cliniques privées. Encore en poste à cinquante ans, elle était depuis quelques années en gériatrie, au service des vieilles personnes riches de la région, avec tous les maux reliés au passage des ans. Mariée à trente ans avec Jordan, un comptable rencontré dans une soirée, elle demanda le divorce deux ans plus tard. Au moment même où son mari voulait faire l'acquisition d'une plus grande maison. Sans enfants, elle acheta un condominium que son père lui paya, refusant que sa fille dilapide son compte en banque. Elle allait certes avoir besoin de tous ses gains selon lui, maintenant qu'elle n'avait plus de mari pour confortablement arrondir les fins de mois. Elle l'avait quitté en n'exigeant rien d'autre que sa liberté. Pas même la moitié de la valeur de leur petite maison à laquelle elle aurait eu droit. Elle lui avait tout laissé, de la cave jusqu'au grenier. Afin qu'il ait un pied à terre, si jamais il en rencontrait une autre après avoir cessé... de la pleurer !

Judith Laurent, cinquante ans, seule depuis longtemps, avait jugé qu'il était peut-être temps qu'elle partage sa vie avec quelqu'un d'autre. Elle avait entendu parler de ce site de rencontres et elle avait osé s'y inscrire à l'insu de tous, de ses parents surtout. Sans ne rien espérer de tangible, seulement pour voir ce que ça pouvait donner. Jusqu'à ce que le courriel de Ludger Vallin lui parvienne et l'intrigue.

Le lendemain, dans un courriel donnant suite aux autres, elle lui demanda de l'appeler le soir même, s'il en avait la possibilité. Il lui répondit qu'il le ferait aux environs de vingt heures afin de lui laisser le temps de souper. Ce qu'il fit de son nouveau cellulaire, les deux pieds sur le lit, bien appuyé sur le dossier rembourré de sa chaise. Après deux sonneries, une voix de femme assez grave se fit entendre :

— Oui, j'écoute.

— Madame Océanie, c'est Océan qui vous appelle.

Elle rit un tantinet pour ensuite lui dire :

— Bonsoir, monsieur, et mettons les choses au clair, mon pseudonyme est celui d'une princesse indienne d'un roman jeunesse que j'avais lu à l'école. Je suis en réalité Judith Laurent. Et vous ?

— Ludger Vallin, pour mieux vous servir, madame.

— Vous êtes professeur d'histoire à ce que j'ai pu lire ?

— Retraité cependant, mais toujours féru de recherches en vue de thèses, d'essais, d'écrits... Et vous, professionnelle ?

— Un bien grand mot, je suis infirmière, mais ce n'est pas à négliger... Les personnes âgées sont si souvent malades. Je travaille en gériatrie dans une clinique privée. J'aime cette clientèle, elle est très vulnérable. Les gens âgés, les dames surtout, ont besoin de réconfort. Les veuves, davantage...

— Une profession qui exige d'avoir le cœur sur la main, madame Laurent.

— Elles ont besoin d'être rassurées... Et appelez-moi Judith, je vous prie.

— Va pour les prénoms ! Vous avez été mariée, n'est-ce pas ?

— Oui, mais je vous arrête, ces choses se discutent en personne. Comme vous pouvez le constater, je ne vous questionne pas.

— Ce qui veut dire que vous seriez fort aise de me rencontrer ?

— Si l'idée vous sourit, Ludger. À vous de décider...

— C'est tout fait, Judith ! À vous de choisir l'endroit. Un restaurant pas trop bruyant, peut-être ?

— Oui, j'en connais un. Samedi soir, le 12, ça vous irait ?

— Heu... oui, mais n'est-ce pas un peu loin ?

— Désolée, mais le travail passe avant le plaisir, répondit-elle sans rire.

— Bon, donnez-moi l'adresse et j'y serai.

Elle s'exécuta et, après qu'il eut noté, elle lui demanda :

— C'est loin d'où vous êtes ? De votre travail, de votre maison ?

— Pas d'importance, Judith, et sachez que je suis un homme très ponctuel.

La conversation prit fin sur un « au revoir » de la part de la dame, juste assez cordial pour être poli. Dès lors, Ludger sentit que la partie avec elle n'allait pas être aussi facile qu'avec... Il s'arrêta avant de sauter aux comparaisons. Il avait hâte de la rencontrer, de la voir, de la découvrir et d'empoigner fermement... ses points faibles !

Ludger était arrivé avant elle et on l'avait dirigé vers la table en retrait qu'elle avait réservée. Il examina les lieux et se rendit compte que ce restaurant peu fréquenté, si on se fiait aux quelques personnes attablées pour un samedi soir, avait un menu bien limité. Des fruits de mer, des poissons pas trop recherchés et une bavette de bœuf vinaigrée, ce qu'il allait sûrement choisir. Cinq minutes de retard, la porte s'ouvrit et elle apparut, cherchant des yeux un homme seul qu'elle repéra très vite. Il se leva, lui tendit la main et lui demanda :

— Judith ? Je suis Ludger ! L'endroit est tout à fait charmant !

Mais il avait eu le temps de la toiser de la tête aux pieds. Pas très grande, juste assez, elle portait des bottillons de cuir sous son pantalon noir. Assez mince, bien tournée, elle était revêtue d'un manteau court beige retenu d'un ceinturon de la même étoffe. Une petite gabardine de printemps qu'elle enleva pour la déposer sur le dossier de sa chaise. Puis, assise, il remarqua qu'elle portait un pull à col roulé noir et beige et une montre au poignet gauche. Rien d'autre ! Pas même un petit pendentif ou des boucles d'oreilles. Elle était jolie, mais sans agrément. Elle aurait pu être belle ; il ferait en sorte qu'elle le devienne. Ses cheveux courts à la nuque n'avaient rien de contemporain. Des cheveux presque noirs entremêlés de gris sur le dessus. « À la va... comme je te pousse ! », songea-t-il, mais elle avait de jolis yeux noisette à peine maquillés et un léger fond de teint rehaussé d'un orangé discret sur les lèvres. Joli sourire, belle dentition, elle avait, cependant, un grain de beauté noir sur le cou, près de l'oreille, qui l'agaçait déjà. Bonne tenue, personnalité agréable, elle n'avait néanmoins rien mis en œuvre pour le séduire. Pas même quelques gouttes de parfum qui auraient pu le charmer. D'allure plutôt « garçonne », elle avait toutefois un maintien féminin avec une jambe croisée haute sur l'autre, à la façon des mannequins.

Elle, d'un seul coup d'œil, l'avait trouvé fort séduisant, mais intrigant avec son complet noir, sa chemise noire, sa cravate bourgogne et sa bague en or sertie d'un diamant. Une allure un peu « gangster » pour un professeur, songea-t-elle. Mais Ludger Vallin, dès qu'il la fixait du regard, l'écartait fortement du calme qu'elle s'efforçait de garder.

— Vous avez parcouru le menu ? demanda-t-elle.

— Un peu. Mais, comme le choix est restreint, ce fut vite fait. Peu friand de poissons ou de fruits de mer, je vais me laisser tenter par la bavette.

— Vous n'aimez pas le poisson ? Vous n'êtes pas natif d'ici...

— Non, j'y suis depuis quelque temps seulement. J'ai vécu un peu partout, à Montréal plus souvent. Et vous ?

— Je suis native de Québec où j'ai grandi, je suis arrivée ici à vingt ans et j'y ai complété mon cours d'infirmière.

Ils s'entretinrent de leurs tâches respectives, elle de sa « vocation » pour les malades, lui de l'enseignement, de ses élèves, de ses recherches interminables sur l'histoire… Voulant la tester, il lui dit :

— Je parcours actuellement tout ce qu'on a écrit sur Louis XVII.

— Ah ! le pauvre fils de Marie-Antoinette ! Si jeune ! Quel triste destin que le sien… Vous ne trouverez guère plus que ce qu'on a pu dire de lui…

— Vous connaissez l'histoire, Judith ?

— Pas l'histoire de France au complet, mais quelques chapitres. J'ai quand même fait mon secondaire ! ajouta-t-elle en riant.

— Messaline, ça vous dit quelque chose ?

— De nom, oui, pas plus. Mais Cléopâtre et Marc-Antoine…

— Tiens ! je sens que nous aurons de bonnes discussions, vous et moi.

Elle le questionna sur son veuvage, il lui raconta la mort d'Andréanne à l'âge de vingt-trois ans et elle en fut émue. Il lui expliqua ne pas avoir refait sa vie pour ne pas nuire à sa carrière, ce qui lui valut un « moi de même » de sa compagne de table. Elle avait choisi le saumon, le vin blanc ; lui, le rouge. Un verre, pas plus, de l'un comme de l'autre. Puis, il lui demanda :

— Et vous ? Votre mariage ? Il n'a pas duré très longtemps…

— Deux ans. J'avais trente-deux ans, mes forces et mes faiblesses.

— Il vous a quittée, Judith ? Est-ce trop indiscret ?

— Pas du tout. Non, c'est moi qui l'ai quitté. Je suis tombée amoureuse d'un autre… Passionnément ! Pourtant, trois mois plus tard, c'était fini entre nous deux. Le feu s'était éteint pour moi comme pour lui.

— Revenons à votre mari, il a dû être secoué par la rupture !

— Jordan ? Oui, terriblement. Il m'aimait profondément et, du jour au lendemain… Il a téléphoné à ma mère en pleurant. Elle le plaignait et mon père, de son côté, lui disait que, sans enfants, ce n'était que la fin d'un contrat.

— Assez dur de la part de votre papa, vous ne trouvez pas ?

— Quand on y pense bien, il n'avait pas tout à fait tort. Sans enfants, on reprend sa vie, on cherche ailleurs…

— Pas quand on a le cœur blessé, meurtri…

— Tout de même ! Un homme ! Jordan a finalement compris parce que, huit mois plus tard, il a vendu la maison et quitté Moncton pour aller je ne sais où… Je ne l'ai jamais revu.

Pour se remettre de cet aveu « cruel » à ses oreilles, Ludger commanda un café avec un doigt de cognac pour le renforcer. Puis, regardant Judith, il lui demanda :

— Vous croyez qu'on pourrait se tutoyer, vous et moi ?

— Je ne demande pas mieux ! Moi, le « vous », c'est pour mes patients âgés, pas pour…

— Vous hésitez… Allez !

— J'allais dire, pas pour un homme qui m'intéresse.

Il sourit, allongea la main pour la déposer sur la sienne et affirma :

— Je crois que c'est parti pour durer, Judith. Qu'en penses-tu ?

Ravie, plus nerveuse qu'à son arrivée, elle répondit en portant sa tasse de café à ses lèvres :

— Je suis de la partie, si tu crois que toi et moi…

Pour se l'approprier un peu plus, Ludger ajouta :

— Toi et moi, ça devient « nous » quand on cherche dans un but sérieux.

Sur ce dernier aveu, Ludger Vallin savait qu'il n'avait pas à chercher plus loin. Il venait de trouver celle qu'il avait souhaité rencontrer… sur son second chemin.

Ils se fréquentaient depuis un mois. À l'insu de tous, particulièrement des parents de Judith qui n'auraient pas apprécié que leur fille s'entiche d'un inconnu, aussi instruit était-il. Jean-Nil Laurent et sa femme, Anita, au fil du temps, avaient quelque peu décroché des amis et des connaissances. Ils assistaient parfois à des concerts où le retraité était regardé comme l'un des hommes riches de la région. Il en allait de même avec la messe où le bedonnant ex-vice-président attirait l'attention au moment de la quête en déposant, dans le panier, un billet vert intact. Octogénaires tous deux, sa femme vieillissante s'accrochait à son bras, aux prises avec la bosse de bison qui lui courbait le dos. Lui, plutôt solide, chauve, gras, le ventre proéminent, la tête haute pour camoufler son double menton, était féru de grande musique et de mots croisés difficiles, pour le bien-être de sa mémoire. Judith était sa raison de vivre, sa fierté. Il la choyait encore de son argent, mais « la fille à papa » avait maintenant besoin d'amour. À l'aube de la cinquantaine, avant de s'aligner sur la chaise berçante, elle ressentait, comme à trente ans, une soudaine envie d'un mâle. Mais, cette fois, un homme bien de sa personne, cultivé, sérieux et de bonne foi. Un Ludger Vallin, quoi !

Ils s'étaient revus trois ou quatre fois, mais que dans des lieux publics. Les restaurants, la plupart du temps, ou les centres commerciaux les plus éloignés de chez elle, par crainte de croiser des collègues de travail et d'avoir à leur avouer qu'elle était maintenant au bras d'un homme. Voulant savoir où il résidait, il avait réussi à lui répondre : « Chez un couple d'amis, pas trop loin de l'aéroport. » Sans rien préciser, pas même le quartier ou le nom de la rue. Il avait ajouté qu'il ne pouvait l'inviter chez lui, que la femme de son ami était une commère qu'elle ne supporterait pas. Judith se vit donc forcée de lui demander, lors d'une pause café dans un resto à aire ouverte d'un centre commercial :

— Ça te plairait de venir chez moi ? Je peux recevoir, moi, je vis seule, et sans être un cordon-bleu, je cuisine assez bien.

— Voilà qui me ferait plaisir, Judith ! Un tête-à-tête chez toi avec une musique de fond... Tu aimes la musique?

— Oui, mais pas classique. Je préfère le jazz, mais en douceur. Comme *The Look of Love,* de Diana Krall. J'aime aussi les *crooners* comme le jeune Michael Bublé qui démarre... Ce qu'il y a de plus doux et de plus romantique. Ça ne paraît pas à me voir, mais je suis une grande sentimentale. On croit que les infirmières sont coriaces à cause de leur profession, mais l'uniforme enlevé, on devient vulnérables et fragiles. J'aime l'histoire, pas autant que toi, évidemment, mais je lis aussi Mary Higgins Clark... Bref, je suis de mon temps !

— Très intéressant... Alors, pour quand le souper intime ?

— Que dirais-tu de ce dimanche, 4 mai ? Pas le suivant, c'est la fête des Mères et s'il fallait que mes parents ne me voient pas arriver…

— Ça se comprend, mais pourquoi pas samedi, Judith ?

— Parce que c'est la partie de quilles avec mes collègues. Je suis membre du groupe. Une fois par mois, nous allons jouer…

— Ça va, je n'insiste pas, répondit-il d'un ton ennuyé.

Les quilles ! Le *bowling* ! Ce qu'il trouvait de plus stupide au monde ! Ce qui voulait dire qu'elle avait des amis, qu'il devrait être vigilant et faire en sorte de ne pas les rencontrer. Sa relation avec Judith allait être plus ardue que celle avec Raymonde, il le sentait. Plus d'obstacles à écarter de sa route, ses parents les premiers ! Mais il avait confiance en lui et plus le temps passait, plus elle semblait se plaire en sa compagnie. La mission semblait de prime abord plus ardue, Moncton n'était pas Montréal. C'était plus petit, moins cosmopolite, les gens parlaient beaucoup entre eux… Mais il allait la conquérir, il en était certain, elle ne pouvait lui échapper. Toutefois, il l'aimait déjà. Un peu, du moins. Parce qu'elle l'avait laissé lui parler de… Messaline !

Le dimanche se pointa enfin et Ludger, bien vêtu, eau de toilette au cou et aux poignets, s'apprêtait à se rendre chez Judith en fin d'après-midi. La veille, alors qu'elle était allée jouer aux quilles, il avait arpenté le parc le plus près de son motel pour garder la forme et, le soir venu, il avait repris son *laptop* pour transcrire ses notes sur le mariage de Napoléon III avec Eugenia Maria Ignacia Augustina Palafox de Guzman-Portocarrero, comtesse de Teba. « Ouf ! Quel nom ! »

se dit-il, après de nombreuses fautes de frappe. Heureusement pour lui, elle avait régné sous le nom d'Eugénie de Montijo, ce qui rendait sa recherche plus facile. Puis, pour se détendre un peu, il ouvrit le téléviseur de l'unité 8 qu'il occupait pour tomber sur le début de *The Boxer*, un film assez récent avec Daniel Day-Lewis. Quel contraste ! Lui qui avait fermé la page sur Eugénie qui avait dit à Napoléon III, alors qu'il la courtisait et qu'il insistait sur une visite charnelle, que l'accès à sa chambre passait par... la chapelle !

En route pour retrouver sa dulcinée, il arrêta chez un fleuriste non loin de chez elle pour ensuite sonner à son appartement avec une gerbe de roses rouges, six au moins, éparpillées parmi des pois de senteur. Enchantée, Judith les disposa dans un vase de cristal. C'était la première fois en vingt ans qu'un homme lui offrait des fleurs. Jordan, son ex-mari, en avait l'habitude, mais pas celui qui avait pris sa place ensuite. Ni le collègue de la clinique qui avait tenté de la fréquenter, mais qu'elle avait repoussé. Vêtue d'un pantalon beige et d'un chemisier de même teinte, elle avait chaussé des souliers bruns à talons plats, ce qui ne la rendait pas très séduisante au premier coup d'œil. Aucune féminité apparente. Le choix des couleurs de ses vêtements n'allait pas de pair avec le poivre et sel de sa chevelure. Mais l'odeur d'un bon plat le fit passer outre à ses observations. Elle l'introduisit au salon et lui offrit un gin tonic qu'il refusa. Ludger était peu porté sur les spiritueux. Il aurait préféré une bière blonde, mais la dame n'en avait sans doute pas puisqu'elle revint avec un simple verre d'eau du robinet. En sourdine, on pouvait entendre Diana Krall chanter *Dancing in the Dark* et enchaîner avec *Cry Me a River*. Histoire de la dérider, il lui demanda d'un ton moqueur :

— Tu n'as rien de folklorique de l'Acadie ?

Sérieusement, tout en portant son verre à ses lèvres, elle répondit :

— Non, rien d'ancestral, mais j'ai un album d'Edith Butler. Ça te plairait ?

— Non, pas ce soir, le jazz en douceur suffira.

Elle s'excusa pour se rendre à la cuisine et, resté seul, il remarqua la beauté de ce condo richement meublé avec un foyer de pierres bien en vue, des coussins de velours par terre, des tentures et des rideaux plein jour hors de l'ordinaire. Très chaleureux comme ambiance. Un appartement sobre mais de fort bon goût. Une horloge grand-père de prix, des tableaux de maîtres bien choisis, des figurines de porcelaine de grande qualité, des fauteuils soyeux et une décoration exquise, sans doute l'œuvre d'experts. Son intuition ne l'avait pas trompé, Judith n'avait pas le doigté pour meubler et décorer, lui avait-elle avoué. Ce dont il s'était vite douté, à voir la façon dont elle était habillée. Elle l'invita ensuite à la salle à manger où elle lui servit une crème de champignons suivie d'un poulet en casserole, mijoté durant des heures. D'où l'excellente odeur. Elle déboucha un vin blanc, lui qui préférait le rouge, et gauchement, emplit les deux verres sans le lui faire goûter et sans respecter le quart du verre pour commencer. Il comprit, évidemment, que madame Laurent n'avait pas reçu depuis longtemps. Il fit quand même honneur au vin trop fort en alcool ; elle en fit de même avec pour résultat que la tête lui tournait déjà. Après le digestif, une crème de menthe blanche Marie Brizard, elle l'invita au salon afin d'écouter encore Diana Krall chanter *I Remember You, Love Letters*, etc. Assez pompette, se rapprochant de lui sur le canapé, elle lui saisit la main et lui dit sans qu'il s'y attende :

— Je t'aime, Ludger ! Je ressens beaucoup d'amour pour toi…

— Est-ce le vin, Judith ?

— Ça aide un peu, mais je t'aimais hier aussi, tu sais ! J'aurais préféré être avec toi qu'avec mes collègues… Je t'avais dans la tête.

Il était ravi, soupirait d'aise, il venait de remporter la première manche. Comme avec Raymonde…

— Et toi ? Tu éprouves quelque chose ?

Il la serra contre lui, l'appuya contre sa poitrine et murmura :

— Je t'aime aussi, mon ange ! Depuis le premier jour…

Il l'avait appelée « mon ange » ! Elle en était estomaquée ! Il était le premier à lui dire des mots tendres. Mon ange ! Elle en était renversée ! Adroit, il se leva et fit recommencer le CD à partir du début, pour ensuite lui demander :

— Tu ne m'as pas fait visiter ta chambre, ma chérie.

Elle se dégagea de son bras, se leva, lui tendit la main et, en deux enjambées, ils étaient dans une chambre superbe au décor majestueux. Le vert olive de son couvre-lit intact était de toute beauté. Ce qui n'empêcha pas Ludger de le retirer, d'ouvrir les draps et de la regarder, inquisiteur. Judith obtempéra et leur première nuit fut une réussite ! Habile, adroit, Ludger lui avait fait l'amour au point de la voir mordre son oreiller. Pour ensuite, exténuée, l'embrasser et lui dire :

— Je te veux chaque nuit… Tu ne partiras plus d'ici… Que je t'aime !

Le jour venait de poindre et Judith, encore dans les bras de Ludger sous les draps froissés de son grand lit, cherchait à poursuivre l'extase lorsqu'il lui dit :

— Tu sais, tes cheveux gris, c'est prématuré à ton âge. Va chez la coiffeuse, elle va remédier à cela. De plus, laisse-les allonger, ça va te rajeunir, mon ange.

Étonnée, elle se demandait bien ce qu'une telle remarque venait faire au creux d'un oreiller humide. Elle ne répondit pas, mais son envie d'une autre copulation venait de s'estomper.

— Un bon déjeuner serait apprécié, ma chérie. J'ai l'habitude de manger tôt et d'aller faire une marche ensuite.

— Le contraire serait plus à conseiller, répondit-elle.

— Tiens ! l'infirmière qui parle ! Déformation professionnelle ?

— Non, pas l'infirmière ni la *nurse* comme on dit ici. J'ai appris cela en faisant du *fitness* l'année dernière.

— Bien, moi, je ne déroge pas à mes habitudes ! rétorqua-t-il en s'efforçant de sourire.

Il se leva, se rendit à la salle de bain luxueuse attenante à la chambre et fit couler la douche pour retrouver son énergie surmenée. Il avait apprécié le corps encore ferme de Judith. Elle avait les muscles moins relâchés, la peau plus satinée, comparés à Raymonde. Et il s'était vite rendu compte que l'infirmière n'avait pas fait l'amour depuis longtemps. D'abord timide, elle était devenue vorace au gré de ses touchers, puis audacieuse ! Comme Ludger était passé maître dans l'art de séduire au lit, il devenait évident que « madame » songeait à ce qu'il récidive. Mais il ne voulait pas la combler d'une reprise successive. Il tenait à ce que Judith attende son bon vouloir pour l'honorer plus brusquement. Il l'avait « dégelée », se disait-il, il lui fallait quelque peu la « congeler » de nouveau, avant d'être, sur elle, le chaud lapin qu'elle désirait. D'autant plus qu'elle avait avoué l'aimer… et qu'il ne devait plus partir !

Elle lui avait préparé un copieux déjeuner. Des œufs brouillés, des rôties avec un fromage crémeux de la ferme, de la confiture de mûres dans un petit bocal, des fruits dans un grand bol, le jus d'orange en acide réduit et un excellent café importé. Bref, ce que les salles à manger des hôtels servaient le matin. Elle avait pris un bain et s'était vêtue d'un pantalon marine avec un pull d'un bleu qu'il n'aimait pas. L'un en face de l'autre avec une vue extraordinaire de la fenêtre, il se sentit soudainement riche… des biens de sa compagne ! Mais, gardant son calme, il lui dit comme pour mettre sa patience à l'épreuve :

— Aussi bien te le dire, Judith, je n'aime pas le bleu ni le rouge. Des teintes à éviter, si tu veux bien.

Quelle audace ! Mais elle ne se montra pas vexée, elle lui répondit qu'elle non plus n'aimait pas le rouge… Et que le bleu… bien, elle n'en porterait plus devant lui. Soulagé, heureux de cet autre point gagné facilement et enchanté qu'elle réagisse avec docilité à ses critiques, il mangea avec appétit et, avant d'aller marcher, il lui signala :

— Après, je vais retourner chez moi. C'est lundi, tu travailles.

— Non, pas aujourd'hui, je prends congé. Ils m'en doivent plusieurs avec toutes ces heures... Je vais t'attendre, Ludger, et le reste de la journée te sera consacré.

Il ne pouvait demander plus, il n'en espérait pas tant. Judith était conquise après une seule nuit d'amour. Cette femme avait dû vivre frustrée durant toutes ces années ! Était-il son libérateur ? Son rédempteur ? Ou sa « perle rare » comme disait l'autre ? Il n'aimait pas comparer, mais tant de situations étaient analogues... Sauf que Judith semblait plus « en manque » d'un mâle que ne l'avait été Raymonde. Ce qui lui faciliterait davantage... la tâche !

Il arpenta les rues du quartier et découvrit un parc avec une piste cyclable. Déjà, si tôt, des hommes, des femmes circulaient dans les sens uniques pour se raffermir ainsi les mollets. Il croisa aussi des joggeurs, des dames âgées qui promenaient leur petit chien, de jeunes mamans avec des poussettes, bref, des gens à l'aise qui ne travaillaient pas, des retraités ou des femmes dont les maris gagnaient suffisamment pour les faire vivre. Ce qu'aurait pu faire Judith si elle avait accepté les générosités de son père. Mais elle avait sa carrière, ses quelques amis et pas de mari. Condamnée à s'ennuyer, elle préférait voir le temps passer auprès des aînés dont elle embellissait les jours. Mais là, avec Ludger sur sa route...

Il revint et, pimpante, elle lui avait suggéré :

— Tu m'accompagnes au centre commercial ? J'ai besoin de petites choses pour la maison et ça te permettrait de visiter la librairie où tant de livres, autant en français qu'en anglais, sont à rabais cette semaine. Pendant ce temps, j'irai acheter un blouson ou deux, mais ne crains rien, pas de bleu ni de rouge ! s'exclama-t-elle en riant.

Il la suivit et, en cours de route, au volant de sa petite Toyota, il lui dit :

— Tu sais, je ne suis pas tellement riche. Je n'ai que mon chèque de retraite de professeur, trop jeune encore pour les aides gouvernementales. C'est d'ailleurs pour ça que je suis venu au Nouveau-Brunswick, le coût de la vie est moins cher ici. Là où je demeure maintenant, je ne paie qu'une mensualité pour la nourriture et l'usage de leurs appareils domestiques, comme la lessiveuse, etc. Mes amis m'hébergent à très bon compte et je leur rends quelques petits services en retour.

— Tu n'as plus à t'en faire, Ludger, j'ai ce qu'il faut pour deux. Mon père ne cesse de me choyer... Tiens ! ce soir, si tu veux bien, nous irons souper à la salle à manger d'un grand hôtel. C'est moi qui t'invite !

— Non, Judith, tout de même ! Nous allons demander deux factures !

Sans l'avoir prémédité, Ludger avait joué au « pauvre ». L'étalage de tout ce que possédait Judith l'y avait poussé. Et pourquoi ne pas ménager un brin ? Raymonde lui avait coûté assez cher... Ici, avec les dépenses divisées en deux comme il venait adroitement de le faire, ses économies fondraient moins vite que la neige au printemps. Elle revint avec un grand sac blanc et lui dit, alors qu'il furetait dans un bouquin :

— J'ai trouvé ce qu'il me fallait ! Et toi ?

— Non, pas vraiment, pas en français du moins, à part une biographie de la Montespan que j'ai déjà.

— Celle qui faisait empoisonner ses rivales afin de garder Louis XIV pour elle ?

— Tu la connais ? Quel bonheur ! Tu as lu sa biographie ?

— Non, j'ai vu le film *L'affaire des poisons* avec Danielle Darrieux. C'était lors d'une représentation de films de répertoire à l'Université de Moncton où j'aimais me rendre pour ce genre d'activités, même si j'étudiais ailleurs.

— Tu as vu d'autres films du même genre ?

— Oui, *Si Versailles m'était conté* et la série des *Angélique*, mais ces derniers étaient plus romancés. C'était en hommage à Robert Hossein…

— Je vois. Pas pour moi, ce genre de films, mais ceux de Sacha Guitry…

— Qui ?

Ludger se rendit compte que, même plus cultivée, Judith n'était pas plus intéressée par l'histoire que l'autre. Elle en connaissait un peu plus, mais lorsqu'il partait dans les frasques de Messaline, il la perdait. Auditrice certes, mais avec l'oreille ailleurs… Ils allaient quitter les lieux lorsque Ludger aperçut un comptoir de bijouterie en plein centre de l'allée. S'arrêtant devant un présentoir de boucles d'oreilles, il proposa à Judith :

— J'aimerais t'en offrir une paire.

— Je n'en porte pas, Ludger, je n'en ai jamais porté, je n'ai même pas les oreilles percées.

— Qu'à cela ne tienne ! Mademoiselle ? Vous avez des boucles d'oreilles avec des pinces, des vis ou autre chose du genre ?

— Avec des vis, ça n'existe plus, monsieur, mais je vais voir pour les autres…

La jeune femme s'éloigna, se pencha, regarda dans un tiroir de l'un de ses comptoirs et se releva avec quatre paires à *clips* comme on disait en anglais, dont une en forme de grappe de raisin. Des petites perles de surcroît ! Il insista pour que Judith les essaie devant le miroir et, la regardant, lui dit :

— Elles te vont à ravir, ma chérie ! Nous allons les prendre, madame.

— Mais, puisque je n'en porte jamais…

— Il y a un commencement à tout, Judith. Et vois, elles sont en vente ! Rien de cher, mais c'est de bon cœur !

— Mais, pourquoi Ludger, puisque je te répète…

— Parce qu'une femme sans bijoux est comme une nuit sans étoiles !

Figée, elle se regarda dans le miroir du comptoir et lui répondit :

— Te voilà poète maintenant ? Je te découvre à tout moment…

Il sourit, lui présenta son bras pour sortir au plus vite du centre commercial pendant que, de l'autre main, Judith ajustait de son mieux l'une des grappes qui… l'agaçait !

Le soir venu, ils se rendirent à l'hôtel pour le souper planifié et deux additions surgirent dans l'assiette du serveur à la fin du repas. Ils avaient bien mangé, le vin rouge était de qualité. Un beaujolais qui avait été ajouté sur la facture de « madame ». Allait-il encore l'honorer le soir même ? Non, demain, un autre jour ! Il lui fallait laisser Judith en pâmoison, en appétit, pour ensuite la rassasier de nouveau, le moment choisi. Il voulait, somme toute, qu'elle ait « la langue pendante » et qu'elle n'oublie surtout pas son « tu ne partiras plus d'ici » lancé avec emphase la veille, quelques secondes après son dernier cri de jouissance.

Il la fit patienter quatre jours avant de la revoir, et ce, malgré les insistances de Judith qui se morfondait en son absence. Il lui disait vouloir terminer à l'ordinateur un chapitre sur l'impératrice Joséphine, première femme de Napoléon. « Une autre ! avait-elle pensé, elles passent toutes avant moi ! » Mais elle avait fait mine de comprendre pour ne pas le contrarier. Lorsqu'il se présenta chez elle, plus dégagé ce jour-là, chemise ample sur un pantalon quasi estival, elle le trouva attirant. Plus jeunet, plus allumant... sexuellement ! Elle lui avait cuisiné un repas moins élaboré cette fois, mais un bon vin rouge respirait dans la carafe. Un vin qu'il apprécia sans en connaître l'appellation. Comme il l'avait prévenue devoir rentrer plus tôt à cause de son travail laissé inachevé, elle n'avait pas attendu que le bulletin de nouvelles se termine pour l'entraîner dans sa chambre. Ludger, un tantinet enivré, lui fit l'amour férocement, ce qu'elle apprécia... énormément ! Ces « efforts » de corps d'homme « affamé » produisirent l'effet escompté. Telle une sangsue, elle s'accrochait encore à lui, quand il la repoussa gentiment :

— Ne sois pas trop gourmande, mon ange... On pourrait finir par te comparer à Messaline.

Elle sourit, enfila sa robe de chambre de soie verte et Ludger, la regardant, la complimenta :

— Que de sensualité dans ce vert émeraude !

— Je l'ai achetée hier. Je savais que tu l'aimerais…

— Autant que j'aime tes cheveux d'un brun ambré, sans gris. Ta coiffeuse s'y connaît. Et ta nouvelle coiffure te donne un air espiègle.

— Tout ça pour toi, mon chéri ! Dis, je suis sérieuse, tu veux venir habiter avec moi ? Tu serais si bien ici ! Tu aurais même ton bureau pour tes recherches. Tu n'as pas de meubles, au moins ?

— Non, juste mes vêtements, Judith. Et pas beaucoup ! De qualité, mais pas en quantité.

— Eh bien ! qu'attends-tu ? Tu serais en mesure de quitter sans ennuis ceux qui t'hébergent ?

— Heu… oui ! Ça va les décevoir, mais je n'ai pas à leur expliquer. Je leur avais dit qu'un jour ou l'autre…

— Tu pourrais arriver quand, alors ?

— Dès samedi, si tu es certaine de vouloir de ma présence… Tu sais, tu vis seule depuis si longtemps…

— Trop longtemps ! Je t'aime, Ludger ! Tu me transformes jour après jour ! Je ne m'appartiens plus et j'adore ça ! Viens le plus tôt possible ! J'ai hâte de ne plus avoir à cacher ton existence à mes collègues. Il y a bien assez qu'elles se doutent de quelque chose avec ma teinture, ma nouvelle coiffure, mon maquillage plus évident et mes boucles d'oreilles que j'ai portées devant elles pour les épater.

— Et tes parents, Judith ? As-tu songé aux conséquences ?

— Je ne le leur dirai pas tout de suite. D'ailleurs, ils ne viennent presque jamais ici. Un peu plus tard, je les affranchirai et je te les présenterai si tu le veux bien.

— Je crains la réaction de ton père.

— Ça se comprend, il est si possessif ! Ma mère, par contre, comprendra que j'ai ma vie à vivre. Lui, ça viendra avec le temps. Ne t'inquiète pas pour ça, chéri. Tu arrives quand ?

— Bien... samedi qui vient dans ce cas-là. J'ai hâte de vivre avec toi, mon ange. Je t'aime, Judith, n'en doute surtout pas.

Le 10 mai 2003, après avoir négocié son départ prématuré avec le propriétaire du motel, Ludger Vallin quittait l'unité 8 au volant de sa Toyota pour se rendre jusqu'à l'immeuble de Judith, en plein centre de la ville. Dans le coffre de sa voiture : une valise, son portable, des livres, une housse à complets et deux sacs de vêtements bien remplis. Il se stationna puis, le téléphone cellulaire attaché à sa ceinture, son porte-documents sous le bras, il poussa la porte d'entrée, sonna et dit à sa bien-aimée dans l'interphone :

— C'est moi avec tout mon *stock*, mon ange !

Il monta, elle ouvrit et se jeta dans ses bras.

— Attends, j'ai les mains pleines ! Tout va tomber !

Sans l'écouter, sans même se soucier des voisins de palier, elle l'avait entraîné brusquement dans le hall d'entrée de l'appartement, la housse par terre, la valise et les deux sacs encore à la porte :

— Quel beau moment, mon chéri ! Te voilà chez toi ! Je suis si heureuse !

Il s'était laissé palper, l'avait embrassée longuement et avait souri, l'index enfoncé dans sa fossette gauche. En un mois à peine, c'était fait ! Réussi ! Ludger Vallin était établi ! Nettement plus sûr de lui maintenant. Elle l'aimait... follement !

CHAPITRE 5

Ludger Vallin était songeur. Il habitait avec Judith depuis trois semaines, tout allait bien, mais il se sentait englouti dans une routine. De plus, il n'aimait pas Moncton, ce n'était pas assez grand pour lui. Les soirs de sorties, il entraînait « son ange » dans les rues les plus achalandées du centre-ville afin de passer le plus possible inaperçu et ne pas devenir trop familier du quartier où ils résidaient. Judith avait tendance à causer avec les gens de son immeuble et des alentours alors qu'il aurait souhaité rester méconnu. Reprochant à Judith d'être trop sociable, cette dernière lui avait répondu :

— Je les connais depuis des années, Ludger ! Je ne peux devenir distante du jour au lendemain. Et j'aime te présenter, tu as si fière allure. Un professeur, ça impressionne !

Il hochait négativement de la tête, mais elle continuait :

— J'aimerais que tout le monde te connaisse. J'ai eu la main si heureuse de tomber sur toi. Nous formons un couple, Ludger, ce n'est pas qu'une simple aventure, c'est une vie à deux que nous entreprenons. Voilà pourquoi je n'ai pas honte d'en exposer l'image. Les amis du *bowling*…

— Non, Judith, je ne veux pas les connaître. Ne les invite pas ici, sinon je m'absenterai. Je n'aime pas qu'on s'immisce dans mes affaires. Les gens questionnent trop ici. Je tiens à ma vie privée, je suis un homme discret, n'essaie pas de me changer… Je ne téléphone même plus aux amis qui m'ont hébergé.

— Je sais ! N'est-ce pas un peu ingrat ?

— Non, parce que je ne leur dois rien. Moi, le passé, il est sans cesse aux oubliettes, je vis pour le présent et l'avenir.

— Ah oui ? Pourtant ! Messaline et Madame de Maintenon, ce n'est pas tout à fait d'actualité, non ?

Il était resté bouche bée, mais il parvint à se convaincre qu'elle avait tort et qu'il avait raison. Dans tout ce qu'il affirmait ! Très orgueilleux, il n'aimait pas être pris en faute ou mis en boîte. Et, en ce sens, Judith était plus vite et plus adroite que ne l'avait été Raymonde. Parce que plus intelligente ! Ce qui le décevait. Il préférait finalement les sottes, c'était moins compliqué. Les femmes averties donnaient trop de fil à retordre. Sur le plan intime, Judith avait un plus beau corps que Raymonde, mais il devait fournir plus d'efforts. Car, malgré ses cris, ses griffes et ses jouissances, elle ne l'allumait pas autant que Raymonde qui, avec ses imperfections, le gardait plus longtemps en érection. Il y avait en Judith quelque chose de « masculin » qui ne lui plaisait pas. Au lit comme dans la vie de tous les jours. Il devait sans arrêt la garder féminine, ce qui le fatiguait. Il lui avait dit : « Je n'ai rien contre le port du pantalon, mais avec des talons hauts, pas des souliers plats. » Elle avait acquiescé, porté des souliers à talons hauts et fins, mais toujours les mêmes, une seule paire en cuir noir. Un passe-partout, quoi ! Il aurait aimé la voir dans une robe de soie, mais tout ce qu'elle avait dans sa garde-robe, c'étaient des tailleurs sévères, unis ou à rayures. Pas une seule robe élégante ou raffinée ! Aucune blouse à manches bouffantes ! Que des chemisiers blancs et unis, comme ceux achetés au centre commercial pendant qu'il bouquinait chez le libraire. Non, il ne ferait pas une carte de mode de cette femme qui ne s'efforçait d'être féminine que pour lui plaire ! En portant de temps à autre la seule paire de boucles d'oreilles qu'elle possédait, les grappes de raisin perlées qu'il lui avait offertes. Mais, la plupart du temps, elle se pliait à ses exigences. Pour le garder, en feignant d'être soumise. Elle avait fini par choisir une robe de mousseline verte qu'il admirait dans une vitrine, mais Dieu que ce n'était pas son genre de s'habiller comme une poupée ! D'autant plus qu'il lui avait acheté une trousse d'ombres à paupières de toutes les couleurs, pour agencer sa tenue lorsqu'ils sortaient. Elle pliait, tentait d'aimer ce qu'il lui imposait, répondait sans cesse par un oui à ses suggestions, sauf un soir, au seuil de faire l'amour. La regardant en lui massant les épaules, il lui avait dit : « Tu sais, ton grain de beauté noir et soulevé près du cou, ça s'enlève... » Elle s'était assise d'un bond sur le matelas pour lui répondre : « N'importe quoi, mais pas ça, Ludger ! Je suis née avec ce naevus qui a grossi avec les années et je compte mourir avec ! Jamais je n'irai voir qui que ce soit pour être mutilée ! Je suis comme le bon Dieu m'a faite en ce qui concerne mon anatomie. Les bons comme les mauvais côtés. N'en parlons plus ! » Surpris de la voir s'emporter de la sorte, il l'avait rassurée en lui disant que ce n'était pas disgracieux, qu'il croyait qu'un simple coup de bistouri... Et, gentiment, calmement, il la tranquillisa momentanément pour ensuite l'entendre gémir entre ses mains adroites.

Curieusement, sans trop vouloir se l'avouer, il avait préféré Raymonde. Parce qu'elle l'amusait ! Parce qu'elle était particulière avec ses souliers et son sac à main de la même couleur que ses robes ou ses tailleurs. Parce qu'elle le surprenait ! Elle avait tant essayé d'être une femme de qualité ! Pour lui, mais également pour elle… Tandis que Judith ne déployait ses efforts que pour lui. Le vendredi de leur première semaine ensemble, ils s'étaient évadés jusqu'à Fredericton afin de visiter d'autres parcs et musées de cette charmante province. Ludger avait apprécié le dépaysement, mais la nuit à la chambre d'hôtel n'avait guère été plus palpitante. Du moins pour lui, car elle, toujours au septième ciel… Heureusement, il avait le don de simuler et d'atteindre le summum en matière de désir. Tellement que c'était elle qui croyait le faire jouir plus qu'elle… maintenant ! Ravie de ce « constat » tout à fait erroné, elle lui demandait pourquoi il n'avait pas aimé d'autres femmes avant elle. Elle ne comprenait pas, il dégageait tant… Juste pour elle ?

Au cours de leurs conversations, il avait appris qu'elle était née en janvier. Donc, pas de fête à organiser ! Pour sa part, il refusait de lui dévoiler son mois de naissance, il était à quelques semaines de son anniversaire et ne souhaitait pas le célébrer :

— Si tu me disais quand, nous pourrions faire un *party*, inviter tes amis.

— Je n'ai pas d'amis.

— Voyons ! Ceux chez qui tu habitais...

— Des connaissances, Judith, pas des amis.

— Ça revient au même, non ?

— Pas tout à fait... Nos voisins sont aussi des connaissances... Et je ne vois pas pourquoi je m'explique encore, je t'ai déjà dit que le passé était derrière moi... Et cette idée de vouloir me présenter à tous et à chacun...

— Bon, je n'insiste pas, mais tu pourrais au moins me donner la date et le mois. Nous pourrions célébrer à deux...

— Bien, tu devras attendre, mon ange, je suis né en décembre. À deux jours de Noël ! mentit-il. Voilà qui fera bien des choses à fêter ensemble !

— Tiens ! Tu es Sagittaire ! Avec un Capricorne...

— Non, tous deux Capricorne, je suis à la fin de décembre, au début de ton signe... Tu dois en être ravie, non ? Mais moi, l'astrologie... Pas une autre qui s'y accroche ! Toutes les femmes se pâment d'horoscope...

— Quelles femmes ?

— Ma logeuse, mes élèves naguère, mes collègues au temps de mes années d'enseignement, toutes se passionnent pour ces balivernes.

— Pas moi, je ne m'intéresse qu'aux grandes lignes, Ludger. Et l'on dit que deux natifs du Capricorne ensemble, dans un même lit...

— Bon, jusque-là ! Tu dois comprendre maintenant pourquoi le matelas suit la cadence ? s'exclama-t-il en riant.

— Oui, mais ce qui m'intrigue, c'est que tous les hommes nés de ce signe sont un tantinet condescendants. Un peu comme toi ! À les voir, on leur donnerait le bon Dieu sans confession !

— Dis donc, tu en as rencontré plusieurs à ce jour ? Tu t'y connais...

— Non, tu es le premier, mais ça respecte assez bien la théorie. Je comprends maintenant cette subite ardeur...

— Et les femmes, elles ?

— Très choyées avec des hommes comme eux. Qui s'en plaindrait ? Ils n'ont pas de limites !

— Judith ! Es-tu en train de me psychanalyser avec l'aide de mon signe ? As-tu étudié l'astrologie avant de suivre ton cours d'infirmière ?

— Pas du tout, je n'ai lu que les schématiques des astrologues les plus crédibles et j'ai fini par faire l'association des gens d'après leurs planètes... Par exemple, jamais je ne m'entendrais avec un Gémeaux. Ils sont égoïstes, débordent de fierté... Adolescents longtemps...

Ludger souriait. Ça l'amusait. Judith venait de définir l'homme qu'il était en réalité. Né en plein cœur de juin, avec un ascendant Gémeaux, il lui faudrait certes s'intéresser de plus près à ces croyances et voir pourquoi Louis XVI, qui était Vierge, était sous l'emprise de Marie-Antoinette, native du Scorpion. Une incompatibilité de signes ? Pourquoi pas ? La regardant, sans lui dévoiler le fond de sa pensée, amusé de ses soudaines sornettes, il préféra retrouver son sérieux et lui dire d'un ton sévère :

— Bon, assez de ces enfantillages... On est bien loin de George IV dont j'étudie le comportement présentement. Viens, allons nous coucher, mon ange, nous verrons bien si les astres ont une certaine influence sur la tendresse, l'affection et l'amour que tu m'inspires.

De retour de Fredericton, elle lui avait avoué un certain soir :

— J'ai commencé à parler de toi à mes parents. Au bout du fil, évidemment.

— Vraiment ? Et puis ?

— Ma mère avait deviné, j'avais trop changé, j'étais plus coquette. Je l'avais croisée par hasard quelque temps auparavant.

— Et ton père ?

— Il s'est emporté dès qu'il a pris le récepteur et que je lui en ai fait part. Fallait s'y attendre, il est très possessif et fort protecteur. Pour lui, sa fille…

— Je veux bien croire, mais à quatre-vingt-deux ans, il devrait être en mesure de faire la part des choses.

— Il l'a fait, Ludger ! Et c'est à ce moment qu'il a sursauté.

— Quand ?

— Lorsque je lui ai dit comment je t'avais rencontré et qu'à ce jour je ne savais presque rien de toi…

— Et puis ? On se connaît à peine depuis un mois !

— Voilà, c'est ça qui l'a choqué ! On vit sous le même toit !

Judith laissa s'écouler un peu de temps et, en début de juin, elle annonça à son bien-aimé qu'elle retournerait voir son père afin de le rassurer face à leur cohabitation, avant de le lui présenter. Ludger, fort ennuyé par le comportement de monsieur Laurent, dit à « son ange » :

— N'insiste pas, Judith, je n'ai pas vraiment envie de faire sa connaissance. Ta mère, oui, mais pas lui. Je ne suis quand même pas un va-nu-pieds pour être considéré de la sorte par cet homme qui n'a rien fait de plus que moi dans la vie, sauf de l'argent. Il a été du domaine des affaires, moi de l'enseignement. Deux carrières aussi respectables l'une que l'autre. Je n'ai pas à me faire juger comme un jeune de dix-sept ans avec mon bagage d'années accumulé. C'est maintenant moi qui n'ai plus envie de le rencontrer.

— Écoute, c'est déjà assez difficile comme c'est là, ne le mets pas davantage en rogne contre moi. Il est âgé, il a été habitué à ne jamais être contrarié... Ce n'est pas maintenant qu'on va le changer. Je vais aller voir mes parents seule et, sur le chemin du retour, je t'appellerai sur ton cellulaire.

— Non, sur le téléphone de la maison, je n'ai plus de cellulaire.

— Tu l'as perdu ?

— Non, je l'ai annulé, il était devenu inutile, tu as le tien en plus du téléphone de l'appartement.

— Tu as tout de même gardé l'appareil...

— Non, je l'ai remis, ils me l'ont crédité. Je vais épargner en ne l'ayant plus. Le téléphone mural ou celui de la chambre me suffiront.

— Mais lorsque je travaille et que je veux te joindre ?

— C'est bien simple, Judith, laisse-moi le tien, tu n'en as pas besoin sur semaine, il y a des téléphones partout à la clinique.

— Oui... mais ça aura quand même ses inconvénients.

— Bah ! tu t'en fais trop pour rien ! Quand donc iras-tu visiter tes parents ?

— Vendredi soir, probablement. J'irai souper avec eux, maman sera contente.

— Voilà qui m'arrange, je vais me rendre à la bibliothèque anglaise prendre des notes sur la duchesse de Windsor. Ils ont un bon dossier sur elle, paraît-il.

— Dis, tu m'aimes toujours autant, mon chéri?

— Bien sûr, mon ange. Tu en doutes ? Pourquoi ?

— Sais pas...

Le vendredi venu, Judith avait été accueillie par sa vieille mère avec un chaleureux sourire ; par son père, avec un « bonsoir » et le front plissé de méfiance. Madame Laurent avait préparé ce qu'elle ne mangeait pas souvent, un ragoût de boulettes du bon vieux temps, avec des pommes de terre en purée et des betteraves marinées maison, comme elle les faisait chaque année.

— Tu désires qu'on ouvre du vin, ma fille ?

— Heu... non merci, maman. Pas avec un repas aussi gras.

— De toute façon, quoi qu'on en dise, le vin, ce n'est pas bon pour la santé ! de lancer le père. Si ça régénère le cœur, ça engorge le foie ! Mes anciens collègues, amateurs de vin, ont tous subi l'ablation de leur vésicule biliaire. Écoute ton vieux père...

— Jean-Nil, ta fille est infirmière ! lança Anita de la cuisine. Elle s'y connaît mieux que toi en nutrition, elle conseille les personnes âgées !

— Ouais, c'est vrai que tu les soignes, mais comme la plupart sont des femmes, il est facile de les convaincre de ne pas boire, elles n'ont jamais bu de leur vie !

— J'ai aussi un homme ou deux dans mon groupe, papa.

— Sans doute, pour trente femmes ! Ce sont elles qui font mourir leur homme ! Il n'y a que ta mère qui n'a pas réussi !

— Tu ne perds rien pour attendre, mon vieux snoreau ! Je vais t'enterrer ! lança Anita en tentant de lever sa marmite.

— Non, attends, maman ! C'est trop lourd pour toi ! Et si chaud ! Laisse-moi servir, ce sera plus prudent.

Attablés tous les trois, le père regarda sa fille et lui dit :

— Tu rajeunis de jour en jour... Est-ce lui qui t'influence ?

— Lui, c'est Ludger, papa, l'homme que j'aime et avec lequel je vis. Il ne m'influence en rien, j'ai tout simplement changé mon mode de vie. J'avais une allure trop vieille pour une femme de cinquante ans. Je me suis prise en main.

— Tu portes des boucles d'oreilles ? Depuis quand ? insista sa mère.

— C'est Ludger qui m'en a fait cadeau. Je m'y habitue peu à peu, les *clips* font de moins en moins mal...

— Si tu en veux d'autres avec des *clips*, j'en ai plusieurs dans mon coffre à bijoux. Certaines datent des années 1950, mais elles sont encore intactes. Moi, avec mes oreilles percées, je ne porte que mes petits anneaux en or. Je les garde même pour me coucher !

— Je vais fureter dans ton coffre ce soir, car une seule paire pour toutes les occasions... J'aimerais en trouver qui ne soient pas pendantes. Ça m'achale quand ça bouge tout le temps.

— Alors, tu pigeras. J'ai deux ou trois paires en forme de pastilles. J'en ai une autre avec de belles émeraudes...

— Bon, assez parlé de ces futilités ! Tu sais d'où il vient, ton célèbre professeur ? questionna le père.

— Pas célèbre, papa, ne sois pas sarcastique. Ludger a été un excellent professeur, un enseignant de calibre. Pour répondre à ta question, il vient de Montréal, mais ici, il habitait chez des amis près de l'aéroport avant de venir vivre avec moi.

— Ce qui se comprend ! Avec l'appartement que tu as ! Un bel opportuniste, que cet homme-là !

— Non, tu as tort, papa, Ludger est indépendant de fortune, il reçoit son chèque de pension d'enseignant chaque mois.

— Tu ne vas pas loin avec ça, ma fille. Tandis qu'avec ce que tu possèdes... Tu sais combien je t'aime, Judith ! Je ne voudrais pas que tu sois la proie d'un profiteur.

— Papa ! Ludger Vallin était professeur ! On ne devient pas profiteur après avoir enseigné dans les collèges les plus en vue.

— Ah oui ? Lesquels ?

— Je... je ne sais pas au juste, mais il a fait le tour de toutes les provinces, sauf ici. Il a enseigné dans les universités de Montréal, il fait actuellement des recherches historiques...

— Pourquoi, s'il n'enseigne plus ?

— Pour ses dossiers personnels. Professeur un jour...

— Oui, oui, je connais le dicton... Et pas marié, ce type-là ?

— Il l'a été autrefois, il est devenu veuf peu après son mariage. Sa jeune femme était de santé fragile.

— Et tu vas me dire que de son jeune temps jusqu'à maintenant, il n'a pas rencontré d'autres femmes ? A-t-il été moine ?

— Heu… je…

— Tu vois, Judith, tu ne sais rien de lui ! Ni d'où il vient ni ce qu'il a fait ! Pas de parenté, pas de famille… As-tu au moins rencontré les amis chez qui il habitait ?

— Non, c'étaient de simples connaissances.

— Tu vois ? Aucune référence ! Et déjà installé chez toi ! Tu es naïve, ma fille. Cet homme-là est sans doute un coureur de jupons et de proies faciles à détrousser !

— Jean-Nil ! Mon Dieu ! Lâche-la ! Elle n'a pas encore avalé une bouchée ! de s'écrier la mère.

La fin du repas s'écoula en silence ou presque. Le vieux grommelait souvent, tentant de revenir à la charge, mais sa femme, d'un regard sévère, le rappelait à l'ordre constamment. Au moment du thé vert, sans prendre de dessert, Judith demanda à sa mère d'explorer son coffre aux trésors. Ce qui lui permit de s'éloigner de son père qui semblait vouloir « japper » encore contre le ravisseur de sa chère fille. Madame Laurent n'avait pas tort, elle possédait de superbes boucles d'oreilles à pinces du temps des belles années. Certaines signées *Mille Fleurs*, d'autres des *Créations Pierre* et de *Lawrence Sabbath*. Judith s'empara de celles avec des émeraudes, sachant que Ludger en serait ravi. Puis, elle jeta son dévolu sur de minuscules paniers tressés, plaqués or. Revenant au salon, elle s'informa de la santé de son père qui lui répondit qu'il était en pleine forme, de s'inquiéter plutôt de sa mère.

— Pourquoi ? Tu es malade, maman ?

— Non, juste une crampe de temps en temps, mais le docteur m'a coupé la salade. Moi, le cru, ça ne passe pas, les concombres, les carottes, les radis, le chou…

— Alors, si tu as tout coupé…

— Elle triche, Judith ! Elle grignote encore des feuilles d'épinard sans les faire cuire. Ensuite, elle se tient le ventre à deux mains et elle pète comme une mitraillette ! Soigne-la, toi, moi, ça me décourage !

Judith regarda sa mère et, fronçant les sourcils, lui dit :

— Maman ! C'est vrai ? Tu trompes le médecin ?

La vieille baissa la tête, la releva, rit un peu et répondit à sa fille :

— Ça passe, Judith. Je prends du lait de magnésie… J'aime tellement les légumes du jardin. Surtout l'été ! Les petites carottes crues…

— Bon, c'est ton ventre et tes intestins, maman ! Tant pis si ça te joue des tours ! Tu le regretteras si ça te conduit à l'hôpital.

— Bien oui, dans l'temps comme dans l'temps, ma fille. À quatre-vingt-un ans, j'ai déjà un pied dans la tombe de toute façon !

Judith s'apprêtait à partir, elle avait enroulé son foulard de soie sur son gilet et se penchait pour prendre son sac à main lorsque son père, lui tapotant l'épaule, lui dit :

— Tu peux venir nous le présenter, ton Ludger. Il est temps qu'on lui voie la face…

— Si c'est pour le marteler de questions indiscrètes et le juger, j'aime mieux pas, papa. J'ai enfin trouvé l'homme de ma vie, celui que j'aime…

— Ça va, arrête ton romantisme et emmène-le, ton professeur ! Nous allons le recevoir, ta mère et moi. N'est-ce pas, Anita ?

— Pour ma part, c'est oui, mais toi... À moins que tu r'vires encore une fois ton capot d'bord!

Juillet se pointa et Ludger n'avait pas encore rencontré les parents de Judith. Il se trouvait des défaites, repoussait de plus en plus ce qu'il appréhendait comme une «enquête» de la part de l'ex-vice-président d'une firme marchande. Il l'avait eu au bout du fil à une seule occasion et monsieur Laurent lui avait débité sèchement: «Je voudrais parler à ma fille!» Lui annonçant qu'elle était absente, s'enquérant s'il pouvait prendre un message, l'octogénaire lui avait répondu: «Non, laisse faire, c'est son père et je vais la rappeler. Salut!» Ce «laisse faire» d'un ton familier équivalait à un tutoiement de la part du vieux. Et le «Salut» faisait gaillard, lancé ainsi à un ex-professeur. Ayant raccroché, Ludger s'était dit: «Pas de classe! Riche, mais mal éduqué! Il a dû être un patron exécrable pour ses employés!» Mais il n'en parla pas à Judith, il ne la prévint même pas de l'appel téléphonique de son père. Le bonhomme avait dit «laisse faire» et c'est ce qu'il avait fait.

Au cours des dernières semaines, ils étaient allés une fois au cinéma, lui qui, pourtant, déblatérait contre les films actuels et détestait les endroits publics. Il avait accepté pour faire plaisir à Judith parce que, contrairement à l'autre, il ne pouvait la garder sur une chaise à rêver de Paris ou de Londres; son «ange» avait presque fait le tour du monde. Avec des collègues et, parfois, ses parents lorsqu'ils étaient plus jeunes. Plus récemment, elle avait visité la Thaïlande et ses trésors cachés. Difficile donc d'impressionner une femme qui avait parcouru le globe terrestre… plus que lui ! Le film lui avait plu, c'était *Catch me if you can* avec Leonardo Di Caprio. Il avait surtout aimé les astuces du jeune homme pour déjouer tout le monde ! Un peu comme lui le faisait avec les femmes ! Bref, la sortie avait été agréable et, de retour à l'appartement, il avait demandé à sa bien-aimée :

— Tu as une photo de Jordan, ton ex-mari ?

— Heu… notre portrait de noces et quelques photos de voyages. Pourquoi ?

— Par curiosité. Tiens ! montre-moi ton portrait de noces.

Elle se leva, se dirigea vers une armoire et en sortit un album dans lequel il put contempler le couple sous tous ses angles.

— Gros mariage, à ce que je vois ! Tous ces gens sur la photo de groupe…

— Mon père tenait à ce que sa fille se marie dans la somptuosité. Il a dépensé une fortune pour éblouir les invités. Et vois ce que tout cela a rapporté…

— Tu étais mignonne ce jour-là. Ta robe de mariée était superbe. Et ton Jordan, pas mal lui aussi. Bel homme, le sourire franc…

— Oui, si on veut, mais ce n'était pas là ce que j'attendais d'un mari.

— Qu'avait-il donc de dérangeant ?

— Jordan était bricoleur… Quand il n'était pas dans les chiffres, il était dans son coffre à outils. Il me sortait, on dansait, on invitait des amis à la maison. Mais seuls tous les deux, il préférait réparer une patte de chaise plutôt que de regarder la télévision avec moi.

— Ce qui n'était pas un péché, Judith. Il était à la maison, il ne courait pas les jupons, il était comblé avec toi…

— Lui, oui, mais pas moi ! Jordan m'aimait comme un fou, il me le disait souvent. Trop souvent ! Et j'ai décroché peu à peu…

— Comme une petite fille trop gâtée qui se lasse d'un jouet ?

— Ludger ! Serais-tu en train de me juger ?

— Non, mon ange, je ne fais qu'une analyse sommaire de l'exposé. Donc, tu l'as quitté pour un autre rencontré par hasard ?

— Mais non, tu t'égares… Je connaissais l'autre depuis quelque temps, nous étions sortis ensemble plusieurs fois. À l'insu de mon mari, évidemment. Je cherchais un amour sur mesure et je croyais l'avoir trouvé…

— Donc, si je te suis bien, Jordan a été cocufié avant d'être rejeté ?

Elle était restée bouche bée, pour ensuite lui reprocher :

— Tu es direct et sans merci dans tes déductions, mon chéri. Est-ce le mauvais angle de ta Messaline qui te sort par les oreilles ?

— Pas du tout ! Quelle comparaison ! Mais avoue tout de même que c'est ce qui lui est arrivé.

— Comme tu voudras, mais presque vingt ans se sont écoulés depuis. Laisse-moi refermer l'album, toi qui n'aimes pas qu'on revienne sur le passé.

— Tu as raison, mon ange, mais permets-moi de jeter un œil sur les invités. Ton père a l'air d'un parvenu avec son air hautain. Ta mère est beaucoup plus sympathique. Et ceux-là, juste à côté de tes parents ?

— Mon frère, Raynald, et sa femme, Sarah. Ils vivent au Manitoba, je crois te l'avoir dit, on ne le voit pas souvent. Pour les Fêtes une année sur deux... Bon, je peux refermer ? J'ai une dure journée demain, on attend deux nouvelles patientes à la clinique.

Se rendant compte qu'il l'avait contrariée avec ses propos sur sa rupture, Ludger murmura en lui flattant la nuque du bout des doigts :

— Je t'aime, Judith... Je n'ai jamais aimé une femme comme toi.

Secouée, émue, oubliant ses allusions, elle s'appuya sur son épaule et répondit :

— Moi aussi, mon chéri... Dieu que tu es beau ! Comme j'aime tes fossettes ! Mais il est presque minuit...

D'une main tendue, elle l'aida à quitter le divan pour le traîner jusqu'au lit et, dans un corps à corps interminable, elle oublia les deux vieilles dames qui, le lendemain, la forceraient à se lever très tôt.

Le vendredi 11 juillet, le couple avait loué le film *Frida* avec Salma Hayek. Sur le canapé, le bras autour du cou de sa dulcinée, Ludger dégustait un porto alors qu'elle sirotait une crème de menthe blanche. Une soirée en amoureux, quoi ! Après le succulent souper qu'elle avait préparé, un foie de veau tourné en poêle avec des pommes de terre rissolées. Judith avait aussi acheté, l'avant-midi même, un bourgogne de qualité qui fit le bonheur de son amoureux. Depuis un certain temps, elle dépensait plus que lui, la bien-aimée. Ce qui ne gênait pas Ludger, de plus en plus habitué à ne pas aller creux dans sa poche avec... celle-là ! Or, ne pouvant la choyer comme l'autre, il la câlinait avec un bouquet de fleurs, des chocolats *Laura Secord,* ses préférés, ou des foulards de soie qu'elle semblait apprécier. Mais pas de bijoux, c'était à peine si elle portait ses boucles d'oreilles en grappes ou celles de sa mère. Elle oubliait sans cesse, mentait-elle, alors qu'il insistait chaque fois gentiment, puis... catégoriquement.

Ludger savait maintenant qu'il ne pourrait pas étonner ou surprendre Judith, comme il l'avait fait avec Raymonde. L'infirmière était peu éloquente et très terre à terre. Il avait compris depuis qu'il habitait avec elle que, pour éviter de devenir un vieux couple, il se devait de la garder en appétit... de prouesses sexuelles. Qu'avec son corps, son sourire et ses fossettes ! Que cela ! Autrement, il risquait qu'elle se lasse de lui avant d'en être au dernier chapitre de ses visées. Il lui parlait des femmes de l'histoire qu'elle savait apprécier, mais pas au point de lui demander de préciser. Non ! Judith n'était pas tellement plus friande des sordides nuits de Messaline que ne l'avait été Raymonde. Le règne assez court de Madame de Châteauroux, favorite de Louis XV, ne l'intéressait en rien ; et celui de Louis XVIII, encore moins. Ludger avait donc avantage à déboutonner sa chemise plus souvent pour qu'elle puisse glisser sa main sur sa toison et ressentir des palpitations. Or, après la fin du film ce soir-là, il annonça à sa douce moitié :

— Demain, s'ils le veulent bien, j'aimerais rencontrer tes parents. Pas nécessairement pour le souper, mais pour une brève visite dans la soirée.

— Tiens ! Tu te décides enfin ! Voilà qui va faire plaisir à ma mère.

— Elle, oui, mais le paternel ?

— Il va t'aimer, mon chéri. Je suis certaine que tu vas le conquérir.

— Un dur mandat, il ne cherche qu'à me haïr.

— Tu sauras faire, tu verras… Tu sembles fatigué…

Il avait souri. Fatigué, oui, mais avec encore assez d'ardeur pour la rendre hystérique au lit. Avec effort, cela allait de soi, car il ne l'aimait pas.

Le lendemain soir, Ludger Vallin avait revêtu un élégant complet gris avec chemise blanche et cravate de soie bourgogne. Elle, avec un surplus de doigté tout en gardant son pantalon noir, avait rehaussé son apparence en portant un blouson de soie ocre avec de la dentelle aux poignets et, accrochés à ses lobes, les petits paniers tressés plaqués or du coffre de sa mère. Son rouge à lèvres orangé épousait fort bien le vert tendre de son ombre à paupières. Les cheveux touchant maintenant le haut des épaules, gonflés de l'intérieur par le coiffeur, la rajeunissaient de dix ans. Ludger, l'apercevant, s'exclama :

— Quelle métamorphose ! Est-ce pour moi ou pour plaire à ton père ?

— Les deux, mon chéri. Papa aime beaucoup les femmes extravagantes.

— Ce qui n'est pas ton cas, mon ange… C'est joli, mais très sobre ce que tu portes.

— À ses yeux, ce sera beaucoup plus ! Depuis le temps qu'il me reproche d'avoir rangé ma féminité dans un tiroir depuis mon divorce…

— Dis-moi, est-ce que ton père aimait Jordan, ton ex-mari ?

— Encore lui ? Décidément ! Oui, papa l'aimait bien, mais il le trouvait ennuyant. Jordan ne parlait que de rénovations.

— L'apanage du bon garçon, non ? A-t-il approuvé ton divorce ?

— Non, pas tout à fait ! Et encore moins celui pour qui j'ai quitté mon mari. Mais pour l'amadouer, j'ai brillé par mon absence un certain temps. Affolé à l'idée que je m'éloigne de lui, il m'avait invitée avec maman au restaurant et, dès lors, il ne m'a jamais reparlé de Jordan. Et c'est là, comme je l'ai déjà souligné, que mon père a considéré notre rupture comme la fin d'un emprunt. Dernier versement, quoi ! Pour lui, c'était sa fille, que sa fille ! Même avec ses maladresses !

— Parce que c'en était une de divorcer si brusquement ?

— Ah non ! Ludger ! Change de sujet ! J'ai mis une croix sur mon passé !

— Excuse-moi, mon ange, je ne voulais pas t'irriter. Moi qui prône sans cesse que seuls le présent et l'avenir comptent à mes yeux…

— Je t'excuse, chéri, mais je t'en prie, ne me parle plus de lui. Tiens ! Tu vois la maison blanche au coin de la rue ? Nous y sommes !

— La maison ? On dirait un manoir. C'est immense, Judith !

— De la dimension de la fortune de mon père ! Attends de voir l'intérieur !

Ils stationnèrent dans l'entrée, grimpèrent les dix marches de marbre, et Judith sonna deux fois pour que son père entende le son du bourdon.

— C'est nous, maman ! cria-t-elle dans l'interphone de la vaste porte principale.

— J'arrive et j'ouvre ! Ton père est encore dans la chambre.

Madame Laurent tira le verrou, les pria d'entrer et, regardant Ludger, elle lui dit avant même qu'il lui tende la main :

— Ma fille m'a dit que vous étiez bel homme, mais en personne, c'est vraiment plus évident. Moi, si j'avais encore l'âge…

— Maman ! Voyons ! Laisse-moi au moins te le présenter !

Ludger avait souri à la vieille dame en accentuant ses fossettes. Parce qu'il sentait que la moitié de la partie était gagnée. Madame Laurent les précéda dans l'interminable couloir et, derrière elle, Ludger remarqua sa bosse de bison qui la courbait disgracieusement. Rien ne lui échappait. Il avait même noté, avant de partir, alors que Judith étirait le cou pour se poudrer, que sa verrue noire, qu'elle qualifiait de grain de beauté, avait maintenant un poil en plein centre. Ce qui le repoussait et qu'il évitait en l'embrassant sur la nuque. Que du côté droit, jamais le gauche. Impressionné toutefois par l'intérieur de la maison, ses meubles antiques, ses lustres de cristal, son salon aux tentures de velours, ses tapis de Turquie, il s'imaginait voir surgir un prince de Condé beaucoup plus qu'un rustre bedonnant comme Jean-Nil Laurent. Un parvenu qui se faisait attendre, comme si les invités, sa fille surtout, allaient être estomaqués par sa descente d'escalier. Et c'est ainsi qu'il apparut, condescendant, petit, chauve, ventru et ridé. Sans être courbé cependant. Avec l'attitude d'un maire par intérim, la tête en l'air pour dissimuler son double menton, tenant la rampe d'une main potelée et dévalant prudemment une marche à la fois, de peur de tomber. Tout en disant à sa fille du haut de ses cinq pieds : « Bonsoir, Judith ! », pour qu'on ne remarque pas son manque d'équilibre. La main tendue, il s'avança vers son invité et, solennel, se présenta :

— Je suis Jean-Nil Laurent, le père de Judith ici présente.

Ludger se retint pour ne pas pouffer de rire et lui tendit la main en répondant :

— Ludger Vallin, professeur retraité et conjoint de votre fille.

Aussi formel que le vieux l'avait été, ce qui sembla contrarier l'octogénaire, et qui avait fait sourire Judith et sa mère devant cette entrée en scène théâtrale de la part des deux hommes. Jean-Nil embrassa sa fille sur le front et, se dirigeant vers son petit cabinet à boisson, demanda à son convive :

— Scotch, gin, cognac, monsieur ?

— Oh ! ce que vous prendrez, je vais suivre.

— Mon mari n'est plus capable de boire ! Il n'a plus les reins assez forts pour évacuer l'alcool ! de crier sa femme.

— Anita ! Je t'en prie ! Ne me diminue pas devant monsieur… monsieur…

— Vallin ! de lui répéter Ludger, mais vous pouvez m'appeler par mon prénom.

— Oui, et je vais faire mieux, je vais te dire « tu ». Moi, le « vous », c'était pour les gros clients quand je dirigeais l'entreprise. Et voici un doigt de cognac pour toi ! Moi, je vais prendre un peu de 7Up, c'est tout ce que mon docteur me permet. Ma femme non plus ne boit plus ! ajouta-t-il en riant et en montrant ses dents cariées du bas contrastant avec le haut, un vulgaire dentier trop blanc !

— Et moi, papa, tu ne m'offres rien ?

— Toi, sers-toi, tu es ici chez toi, ma fille.

Judith sourit, se leva, trouva dans le cabinet d'acajou une bouteille de porto et se versa un fond de verre. Assis en face de sa fille adorée, monsieur Laurent semblait du genre à vouloir mitrailler de questions le prétendant de cette dernière. Sur ses gardes, Ludger l'attendait tout de même de pied ferme :

— Tu as encore tes parents, Vallin ?

— Je préfère que vous utilisiez mon prénom, monsieur Laurent. Le nom de famille lancé comme ça, c'était pour les étudiants quand j'enseignais.

Le vieux avait froncé les sourcils. Il avait en horreur les rappels à l'ordre.

— Pour répondre à votre question dont vous connaissez déjà la réponse, mes deux parents sont décédés, je n'ai pas d'enfants et ma femme est morte aussi.

— Voilà de quoi remplir un coin de cimetière ! rétorqua l'octogénaire. Ta femme, elle est morte récemment ?

— Papa, je t'en prie, je t'ai déjà tout appris sur Ludger… plaida sa fille.

— Laisse, Judith, je vais répondre à toutes ses questions au cas où ton père croirait qu'il y a eu exagération… Andréanne est décédée à l'âge de vingt-trois ans, peu après notre mariage, il y a fort longtemps.

— Si jeune ? Morte de quoi ?

— Elle était frêle, elle avait peu de santé. Le cœur s'est arrêté.

— Pauvre petite femme ! de s'écrier la mère. En plein bonheur…

— Tu as enseigné où, Ludger ?

— Partout, monsieur Laurent. Dans les collèges, les universités, j'ai même donné des cours de groupe. J'en donne encore à l'occasion, mais comme suppléant. Je suis retraité depuis quatre ans.

— Tu n'es pas vieux pour être retraité.

— Non, je m'achemine sur mes cinquante-cinq ans, mais avec une bonne pension, pourquoi ne pas profiter de la vie ? Il faut le faire quand on a encore la santé.

— Vous avez raison, monsieur Vallin ! de s'exclamer la mère. Si mon mari avait agi comme ça avant, il n'aurait pas tant de pilules à prendre !

— Voyons, Anita ! T'en prends autant ! Et puis, se rendre comme nous à quatre-vingts ans et plus, c'est pas donné à tout le monde !

— Entièrement d'accord avec vous, monsieur Laurent, c'est même un privilège.

Flatté, le vieux se tourna vers sa fille pour lui demander :

— Tu ne parles pas beaucoup, toi ! T'as rien à dire ?

— Ce n'est pas moi que tu questionnes, papa, c'est lui ! Je te laisse donc le chemin libre. Comme je suis heureuse présentement…

Le vieux sourcilla à cette phrase incomplète et, se tournant vers Ludger, poursuivit :

— Pas de frères ni de sœurs ?

— Non, fils unique avec un oncle, deux tantes, des cousins et cousines, je ne sais plus combien, je ne les fréquente plus. Quand on est seul de sa famille, ça disperse peu à peu la parenté. On pourrait presque dire que je me suis élevé tout seul.

— Bien, si c'est le cas, t'as pas manqué ton coup ! Professeur d'histoire, c'est pas piqué des vers ! Faut être intelligent pour se rendre jusque-là !

— Disons que ça ne nuit pas, mais il faut étudier en verrat !

Le vieux avait éclaté de rire en entendant ce vieux terme :

— Mon père disait « verrat » lui aussi ! C'est pas d'hier, ça, mon gars !

— Curieux, mon père le disait aussi ! Faut croire que c'est dans les gènes.

— Moi, j'ai des patois plus vilains, Ludger...

— Pas des patois, des blasphèmes ! de s'écrier sa femme. Quand il est en colère, il descend les saints du Ciel et je fais mon signe de croix pour que saint Pierre lui garde sa porte ouverte quand viendra son tour.

— Ah ! les femmes... Quand on les a dans les pattes trop longtemps, elles deviennent vlimeuses ! Pis boquées pour un rien ! Ah ! les vieilles maudites ! ajouta-t-il en ricanant.

— Papa ! Un peu de retenue ! Maman est une sainte femme pour t'endurer avec ton vilain caractère.

— Vilain caractère ? Moi ? En t'aimant comme je t'aime, ma fille ?

— Bien, disons bourru, grognon... Mais tu as aussi de belles qualités, papa.

Rassuré, le vieux voulut remplir le verre de Ludger, mais celui-ci refusa :

— Non merci, un seul me suffit, monsieur Laurent, je conduis.

— Parle-moi de ça, un homme qui réfléchit ! La plupart ne comptent pas les verres et se retrouvent au poste de police. Dis donc, Ludger, t'enseignais quoi dans tes cours d'histoire ?

— Les rois de France, ceux d'Angleterre, d'Écosse, les tsars de Russie, Napoléon et Joséphine, Madame de Pompadour, Lucrèce Borgia, la reine Margot, de son nom véritable Marguerite de Valois, les papes, Néron, Messaline...

Époustouflé, le vieux lui cria :

— Arrête, Ludger, sinon tu vas dépouiller le dictionnaire ! Moi, à part Napoléon, le guerrier, je ne connais pas grand-chose des autres. La reine Margot, c'est pas elle qui s'est fait trancher la tête ?

— Non, c'est Marie-Antoinette qu'on a guillotinée, mais il y a aussi Marie Stuart qu'on a décapitée...

— Quelle horreur ! Changez de sujet, ça me donne la chair de poule, ces choses-là ! de s'écrier Anita.

Judith la réconforta en lui tapotant la main et Jean-Nil, riant de bon cœur, ajouta à l'endroit de sa femme :

— De nos jours, ce n'est pas la tête, mais la langue qu'on devrait couper aux femmes ! Surtout aux vieilles commères !

— Papa ! Tu n'es pas drôle ! Tu as d'autres biscuits aux amandes, maman ? Sans m'en apercevoir, j'ai vidé le plat qui était devant moi.

Madame Laurent se leva et revint avec un *refill* comme elle disait, habituée à parler plus souvent en anglais qu'en français avec ses proches voisines. Jean-Nil, changeant de sujet, demanda à Ludger :

— Pourquoi es-tu venu t'installer à Moncton ?

La question qu'il attendait ! Et la réponse qui risquait de plaire au bonhomme :

— C'est bien simple, j'ai décidé de venir m'établir au Nouveau-Brunswick parce que le coût de la vie est moins élevé, l'air est plus pur, les gens sont sympathiques et les parcs publics, superbes. De plus, c'est propre, prospère... Je vous comprends d'y être venu quand on vous a promu. Si j'ai choisi Moncton, c'est que des connaissances à moi m'ont hébergé. Moyennant un loyer, bien entendu, mais je me suis attaché à cette ville. J'y passerais ma vie !

— N'est-ce pas ce que tu vas faire, mon chéri ? insista Judith.

Avant qu'il ait pu répondre, ébahi par sa kyrielle de mots bien songés, monsieur Laurent avait rétorqué :

— Bien, avec des compliments comme ça sur notre ville, tu devrais te mériter une médaille d'honneur de la part du maire, toi ! C'est vrai que c'est beau ici, que les gens sont charmants. Moi, quand je suis arrivé à Moncton avec ma femme...

Et le vieux y alla d'une longue tirade. De leurs premiers jours ici, des études de Judith, de sa fierté le jour où elle avait été diplômée, des hauts et des bas du poste de vice-président... Plus il parlait, plus Ludger sentait qu'il avait gagné la confiance du « grognon » d'occasion. Devenu doux comme un agneau, bien intentionné, monsieur Laurent ajouta :

— Et tu as rencontré ma fille ! T'as eu la main heureuse en t'installant ici, toi ! Judith est une femme extraordinaire ! En plus d'être belle et fière !

— Papa, je t'en supplie, n'ajoute rien, ça me ferait rougir. De plus, nous devons partir... Ludger et moi avons beaucoup de choses à faire demain.

— Bon, ça va, je ne vous retiens pas. Il est d'ailleurs assez tard pour ta mère et moi. Avec mes médicaments pis ses onguents... On se couche de bonne heure en vieillissant.

Se levant, il tendit la main à Ludger en lui disant:

— T'as l'air d'un sapré bon gars, toi ! Dans l'temps, je t'aurais choisi comme adjoint... Mais, c'est vrai, j'oubliais, t'enseignais !

Madame Laurent releva la tête avec peine et tendit sa joue plissée que sa fille et Ludger embrassèrent. De retour à la voiture, Ludger souriait dans son petit miroir, en retirant une parcelle d'un cheveu gris tombée sur un sourcil. Judith, la main dans sa main libre, lui dit:

— Mon père t'aime, mon chéri ! Je savais qu'il en serait ainsi. Tu l'as conquis !

— Tu crois ? Il est si possessif de sa fille...

— Oui, jusqu'à ce qu'il la sente en sécurité... Avec toi, c'est réglé !

Installé au salon pendant que Judith lui faisait couler un café après cette rude soirée, Ludger songeait en son for intérieur: « Je l'ai eu, le vieux bouc ! À l'usure ! Quel faux parvenu ! De l'argent plein les poches, mais aucun brin d'éducation dans les neurones ! » Son « ange », de retour avec le café, lui dit en ouvrant le téléviseur :

— Maman semble t'avoir très apprécié, Ludger.

— Ta mère est une soie, une brave vieille dame plus agréable que son mari.

— N'empêche que mon père a été de plus en plus courtois au cours de la soirée.

— Parce que je l'ai cassé, Judith ! J'en suis venu à bout, mais ça n'a pas été facile. Un seul faux pas et j'étais cuit ! Il cherche tellement à te garder pour lui...

— Je pense que tous les pères sont ainsi en prenant de l'âge. Surtout avec leurs filles ! Papa ne s'informe pas souvent de Raynald, il vit loin, mon frère, tu comprends ? La distance n'aide en rien.

— Sans doute ! Tiens ! un vieux film avec Judy Garland. C'était la préférée de mon père. Il possédait tous ses disques... Mais il faudrait aller se coucher après mon café, la soirée a été mouvementée.

— Oui, mais pleinement réussie. Je sens maintenant que mon père t'apprécie. Et tu l'as fort impressionné avec tous les rois de France.

— J'aurais pu lui en sortir d'autres, mais ç'aurait été abuser de son peu de connaissances. Et ta mère supportait mal les reines au bûcher...

— Pauvre maman, elle est si sensible... Mais, tu sais, malgré ses pointes d'ironie envers elle, papa l'aime beaucoup, sa femme. S'il fallait que « la belle Anita », comme il l'appelait dans le temps, parte avant lui, ça le tuerait à petit feu. Il la porte sur la main, veille sur sa santé, la chicane lorsqu'elle mange de la salade...

— Son attitude brusque n'est qu'une devanture pour cacher ses émotions. Ton père est fragile, je le sais. Tous les hommes le deviennent avec l'âge. Ils tentent de retenir leurs larmes par fierté étant jeunes, mais septuagénaires ou plus âgés, ils n'en sont plus capables. Ils pleurent pour un rien… Facilement. Comme des enfants.

Par ces mots, Ludger avait tracé un tendre portrait de son père et des hommes de sa génération. Et ce, même si, intérieurement, il détestait Jean-Nil Laurent, le petit gros bedonnant. Mais pour s'approprier davantage sa fille…

— Tu le regardes jusqu'à la fin ton film en noir et blanc ?

— Non, Judy Garland repose maintenant en paix. Allons en faire autant, mon ange, quoique le café…

Bien sûr que le café le tenait réveillé ! Il le savait et il en abusait. Surtout certains soirs… Judith se déshabilla devant le grand miroir et, l'encerclant de ses mains fermes, Ludger lui murmura à l'oreille :

— Tu as tes petits ciseaux pas loin ?

— Oui, pour quoi faire ?

— Pour couper le poil qui sort du centre de ton grain de beauté, c'est inesthétique, peu attirant…

— Ludger ! Tout de même ! Ce n'est pas un cor au pied ou un oignon au gros orteil…

— Raison de plus, mon ange, au cou, c'est plus apparent.

Elle laissa échapper un soupir et se débarrassa elle-même de ce poil grisâtre gênant qui semblait repousser son amant. Mission accomplie, il lui dit tout en la gardant contre lui :

— Tu as un corps superbe ! Tu m'allumes chaque fois que je devine tes courbes à travers le rideau troué qui te cache…

— Arrête, grand fou ! J'ai cinquante ans, pas trente ou…

Il la fit taire d'un baiser passionné. Les langues entremêlées, aucun d'eux ne pouvait parler. On les entendait à peine respirer. Collé contre elle, d'une main dégagée, il laissa tomber son pantalon sur le plancher. Pour ensuite se délivrer de sa chemise et de son sous-vêtement. Appuyée contre le mur dans sa longue robe transparente, elle était à sa merci et fort aise de l'être. Il lui retira son peignoir et, unis dans un éclairage tamisé, les deux corps s'accouplèrent sur un pan de l'un des quatre murs. Brutalement cette fois ! Comme Judith en avait rêvé et comme Ludger s'en était abstenu, attendant le moment opportun. Elle se laissa choir à genoux sur le tapis et il la décoiffait d'une main crispée, au fur et à mesure de son plaisir démesuré. Puis, tous deux par terre, enroulés l'un dans l'autre, il lui offrit d'une façon vulgaire ce à quoi elle s'agrippait, les yeux mi-clos, à bout de souffle.

Trente minutes, un peu plus… et Ludger roula à côté du corps inerte de son amante sur le tapis. Assouvie, respirant avec peine après s'être tant donnée, Judith lui murmura, les yeux encore fermés:

— Tu es magnifique ! Je passerais le reste de ma vie ainsi, dans tes bras, nue, tes mains sur mes seins…

— Quelle merveilleuse longue vie ce serait, mon ange !

— Je t'aime, mon chéri, tu as transformé mes jours, mes nuits…

Il l'interrompit d'un index sur les lèvres et, se redressant quelque peu, il l'embrassa tendrement pour ensuite la regarder et baisser les yeux alors qu'elle gisait de contentement sur le dos :

— J'ai une question à te poser, mon ange… Une seule…
— Vas-y, mon chéri, cesse d'hésiter…
— Veux-tu m'épouser ?

CHAPITRE 6

À sa demande inattendue, elle avait répondu « oui ». Spontanément ! Sans même réfléchir ! Ce qui avait provoqué par la suite une nuit blanche à songer, à se demander... Non, elle n'allait pas revenir sur son acceptation, Ludger s'était endormi si heureux. Au petit jour, elle se leva plus tôt que de coutume et se servit de la douche secondaire pour ne pas réveiller son amant. Elle déjeuna vêtue de sa robe de ratine et attendit que l'homme qu'elle aimait se lève et vienne la rejoindre, les cheveux en broussaille, à la table de la cuisinette :

— Tu as déjà mangé ? Je bois un jus d'orange, je vais sous la douche, je m'habille et je reviens, mon ange.

Elle avait souri, acquiescé d'un signe de la tête, et il sortit de la pièce en sifflant la mélodie d'une chanson de Judy Garland, retenue de la veille. Il semblait vraiment de bonne humeur, heureux ; elle aussi, quoique inquiète. Quand il revint à table, vêtu d'un jogging pour sa marche matinale, elle lui servit un œuf poché, des rôties et, le regardant, elle lui sourit sans dire un mot.

— Tu n'as pas ouvert la bouche depuis mon réveil... Quelque chose qui ne va pas, ma chérie ?

— Non, Ludger, tout va bien. Je suis encore sous le choc de ta demande.

— Et de ta réponse, je présume ? Aurais-tu changé d'idée en te levant ?

— Non, mais je n'ai pas dormi de la nuit, j'étais songeuse...

— De quoi ?

— Bien... du peu de temps écoulé entre notre première rencontre et ta demande. N'est-ce pas un peu précipité ?

— Si tu doutes de tes sentiments et des miens, on peut toujours attendre.

— Non, ce n'est pas le cas, voyons ! Je calculais le temps tout simplement.

— Écoute, Judith, à notre âge, il est ridicule de compter les mois qui passent. On n'est plus au temps des fiançailles, du *shower* et de la longue attente. Adultes et au mitan de la vie, on décide et on avance, chérie. Mais si tu es encore dans l'incertitude...

Ayant soudainement peur de le perdre, elle leva les yeux sur lui et répliqua vivement :

— Tu as raison ! Aucune hésitation ! On se marie quand, alors ?

— Au mois d'octobre avec les feuilles jaunes et rouges de l'automne.

— Ce qui ne nous donne que deux mois pour tout planifier ?

— Exactement ! Et je m'en occupe, je ne travaille pas, moi ! Je vais me charger de tout si tu me fais confiance.

— Oui, j'ai confiance en toi, mais j'aimerais bien mettre mon grain de sel… Penses-tu à une réception après l'union ?

— Un léger buffet, à moins que ton père souhaiterait se lancer encore une fois dans les dépenses.

— Je suis certaine que papa voudra beaucoup d'invités, même si c'est un deuxième mariage. Il a une assez grosse parenté, maman aussi, et un tas d'amis qui lui sont restés fidèles, même s'il les fréquente moins. Tu permets que je m'occupe de la réception avec lui ?

— Aucune objection, surtout si tu veux beaucoup de monde…

— Pas une foule, mais au moins cinquante invités. Comme tu n'as personne de ton côté, peut-être que ceux qui t'ont hébergé… Comment se nomment ces gens-là ?

— Bonne idée ! Je vais d'abord tenter de les joindre… J'espère qu'ils n'ont pas déménagé comme ils comptaient le faire… Donc, tu te charges du *party* comme on dit ici, et je prends en main tout ce qui a trait à l'union. Tout ce dont j'aurai besoin pour le célébrant, c'est de ton certificat de naissance et des papiers en règle de ton divorce.

— Je peux m'y rendre avec toi… Peut-être connaît-il papa ?

— Judith ! Laisse-moi au moins cette tâche ! Je te confie tout le reste ! Et, au risque de me répéter, j'ai tout mon temps, moi ! Toi, tu travailles.

— Tu as raison, excuse-moi de te contrarier sans cesse, mon chéri… Je suis tellement habituée de prendre toutes les décisions, je vis seule depuis si longtemps.

— Oui, je sais, mais il faudra t'habituer à vivre à deux, je suis déjà là, mon ange. Ce qu'il te faudra faire en premier, c'est de convaincre ton père de notre union. Il pourrait sursauter, s'opposer...

— Non, je ne croirais pas, tu l'as apprivoisé, il te respecte maintenant. Et comme le bonheur de sa fille lui importe... Sais-tu que tu auras la chance de connaître mon frère et sa femme ?

— Tu comptes les inviter ?

— Absolument ! Et ils vont s'empresser de venir, ce qui fera plaisir à mes parents. Je suis si heureuse, Ludger ! Je flotte ! Je suis plus excitée que lors de mon premier...

Elle s'était arrêtée de peur de le voir revenir avec Jordan et son chagrin d'antan. Ludger, au contraire, fit mine de n'avoir pas entendu, préoccupé comme il l'était. Ce qui l'avait fait suer, c'est qu'elle lui avait demandé les noms de ses supposés « amis » et qu'il avait réussi à la détourner d'eux sans avoir à les nommer. Pas toujours facile d'inventer des noms à la volée ! Il était très adroit, sournois parfois, mais quand même pas infaillible. Il s'occuperait donc de l'union civile alors qu'elle se chargerait des babioles, dont la « fête paroissiale » qu'elle prévoyait. Il ne leur restait plus qu'à fixer la date en octobre pour que Judith puisse se rendre chez ses parents et annoncer l'événement... à son père !

Judith décida néanmoins d'attendre quelques jours avant de faire part de son mariage à ses parents. Elle voulait, au préalable, tout régler avec Ludger qui ne semblait guère se soucier des petits détails de leur union. Il lui avait dit qu'il allait porter son complet noir avec une cravate de soie, elle avait insisté pour le nœud papillon et il avait répondu : « Si ça peut te faire plaisir, pourquoi pas ? » Elle lui décrivait la robe de soie beige rehaussée d'appliques de dentelle qu'elle avait vue dans un magasin huppé, il lui avait répondu qu'elle pouvait porter ce qu'elle désirait. Étonnée, elle avait répliqué :

— Depuis quand me laisses-tu m'habiller comme je le veux ? D'habitude, tu te mêles de tout ce que je porte, tu me fais changer de souliers…

— Tu as raison, mais un mariage, c'est différent, le futur ne doit pas voir la robe de la mariée. C'était comme ça avec Andréanne.

— C'est vrai, mais c'est loin cette coutume, et à notre âge, comme tu disais…

— Quand même ! Surprends-moi, mon ange ! Je suis certain que, pour me plaire, et pour que ton père soit fier de toi, tu feras le bon choix.

Elle avait déjà opté pour cette robe trois-quarts beige qu'elle avait fait mettre de côté pour les retouches et non pour le paiement. Elle n'avait qu'à lever le petit doigt et papa sortait son carnet de chèques, sans même lui demander combien de zéros il allait mettre après le premier chiffre qui précédait. Mais il fallait d'abord qu'il soit renseigné sur ce qu'elle se promettait de faire la semaine suivante, après le choix complet de sa toilette. Elle poursuivit avec un petit chapeau orangé rond avec voilette, un sac à main de même teinte et de jolis souliers à talons hauts et fins. Comme Ludger les aimait quand il les lui désignait du doigt dans les vitrines des magasins. Elle avait aussi acheté un rang de perles, style ras-du-cou, discret, qu'elle comptait porter avec les boucles d'oreilles en grappes de raisin, le premier cadeau de Ludger. Pour le voyage de noces, ils devaient le reporter, elle avait trop de travail à la clinique privée avec les nouvelles pensionnaires. Ils allaient donc, d'un commun accord, retarder et se rendre en Jamaïque en janvier. Le soleil et la mer valaient mieux, selon elle, que les villes d'Europe. Elle les avait toutes vues ! Ludger ne s'opposait à rien… et pour cause ! Mais on aurait pu se demander comment et pourquoi il pouvait être indifférent à tout ce qu'elle lui faisait miroiter. Elle, très à l'aise, future riche héritière, passablement jolie… Lui, libre comme le vent… « Quel drôle d'homme », aurait pu dire quiconque connaissait son histoire. D'autant plus qu'il lui faisait l'amour comme un chien en rut chaque soir ou presque. Dieu seul le savait et, pour une fois, le diable ne s'en doutait pas.

Vingt-quatre heures plus tard, subrepticement, elle lui demanda sans qu'il s'y attende :

— Tu as un testament, Ludger ?

— Heu… non… Pourquoi en aurais-je un ? Je n'ai pas de famille.

— À qui donc iront alors les biens que tu possèdes ?

— Bah… les héritiers légaux, je présume. Un oncle, une tante, une nièce…

— Il faudra en faire un quand nous serons mariés et nous avantager l'un l'autre.

— Aucun inconvénient. Tu as un notaire, j'imagine ?

— Oui, un vieil ami de mon père. Tu le rencontreras le jour des noces, papa va sûrement l'inviter avec son épouse. Dis, est-ce toi qui vas t'occuper de la musique, Ludger ?

— Quelle musique ?

— Pas celle de la réception, je m'en charge, mais lors de la cérémonie, durant l'échange des alliances ?

— Non, je n'ai pas pensé à cela. Quelque chose que tu désires ?

— Oui, j'aimerais bien que l'organiste joue la mélodie de *You'll Never Know,* ça m'arrache les larmes, elle deviendra notre chanson fétiche. Tu aimerais l'entendre par Rosemary Clooney ? Les mots sont si tendres… J'ai le CD quelque part…

— Non, pas pour l'instant, mon ange, j'ai plutôt envie d'aller marcher dans un parc. Tu veux m'accompagner ?

— Non, vas-y seul, moi, les bancs de parc… Et j'ai des notes à prendre pour la réception. Au fait, as-tu choisi une date pour le mariage ? Je ne peux quand même pas aller voir mon père sans ce détail d'importance.

— Heu… que dirais-tu du premier samedi d'octobre ?

— Je préférerais le deuxième, les coloris d'automne sont plus vifs, les nouvelles patientes seront toutes installées…

— Alors, ce sera le 11 octobre, je vais tout planifier dès demain. Je vais commencer par me rendre à l'hôtel de ville. Bon, je sors maintenant, mais n'ouvre pas mon *laptop*, Judith, j'ai mis en pause une recherche sur la génération romantique, celle de Chopin, George Sand, Alexandre Dumas, Paganini…

— Tu délaisses les rois et les reines de France ?

— Non, je travaille sur plusieurs sujets à la fois. Un historien, ça n'a pas de frontière. Je peux aussi bien me retrouver demain dans le faste du Second Empire ou les tableaux de Winterhalter.

— Bon, j'ai compris et pars vite, mon chéri, sinon, je te connais, tu vas rester ici et me défiler tous les portraits des défunts musiciens, écrivains ou peintres célèbres. En plus des têtes couronnées !

Judith s'était enfin décidée à confronter son père, mais seule, sans Ludger qui ne tenait pas à être de la rencontre. Pour dérider papa, elle avait revêtu une jolie robe cintrée dans un superbe ton de vert et avait laissé tomber sur ses épaules ou presque ses cheveux de plus en plus longs. Maquillée, ombre à paupières d'un vert tendre et lèvres orangées bien dessinées, elle avait accroché à ses lobes les boucles d'oreilles avec émeraudes de sa mère ; et à son poignet, un délicat bracelet plaqué or dont elle avait fait l'acquisition quelques jours auparavant. Pour plaire aussi à Ludger qui l'avait vite remarqué. C'est donc en beauté, eau de toilette de Guerlain à l'appui, qu'elle sonna à la résidence de ses parents ce soir-là. Son père, qui surveillait son arrivée, lui ouvrit et, la priant d'entrer, lui dit :

— Quel changement ! De plus en plus belle, ma fille ! Comme ta mère à ton âge !

Anita, flattée du compliment de son mari, répliqua embarrassée :

— Sauf que j'avais les cheveux blonds, moi ! Par la teinture, évidemment ! Mais là, à mon âge avancé, j'ai laissé cette coquetterie de côté.

— Tu es encore très belle, maman. Tu as gardé ta taille de guêpe, tu t'habilles bien, tu es toujours coiffée…

— Oui, mais pas mal courbée avec cette sacrée bosse de bison !

— Et elle pète tout le temps ! s'écria le vieux, les sourcils froncés. Maudite salade ! Pis les carottes crues qu'elle mange en cachette ! Sans parler des épinards en feuilles, de la rhubarbe trempée dans le sucre…

— Arrête, Jean-Nil ! Recommence pas ! Judith est au courant de tout ça !

Madame Laurent avait préparé le thé vert que sa fille aimait tant et disposé, dans une assiette pivotante, des biscuits de toutes sortes. Judith, ravie de voir son père l'examiner avec fierté, n'attendit pas qu'il change d'humeur pour lui annoncer :

— Ludger et moi allons nous marier. C'est décidé, c'est même lui qui l'a suggéré.

Le père, la bouche ouverte, regardait sa femme qui se contentait de sourire, pour reprendre son souffle et lui dire :

— T'as entendu comme moi, Anita ? Pas mal vite sur ses patins, ce gars-là !

— Papa, à notre âge, dans la cinquantaine tous les deux, il n'y a pas de place pour les fréquentations qui s'éternisent. Nous sommes faits l'un pour l'autre, nous le savons. Nous ne sommes plus des enfants…

— Judith ! Ça fait à peine deux ou trois mois que tu le connais ! Il est entré chez toi comme un boulet de canon et, là, tu veux en faire ton mari !

— Oui, parce que je l'aime et qu'il m'aime, papa. Arrête d'être terre à terre, les sentiments aussi se manifestent…

— Es-tu certaine de ton choix ? lui demanda sa mère.

— Si tel n'était pas le cas, maman, je ne serais pas ici ce soir.

— Dans ce cas-là, marie-le ! Attends pas d'avoir les cheveux blancs…

Le père, estomaqué, s'écria :

— Tu l'approuves ? Sans même questionner ? En voilà une bonne !

— Écoute, mon vieux, Ludger est un homme très sérieux, cultivé et de belle apparence. En forme aussi ! Si Judith attend encore pour refaire sa vie, elle va tomber sur des cardiaques, des hommes avec des maladies incurables, des moribonds...

— Pas nécessairement, Anita, prends-moi comme exemple...

— Parce que je te soigne, mon mari. On prend soin l'un de l'autre... Je sais que je pète souvent et que ça te choque, mais est-ce que je crie au meurtre, moi, quand tu rotes ? Vieillir à deux, c'est ça, mon vieux ! On partage tout, on mange mal, on reçoit, on s'amuse, pis on s'rend finalement compte qu'on n'est plus en forme !

— Toi, avec tes intestins, pas moi !

— Oui, toi aussi avec ton bedon du curé Labelle pis ton double menton ! Tu t'bourres encore dans les *chips* ! À ton âge !

— Assez, tous les deux ! Je vais finir par éclater de rire ! s'exclama Judith. Mais, tu vois, papa, le beau côté de votre histoire, c'est que vous êtes encore deux à vous taquiner, bref, à vous aimer. À la clinique, je reçois des veufs et des veuves qui ont de la misère à affronter la solitude. Ils ne cherchent pas à refaire leur vie, ils sont trop âgés. Ils se fient à leurs enfants, mais ils regrettent énormément d'avoir perdu l'être qu'ils ont aimé. Ce qui n'est pas votre cas, Dieu soit loué ! Et c'est pour ça que je veux m'unir à Ludger. Je ne veux pas vieillir seule quand vous ne serez plus là. J'ai envie de vivre à deux...

— Laisse-moi te rappeler, ma fille, que tu étais mariée et que c'est toi qui as tout lâché ! Pour un autre par-dessus le marché ! Je l'aimais bien, moi, ton Jordan, mais tu en as aimé un autre. C'est ça qui me fait peur avec toi, Judith, tu es imprévisible.

— Je te l'accorde, mais j'avais vingt ans de moins, papa, je n'étais pas mûre comme je le suis maintenant. Enfant gâtée en plus…

— Est-ce un reproche, ma fille ?

— Non, absolument pas, mais disons que j'étais plus frivole et que le fait d'être autant choyée par toi me rendait, parfois, indifférente aux autres. Avec Ludger, c'est la maturité qui s'exprime et qui nous donne des ailes. Pour résumer, je suis venue vous annoncer que nous nous marierons le 11 octobre qui vient. Tout a été songé et déjà planifié.

— Si vite que ça ? T'auras pas le temps de tout préparer…

— Ludger s'occupe des procédures, moi de la réception, mais si tu acceptais de t'impliquer, papa, je ne dirais pas non.

En plein ce qu'il fallait lui dire pour que Jean-Nil se pète les bretelles ! Relevant la tête, il lui annonça solennellement :

— C'est moi qui vais tout payer, ma fille ! Comme je l'ai fait la première fois !

— Ce n'est pas ce que je voulais dire, papa… Le seul fait de me servir de témoin, de m'offrir ton bras pour entrer lors de l'échange des alliances…

— Ben, ça aussi, voyons ! Regarde ! Ta mère pleure déjà de joie !

En effet, discrètement, madame Laurent asséchait une larme ou deux devant le bonheur évident de sa fille.

— Cet homme va me rendre très heureuse, maman. Il ne vit que pour moi.

— Puisse Dieu t'entendre, ma fille, c'est Lui qui connaît le mieux ton Ludger. Mais je te crois, il est si bien élevé, rempli de délicatesse…

— Bon, ça va faire les minauderies ! Je viens d'avoir une idée, Judith !

— Allez, sors-la, papa, je suis tout ouïe.

— Que dirais-tu d'un mariage célébré ici dans notre vaste jardin ? Un mariage champêtre comme ça se faisait autrefois ? Ton futur devrait aimer l'idée, lui qui a toujours la tête dans l'histoire.

— Ça n'a pas de sens, papa, c'est l'automne qui s'en vient, il risque de pleuvoir souvent… Et tout le trouble que ça donnerait…

— Écoute, veux-tu un mariage intime ou avec des invités ?

— Bien, aussi fastueux que le premier. J'aime étaler mon bonheur.

— Alors, laisse-moi faire, tu vas avoir un mariage dont le monde va longtemps parler. Je vais faire ériger un chapiteau pour qu'une pluie, s'il y en a une, ne dérange en rien. En octobre, on peut aussi compter sur l'été des Indiens. Je vais avoir recours à un traiteur, un monteur, un fleuriste, un décorateur… T'auras un tapis rouge jusqu'à la balustrade ornée de fleurs…

— La balustrade ? Mais c'est un mariage civil, papa…

— Pas une balustrade comme à l'église, mais un montage avec des fleurs devant lequel vous prendrez place. Et le célébrant viendra vous unir ici, en plein air, en plein jour, avec le chant des oiseaux. Tu vois ce que je veux dire ? Aide-moi avec les noms… J'en oublie des bouts…

— Une arche, papa, je vois ce que tu envisages, mais c'est grandiose ce que tu me suggères là. Je me demande si Ludger…

— Laisse faire Ludger, c'est toi qui te maries, ma fille, c'est toi qui décides ! Avec l'équipe dont je te parle, tu n'auras pas à lever le petit doigt. Pas même pour le gâteau de noces ! Je commande tout pis je paye tout !

— Papa, ça n'a pas de bon sens… C'est trop… Donne-moi au moins la fin de la soirée pour en parler avec Ludger et je t'appelle sans tarder. Il a quand même son mot à dire…

— Sur ma générosité ? Je lui sauve des milliers de piastres en m'occupant de tout ça ! Qu'est-ce qu'il aurait à redire, lui ?

— On ne sait jamais… Ludger est un homme discret.

— Ben, qu'il le soit moins, pis dis-lui que c'est pas toujours facile de creuser dans le fond de sa poche. Pour lui, ce serait peut-être comme sortir de l'eau d'une roche !

Le chemin du retour fut très agréable pour Judith. Mille et une images défilaient dans sa tête. S'imaginant ce que son père voulait concevoir dans le jardin pour son mariage, elle nageait dans l'enchantement. Il ne manquerait à ce décor féerique qu'un carrousel avec des chevaux de bois. Elle qui, quatre mois plus tôt, s'enfonçait dans l'austérité se sentait soudainement envahie par la candeur d'une enfant. Elle qui, peu sociable, sauf pour sa partie de quilles une fois par mois avec des collègues, souhaitait maintenant un attroupement pour « étaler son bonheur », comme elle l'avait dit à son père.

Elle stationna sa voiture dans le garage de l'immeuble et, par l'ascenseur, monta à son appartement. Elle allait déverrouiller avec sa clé lorsque la porte s'ouvrit grande sur elle. C'était Ludger qui, sourire aux lèvres, lui demanda :

— Déjà de retour, mon ange ?

— Déjà ? Il est onze heures, mon chéri. Un peu plus et je passais la nuit chez mes parents.

— Allons, viens, prends un petit porto et raconte-moi. Ça s'est bien déroulé ?

Elle se versa plutôt une crème de menthe blanche, prit place à ses côtés et lui déclara :

— Papa va s'occuper de tout ! Nous n'aurons rien à débourser !

— Vraiment ? Mais, avant, comment a-t-il pris la nouvelle, lui si méfiant ?

— Avec un grain de sel ! Un peu de poivre sur l'idée, mais avec maman qui effaçait ses doutes assez souvent, il a compris que notre amour était plus fort que tout ce qu'il s'imaginait. Je crois qu'il est heureux de retrouver un gendre et soulagé à la pensée qu'après sa mort tu seras là pour me protéger, pour prendre sa relève, quoi !

— C'est donc réglé… Mais s'occuper de tout, que veux-tu dire ?

— Voilà pourquoi je ne lui ai pas donné de réponse définitive. Je devais d'abord t'en parler. Sans ton accord, on se mariera autrement.

— Bon, raconte-moi tout, je ne vais pas t'interrompre.

Judith lui fit donc la narration de tout ce qui s'était passé chez ses parents, de l'offre généreuse de son père, du mariage champêtre sous un chapiteau, de l'arche en fleurs où le célébrant les unirait... Elle le regardait de temps à autre, mais il ne bronchait pas. À la toute fin de son long monologue, elle laissa échapper un soupir et lui demanda :

— Tu en penses quoi, Ludger ? Est-ce au-delà de ce que tu désirais ?

À son grand étonnement, son futur mari lui répondit :

— C'est très généreux de sa part et j'accepte sa proposition. Ce qu'il prévoit va lui coûter très cher, cependant.

— Qu'importe ! Il a de l'argent et il est si content pour moi !

— Bon, dis-lui que j'apprécie son geste. Qu'il s'occupe de tout, sauf du célébrant. C'est moi qui l'aviserai du changement et je lui donnerai l'adresse de tes parents. Ça risque d'être plus onéreux, un tel déplacement, mais comme ton père ne semble pas avoir de limites...

— Surtout pas ! Maman m'a chuchoté qu'il allait me payer ma robe de mariée, mes souliers, enfin tout ce que je porterai. Il était si fier de me voir maquillée et féminine ce soir. Tout ça grâce à toi, mon chéri. Toi seul as réussi à me transformer de la sorte. Avec patience et amour, tu as fait d'une grenouille, une princesse.

— Tout de même ! Comme dans les contes de fées ? Juste en t'embrassant ?

— Non, Ludger, en me faisant l'amour comme un dément !

Ludger Vallin ne s'était pas opposé à quoi que ce soit. Le vieux « bouc » voulait dépenser ? Il allait l'aider à le faire en lui demandant, pour surprendre sa fille, une haie d'honneur avec des dames, des demoiselles en dentelle, deux pages, deux bouquetières, un buffet chaud et non seulement froid, des desserts d'un pâtissier réputé et non ceux du traiteur, des vins capiteux importés de France et d'Italie. Oui, il allait exiger tout cela à l'insu de Judith qui serait plus que conquise devant un si grand déploiement. Somme toute, Ludger allait suggérer à son futur beau-père, vieux bedonnant, un mariage champêtre aussi somptueux que celui de Nathalie, baronne de Malaret et fille de la comtesse de Ségur. L'histoire mêlée à ses « intrigues » lui titillait les tripes !

L'été s'écoula en douceur. Judith travaillait, Ludger faisait ses marches de santé et Jean-Nil Laurent préparait en sourdine le plus beau jour de la vie de sa fille. De temps à autre, Ludger téléphonait à son beau-père pour lui suggérer « en secret » une autre dépense onéreuse susceptible de plaire à la future mariée. Tel un vilain petit garçon, il s'amusait, Ludger Vallin ! En prenant soin, toutefois, de ne rien divulguer de lui, pas même le prénom de son père. Le frère de Judith, Raynald, avait fait savoir à sa mère que son épouse et lui seraient présents pour le mariage, mais qu'ils arriveraient par avion du Manitoba le matin même de la célébration, à cause d'un colloque d'avocats qui allait se terminer la veille du grand jour. Mais ils seraient là à temps, Judith n'avait pas à en douter, ajoutait-il dans un post-scriptum. Il était très enthousiasmé du bonheur de sa petite sœur. Ludger, de son côté, ne pouvait, comme la première fois, se servir de tous les pièges si bien tendus sans risquer d'être déjoué. À Moncton, tout était transparent ou presque. D'autant plus que le bedonnant beau-père avait des connaissances ou des amis de l'est à l'ouest et du nord au sud de la ville.

À la mi-août, le couple avait passé une fin de semaine à Saint-John pour changer de paysage et de restaurants. Mais rien d'impressionnant pour Ludger qui n'avait pas aimé l'environnement ni l'hôtel qui les avait hébergés. Pas plus, d'ailleurs, que les repas qu'on leur avait servis. Judith, moins difficile, moins bec fin, moins collet monté, avait raffolé de la ville et des endroits visités, même si les librairies que son futur cherchait se faisaient rares. De retour à Moncton, ils s'étaient employés à marcher ensemble, à visiter des musées ici et là, à manger plus souvent à la maison, lassés des restaurants dont ils connaissaient les menus par cœur. Quelque peu désabusé, consultant souvent sa montre ou le calendrier, Ludger bayait aux corneilles lorsqu'il était seul et retrouvait sa vigueur sur la taie d'oreiller de satin, le soir venu. Son seul mérite pour que Judith ne s'interroge pas sur… ses sentiments ! Car les « mon ange » avaient légèrement diminué de sa part sans qu'il s'en rende compte. Quand elle le surprenait songeur, ce qui lui arrivait de plus en plus souvent, il sortait vite de sa léthargie, la rassurait et, pour ne pas qu'elle retombe dans un « questionnement », il l'entraînait sur le canapé où, avant même de souper, il lui faisait oublier qu'il était quasi « tanné » d'avoir à lui jouer la comédie. Parce que Ludger Vallin, malgré son savoir-faire, sentait que la durée des ébats s'écourtait et que ses érections n'avaient plus la « résistance » de ce qu'elle en attendait.

Intéressée par les films dont les collègues lui parlaient, Judith avait presque traîné de force Ludger au cinéma. Mais de plus en plus dérangé par la foule et la sonorisation trop forte, ce dernier s'était abonné à un club vidéo où il pouvait louer des productions majeures et les regarder avec elle, un porto à la main. Mais les films choisis par lui n'étaient pas toujours au goût de sa bien-aimée. Un soir, après avoir exploré les rangées moins achalandées, il revint avec le film *Diane* mettant en vedette Lana Turner. Lorsque Judith vint le rejoindre pour le visionner, se fiant au titre, croyant à une belle histoire d'amour contemporaine, elle se retrouva devant la biographie de… Diane de Poitiers ! Un délice pour lui, un compromis pour elle. Voyant que ça lui plaisait énormément, elle ne dit rien et regarda au complet le film avec lui. Il avait fait tant de concessions pour le mariage. Il avait même accepté la longue liste d'invités de son père, des gens qu'il ne connaissait pas. Il fallait vraiment qu'il l'aime pour se plier à toutes ces impositions sans sourciller, pensa-t-elle. Il avait même vendu sa voiture en son absence, en lui disant qu'une seule auto, celle de Judith, était assez grande pour deux. Il avait vendu sa voiture « rapidement », selon elle, sans chercher plus loin pour autant. Sans se douter, bien entendu, que la voiture n'était que louée et que Ludger s'en était tout simplement débarrassé. « Une bonne chose de faite », se disait-il. Un élément de moins à enquêter… après !

L'automne avait apporté un peu de fraîcheur, mais l'été persistait certains jours et Ludger, selon le temps, rangeait sa veste de laine ou la reprenait de nouveau. Un soir, alors qu'il soupait avec Judith, cette dernière lui demanda :

— Comment allons-nous composer avec les dépenses une fois mariés ?

— J'y avais pensé, j'attendais que tu m'en parles. Comme le condo est payé, nous allons diviser les taxes…

— Non, je t'arrête, ce qui est payé, ce qui était ici me servait autant quand j'étais seule. Tu n'as pas à t'impliquer dans ce que je défrayais. Bref, je pourrais continuer à tout absorber comme je le faisais, mais, connaissant ta fierté…

— Laisse-moi au moins faire le marché et le régler, Judith… En plus de nos sorties et des achats pour la maison… Tu seras ma femme, pas seulement ma compagne.

— On arrangera cela au jour le jour si tu veux bien, car tout ce que tu envisages de payer, je le payais avant. Va pour le marché et nos sorties… Tes vêtements, ce sera ton problème, ton ordinateur, tes locations de vidéos…

— Voilà, mon ange ! Dis, tes collègues sont au courant de notre mariage ?

— Oui, ceux et celles avec qui je vais au *bowling*. Trois ou quatre avec leur conjoint. Je les ai invités. Ils ont hâte de faire ta connaissance. Le mari d'une infirmière de mon service est un mordu de l'histoire. Il deviendra un bon ami pour toi, j'en suis certaine. Vous pourrez échanger…

— On verra, Judith, j'aime bien être seul dans mes dossiers et mes archives. Là, durant ton absence, j'ai découvert que Catherine II de Russie avait été surnommée « la tsarine aux mille amants ». On en apprend tous les jours, tu vois ? Je ne suis pas certain qu'un tel fait puisse intéresser le mari de ta collègue. Je suis sans doute trop avancé… J'ai enseigné, moi, pas lui !

— À toi de juger en temps et lieu, Ludger. On prend le digestif au salon ?

— Bonne idée, mais juste avant, tu continueras de travailler ?

— Bien sûr ! Pourquoi cette question ?

— Parce que, retraitée, tu serais plus souvent à la maison.

— Ludger ! Je n'ai que cinquante ans ! Une infirmière ne quitte pas si tôt, j'ai encore la vocation dans le cœur...

— Je n'insiste pas, je voulais seulement savoir... Quoique sur le plan pécuniaire, avec notre avoir et celui de ton père...

— Je sais fort bien que je pourrais, dès demain, faire la grasse matinée, mais quitter la clinique actuellement, j'en serais incapable. Même pour être avec toi, Ludger ! Je t'aime de tout mon être, mais être ensemble à longueur de journée, ça pourrait se gâter. Lorsque tu es dans tes recherches, tu ne vois rien d'autre ! Non, comme c'est là, ça va bien ? Ne changeons rien. Je prendrai ma retraite quand j'en aurai l'âge, dans sept ou huit ans, pas avant.

— Ce qui s'appelle avoir sa profession dans l'âme...

— Sans doute ce que je ressens, Ludger. Je ne me vois pas sans mes malades chaque jour. Et toi, le soir venu, la nuit... Ah ! mon chéri, si tu savais...

Ludger avait compris depuis longtemps, il voulait seulement se rassurer. Il était évident que Judith l'aimait d'abord physiquement, ensuite pour sa compagnie. Mais c'était « son corps » qu'elle voulait garder pour s'en servir à sa guise, la nuit venue. Ce dont elle avait le plus pâti depuis son divorce d'avec Jordan et sa rupture avec le suivant. Judith Laurent était une femme de corps plus que de cœur. C'était là son point faible. L'important pour elle était de devenir

« accro », en arriver à ne plus pouvoir s'en passer. Au point de l'épouser ! C'était donc, pour lui, les seules ficelles sur lesquelles jouer. Mais quelles ficelles à assumer ! Surtout lorsque… brisées ! Une joute de plus en plus difficile parce que, sans attirance, il lui devenait de moins en moins facile de la satisfaire en feignant de l'aimer. Et, comme un homme ne pouvait prétendre au lit comme le faisait souvent une femme, il lui fallait performer ! Craignant d'être trahi par une baisse hormonale, il s'efforçait d'être, chaque nuit ou presque, à la hauteur de ses attentes. En se remémorant souvent des scènes abjectes d'un site porno d'Internet.

Le mardi 30 septembre, alors que Judith était au travail et que son bien-aimé transcrivait sur son *laptop* des notes sur Marie de Médicis, le téléphone sonna. Impatienté d'être ainsi dérangé, il répondit d'un ton maussade :

— Oui… allô…

— Ludger, est-ce que je te réveille ? C'est moi, ton futur beau-père !

— Ah ! bonjour, monsieur Laurent. Non, j'étais debout, je travaillais sur mon ordinateur.

— Encore dans tes recherches, toi ? Si seulement c'était payant ! Bon, écoute-moi bien. Entre nous deux, sans le répéter à ma fille, j'aimerais te dire que j'en suis rendu à vingt mille piastres pour votre mariage ! C'est de l'argent, ça, hein ? Ma femme trouve que c'est beaucoup, elle me crie que j'ai les poches pleines de trous ! Mais, comme c'est pour le bonheur de Judith… Et j'ai pas fini, parce qu'un orchestre de huit musiciens comme tu m'as demandé pour venir jouer *You'll Never Know*, on déplace pas ça pour rien ! Bien sûr qu'ils vont faire danser les invités et que ma fille va en avoir les larmes aux yeux, mais demande-moi plus rien, tu vas me ruiner, mon sacripant !

— Ça s'arrête là, monsieur Laurent, mais n'oubliez pas que pour une noce, ça ne prend pas que du vin. Il faut aussi du champagne de qualité pour porter un *toast* aux mariés, et du caviar pour bien l'avaler par la suite !

— Dis-moi pas ? Ben, ça, j'y avais pas pensé ! T'entends, Anita ? Ludger dit que ça prend du champagne, du caviar et… quoi d'autre ?

— Non, ça va aller, monsieur Laurent, mais pour le champagne, pas n'importe lequel… Attendez, je suis justement sur Internet…

Et Ludger, sans merci, lui donna le nom du champagne le plus cher parmi la sélection suggérée par une réclame locale. Ce que le vieux nota avec soin dans son calepin.

Judith était fébrile en ce 5 octobre, il ne restait qu'une semaine jour pour jour avant qu'elle devienne madame Laurent-Vallin, souhaitant associer son nom au sien. Ludger était allé faire des courses et il était revenu avec un sac jaune qu'il avait déposé sur la causeuse. Judith, curieuse et empressée, ouvrit le sac pour y découvrir non un DVD mais un VHS du film *Cleopatra* en noir et blanc, avec Claudette Colbert :

— Ludger ! Tout de même ! Est-ce qu'il le gardait dans les boules à mites, celui-là ? J'espère que le magnétoscope fonctionne encore… Pourquoi n'as-tu pas choisi la version en couleur avec Elizabeth Taylor ?

— Parce que cette adaptation est trop moderne, trop fastueuse, et que Cléopâtre n'avait pas la beauté d'Elizabeth

Taylor. Madame Colbert, de la version des années 1930, lui rend plus justice, selon l'un de mes ex-élèves. Et le scénario est plus fidèle à l'histoire.

— Je veux bien le croire, mon chéri, mais m'imposer un tel film un samedi soir… Quelque peu égoïste, non ?

— J'en douterais parce que j'ai également loué celui-ci pour toi.

Judith s'empara du DVD qu'il cachait derrière son dos pour y lire : *Three Kings,* avec George Clooney et Mark Wahlberg. Souriante, elle avait répondu à son futur :

— C'est gentil d'avoir ainsi pensé à moi. J'aime beaucoup George Clooney. Il a de la classe ! Quant à l'autre, Wahlberg…

— Il a des muscles ! répondit Ludger. Ce qui devrait aussi te plaire.

Elle s'esclaffa et demanda à l'homme de sa vie s'il désirait un filet mignon aux trois poivres ou un poulet aux ananas pour le souper. Ludger jeta son dévolu sur le bœuf, sachant qu'il pourrait l'accompagner d'un bon cru. Les pieds dans ses pantoufles, la chemise défaite traînant sur son pantalon léger, il attendit, allongé sur le canapé, que sa future prépare le repas. S'approchant discrètement, elle lui demanda :

— Tu aimerais que je te masse le dos en attendant que les filets dégèlent ?

— Heu… non, pas maintenant, je sais où ça nous conduira.

— Et alors ?

— Je préfère garder mon énergie pour la nuit, mon ange. J'ai tellement marché cet après-midi, laisse-moi refaire le plein d'essence. Et puis, j'ai faim ! Je n'ai rien avalé depuis le déjeuner !

C'était la première fois que Ludger lui refusait un « caprice ». D'habitude, il l'honorait dès qu'elle lui massait l'avant-bras comme elle venait de le faire. Pas cette fois. Elle se releva, déçue, retourna à la cuisine, et Ludger se tourna sur le côté pour enfouir sa tête dans un coussin de laine tricoté par sa belle-mère et somnola une dizaine de minutes pour ensuite s'endormir tel un loir, un bras pendant dont la main touchait le tapis. Sans avoir regardé le bulletin de nouvelles qu'il attendait tant. L'apercevant plongé dans cette sieste soudaine, Judith en déduisit qu'il était fourbu, anxieux et fort nerveux à l'approche du mariage. Mais tel n'était pas le cas. Ludger avait fait mine de s'endormir pour ne pas qu'elle revienne à la charge. Car lui faire l'amour alors qu'il avait le ventre creux était la dernière de ses intentions… Il n'y songeait même pas ! D'autant plus, il le sentait, que le « membre » ne suivrait pas. Mieux valait s'en abstenir que de la désillusionner. Après avoir bien mangé, passablement bu, ils commencèrent par visionner *Cleopatra* et Ludger prenait des notes. Puis, lorsque le film de George Clooney fut installé dans l'autre appareil, il se leva, se rendit à sa chambre, s'étendit sur le lit et, cette fois, s'assoupit profondément. Judith, déçue, voire choquée, ne le réveilla pas pour autant. Elle aurait bien le temps, une fois mariée, de le rappeler à l'ordre si un tel manque de savoir-vivre se reproduisait. Elle regarda donc le second film seule… et le téléphone sonna :

— Judith ? C'est ton père ! Tout est prêt ! Tu vas m'en remercier longtemps, ça va me coûter pas loin de trente mille dollars, cette noce-là ! Ç'a besoin de durer cette fois-là !

— Je n'en demandais pas tant... Pourquoi si cher ? Un mariage champêtre...

— Oui, je sais, mais avec tous les suppléments que ton futur m'a indiqués, ça finit par faire grimper une facture en maudit, ces fantaisies-là !

Jeudi, 9 octobre, Judith s'était levée pimpante. C'était sa dernière journée de travail à la clinique de santé avant le congé pour ses noces. Plus que deux jours et elle serait la femme la plus heureuse du monde ! À la vie, à la mort, cette fois ! Avec un mari si beau, si tendre, si viril, si en forme, qui la transportait aux nues les nuits venues ! En plus de lui donner son cœur en entier et de la traiter comme si elle était Victoria Louise de Prusse, sa plus récente trouvaille dans ses cahiers d'histoire. Ses collègues l'avaient accueillie chaleureusement en ce dernier jour de travail à la clinique, en lui remettant, en guise de cadeau de noces de la part des pensionnaires, une magnifique nappe de dentelle. Ce qui avait ému Judith. Mais, tôt le matin, avant de quitter l'appartement, elle avait dit à son bien-aimé en déposant un baiser sur son front :

— Il se peut que je rentre un peu plus tard ce soir, je dois passer prendre ma robe chez la couturière qui a effectué quelques retouches.

— Aucun problème, moi, je vais me rendre à une petite bibliothèque francophone que j'ai trouvée dans le bottin téléphonique. Assez loin d'ici, mais ça semble valoir la peine, ils ont un livre sur les derniers jours de Messaline.

Imagine tout ce que je peux trouver comme détails dans un tel bouquin !

— Tu vas t'y rendre comment ? Je prends la voiture.

— Ne t'inquiète pas pour moi, je vais me débrouiller.

— As-tu ton nœud papillon pour la cérémonie, Ludger ?

— Ton père s'en est chargé en louant son smoking. Demain, il va te le remettre quand tu iras voir les installations. Et, coup de chance, mon ange, on annonce un temps superbe pour samedi !

— Ah ! mon Dieu que je suis nerveuse ! Ce sera si émouvant et je serai si heureuse ! J'oubliais, tu as été merveilleux la nuit dernière !

— Tiens ! Plus que de coutume ?

— Non, mais c'est comme si tu te surpassais chaque fois. Dans ma tête, du moins. Je t'aime tellement que, pour moi, c'est toujours la première fois. Tu comprends pourquoi je suis si avide de toi maintenant ? Tu m'as rendue non seulement amoureuse mais lascive de toi, mon chéri. Imagine ce que sera le reste de notre vie !

— J'en pense autant, mais sauve-toi maintenant. Moi, après ma marche coutumière, je vais aller me jeter sur les étagères de cette bibliothèque où je risque de trouver des documents rares. Surtout à Moncton où ce genre de livre doit être poussiéreux, faute de preneurs.

Elle l'embrassa sur la joue, il lui rendit son baiser et, la porte fermée derrière elle, il attendit et observa de la fenêtre l'engagement de la voiture dans l'allée principale. Cela fait, Ludger verrouilla la porte de l'appartement à double tour et, sans plus attendre, se dirigea vers la chambre afin d'ouvrir les tiroirs de sa commode. Un sourire en coin, le poing sur une fossette. Une heure plus tard, il prenait place dans un taxi fantôme réservé la veille, en route vers l'aéroport. Pas un de ceux qui desservaient le quartier. Trop facile à repérer…

Il était dix-huit heures trente lorsque Judith regagna son appartement où l'attendait sans doute son amant, presque mari. Elle ouvrit, se rendit au placard du vestibule et y accrocha sur un cintre sa superbe robe beige avec appliques de dentelle qui lui allait maintenant comme un gant. Elle fut surprise de constater que l'imperméable de Ludger n'était pas en place, il faisait si beau, il n'avait pas à le traîner. Elle passa outre en se disant qu'il craignait peut-être un nuage gris… Puis, se dirigeant vers la salle de bain, elle fronça les sourcils lorsqu'elle découvrit que le porte-brosses à dents ne contenait que la sienne, et que sa crème à barbe et son rasoir n'étaient plus sur la petite étagère à cet effet. Ne comprenant rien, ne s'imaginant surtout absolument rien, elle se dirigea vers la chambre et constata que le dessus de la commode de Ludger était libre de tout ce qu'on aurait dû y trouver. Même son eau de toilette Royal Copenhagen qui ne bougeait jamais du meuble. Elle s'avança, tira un tiroir de la commode et le trouva vide. Puis, elle ouvra les trois autres qui ne contenaient rien sauf les petits sachets de lavande qu'elle y avait déposés. Figée sur place, apeurée soudainement, elle sentit son cœur s'inquiéter au point d'en craquer. Se dirigeant en toute hâte vers l'armoire de Ludger, elle la trouva entièrement vide. Pas même une housse oubliée gauchement. Rien ! Tout avait disparu. Judith, chancelante, fit le tour de toutes les pièces de l'appartement dans l'espoir d'y trouver une lettre, un mot, une lueur… Mais non. Rien ! Il avait tout pris ce qui lui appartenait, que cela, rien d'elle. Non, pas tout à fait... Regardant le lit quelque peu défait, elle remarqua que l'oreiller de Ludger avait été dépouillé de sa taie de satin ivoire qu'il aimait tant. Déconcertée, assommée, elle atteignit le récepteur du téléphone, le souleva et composa le numéro de son père qui, heureusement, était à la maison:

— Judith ? C'est toi, ma fille ? Quoi de neuf ? Le jour s'en vient...

Elle éclata en sanglots et le père, interloqué, lui demanda:

— Qu'est-ce qu'il y a ? As-tu eu un accident ? Ludger est-il malade ?

— Non, il est parti, papa... Avec tout son linge.

— Quoi ? Je ne saisis pas...

— Il m'a quittée, papa. Il ne reste plus rien de lui ici.

— Voyons donc, ça s'peut pas ! Vous vous mariez...

— Je crois que ça n'aura pas lieu... mon futur mari s'est envolé... parvint-elle à murmurer.

— Ah ! non ! Y peut pas avoir fait ça ! Pas après tout ce que j'ai dépensé !

Au même moment, calé dans un siège de l'avion qui le ramenait chez lui, Ludger souriait. Étrangement. De satisfaction ou presque. Son portable sous le banc d'en avant, un magazine historique sur les genoux, il accepta avec un chaleureux « merci » le scotch importé que l'agent de bord venait de lui servir en classe affaires. Entre ciel et terre, il avait certes croisé l'avion de Raynald et de son épouse, Sarah, qui avaient devancé leur arrivée pour le mariage champêtre. Heureux de ne pas avoir à les rencontrer, il souriait, creusait du doigt une de ses fossettes et commanda avec appétit le repas qu'on lui avait fait choisir. Avec un merlot rouge d'assez bonne qualité pour l'accompagner. Fatigué, épuisé par la journée, les préparatifs hâtifs, le guet et enfin la clé dans la porte, il se remémorait chaque geste de peur d'avoir laissé un indice derrière lui. Aucun danger ! Il était passé maître dans l'art de s'introduire dans la vie d'une femme et d'en sortir sans laisser la moindre trace. À l'aéroport, ayant quarante-cinq minutes à tuer, il avait rédigé sur le bout d'un *stand* de la ligne aérienne, adressée à la main cette fois, une courte lettre sur un papier blanc sorti de sa mallette. Puis, s'adressant à la préposée aux départs, il lui avait demandé :

— Vous savez où je peux la poster ?

— C'était de l'autre côté, monsieur, avant de traverser.

Sous le coup du charme de Ludger qui se montra contrarié, voire chagriné, la préposée lui dit :

— Si cela peut vous dépanner et si vous avez confiance, je pourrais la poster pour vous, mais ce soir seulement.

— Vous feriez cela pour moi ? lui demanda-t-il, avec son doux visage d'homme en peine.

Elle rougit, baissa les yeux quelques secondes et répondit :

— Oui, mais la personne ne la recevra pas avant lundi ou mardi. La levée sera déjà faite pour la journée.

— Aucune urgence ! Jetez-la dans n'importe quelle boîte en passant ! Je vous en remercie d'avance, vous êtes fort aimable.

L'accommodante agente rangea la lettre dans son sac à main et, plus tard, juste avant de la déposer dans une boîte non loin de l'aéroport, elle jeta un coup d'œil sur l'enveloppe pour y lire un nom de femme, une destination, mais aucune adresse de retour. Déçue, elle laissa tomber l'enveloppe dans la fente et reprit le volant en se disant: «Charmant mais marié, évidemment! Pas de chance!»

La soirée avait été pénible pour Judith. La tête entre les mains, elle pleurait, s'essuyait les yeux et replongeait de nouveau dans les larmes. Terriblement affectée, seule, sans personne pour la soutenir, sa mère trop âgée pour le faire, elle avait pris le téléphone et avisé une collègue fiable de ce qui lui arrivait. Abasourdie par le récit, cette dernière lui avait demandé:

— En quoi puis-je t'être utile, Judith? Veux-tu que je me rende chez toi?

— Non, tu as ton mari et tes enfants. Si tu pouvais, demain, aller chez mon père et l'aider à prévenir tous les invités de l'annulation du mariage, ça le soulagerait. Il n'est plus jeune, tu sais… Et bouleversé! Mon frère et son épouse arrivent par avion ce soir, ils sont peut-être déjà là. Ils vont épauler papa et maman dans cette épreuve, mais ils ne peuvent avertir tous les invités, ils ne connaissent personne. Toi, tu connais au moins les gens de la place et papa te dira qui sont les autres… Raynald va sûrement t'aider, car on va te poser un tas de questions. Imagine! Tous les cadeaux sont arrivés, il nous faudra les retourner et annuler le buffet, l'orchestre, le célébrant… Tu peux m'aider?

— Compte sur moi, Judith, je ferai de mon mieux. Préviens ton père cependant.

Plus tard, remis quelque peu de ses émotions, Jean-Nil Laurent avait rappelé sa fille pour lui dire:

— Il nous a mis dans un beau pétrin, cet animal-là !

— Oui, je sais, papa..., répondit-elle d'une voix larmoyante.

— Tu vois ? Tu l'connaissais même pas, Judith ! Tu savais pas d'où y sortait, c'gars-là ! Tu lui as jamais rien demandé, tu sais même pas où l'retracer ! Aucun doute sur lui de ta part depuis le début ! Inconcevable ! C'est ça les amours par les annonces classées ou par le maudit ordinateur !

— Papa, pas de reproches, je t'en prie, j'ai si mal... Nous étions à deux jours du mariage... Comment aurais-je pu me douter de quoi que ce soit ?

— Peut-être, mais ton frère comprend pas comment t'as pu être bernée de la sorte. Il était peut-être marié, ton Ludger, qui sait ?

— Non, papa, aucun homme marié ne se serait rendu aussi loin dans une relation avec une femme. Quelque chose d'autre est arrivé, mais je ne comprends pas... Il m'appelait son ange... Hier soir, encore...

Elle s'était tue, elle allait lui avouer qu'il lui avait fait l'amour comme un dieu ! Il s'était encore surpassé, sachant que c'était la dernière fois... Il avait tout manigancé.

— Te rends-tu compte que ton frère et sa femme sont partis du Manitoba pour venir jusqu'ici pour toi ?

N'en pouvant plus, elle avait raccroché, non sans lui dire :

— N'ajoute rien, papa, tu tournes le fer dans la plaie.

Judith ne savait par où commencer pour recoller les pots cassés. Défaite entièrement, le cœur en miettes, elle préférait laisser « le paquet de troubles » aux bons soins de son père, de son frère et de sa collègue de la clinique. Loin de tous ces tracas, elle pourrait pleurer à sa guise sur son oreiller blanc, en songeant tristement que jamais plus elle ne jouirait comme elle l'avait tant fait. C'était là son plus grand désarroi. Que lui importaient donc le chapiteau, le banquet et même l'humiliation. Être privée de lui, de son corps, de ses baisers, de ses touchers, de ses caresses, allait être sa plus grande punition. À l'instar de Raymonde dont elle ne savait rien, elle se demandait : « Pourquoi ? » Que cette question qui resterait sans réponse et qui la torturerait fort longtemps. Sa mère, qui avait rappelé, s'offrit pour aller passer la nuit avec elle, de même que sa belle-sœur, mais Judith déclina leur offre. Elle désirait rester seule, consciente qu'elle ne fermerait pas l'œil de la nuit. En buvant, seule, une crème de menthe blanche, et en cherchant partout une trace de lui. En vain ! Pas même un bout de papier sur une tête couronnée au fond des paniers à rebuts. Ni une carte de membre d'une bibliothèque ou du club vidéo. Après une nuit qui l'avait laissée déséquilibrée, Judith se leva péniblement et, alors qu'elle se versait un jus d'orange, le téléphone sonna. Dans un ultime rebondissement du cœur, elle répondit prestement. C'était son frère, Raynald, qui s'inquiétait de son état.

— Ça va, Judith ? Tu as réussi à somnoler ? On s'inquiète pour toi.

— Non, je n'ai pas dormi, pas une seule minute. Comment fermer l'œil quand on espère à chaque moment qu'il va sonner, qu'il va rentrer…

— Je ne croirais pas, Judith, n'espère rien en ce sens-là… Quand un homme de son âge s'en va avec tous ses effets, ce n'est pas pour revenir comme un gamin le lendemain. Ce n'est pas une fugue, ma petite sœur, c'est un départ définitif.

— Oui, dans le fond, je le sais, je ne suis pas sotte, mais le choc est si brutal. Il serait mort frappé par une voiture que ça ne me ferait pas plus mal. J'ai encore le regard dans le vide...

— Ne t'en fais pas, nous sommes là, maintenant. Ta collègue est venue et nous lui avons remis les noms des invités de ton entourage. Pour les autres, la parenté, Sarah et moi allons nous en occuper.

— Comment va papa, ce matin ? Il a été assez dur avec moi hier soir, j'ai dû raccrocher...

— Je sais, mais que veux-tu, c'est un coup de masse sur la tête pour lui aussi. Nous sommes en train de le ramasser à la petite cuiller, maman et moi, il est très peu bavard, il me laisse tout entre les mains. Il répète sans arrêt qu'il a dépensé beaucoup d'argent pour rien...

— C'est sans doute ce qui l'offense le plus ! Mon chagrin, ma peine, ça...

— Judith ! Il m'a répété plusieurs fois qu'il avait toujours été méfiant de cet homme sans parenté, sans amis, venu de nulle part !

— Oui, c'est vrai, c'est moi qui ai fini par le lui imposer. Pauvre papa...

— Ne t'en fais pas, ma petite sœur, il va s'en remettre.

— Toi qui es avocat, Raynald, crois-tu qu'il y a quelque chose à faire ?

— Non. J'ai étudié la situation et je n'ai rien trouvé ; on ne sait même pas où il est rendu et qui il est vraiment. Il n'a rien volé, il a juste filé à l'anglaise avant de t'épouser. On ne peut rien faire contre un homme qui change d'idée, sauf le poursuivre en dommages et intérêts quand on réussit à le retrouver. Mais comme tu n'as aucune piste...

— Non, aucune, je ne lui ai jamais rien demandé, je me contentais de l'aimer. Je me suis fait avoir, Raynald. Bêtement avoir ! Le pire, c'est que je ne sais pas pourquoi il disait m'aimer comme un fou ! Rien ne laissait présager une rupture ou un départ, encore moins une évasion !

— C'est lâche, je l'admets, mais sans en connaître la raison, comment le juger ? C'est une fuite volontaire, Judith, pas une disparition.

Le jour du mariage annulé, le jardin de monsieur Laurent était vide d'invités. Le matin même, on était venu démonter le chapiteau, plier les tables et les chaises après avoir retiré les couverts, dégarni l'arche de ses fleurs et reprit les centres de table. Le traiteur avait tout récupéré, mais monsieur Laurent n'avait pu être remboursé. Il était bien stipulé dans le contrat que les choses périssables comme les aliments et les fleurs étaient à la charge du signataire dès que commandées. Qui aurait pu prévoir que le marié... Bref, personne ne remboursa ou ne dédommagea le bedonnant client, pas même le locateur du tapis rouge de vingt pieds pour le couple et ceux des allées. Les cadeaux de noces avaient été remisés au sous-sol de la maison paternelle jusqu'à ce que les invités passent les reprendre. Ce que plusieurs n'allaient pas faire par respect de la désolation dans laquelle le vieux couple et Judith se trouvaient. La veille, on avait tenté de retracer le célébrant, mais en vain. Aucun mariage civil n'avait été inscrit pour le samedi 11 octobre 2003. Une fois de plus, Ludger les avaient leurrés avec ce dont il devait s'occuper. Et c'est à ce moment que Judith se rendit compte que Ludger avait planifié, dès le premier jour, son odieuse machination. Pourquoi ? Inexplicable ! Raynald et Sarah allaient passer le week-end avec leurs parents, le père étant si ébranlé. On avait craint, à son âge, qu'il parte d'un arrêt cardiaque. Madame Laurent, malgré sa stupeur, avait un peu mieux réagi au fil des heures, en disant à son fils : « Je sais que c'est très mal ce qu'il a fait, mais si c'était là la volonté de Dieu… » Pauvre vieille ! La décision du Tout-Puissant avant le désespoir de sa fille ! Mais où donc s'était envolé le pigeon voyageur dont on ne connaissait rien ? Parce que, pendant que se déroulait à Moncton un désastre éprouvant pour Judith et sa famille, Ludger, au loin, chez lui, donnait des graines à Sweetie, sa perruche jaune, en écoutant le bulletin de nouvelles qui, bien entendu, ne parlait pas d'eux. Qu'était donc une promesse de mariage rompue à côté de la misère et des fléaux de ce bas monde ? Calme, décontracté, ayant retrouvé Godfrey et Mary, ses voisins d'à côté, après cette longue absence, il jugea qu'il était peut-être temps d'apporter quelques rénovations à sa maison alors que, seule dans son humiliation, Judith pleurait maintenant de rage ce cruel abandon.

Mardi 14 octobre, Judith, café à la main dans sa cuisine, regardait les feuilles jaunes et rouges joncher le sol de son immeuble. En baisse d'énergie, démolie, en proie au contrecoup, elle avait décidé de prendre congé de la clinique pour un temps indéterminé. La main encore tremblante, le cœur fragile, elle craignait d'affronter les regards des collègues. Avoir été ainsi dupée et être condamnée à s'expliquer... Non, c'était trop éprouvant pour elle ! Tant pis pour la vocation et les aînés qu'elle aimait tant, elle resterait captive chez elle pour plus qu'un certain temps. Elle commanderait de l'épicier et ferait tout livrer. Elle annulerait son coiffeur, laisserait sa chevelure retrouver le parsemé de gris d'antan et attendrait que tout se tasse et qu'on oublie, avant de reprendre, dans son uniforme blanc, le chemin de la clinique pour y retrouver ses patients. Il était onze heures lorsqu'elle descendit jusqu'à sa boîte aux lettres pour en retirer, comme toujours sans doute, des comptes à payer et des réclames publicitaires. Mais elle sentit son cœur battre très fort lorsqu'elle trouva une seule circulaire et une enveloppe blanche dont elle reconnaissait l'écriture. Remontant hâtivement, elle s'empressa de la décacheter et d'en sortir la feuille de papier blanc. Le même genre de feuille que celles sur lesquelles Ludger transposait ses notes chaque mois. Elle la déplia nerveusement et put lire :

Chère Judith,

Au moment où tu liras ces lignes, je serai loin. Ne me cherche pas, ce serait inutile. Je t'ai quittée, « mon ange », parce que, malgré ce tendre qualificatif, je ne t'aimais plus. Au fait, sans vouloir te briser, je ne t'ai jamais aimée.

Le coup a sans doute été terrible à encaisser, je le sens. Et tu as dû beaucoup pleurer d'être ainsi rejetée. Pourquoi ne pas tenter de retracer Jordan, ton premier mari, et lui demander comment il a réussi à sécher ses larmes, lui ?

Pour ce qui est de ton père, je n'ai aucun remords de l'avoir incité à dépenser. Il l'a fait pour tenter de te rendre heureuse. Comme il l'a toujours fait ! Avec son argent et sa fierté, jamais avec son cœur. Il n'a pas à s'en faire, à son âge, pour cet argent perdu. Rappelle-lui que le coffre-fort ne suit pas le corbillard.

Je t'ai rendue heureuse, du moins au lit. Un beau souvenir à garder de moi jusqu'à ce qu'un autre prenne la relève. Si je t'ai blessée, je m'en excuse, mais quand on est héritière comme tu le seras dans peu de temps, la fortune de ton père te fera un très solide pansement.

Adieu, Judith, content de m'en être sorti à temps.

Ludger

Elle avait relu la lettre trois fois. En pleurant, en rageant et en finissant par le détester carrément. « Quel monstre d'homme ! » songea-t-elle. Il s'excusait de l'avoir blessée et il lui conseillait de se servir de son argent comme pansement ! Quel être diabolique ! Elle qui lui avait donné son corps… Elle se retint. C'était elle qui avait plutôt emprunté le sien chaque soir. Le seul bon souvenir qu'il lui restait, sachant toutefois qu'elle aurait à en gémir dans son sevrage. Sa dépendance avait été si intense… Amèrement désabusée, outragée, ne trouvant pas les mots pour le désigner tel qu'elle le voyait, Judith se contenta de froisser le papier dans sa main pour ensuite le jeter aux déchets. Jamais personne ne saurait qu'elle avait reçu cette lettre. Pas même sa mère et encore moins son père. Pour ne pas avoir à soupeser, avec qui que ce soit, l'ampleur de sa naïveté et de sa dévastation. Elle ferma les yeux, releva la tête et soupira de douleur. Avec, en plein cœur, les mots qui l'avaient profondément poignardée : « Je ne t'ai jamais aimée. »

CHAPITRE 7

Ludger Vallin avait fait couvrir à neuf sa toiture avant les froids de l'hiver, pour ensuite changer la porte d'entrée ainsi que l'une des fenêtres de la devanture de la maison. Les travaux se terminèrent juste à temps pour que la couronne illuminée s'accroche à cette nouvelle façade qui la rehaussait de beaucoup. Le temps des Fêtes s'écoula paisiblement et la perruche, heureuse d'avoir retrouvé son maître, jacassait terriblement devant le reflet d'elle-même que lui rendait son petit miroir. Ludger avait réveillonné chez ses voisins de gauche en savourant la tourtière de Mary et en buvant un bon vin qu'il avait apporté et que Godfrey, l'époux, avait bien apprécié. Il avait aussi passé quelques coups de fil à des ex-enseignants et à d'anciens élèves qu'il n'avait pas perdus de vue pour leur exprimer ses vœux. Il avait répondu poliment à trois cartes de souhaits reçues par la poste, mais il ne s'était pas embarrassé d'un sapin décoré cette fois-ci. À quoi bon ! Personne ou presque ne venait chez lui, il était plus souvent reçu qu'il ne recevait. Lors de soirées intimes, on le questionnait sur ses déplacements qu'il justifiait par des voyages de formation autour du globe. Car, même retraité, leur disait-il, il désirait parfaire ses connaissances dans les sphères de l'histoire qui lui avaient échappé pour, éventuellement, publier un livre sur ces sujets. En bon historien, Ludger inventait des scènes, racontait de fausses anecdotes, bref, éblouissait tout le monde par ses récits. Sans que personne se doute que, depuis deux ans, ses déplacements n'avaient eu pour but que de laisser pantoises des femmes séduites et brusquement délaissées. Des femmes qui allaient se demander longtemps pourquoi l'homme qu'elles avaient aimé les avaient abandonnées sans pitié. Deux femmes qui, à ce jour, avec des centaines de kilomètres entre elles, se demandaient encore où s'était perché « l'oiseau rare » de leur triste histoire.

Mars 2004, le dimanche 28 plus exactement, Ludger Vallin, ses sacs de voyage à la main, avait sauté dans un taxi en direction de l'aéroport. Son entourage, intrigué, se demandait où le professeur pouvait bien s'en aller cette fois-ci. Car il leur avait dit qu'il partait en *nowhere*, avec en poche un billet d'avion pour Toronto. La dévouée Mary, brave voisine, allait veiller sur la perruche une fois de plus, pendant que son mari jetterait régulièrement un œil sur la maison. L'avion décolla à l'heure prévue, le vol se fit sans le moindre incident et Ludger Vallin descendit à l'aéroport Pearson, sourire aux lèvres et de fort bonne humeur. Son voisin de siège, à bord de l'appareil, connaissait… Messaline ! Enfin un qui n'était pas ignare en histoire. Ils avaient aussi parlé de la Grèce antique pour ensuite passer à Jules César et aux Romains qui jetaient leurs esclaves en pâture aux lions…

Ludger, plus instruit que l'autre, l'avait fort impressionné avec toutes les têtes couronnées qu'il lui avait défilées. Son voisin, un homme dans la trentaine, friand de l'informatique, avait pris quelques notes afin de retracer par Internet ce que l'ex-enseignant cultivé lui conseillait. Monsieur Vallin, qui ne s'était pas proprement identifié pour autant, avait eu le loisir de partager, au moment du repas, un peu de vin avec son compagnon de voyage. En classe économique cette fois. Et pourquoi pas ?

Il sauta dans un taxi et se fit conduire au Strathcona Hotel, pas loin de la gare Union où il avait réservé une chambre pour quelques jours ou plus, si nécessaire. Il s'était installé rapidement avec le peu d'effets qu'il transportait avec lui et, dès que le soir se pointa, il était déjà sur son ordinateur en train de transposer des notes prises sur les décorations militaires du costume de Napoléon III qui affichait, entre autres, le collier du Grand Maître de la Légion d'honneur. Cela fait, il ouvrit le téléviseur et tomba sur *The Vikings*, avec Kirk Douglas, un film des années 1950 qu'il n'avait pas vu. Puis, avant d'enfiler son pyjama, disposé à se coucher tard, il repassa en revue les noms des trois femmes trouvées sur un réseau de l'Internet, qui recherchaient un compagnon. Trois dames de la francophonie ontarienne ayant élu domicile à Toronto. Le lendemain matin, frais et pimpant, il fureta dans les annonces classées des journaux laissés à l'hôtel, en quête d'un hébergement moins coûteux et à plus long terme. Chanceux comme toujours, il trouva, en plein centre-ville, une chambre à louer chez un veuf dont le logement était devenu trop grand depuis le décès de sa femme. Il s'y rendit, s'entendit à l'amiable avec lui et, pour un montant raisonnable versé au mois, il eut droit au déjeuner inclus, pas davantage. Ses autres repas devaient être pris à l'extérieur. Ludger s'engagea à partager ce logis en toute discrétion, pour ne pas éveiller de soupçons chez le propriétaire des lieux qui aurait pu, devant le cas, augmenter son loyer. Ce qui faisait bougrement l'affaire de Ludger, car, en agissant de la sorte, il serait lui aussi assuré du silence sur sa présence de la part de son compagnon d'infortune. Le soir même, après avoir réglé l'hôtel, il entrait avec ses bagages chez Ralph, qui lui offrit une chambre plus que confortable avec vue sur la rue. Le veuf n'avait pas d'enfants et semblait avoir peu de parenté et de connaissances. Il donnait l'impression d'être un homme seul, austère, à l'écart des gens et du tumulte qui l'encerclaient. Passablement âgé, il passait ses journées devant le téléviseur à regarder n'importe quoi ou presque. Dans sa chambre, Ludger avait une commode à cinq tiroirs, une table de travail, un divan-lit et une chaise de rotin avec coussin pour l'écriture. Le vieux, courtoisement, lui avait prêté un vieux téléviseur de dix-neuf pouces avec des oreilles de lapin, ce qui était suffisant pour l'usage que Ludger en ferait. Les stations de Radio-Canada dans les deux langues étaient claires et ça lui suffisait pour un film de temps à autre ou un bulletin de nouvelles. En bougeant parfois l'antenne, la réception devenait plus nette, ce qu'avait fait Ludger durant la projection d'un film français à l'horaire.

Installé, se frottant les mains d'aise, content de cet incognito qu'il allait vivre une fois de plus, il vérifia le fonctionnement de son nouveau cellulaire et alla louer une modeste voiture qu'il put stationner dans un bout d'entrée réservé au vieux qui, lui, n'avait plus d'automobile depuis la mort de sa compagne de vie. Donc, se sentant chez lui sans avoir de comptes à rendre à Ralph, il l'informa de ses goûts pour les déjeuners : des œufs pochés, du fromage à la crème, des rôties de pain blanc avec de la marmelade, du café et, parfois, des céréales, les Puffed Wheat de préférence. C'était à peu près ce que le vieil homme mangeait lui aussi, sauf les céréales qu'il irait acheter pour Ludger au marché le plus près. En fin de soirée, appliqué à bien entreprendre son scénario, il déplia la feuille sur laquelle il avait inscrit les trois noms, la posa sur sa commode jusqu'au lendemain et se replongea dans l'histoire en griffonnant, dans un calepin, cette fois, quelques notes trouvées sur Madame Royale, la fille de Louis XVI et de Marie-Antoinette, sauvée par miracle des infamies des sans-culottes et de la guillotine, lors du régime de la Terreur.

Après le déjeuner du matin en compagnie de Ralph avec qui il avait peu causé, Ludger Vallin étudia de nouveau les trois candidates qu'il avait en vue pour se rendre compte que la première était une veuve récente, ce qu'il n'avait pas décelé dans sa hâte. Elle fut donc éliminée de la liste. Il lui en restait deux, à moins de consulter d'autres sites. La seconde, divorcée, mère et grand-mère, avait fait partie durant plusieurs années des forces policières de l'Ontario. Non ! C'était trop risqué ! Sans doute une femme forte qui allait vite le démasquer. Il jeta donc son dévolu sur la troisième, une divorcée de cinquante-cinq ans, même âge que lui, avec deux filles dans la trentaine, dont l'une mariée avec un enfant. Voilà qui faisait beaucoup de monde ! Ludger la contacta quand même par courriel de son portable. En prenant bien soin d'ouvrir, avant, une adresse Hotmail avec un nom d'emprunt. Il se montra intéressé, lui avoua être un professeur d'histoire, avoir cinquante-cinq ans, être veuf, sans enfants. Exactement ce qu'il fallait pour intéresser la demanderesse qui avait signé tout simplement « âme en peine », un pseudonyme on ne peut plus exploité, quitte à dévoiler plus tard, à celui qui l'intéresserait, qu'elle s'appelait Viviane Barillet.

« Enfin ! Un autre mois qui se termine ! La fin de l'hiver ! » s'écria Ludger, lorsque le 31 mars se montra le bout du nez. Même avec un peu de pluie, qu'importe ! Cela allait faire fondre la neige encore givrée au sol. C'est en ce mercredi qu'il devait causer avec « l'âme en peine » de Toronto, celle qui répondait le mieux à ses critères pour une histoire d'amour improvisée. Il attendit au début de l'après-midi pour se manifester, tel qu'entendu avec la dame qui, en lui répondant, lui avait donné son numéro de téléphone. À deux heures pile quoiqu'il laissât passer deux ou trois minutes pour ne pas avoir l'air d'un homme à côté de son horloge. Même si c'était le cas ! Il ferma sa porte à clé, composa de son cellulaire le numéro de la dame et, dès la première sonnerie, « l'âme en peine » répondit :

— Allô, je suis là.

— Bonjour, madame. Vous saviez donc que c'était moi ?

— Bien sûr, à l'heure précise avec « appel privé » qui s'affiche, qui d'autre ?

— Alors, me voilà, madame ! Pour mieux vous servir ! Je vais commencer par me présenter poliment : Ludger Vallin.

— Enchantée, monsieur Vallin. Tiens ! pour ne rien vous cacher, je vais aussi vous dévoiler mon identité. Je suis Viviane Barillet, nous avons le même âge comme vous le savez, et je vis seule en ce moment.

— Vous m'avez dit, dans votre message, avoir deux filles.

— Au départ, j'aimerais vous informer que je n'ai pas d'ordinateur et que j'ai ouvert cette boîte Hotmail temporairement à la bibliothèque. La préposée m'a grandement aidée… Je ne connais rien dans ce domaine. Mais je savais où m'adresser, j'avais vu l'adresse électronique de ce site dans un journal. Pour revenir à votre question, oui, j'ai deux filles, Stella et Francesca. L'aînée vit à Hamilton avec son mari et leur petit Jimmy qui a « presque quatre ans » comme il me le dit au téléphone, et ma plus jeune, Francesca, vit ici à Toronto, mais pas chez moi, elle a son appartement. Elle est technicienne dans un laboratoire à Mississauga et elle s'est rapprochée de son travail. Début trentaine, célibataire endurcie, elle ne cherche ni mari ni amoureux.

— Elles ont, toutes deux, des prénoms de consonance italienne.

— Oui, parce que mon mari était Italien. Alfredo Riccio, pour être plus exacte. Moi, depuis mon divorce, j'ai repris mon nom de jeune fille.

— Barillet… N'est-ce pas d'origine française ?

— Oui, mais j'en ignore la source, et mon père qui vivait dans une résidence ne s'en souvenait plus. Vous savez, devenu âgé, la mémoire… Il était né ici toutefois et jamais l'idée ne m'était venue de le lui demander étant plus jeune. Et comme j'étais fille unique, sans grande parenté...

— Vous n'avez plus votre mère ?

— Non, elle est partie il y a cinq ans, *a heart failure*, comme on dit ici. Vous savez, à force de parler en anglais, j'en perds des bouts en français. Mon père l'a suivie dans l'au-delà un an plus tard. Jeunes, nous habitions à Montréal, Alfredo et moi, mais on l'a transféré à Toronto et il n'a plus voulu décoller d'ici.

— Il... il est encore vivant ?

— Non, il est décédé depuis deux ans... D'un cancer ! Il fumait comme une cheminée ! Mais, je m'explique, j'ai mentionné divorcée dans ma demande parce qu'on m'a dit que les correspondants n'aimaient pas les veuves éplorées, ce qui n'était pourtant pas mon cas, nous étions divorcés depuis plusieurs années et je ne l'ai jamais revu depuis notre rupture, pas même...

— Excusez-moi de vous interrompre un moment, mais est-ce lui qui vous avait quittée ?

— Non, c'est moi qui l'ai mis à la porte ! Ça fait quinze ans de cela, monsieur Vallin ! Je l'ai « sacré dehors », comme on dit en bon français, parce que je ne l'aimais plus.

— Curieux... Après tant d'années ensemble...

— Bien, faut dire que j'avais rencontré quelqu'un d'autre qui m'avait chaviré le cœur ! Un homme que j'ai aimé durant un an et que j'ai encore quitté quand la flamme s'est éteinte. Depuis ce temps, plus rien, jusqu'à ce que je me décide à tenter ma chance avec un site de rencontres et, hop, vous voilà !

— Oui, quoique je n'aie pas l'habitude de ces sites, je me méfie tellement...

— Vous avez bien raison, moi aussi, mais là, après un bout de conversation, je me sens rassurée.

— Une dernière question, madame Barillet, votre mari a-t-il éprouvé de la peine quand vous l'avez quitté ?

— Pour être honnête, oui ! Parce qu'il ne se doutait pas que j'aimais quelqu'un d'autre. Il a insisté, il a même imploré ma fille de me faire changer d'idée, mais ça n'a pas fonctionné. J'étais amoureuse à ne plus rien voir d'autre. Stella, ma plus vieille, m'en a voulu pour un bout de temps et elle est restée en contact avec son père jusqu'à sa mort. Francesca, pour sa part, n'a pas trop mal réagi. La tête remplie d'études, elle n'avait pas le temps de s'occuper de nos affaires. Elle n'était pas très près de son père, celle-là. Pas plus que de moi, elle ne pensait qu'à elle. Encore maintenant, je la vois rarement. Pour ce qui est de Stella, je me rends parfois à Hamilton pour voir mon petit-fils, mais eux ne se dérangent pas souvent. Ils ont une petite maison hypothéquée et ils joignent les deux bouts avec l'argent que Stella gagne à la garderie où va le petit. Bon, ça va faire, mon histoire ! Et vous ?

— Encore une question et je vous raconte brièvement ma vie.

— Allez-y, j'écoute.

— Votre Alfredo, est-ce qu'il a pleuré quand vous l'avez quitté ?

— Quelle question ! Les Italiens sont très sensibles. Il a braillé comme un veau pendant des semaines, puis avec l'aide de Stella, il a fini par se calmer. Et il n'a jamais fréquenté une autre femme, il m'aimait trop pour ça, disait-il… Mais je n'ai pas l'intention de ne parler que de lui…

— Non, ça va, madame Barillet. C'est maintenant à moi de me livrer.

Ludger Vallin avait laissé échapper un soupir de satisfaction. Il venait d'entendre ce qu'il souhaitait. Viviane Barillet avait meurtri son mari en le quittant de la sorte. C'était donc celle que, encore cette fois, il recherchait. Retrouvant son calme, il lui parla de son mariage avec Andréanne, morte à vingt-trois ans, et poursuivit avec sa profession qui l'avait soutenu dans ces durs moments. Il ajouta que le fait de ne pas avoir eu d'enfants ne l'avait pas chagriné ; il avait eu tant d'élèves pour pallier ce manque. Il lui confia être retraité, à l'aise, vivant chez un ami au centre-ville, sans lui mentionner d'adresse. Et ce, depuis quatre ans ! Pieux mensonges, mais il ne pouvait tout de même pas se présenter comme un nouvel arrivant. Puis, avant qu'elle lui demande son numéro de téléphone, il insista pour l'inviter à souper le vendredi soir qui venait, ce qu'elle accepta d'emblée. Dans un restaurant qu'elle choisirait dans son quartier. Elle lui avoua posséder un joli bungalow sur la rue Bloor et que, pas très loin, il y avait deux restaurants, dont l'un chinois, les mets qu'elle préférait, après les pâtes évidemment. Ils raccrochèrent et Ludger, enchanté, roula ses manches avant de se livrer à son hobby préféré, les recherches historiques. Il en était à disséquer les Borgia pour tenter de séparer le blé de l'ivraie de cette famille. De son côté, Viviane Barillet était intriguée. Un professeur d'histoire, si poli, avec une si belle voix. De quoi pouvait-il avoir l'air ? Car, malgré leur longue conversation, ni l'un ni l'autre ne s'était arrêté à se décrire physiquement. Pas même à la stature de l'homme ! S'il fallait qu'il soit plus petit qu'elle ! Bah ! À leur âge… Madame Barillet, heureuse d'avoir déniché un « prospect », se demandait déjà ce qu'elle allait porter pour cette première rencontre. Un tailleur avec un blouson de soie ? Pourquoi pas ?

Avril en était à son deuxième jour lorsque Ludger Vallin, s'aspergeant la nuque de son Royal Copenhagen, se préparait à enfiler son complet gris en se regardant dans la glace. Il se devait de faire bonne impression. Cette correspondante, quoique ravie, selon lui, d'avoir enfin « trouvé », ne semblait pas « en manque » comme cela avait été le cas avec Judith. Plutôt indépendante, elle semblait chercher un compagnon pour se désennuyer, pas nécessairement un amant pour l'oreiller. Il allait la rencontrer, donc découvrir ou du moins deviner ce qu'elle avait espéré en s'inscrivant sur le réseau en signant « âme en peine ». Avait-elle tenté de rencontrer autrement ? Sans succès ? D'où le « en peine » dont elle qualifiait son âme ? Que d'intrigues à démêler ! D'autant plus que Ludger ne savait pas à quoi s'attendre sur l'apparence de cette dame. Il le saurait dès qu'elle ouvrirait la porte pour l'accueillir.

Après avoir repéré la rue Bloor et l'adresse, il s'était garé de l'autre côté de la rue afin d'examiner la maison de madame Barillet avant d'aller sonner. Un bungalow d'un seul étage avec un pignon au-dessus de la porte d'entrée. Pas grand, selon son premier coup d'œil, mais les maisons se vendaient si cher à Toronto que, si petite soit-elle, elle valait son pesant d'or. Une clôture blanche encerclait la devanture et, s'y hasardant enfin, il pesa sur le bouton rouge qui fit tinter un carillon qu'on percevait de l'extérieur. Quelques pas lourds et la lumière du perron s'alluma au moment où la porte s'ouvrit. Elle était là ! Devant lui ! Souriante et bien vêtue. Mais, oh ! mon Dieu, passablement corpulente ! Elle le dévisagea, sembla satisfaite et l'invita à entrer dès qu'il lui eut dit : « Enchanté, madame Barillet. » Elle le délivra de son imperméable et de son foulard, et le pria de passer au salon sans retirer ses souliers après les avoir essuyés sur le tapis rude du portique. Jolie pièce, mais lourde de draperies et de tapis avec beaucoup d'imprimés floraux aux couleurs sombres. À l'italienne, quoi ! Sans doute au goût de son défunt mari autrefois. Une table de centre marbrée, d'autres en coin, des bibelots, une lampe torchère, d'autres de table avec des abat-jour frangés, un téléviseur, des magazines ici et là, un gros chien de plâtre dans un coin et de multiples photos encadrées. Ses filles sans doute ! L'une jolie, l'autre moins, et des photos diversifiées d'un bébé, celles de son petit-fils au fil des mois et des quelques années. Chaleureux mais chargé et étouffant, le salon de madame Barillet. Avec une odeur de *push push* assez forte qui venait juste d'être pressée du contenant. Un mélange de lavande et de citron qui se mêlait au parfum assez lourd qu'elle portait. Sans doute le Shalimar, de Guerlain, pas le plus délicat de la célèbre maison, selon l'acquis de son odorat. Une émanation qui avait vite éclipsé celle du Royal Copenhagen léger et sensuel de Ludger. Le priant de prendre place, elle lui offrit de prendre l'apéro avant d'aller souper. Un verre de Cinzano dont la poussière de la bouteille à moitié pleine était apparente sous l'éclairage de la lampe. Sans doute ouverte depuis longtemps et rangée dans le cabinet. Puis, alors qu'il la regardait, elle lui lança sans retenue :

— Vous ne vous attendiez pas à une femme grosse comme moi, n'est-ce pas ?

— Pas grosse, madame, ronde, ce qui est plus élégant.

— Allons donc, ronde ! À presque deux cents livres ! Vous plaisantez ou quoi ? J'aurais dû vous prévenir au téléphone.

— Sachez, madame, que les rois de France, de Louis XIV à son successeur Louis XV, n'avaient que des favorites aux rondeurs évidentes. Les femmes recherchées de cette époque étaient grasses et dotées d'une forte poitrine.

— Comme la mienne ! J'aurais peut-être fait fureur en ce temps-là, mais de nos jours, c'est la maigreur qui prime. Il y a même des hommes qui recherchent des poitrines planches à laver et des bras manches de balai ! Les temps ont bien changé, vous savez. Vous êtes certain, monsieur Vallin, que mon tour de taille et tout le reste ne seront pas un embarras pour vous ?

— Au contraire, madame, ce que vous qualifiez d'embarras est un ajout à la bonne humeur que vous dégagez.

— Bien oui, toutes les grosses sont de bonne compagnie ! Pour divertir et pour qu'on oublie leur embonpoint !

— Cessez de vous torturer, madame Barillet, vous êtes charmante telle que vous êtes. Ai-je reculé d'un pas ? Avez-vous perçu un étonnement ?

— Non, mais…

— Alors, n'en parlons plus et laissez-moi insister sur le fait que la marquise de Montespan et la duchesse du Barry n'étaient pas squelettiques ! Elles étaient bien en chair, et ce, pour le plus grand bonheur des deux rois prénommés Louis qui en avaient fait leur maîtresse.

— Voilà qui me rassure et je me risque à vous croire, même si je ne connais rien à l'histoire... Je ne lis pas beaucoup... Je regarde la télévision ou je fais tourner des disques. Ceux de Julio Iglesias surtout, il chante si bien. Vous aimez la musique, monsieur Vallin ?

— Heu... oui, mais plus classique. Celle de Mozart, de Chopin, de Vivaldi...

— Moi, je ne m'y connais pas en classique, mais je ne déteste pas en écouter parfois. Ça repose, ça permet de se calmer quand on est agité... Alors, on y va ? J'ai réservé pour sept heures, mais ce n'est pas loin d'ici. J'ai finalement choisi le restaurant italien, c'est plus de mise qu'un buffet chinois pour une première rencontre. Leur sauce rosée est excellente et leurs escalopes sont succulentes, vous verrez !

En cours de route, il était songeur. Cette relation n'allait pas être comme les autres. Viviane Barillet, malgré son embonpoint, n'allait pas être facile à gagner. Elle n'avait pas semblé estomaquée devant l'allure chevaleresque de Ludger, pas plus qu'elle avait semblé étonnée de le voir si bien habillé, si bel homme, si instruit... À son regard, Ludger l'avait deviné, elle n'allait pas, comme les autres, se pâmer devant ses fossettes dès qu'il lui sourirait. Non, elle était même restée de marbre devant le bellâtre qui s'intéressait à son auguste personne. Eût-il été gras ou chauve, petit ou bedonnant, que ça n'aurait rien changé. Elle n'était pas subjuguée par son physique, ça se voyait. Il devenait évident que l'intérêt de Viviane Barillet était de converser, de manger et de se distraire avec un compagnon. Sans s'amouracher subitement ! Du moins, pas comme elle l'avait fait en quittant son mari pour un amant naguère. Elle avait mûri, la dame, et ne semblait pas facilement impressionnable. Et encore moins complexée de traîner un amas de livres en trop, sinon elle l'aurait mentionné dans son résumé. Et comme il l'avait maintenant vue… Elle lui avait certes demandé si ça le dérangeait, mais comme il l'avait rassurée, le sujet était donc clos. Que lui importaient les dames de l'histoire qu'il avait mentionnées, elle ne les connaissait pas. Somme toute, comme Viviane se sentait bien dans sa peau, au diable les favorites des rois !

Viviane Barillet avait juste envie de vivre une belle histoire avec un homme de sa génération. En autant qu'il soit distingué et bien élevé, ce qui semblait être le cas avec Ludger. Pour sa sortie au restaurant, elle avait revêtu un tailleur noir à fines rayures verticales blanches, chaussé des souliers fourrés à talons bottier, et jeté un imperméable sur son dos. Le collet de son blouson blanc, fermé jusqu'au cou, était maintenu par une broche au dessin abstrait en argent. À ses lobes d'oreilles, un petit coussin de perles noires et blanches et, fraîchement coiffée, ça se voyait, elle avait demandé une tête bouffante avec une frange sur le front du côté droit. Ses cheveux étaient d'un brun soyeux ; son maquillage, très léger. Une ombre à paupières discrète et un peu de rouge non gras sur les lèvres. Bref, le prototype de la bonne mère de famille qui s'était « changée » le soir venu, pour être présentable. Bien mise, pas plus, pas moins. Avec, à l'auriculaire, une bague en or qu'elle avait sans doute portée jadis… à l'annulaire !

Ils avaient bien mangé, elle, un ravioli avec boulettes de viande, lui, une escalope au citron avec asperges, et il avait fait honneur au Valpolicella suggéré alors qu'elle n'en avait bu qu'un doigt. Car, comble de malheur pour Ludger, sa compagne n'aimait pas le vin et se tenait le plus loin possible de tout alcool. Étonné, il insista, mais elle lui répondit : « Non, j'ai déjà été opérée pour des pierres à la vésicule biliaire et, depuis, aucune boisson pour moi, sauf les tisanes et le thé. » Pendant le repas, il lui avait demandé :

— Qui est la jolie femme avec le bel homme aux yeux noirs sur une des photos de votre salon ?

— Ma fille Stella et Walt, son mari. Walt pour Walter, bien entendu. Ceux qui vivent à Hamilton. Les parents du petit Jimmy.

— Très belle, votre fille, ils forment un joli couple.

— Oui, je l'admets, Walt est de Toronto, elle l'a connu sur les bancs d'école. C'est beaucoup plus tard qu'ils se sont fréquentés. Comme vous voyez, l'amour peut attendre.

— Et l'autre, c'est Francesca ?

— Oui, celle qui ressemble à son père ! Pas chanceuse, celle-là, car elle va avoir en plus la taille de sa mère tandis que Stella a hérité de mes traits et de la minceur de son père. Le meilleur des deux, quoi !

Elle avait éclaté de rire, ce qui ne choqua pas Ludger, car son rire était discret, peu dérangeant. On sentait que cette femme était d'une droiture exemplaire. Ludger allait avoir un gros travail à faire !

Il la raccompagna chez elle, mais refusa d'entrer pour un café. Il était tard, c'était frisquet, et il avait hâte de retrouver son dossier sur les Borgia, laissé sur sa table de travail. Elle le remercia chaleureusement, mais ne présenta pas sa joue pour autant. Madame Barillet était une personne réservée. Pas du genre à se familiariser et encore moins à faire les premiers pas. Au moment d'ouvrir la portière, Ludger lui demanda:

— Puis-je vous rappeler ? La première impression est-elle favorable ?

— Quelle question ! Bien sûr, monsieur Vallin ! Vous revoir serait un plaisir, mais jamais je n'aurais osé vous le demander.

— Dans ce cas, vous accepteriez qu'on se tutoie et qu'on utilise nos prénoms dans nos conversations ?

— Comme il vous plaira, monsieur... Disons, Ludger !

— Alors, c'est fait, Viviane, et il te faudra enterrer le « vous » dans la dernière neige et t'emparer du « tu » avec le printemps.

— Il y a pas mal de poésie là-dedans. J'espère être capable de te suivre, Ludger, avec un *high school* pas même terminé... Je suis bien élevée, mais pas tout à fait cultivée.

— Ça s'apprend, Viviane, tu verras. Dans quelques mois, on pourra causer tous les deux de Madame Récamier.

— Tu crois ? Madame qui ? Pas sûre de ça, moi !

— Je te raconterai... Elle était une amie de Chateaubriand.

Songeur sur sa nouvelle liaison, Ludger laissa s'écouler quelques jours avant de rappeler Viviane Barillet. Curieusement, elle n'avait pas tenté de le joindre sur son cellulaire. Désintéressée, la dame ? Il s'interrogeait. Avait-il joué la mauvaise carte, cette fois ? Il n'avait pas senti chez cette compagne l'enthousiasme des deux autres. Pas même dans son regard. Bonne personne, certes, mais aucun compliment de sa part face à sa tenue vestimentaire et à la carrure qu'il affichait pour un homme de son âge. Pas la moindre remarque. Rien ! Ce qui n'était pas pour plaire au paon qu'il était de son apparence. Malgré tout, il revint à la charge. Il téléphona chez elle cinq jours plus tard et la trouva ravie de l'entendre au bout du fil :

— Ludger ! Vous… tu vas bien ? Encore froid pour avril, n'est-ce pas ?

— Oui, en effet, l'hiver s'éternise. Je vais bien, Viviane, et toi ?

— En bonne forme ! Je viens tout juste de parler à Stella, à Hamilton. Leur petit Jimmy va bien, son mari aussi.

— Tu lui as parlé de nous ?

— Non, pas après une seule rencontre. Comment pouvais-je être certaine que tu allais rappeler ? Tu as laissé passer tant de jours…

— J'ai été fort occupé, mais tu aurais pu le faire, toi, je t'ai laissé le numéro de mon cellulaire.

— Non, ce n'était pas à moi de rappeler, Ludger. J'aurais risqué de passer à tes yeux pour une courailleuse d'hommes, ce qui n'est pas mon cas ni mon genre.

— Bien non, voyons, ça m'aurait fait plaisir…

— Peut-être, mais puisque tu es là au bout du fil, on continue ou on arrête ? J'imagine que c'est pour ça que tu m'appelles ?

— J'ai nettement l'intention de te revoir, Viviane, si de ton côté tu en éprouves la même envie.

— Absolument, voyons ! J'ai beaucoup aimé ta compagnie.

— Alors, que dirais-tu de samedi soir qui vient ? Cinéma ? Restaurant ? À toi de choisir !

— Comme on ne s'est pas tout dit l'autre soir, pourquoi ne pas venir souper chez moi ? Je prépare justement une sauce italienne que je vais réfrigérer. Qu'en penses-tu ? On a bien le temps pour d'autres sorties si ça devient sérieux entre nous.

— Excellente idée ! J'apporterai le vin…

— Non, n'en fais rien, j'en ai ici à ne pas savoir qu'en faire… J'en achète pour Stella et son mari quand ils viennent… Francesca aime aussi le vin rouge. Je vais t'acheter un bon pain italien à l'ail !

— Non, pas d'ail, Viviane, je ne le digère pas. N'en mets pas trop dans ta sauce, s'il te plaît.

— D'accord, je vais faire attention pour toi.

Ludger avait menti en lui disant qu'il ne digérait pas l'ail, il n'aimait tout simplement pas ça. À cause de l'haleine… Il avait peine à comprendre que Viviane n'ait pas songé qu'une telle haleine allait la tenir loin des baisers, et davantage de ce qui pourrait s'ensuivre. Retrouvant son ton enjoué, il lui demanda :

— C'est de ton mari que tu as gardé toutes ces habitudes ?

— Heu… c'est possible, les petites aimaient bien sa cuisine.

— Je pourrais, au moins, me charger d'apporter un bon dessert.

— Non, Ludger, quand j'invite, je me charge de la table entière. Arrive les mains vides et ne crains rien, tu vas repartir le ventre plein !

Elle s'esclaffa, et Ludger, le récepteur loin de l'oreille, laissa entendre poliment l'écho d'un rire.

— Bon, puisque c'est comme ça, je viendrai juste avec mon sourire.

S'attendant à un compliment sur cette dernière remarque le concernant, il eut la surprise de l'entendre lui répondre :

— Mets aussi ton foulard et ta tuque si tu en as une, c'est loin d'être chaud dehors de ce temps-là !

Ludger se présenta à la résidence de Viviane vers dix-huit heures tel que convenu entre eux. Sans arriver avec du vin ou des pâtisseries, il avait pris soin d'acheter chez un dépanneur quelques fleurs enveloppées dans un cellophane. Rien de cher, mais d'assez bon goût pour que Viviane, ravie du geste, les dispose dans un vase de porcelaine rose. Il l'examina soigneusement : elle portait une robe ample dans les tons de beige et brun, avec un long sautoir de perles beiges pour allonger sa silhouette. Bien coiffée, chaussée de souliers à talons hauts, elle avait le don de camoufler son embonpoint avec adresse. La table était mise, il y avait de tout ! La salade bien en vue, un vin rouge dans une longue carafe, le pain croûté sur la planche, les olives, les cornichons, le fromage râpé, bref, un souper copieux. Il avait pris place en face d'elle et laissait refroidir un peu le carré de fromage chaud qu'elle lui avait servi sur une feuille d'épinard, alors qu'à la cuisine elle remplissait deux assiettes de pâtes en forme de coquillages, sur lesquelles elle avait abondamment versé de sa sauce, pour ensuite garnir l'assiette de plusieurs boulettes de viande. La voyant déposer sa portion devant lui, Ludger s'exclama :

— C'est beaucoup trop, Viviane ! Je ne mangerai jamais tout ça !

— Bien, voyons donc, un homme en pleine forme, c'est capable d'en prendre ! Mange ce que tu peux, Ludger, mais garde-toi de la place pour le dessert, j'ai des *cream puffs* dans le frigidaire !

Il semblait découragé, pas elle. Mais il ne refusa pas le verre de vin assez bien rempli qu'elle venait de lui verser.

— Si j'y avais pensé avant, je t'aurais invité demain, c'est Pâques !

— Bah, qu'importe ! Ça ne veut plus dire grand-chose quand on est seul. Mais toi, tes enfants ne t'invitent pas ?

— Stella, oui, mais je refuse chaque fois, je n'aime pas me rendre en autobus à Hamilton. Qu'ils viennent s'ils veulent me voir ! Ils sont plus jeunes que moi ? Qu'ils se dérangent !

— Et l'autre, Francesca ?

— Elle est partie à New York pour le week-end avec une amie. Elles voulaient voir la *Easter Parade*, mais je pense qu'ils n'en font plus…

— Oui, ça existe encore, Viviane, ils ont aussi le *Easter Bonnet Festival* qui consiste à s'affubler de chapeaux des plus originaux. Il y en a même qui portent des nids d'oiseaux ou des œufs de poule en forme de pyramide sur leur tête. J'en ai vu de toutes les sortes sur Internet. À mon humble avis, toutefois, c'est devenu des sornettes que tout ça. En 1940 et 1950, c'était autre chose, mais maintenant…

— De toute façon, Francesca ne serait pas venue à la maison. Les fins de semaine, elle a mieux à faire que de visiter sa mère.

— Elle n'est pas près de toi, celle-là ? Sa mère, si proche, si seule…

— Oh ! elle vient de temps en temps, elle m'apporte des bonbons, des chocolats, elle n'oublie pas ma fête…

— Au fait, quel est le jour de ton anniversaire ?

— Septembre. Je suis née le 4 septembre. Et toi ?

— Je suis le plus vieux des deux, ma fête tombe en juin.

Pour une fois, Ludger n'avait pas menti. Sans préciser la date toutefois. Il la regardait, elle mangeait copieusement, elle vida son assiette ainsi que le pain, le fromage et les olives. Lui s'était rendu à la moitié de son plat. Sans pain, rien d'autre. Mais en acceptant volontiers le second verre de vin qu'elle lui offrit, il lui dit :

— Tu as un bon appétit à ce que je vois.

— C'est toi qui manges comme un moineau !

— Si on veut, mais ça me soutient… Tu jouis sans doute d'une meilleure santé… Tu prends tes trois repas par jour ?

— Oh ! mon Dieu, oui ! À part le grignotage ! J'ai pas pris du poids pour rien, tu sais ! Quand on n'a personne dans sa vie, la bouffe nous tient compagnie !

Elle éclata de rire, il esquissa un sourire et répliqua, pour la rendre à l'aise :

— Moi, je n'ai pas de mérite, j'ai toujours préféré le verre à l'assiette !

Elle s'esclaffa de plus belle et, satisfaite du dénouement du sujet, versa le fond de la carafe dans le verre de son invité en lui disant :

— Tiens ! tant qu'à faire ! Bois donc à ma santé, Ludger !

Il avait refusé le dessert, mais avait accepté le café, avec un soupçon de Tia Maria pour le rehausser. Ils étaient passés au salon et, ouvrant le téléviseur, ils se retrouvèrent devant le film *The Robe,* avec Richard Burton et Jean Simmons.

— Sans doute pour la fin de la semaine sainte... Ils nous présentent des films du genre depuis lundi.

— Alors, ferme le téléviseur, Viviane. Tu as sûrement de la musique ?

— Heu... oui, mais je ne sais pas si mes goûts...

— Allez, n'importe quoi ! En autant que ce soit doux.

Viviane plongea la main dans les albums qu'elle empilait dans une valise de cuir et en sortit plusieurs dont un qui ferait sans doute l'affaire. Sachant que le professeur était un amateur de grande musique, elle lui fit tourner un disque des valses de Strauss qu'elle avait essuyé d'un papier-mouchoir avant de le glisser dans le lecteur. Le seul CD instrumental qu'elle possédait, tous les autres étaient de ses idoles : Iglesias, Haymes, Sinatra, Humperdinck...

— Très bon choix, Viviane, mentit-il en souriant. Tu savais que Johann, de son prénom, n'avait que six ans lorsqu'il composa sa première valse ? D'ailleurs, plusieurs des Strauss composaient de la musique. Quelle famille célèbre !

— Moi, celle que j'aime le mieux, c'est le *Beau Danube bleu*. Pour ce qui est de la famille... Mais toi, tu dois les connaître tous, tu enseignais l'histoire.

— Pas nécessairement celle des musiciens, mais je m'y connais... Actuellement, je suis encore dans les Borgia, plus particulièrement le frère et la sœur, César et Lucrèce. On a déjà fait un film sur cette dernière avec Martine Carol. Ça ne te dit rien ?

— L'actrice, oui, mais la Lucrèce, non. Tu en as beaucoup à m'apprendre, Ludger. Je connais un peu plus l'histoire sainte, ma mère était très pieuse. Sainte Thérèse, saint Antoine de Padoue, Bernadette Soubirous…

— Et ton mari devait l'être aussi, j'imagine ? Les Italiens…

— Ne me parle pas de lui, veux-tu ? Les os lui font plus mal !

— Viviane ! Quand même ! Le père de tes enfants ! Quel langage !

— Alors, parle d'autre chose, pas de lui, Dieu ait son âme !

— J'ai compris, excuse-moi… Tu veux me dire ce que tu faisais dans la vie avant d'être retraitée ?

— J'ai travaillé longtemps à Bell Canada, d'où ma pension, et ensuite, pour me distraire, j'ai tenu le comptoir d'un nettoyeur de vêtements. Je ne dirais pas que je suis riche, mais confortable. Tu sais, quand la maison est payée…

— On est déjà à l'aise, je le sais.

— Tu n'as jamais eu de maison à toi, Ludger ?

— Oui, mais vite vendue ! Sans femme, sans enfants…

— Tu n'as pas songé à refaire ta vie ? Veuf, si jeune…

— Non, pas vraiment. Andréanne était toute ma vie.

— J'imagine, mais avec le temps, tu as dû rencontrer ?

— Parfois, mais rien de durable… C'est maintenant que j'ai envie d'avoir quelqu'un dans ma vie. La maturité me pousse à me caser, à tenter d'être heureux avec une compagne qui le serait avec moi. Et le hasard a voulu…

Il s'était tu, elle avait rougi et, terminant sa tisane, elle lui demanda :

— Crois-tu vraiment que je pourrais être la personne pour toi ?

— J'aurais tendance à te répondre par l'affirmative, mais c'est plutôt à moi de te poser cette question.

— Ludger ! Voyons ! Tu ne t'en rends pas compte ? demanda-t-elle, en posant gentiment sa main sur la sienne.

— Oui, tu me reçois avec élégance, tu sembles…

— Je ne semble pas, tu me plais, Ludger. Il te fallait l'entendre ?

— Peut-être, je ne suis pas trop habile dans l'art de ressentir… Mais j'avoue que tu me rassures, Viviane, conclut-il, en serrant fortement la main potelée de sa compagne.

Ils n'avaient pas couché ensemble, c'était trop tôt pour ce geste, et Viviane, malgré son mince aveu, n'avait pas tenté de le retenir pour la nuit. Il l'avait embrassée sur la joue et remerciée du succulent souper, tout en lui promettant de l'inviter la prochaine fois pour une sortie à l'extérieur. Au cinéma peut-être ? Elle n'avait pas répondu, elle préférait son magnétoscope avec un film loué ou emprunté à une connaissance. Ce qu'ils pourraient certes faire après un bon repas au restaurant. Mais Ludger se sentait d'ores et déjà plus à l'aise dans sa démarche. Il figurait que, celle-là, il la gagnerait avec de petites gâteries et une présence plus constante. Viviane Barillet avait besoin d'un compagnon de vie, pas nécessairement d'un amant. Ce qu'elle attendait depuis longtemps, c'était un homme comme lui. Libre, bon, bien de sa personne, en santé, éduqué si possible et aimant les modestes plaisirs de la vie. Avec, au bout du compte, un partage sensoriel, si le prétendant n'était pas indisposé par les rondeurs qu'elle dissimulait sous les draps. Si un homme de son âge l'acceptait telle qu'elle était, elle devait, en retour, l'accepter tel qu'il serait. Avec un ventre, chauve, ridé et même courbaturé. Ludger, à son grand étonnement, n'affichait rien de tout cela. Or, comment un homme si bien conservé pouvait-il s'intéresser à une femme empâtée qui faisait vaciller le pèse-personne au point d'en être gênée ? La seule question que Viviane ne se posait plus, et pour cause, Ludger Vallin avait évoqué que les rois de France avaient aimé les femmes bien enveloppées.

Deux jours plus tard, c'est elle qui le rappelait sur son cellulaire afin de l'inviter au buffet chinois le soir même, pour ensuite revenir à la maison regarder un bon film qu'elle avait emprunté à la bibliothèque de son quartier où l'on avait une sélection française. Ludger accepta, ne sachant trop quoi faire de son temps dans le centre-ville de Toronto, une fois son portable fermé. Il y avait certes un bar pas très loin d'où il habitait, mais le vin était plutôt mauvais, voire vinaigré. Il se rendit la prendre chez elle en pleine heure de pointe dans sa voiture louée, une Mazda de bonne qualité, mais avec pas mal de millage sous le capot. Comme Viviane ne conduisait pas et ne se déplaçait qu'en autobus, la voiture de Ludger n'attirait pas son attention. Pour elle, en autant que ça roulait… Ils arrivèrent au restaurant presque rempli par une clientèle attirée par les bas prix, mais l'hôtesse, qui connaissait madame Barillet, lui trouva une table non loin de la porte d'entrée. Ce qui dérangea Ludger qui tolérait mal que les clients en attente les regardent manger. Il avait garni son assiette de deux *egg rolls*, d'un peu de riz frit et de trois petites boules de poulet aux ananas, rien de plus, alors que Viviane remplissait son assiette d'un peu de tout, les *spare ribs* gras en quantité. Il se priva de vin, vu l'endroit, et commanda une boisson gazeuse alors qu'elle opta pour un thé vert. Repas terminé sans trop avoir parlé, il lui demanda avant d'oublier :

— Tu es abonnée à une bibliothèque, me disais-tu ?

— Oui, depuis trois ans, parce que je peux m'y rendre à pied. Je lis beaucoup de livres anglais, des biographies surtout. Je viens de terminer celle de l'actrice Ida Lupino. Tu te souviens d'elle ?

— Oui, j'ai vu de ses films lorsque j'étais jeune. Rien de fameux, mais elle était mignonne.

— Elle a aussi produit des films et elle était mariée à Howard Duff.

— Heu... oui, mais pour en revenir à ta bibliothèque, ils ont un choix de livres en français ?

— Oui, mais pas énorme. Une étagère seulement. Un peu de tout cependant. En plus de quelques films...

— Tu crois que je pourrais m'y rendre pour y fureter un de ces jours ?

— Bien sûr ! Je te prêterai ma carte de membre, tu n'auras rien à débourser. Tu cherches quelque chose en particulier ? On peut téléphoner et s'informer...

— Non, j'aime mieux fouiner moi-même. On ne sait jamais, ils ont peut-être des livres sur l'histoire.

— C'est fort possible. Tiens ! Si tu rapportes le film demain, tu pourrais faire le tour des allées. Qu'en penses-tu ?

— Heu... peut-être. J'y penserai à la fin de la soirée. C'est quand même loin d'où j'habite, ton quartier.

— Pourquoi ne pas passer la nuit chez moi ? J'ai une chambre d'invités... J'ai tout pour la douche, j'ai même des brosses à dents non déballées. J'en garde tout le temps au cas où ma plus jeune m'arriverait par surprise. Mais ce ne sera pas le cas ce soir, elle passe la nuit chez son amie.

— Bon, je verrai... On peut partir maintenant ? J'aime bien ton restaurant, mais il est si bruyant.

— N'empêche qu'on y mange bien, tu ne trouves pas ? Et on en a pour notre argent, t'as vu tout ce que j'ai choisi ?

— Et comment donc ! Mais les mets chinois sont légers ! s'empressa-t-il d'ajouter, de peur de l'insulter.

— Alors, viens, ça va libérer une table pour les autres. Le couple âgé en retrait attend au moins depuis trente minutes sans qu'on offre une chaise à la vieille qui s'appuie sur son mari.

Ils se retrouvèrent chez Viviane en peu de temps et, après lui avoir servi un digestif, elle l'invita à passer au boudoir où était installé le magnétoscope sous un petit téléviseur. Confortable sur le divan moelleux, Ludger attendit qu'elle insère le film dans le lecteur, sans même avoir vu le titre sur la pochette.

— J'ai choisi un film en français pour toi. On m'a dit que c'était bon, qu'on l'empruntait souvent.

Ludger s'attendait à une comédie musicale ou à une histoire d'amour à l'eau de rose, mais c'était pire, c'était un film... à mouchoirs ! Viviane avait choisi *Ma vie sans moi*, avec Sarah Polley, une production dans laquelle une jeune mère de famille était aux prises avec la maladie. Plus la bobine se déroulait, plus Viviane pleurait ! Un kleenex n'attendait pas l'autre ! Lassé par ce drame à fendre l'âme et les reniflements de sa compagne, Ludger l'arrêta brusquement pour avouer à sa dulcinée :

— C'est assez, Viviane, tu le regarderas demain. Les films à faire pleurer une assistance, ce n'est pas vraiment mon genre.

— Je croyais pourtant... J'ai pensé choisir autre chose, mais...

— Ça va, n'ajoute rien et, surtout, ne t'excuse pas, mais je préfère causer dans le salon avec une musique en sourdine. Moi, tu sais, le cinéma... À moins que ce ne soit un film historique. Mais comme je les ai presque tous vus...

Elle n'avait pas répliqué et l'avait suivi au salon où, assis sur le même canapé, il lui prit la main pour lui demander :

— Tu connais Madame de Pompadour, l'une des favorites de Louis XV, dit « le bien-aimé » ? Elle était d'une grande culture...

— Heu, non, je ne la connais pas. La seule qui m'est familière, c'est Sissi parce que j'ai vu tous ses films.

— Bon, je vois, mais la marquise de Pompadour, une roturière née Jeanne-Antoinette Poisson, était la fille d'un conducteur dans le service des vivres. Il avait confié sa fille aux Ursulines...

Viviane Barillet, les yeux levés au plafond, parfois sur lui, eut droit à l'ascension de mademoiselle Poisson jusqu'au lit du roi de France qui en fit sa favorite. La narration dura une bonne heure avant que Ludger regarde sa montre. Se levant, il s'apprêtait à quitter lorsqu'elle lui demanda :

— Tu ne profites pas de mon invitation, Ludger ?

— Je ne sais trop, je préfère aller prendre un verre avant de rentrer.

— Mais j'ai tout ce qu'il faut ici, vodka, rhum, scotch, vin...

Il la regarda, fit semblant d'hésiter, et répondit évasivement :

— Si tu insistes… C'est vrai que ce sera moins loin pour me rendre à la bibliothèque demain. Dommage que tu n'aies pas vu la fin de ton film.

— Pas d'importance, j'ai préféré ton cours d'histoire, mentit-elle.

— Tu as dit que tu avais du vin ? Du rouge ?

— Oui, un vin d'Italie et un autre d'Australie.

Ludger eût préféré un vin français, mais, faute de choix, il déboucha le vin australien pour le boire lentement. Au complet ! Ce dont Viviane ne se rendit pas compte, mêlée entre les favorites de Louis XIV et celles de Louis XV qui défilaient dans la reprise de sa narration. Il pressait sa main dans la sienne, lui massait le cou et sentait qu'elle n'était pas insensible. Après la dernière gorgée de vin, s'étirant d'aise, il murmura à son oreille :

— Je suis heureux que tu m'invites à passer la nuit ici, mais je ne suis pas friand de divan-lit. Tu as une autre suggestion ?

— Ludger ! Pas avec moi ! On se connaît à peine…

Habile et fin renard, il sut la conduire jusqu'à la chambre et tenta de déboutonner sa robe lorsqu'elle lui dit :

— Non, laisse faire ! Je n'ai rien d'une Pompadour, moi ! Ça me gêne, Ludger… M'exposer devant toi avec un excès de graisse…

— Viviane ! Voyons ! Je te le répète, j'aime les femmes rondes !

— Je ne suis pas ronde, je suis énorme, Ludger ! Je pèse…

Il lui avait mis l'index sur la bouche avant qu'elle prononce le nombre élevé et, le retirant, il l'embrassa en la serrant contre lui. Plus détendue, à la lueur d'une lampe de chevet, elle le laissa la déshabiller pendant que, gauchement, elle tentait de lui retirer son pantalon. Maladroite et malhabile, ça faisait si longtemps... Ludger s'en chargea et au bout de deux minutes, nu comme un ver, il se glissait avec peine sous la couverture qu'elle retenait fermement sur son corps. Comme pour le cacher ! Quelque peu ivre, mais quand même à l'aise avec l'odeur du Shalimar qu'elle dégageait, il lui fit l'amour avec délicatesse, avec respect, avec adresse. Comme s'il s'était agi d'une nuit de noces des temps lointains. Elle participa du bout des doigts, puis de la main, pour ensuite se livrer à lui dans des ébats qui lui prodiguèrent une certaine jouissance. La glace était rompue. Sans être une bonne amante, madame Barillet s'était donnée à lui. Timidement, mais entièrement. Sans dire un mot, sans même émettre un son. L'accouplement terminé, il l'embrassa passionnément et lui chuchota à l'oreille:

— Merci, chérie, tu m'as conquis.

Elle, encore sous le choc d'être nue dans les bras d'un homme, se dégagea tout doucement de l'emprise et, enfilant une jaquette tant bien que mal, répondit:

— Bonne nuit, mon amour. Je crois que ça va aller, maintenant.

Ludger l'avait gagnée, il en était certain. Non pas comme Judith avec des prouesses, mais avec tendresse, ce dont elle avait grand besoin. Des mots affectueux, des sorties, des repas en tête-à-tête, des promenades, des cadeaux... Tel serait son lot pour atteindre le cœur de cette bien-aimée, ce qui lui serait facile. Quelques visites encore et elle ne pourrait plus s'en séparer, il le sentait. Sans avoir à croiser ses filles trop souvent, aucune ne s'était encore manifestée, sauf Stella, au bout du fil, pour causer brièvement. Viviane dormait après son lourd souper, mais sans ronfler. Ce qui le surprit alors que lui, sur le dos, la tête enfouie entre ses mains derrière sa nuque, il se voyait déjà dans cette maison, loin du centre-ville et du coloc qui ne lui parlait jamais ou presque. Décor nouveau, approche différente, il fallait qu'il s'installe au plus tôt avec elle. Pour mener à bon port son triste dessein, et pour que le gîte et les repas ne lui coûtent plus rien.

CHAPITRE 8

Le mois d'avril s'était écoulé avec aisance. Sans problème et sans tracas pour Ludger qui fréquentait maintenant assidûment Viviane Barillet, sa nouvelle conquête et maîtresse. Presque toujours rendu chez elle, il apportait parfois son portable pour travailler ses dossiers pendant qu'elle faisait une sieste l'après-midi. Il n'attendait que le moment propice pour s'installer en permanence avec elle. Il ne voulait rien précipiter qui puisse la surprendre. Il souhaitait que l'invitation à le faire vienne d'elle, puisque sur le plan « compagnie » elle semblait ne plus pouvoir se passer de lui. Elle ne le questionnait pas sur son quotidien et n'avait pas encore manifesté le désir de visiter son appartement, sachant qu'il habitait avec un colocataire. Viviane Barillet n'était pas du genre indiscrète. Au contraire, elle ne vivait que pour le moment présent, planifiant parfois pour le lendemain, jamais plus loin. Du moins, pour l'instant !

Ludger aimait Toronto, une grande ville remplie d'imprévus et dans laquelle il allait demeurer, aux yeux de tous, un illustre inconnu. Ce qui lui épargnait l'angoisse vécue à Moncton où trop de gens se connaissaient. Ville sordide le soir que Toronto. Loin de « Toronto, la pure » comme on la qualifiait du temps de son défunt père. Comme il habitait le centre-ville où tous les dangers le guettaient, il s'abstenait de faire ses « marches de santé » habituelles le soir. Il avait gardé son horaire et continuait de se promener le matin alors que les gens partaient pour le travail et que les retraités sortaient leur chien. En soirée, il en avait fait l'expérience, c'était risqué. Bel homme, il s'était vite fait repérer par les adeptes de la prostitution... des deux sexes ! Et c'étaient les gars en *jeans* qui insistaient le plus dans le but de se payer... une ligne ! Ludger avait vite compris qu'il habitait tout près du quartier des « affaires nocturnes », pas loin de la Union Station et des petits hôtels de troisième ordre où les travailleurs du sexe louaient des chambres. Il ne se rendait pas chaque jour chez Viviane pour autant. Il avait découvert, avec l'aide de son ordinateur et de la carte routière, quelques parcs où le chant des oiseaux l'accueillait ainsi que les bancs de bois où il se détendait en révisant ses notes sur ses trouvailles historiques. Mais, comme c'était encore frisquet, il lui arrivait de fermer sa mallette et de se rendre, tel un touriste, visiter des musées, la tour du CN, pour ensuite arpenter la rue Yonge, considérée comme la plus longue rue du monde.

Ludger préférait cependant les sites historiques, comme le Fort York qu'il avait visité avec le bus d'un hôtel, le Musée des beaux-arts de l'Ontario, pour le ravissement des yeux, où il avait vu des œuvres de Rodin, Van Gogh et Degas. Sorties et visites dont il ne causait pas avec Viviane, préférant garder sa salive pour tenter de l'intéresser à Messaline ou à Pauline Bonaparte. Il avait repéré quelques bibliothèques où les documents historiques n'étaient pas légion mais intéressants. C'est ainsi qu'il avait appris que, pour honorer la mémoire de Louis XVI, son frère Louis XVIII avait commandé au compositeur italien Luigi Cherubini un requiem considéré par Beethoven comme un chef-d'œuvre supérieur à celui de Mozart. Ce que Ludger nota mot pour mot dans son calepin.

Trêve de faits historiques, Ludger avait eu la chance, à la fin d'avril, de faire la connaissance de Francesca, la fille de Viviane, qui travaillait dans le domaine des produits pharmaceutiques. La jeune femme avait accepté, sur insistance de sa mère, de venir souper à la maison alors que Ludger s'y trouverait. Madame Barillet voulait l'opinion de sa fille, pour ne pas dire sa « bénédiction », sur le choix de son compagnon. Les traits assez durs, le sourire absent, petite de stature et ronde de taille, on ne pouvait pas dire qu'elle était attrayante, la fille de Viviane et de feu Alfredo. Elle avait, la pauvre, hérité du pire des deux, non du meilleur, comme l'avait déjà affirmé sa mère. Peu bavarde, gênée, elle parla quelque peu de son travail, mais s'abstint de questionner Ludger sur sa carrière de professeur d'histoire. Elle préférait garder les yeux sur sa mère, parler de la pluie et du beau temps et s'empiffrer sans retenue des plats chargés de pâtes et de boulettes devant elle. Tout en faisant honneur au vin rouge que Ludger avait apporté pour le souper.

— Vous semblez aimer voyager, Francesca... Je me trompe ?

— Heu… non, mais pas trop loin. Avec mon amie Dina, j'aime m'évader l'hiver au bord de la mer.

— Vous n'avez jamais visité Paris ?

— Non, les villes ne nous intéressent pas, nous préférons le soleil.

— Vous vous intéressez à l'histoire ?

— Non, pas du tout. Je suis plutôt de mon temps. Mon amie et moi allons au cinéma et notre préférence va aux films divertissants comme ceux de Ben Stiller et de Chevy Chase.

Puis, regardant sa mère, la fille, peu intéressante pour Ludger, lui demanda :

— Tu as encore de la vinaigrette pour la salade ? Tu n'en as pas mis assez dans la mienne.

Ludger se rendit compte qu'on ne pouvait tirer de l'eau d'une roche et se contenta de terminer le repas en parlant du vent frisquet, du printemps et du bel été qui s'ensuivrait… Francesca quitta vers neuf heures dans sa petite Fiat usagée et, lui tendant la main, Ludger lui dit avec enthousiasme :

— J'ai été ravi de vous rencontrer, Francesca !

Pour toute réponse, il eut droit à un banal :

— Moi aussi.

Le lendemain, s'informant auprès de sa dulcinée du rapport en bonne et due forme de sa fille sur lui, Viviane lui répondit :

— Elle t'a trouvé bien élevé, Ludger. Elle est contente pour moi.

— Pas plus que cela ?

— Non, Francesca est une fille timide et introvertie. Elle n'exprime jamais le fond de sa pensée, mais ce qu'elle a dit de toi est très positif dans son cas. J'avais peur qu'elle soit récalcitrante, mais elle semble enchantée de nos fréquentations. Que veux-tu de plus ?

— Rien, tu as raison. Peu de mots, mais aucun de vilain. J'aurai donc fait bonne impression.

— Que fais-tu ce soir ? Ça te plairait de venir passer la soirée avec moi ?

— J'y étais hier, Viviane. Tu veux que je revienne encore ?

— Je me sens seule sans toi, Ludger, C'est comme si tu faisais partie de ma vie…

— N'est-ce pas le cas ?

— Bien sûr, Ludger, et c'est sans doute pourquoi je ressens le vide quand tu n'es pas là.

— Je comptais me rendre au théâtre voir une traduction d'une pièce de Sacha Guitry, mentit-il.

— Ah non ! Vas-y une autre fois ! Viens veiller avec moi !

— Bien, puisque ça sonne comme un ordre… rigola-t-il.

— Non, pas un ordre, une simple demande ou, si tu aimes mieux, une petite exigence… Fais-le si tu peux, faisle surtout si tu le veux, je ne t'oblige pas, mais hier, avec Francesca à table, ce n'était pas pareil. Ce n'est pas comme être seuls tous les deux…

— Bon, ça va, je serai là… Au diable la pièce de théâtre !

La sentant débordante de joie, Ludger Vallin se mit à songer que le soir qui venait serait peut-être le moment choisi pour… Qui sait, peut-être même l'instant recherché par sa bien-aimée.

Il arriva sur la rue Bloor vers sept heures, histoire de la faire languir un peu. Viviane regardait la télévision, mais s'empressa de l'éteindre pour faire passer Ludger à la cuisine où une théière l'attendait sur le rond du poêle. Elle sortit des beignes qu'elle avait fait cuire en fin d'après-midi et en offrit à Ludger qui refusa, prétextant ne pas avoir faim, sans oser lui dire qu'il surveillait sa ligne. Elle en mangea deux et, un thé vert devant elle, lui sourit pour ensuite lui demander :

— Tu as mis bien du temps pour te rendre ici ? C'était en réparation quelque part ?

— Non, Viviane, bloqué par l'affluence ! C'est terrible au centre-ville, on n'en sort pas entre cinq heures et six heures trente, on est en rang d'oignons à chaque intersection. Quand je viens l'après-midi, c'est moins pire, mais le soir, c'est l'enfer !

Elle se leva, s'approcha de lui, se pencha, l'embrassa sur le front et lui demanda :

— Pourquoi ne viens-tu pas vivre ici, Ludger ? Tu n'aurais plus d'ennuis de la sorte…

— Ici ? Avec toi ? Tu plaisantes ou quoi ? On se connaît à peine…

— On se connaît assez pour se mettre en ménage. Si tu veux bien de moi, naturellement…

— Je ne suis pas facile à vivre, Viviane, je…

— N'ajoute rien, on a chacun nos qualités et nos défauts, mais je pense qu'en mettant un peu d'eau dans notre vin, on pourrait former un bon couple. Tu es seul, je suis seule…

— Ah ! si je m'attendais à cela ! As-tu pensé à tes filles ?

— Quoi, mes filles ! L'une vit à Hamilton et l'autre me visite une fois tous les deux mois. Je n'ai pas de comptes à leur rendre, Ludger, c'est ma maison, je suis libre, j'ai le droit. Puis, à bien y penser, ça ferait peut-être leur affaire de me savoir en couple, elles n'auraient plus à s'inquiéter de moi. Elles trouvent, Stella surtout, que ce n'est pas prudent de vivre seule dans ma maison à mon âge.

— Je veux bien le croire, mais ce n'est pas très grand chez toi…

— Écoute, si j'ai été capable, en plus de mon mari au départ, d'élever deux filles sous le même toit, je ne vois pas pourquoi on ne pourrait pas s'y installer, toi et moi. De toute façon, on est intimes, pas de problème pour la chambre, et le petit boudoir qui ne sert à rien pourrait devenir ton bureau pour tes recherches. Je te laisserais en paix quand tu serais là, je ne te dérangerais pas.

Parvenu à ses fins, Ludger tenait à se faire de plus en plus désirer :

— C'est peut-être moi qui te dérangerais, Viviane. Tu es habituée dans tes affaires. Un intrus…

— Pas un intrus, voyons ! Pas n'importe qui ! Tu es l'homme que j'aime, Ludger. Tu ne l'as pas encore compris ? Faudra-t-il que je te le répète chaque jour désormais ?

Lui souriant de ses dents blanches, il répondit :

— Je ne détesterais pas ça, je suis un grand enfant gâté, tu sais.

Elle lui sourit timidement, serra sa main dans la sienne et répliqua :

— Alors, je t'aime, je t'aime, je t'aime ! Je te le dis trois fois pour les jours à venir, mais je t'en prie, dis « oui » et reviens demain avec tes affaires, ça va me donner le temps de vider des tiroirs et de t'accommoder avec le placard du boudoir. Dis « oui », mon chéri !

— Bien, puisque c'est comme ça, oui, mon amour. Je viendrai vivre ici et nous allons être bien ensemble, je le sens. Mais si je m'attendais à une telle invitation... C'est mon coloc qui va tomber par terre quand je vais lui apprendre ça !

Ludger était rentré chez lui en fin de soirée, satisfait. Il venait de faire enfin la moitié du chemin qu'il s'était tracé. Quitter le centre-ville ne lui déplaisait pas et, honnêtement, il en avait assez de cette chambre mal éclairée et de Ralph, son « proprio », qui recevait d'étranges personnes depuis quelques jours. Sans plus attendre, il avisa ce dernier qu'il allait quitter l'appartement le lendemain pour cause de mortalité au sein de sa famille. Et Ralph avala le mensonge tellement le départ était précipité. Ludger avait déjà payé le mois qui venait, et Ralph lui offrit de ne lui remettre que la moitié du loyer, tellement il serait pris de court, côté argent, avec son départ subit. Ludger aurait pu lui laisser la somme totale, il en avait les moyens, mais que devait-il donc à cet homme qui, sans le laisser paraître, avait plutôt tendance à s'entourer de... garçons ? Faire sa valise, vider son armoire, ce n'était pas une corvée ; c'était comme quitter une chambre d'hôtel. Il passa une bonne nuit, rangea tout ce qu'il possédait dans le coffre de sa voiture le lendemain matin, quitta Ralph sur une poignée de main et avala quelques bouchées vers midi dans un centre commercial, avant de poursuivre sa route jusque chez Viviane Barillet, en plein cœur de l'après-midi. L'apercevant de sa fenêtre, folle de joie, elle l'accueillit en lui disant :

— Bienvenue chez moi, mon pitou, c'est ici que ça commence !

Il était estomaqué ! C'était la première fois qu'elle l'interpellait avec un sobriquet. Et pas le plus élégant, songea-t-il intérieurement. Il allait vite la rappeler à l'ordre, car, de son côté, à l'inverse des précédentes « femmes de sa vie », il n'avait rien trouvé d'autre que « chérie » pour la dénommer. Il n'allait tout de même pas l'appeler affectueusement « mon chou », vu la rondeur de ce légume.

Elle l'avait aidé à déballer ses sacs de voyage, avait placé ses vêtements sur des cintres dans le placard vide du boudoir, ses bas et ses sous-vêtements dans un tiroir de la chambre, ses articles de toilette dans la salle de bain, bref, elle l'avait aidé pour tout, sauf pour ses effets personnels de recherches qu'il rangea lui-même dans le grand tiroir du bureau, ainsi que son portable qu'il installa sur le dessus du meuble et qu'il n'ouvrit pas devant elle. Puis, la regardant avec les yeux en contre-plongée, elle comprit qu'il ne la voulait pas dans l'isoloir qu'elle lui avait adjugé. Cette pièce ne devait être que pour lui, il la prévint de ne pas y faire le ménage, qu'il s'en chargerait. Heureuse de l'avoir pour elle seule sous son toit, contente de ne plus le voir partir, elle lui avait préparé un bon souper et avait acheté un excellent vin rouge français. En guise de bienvenue.

— Ce n'était pas nécessaire, chérie, je ne suis pas le prince de Galles.

— Pour moi, tu es plus que ça, Ludger. Juste à savoir que tu seras sans cesse là me comble de bonheur. Tu sais, il n'était pas toujours évident d'être toute seule devant la télévision ou de causer avec Stella au téléphone pour ne pas mourir d'ennui.

— Est-ce pour meubler ta solitude que tu m'as fait venir ici ?

— Mais non, je t'aime et tu le sais ! Je ne peux plus me passer de toi ! Je vais te choyer comme ce n'est pas possible, mon pitou !

— Viviane ! De grâce ! Ne m'appelle pas ainsi, ça fait basse classe !

— Je trouvais que c'était affectueux... je pensais...

— Non, appelle-moi ton « amour », ton « chéri », n'importe quoi, mais n'utilise pas ce qualificatif absurde ! Je suis un historien, Viviane, pas un mécanicien !

— Alors, excuse-moi, tu seras « mon amour » quand ce ne sera pas tout simplement Ludger. Je me suis laissé emporter...

— L'offense n'est pas grave, ma chérie, ne prends pas cet air piteux, et, dis-moi, rien de précis pour les jours qui viennent ?

— Non, Francesca s'en va avec son amie à Niagara Falls en fin de semaine et Stella va sûrement me télégraphier des fleurs dimanche pour la fête des Mères.

— Oh ! vraiment ? Je n'en savais rien... Et Francesca ne sera pas là !

— Pas d'importance, c'est un dimanche comme les autres. Stella y pense depuis qu'elle est maman, elle aussi. Mon petit Jimmy va m'appeler pour me donner de gros becs au bout du fil, il m'aime tant, ce petit chenapan !

— Et moi, en leur nom, je t'inviterai au restaurant.

— Non, Ludger, c'est rempli à craquer, les gens réservent d'avance, il y a de grandes tablées, c'est bruyant... Si tu veux me faire plaisir, commande des mets chinois et va louer un bon film pour la soirée, ça va me contenter.

— Avec une rose ou deux pour le petit vase de la table ?

— Même pas, Stella va me faire parvenir un bouquet comme chaque année. On en mettra deux ou trois sur la table pour le souper.

— Comme tu voudras, Viviane, mais là, après ce gros repas et ce bon vin, je t'avoue que je me sens fatigué. La journée m'est rentrée dans le corps avec le paquetage, le voyage du centre-ville jusqu'à mon nouveau gîte... Il est déjà dix heures, on peut aller se coucher ?

Viviane accepta de bon gré ce soir-là, comme si c'était une nuit de noces. Sous les couvertures, Ludger sentait qu'elle se donnait plus fermement, ce qui l'incita à quelques ébats qui ne la rebutèrent pas. Puis, la veilleuse éteinte, elle se tourna sur le côté et s'endormit comme une nouvelle mariée, sans rien ajouter au devoir accompli qui, pourtant, avait comporté de sa part un plus de « piquant » cette fois-là... Ce qui lui fit escompter qu'elle prendrait peut-être goût à la sexualité avec un amant tel que lui à ses côtés. C'était, du moins, à souhaiter !

Le mois de mai s'atténuait sur le calendrier, les bourgeons des fleurs cherchaient à éclore, le soleil se levait de plus en plus chaud et, confortable et à l'aise avec sa compagne, Ludger mangeait royalement sans rien débourser. Viviane faisait le marché avec lui, mais c'était elle qui réglait l'addition. Ludger, sans insister, regardait ailleurs lorsqu'elle sortait sa carte Visa, se contentant par la suite de pousser le chariot jusqu'à la voiture. Pas un mot plus haut que l'autre dans les choix de sa bien-aimée, c'était elle qui payait le marché. Mais, l'œil en coin, il surveillait tout ce qu'elle choisissait, le filet mignon comme les pâtes alimentaires. C'était lui, toutefois, qui se chargeait de l'achat des vins. Il s'emparait des rouges, merlot ou bourgogne selon les rabais, mais de bonne qualité. Un blanc seulement, au cas où une visite improvisée resterait à souper un soir de poulet froid. Ce qui ne risquait pas d'arriver, à moins que Francesca... Et encore, là ! Viviane ne buvait pas, c'était à peine si elle trempait ses lèvres dans le soupçon qu'il lui versait quand, certains soirs, il insistait pour que, par distinction, elle ait un verre devant elle. Elle préférait le thé vert et, parfois, un brin de café si le dessert était approprié. Bref, ils formaient un beau couple, un bon couple. Si bien qu'après quelques semaines avec Ludger sous son toit, Viviane ne pouvait plus se passer de lui. Et sa plus grave erreur fut certes de le lui dire. Ludger Vallin, dès l'aveu, n'avait plus à se questionner. Il était plus que certain qu'il la tenait dans le creux de sa main.

Les journées, néanmoins, s'écoulaient assez monotones en compagnie de Viviane qui, préférant rester à la maison, devenait plus dépendante de lui. Quand il s'enfermait dans son bureau, elle ne le dérangeait pas, faisait la lessive, le ménage ou, lorsque ces corvées n'étaient pas nécessaires, elle prenait place devant le téléviseur et regardait n'importe quoi en tricotant des mitaines pour Jimmy qui allait les porter l'an prochain. Car elle cousait et tricotait, madame

Barillet, ce dont il s'était rendu compte en vivant avec elle. À cinquante-cinq ans seulement, elle se complaisait dans les agréments des personnes âgées. Ce qui ennuyait terriblement Ludger qui trouvait les journées interminables, même si Tsé-Tien, unique femme à s'être proclamée impératrice de Chine en l'an 649, l'intéressait grandement dans ses recherches. Il lui arrivait de se rendre au parc le plus près, de nourrir les écureuils qui retrouvaient le printemps et d'arrêter au club vidéo louer un film pour Viviane. Le dernier en lice avait été *Master and Commander* avec Russell Crowe. Un film à saveur historique qu'il avait égoïstement choisi pour lui, ce qu'elle n'avait pas apprécié. Un jour, tournant en rond dans la maison et voyant que Viviane avait repris son tricot devant le téléviseur où un vieux film en noir et blanc avec Vera Ralston était présenté, il lui dit d'un ton impatient :

— Pourquoi ne sors-tu pas, Viviane ? Tu le faisais avant moi, non ? Tu dois sûrement avoir quelques amies ?

— Non ! Des connaissances, oui, mais très peu. Mais si tu as envie qu'on sorte, je peux t'accompagner. Je ne demande pas mieux, moi.

— Ce n'est pas ce que je veux dire… Il est possible d'avoir chacun sa vie même si nous habitons ensemble. Tu ne peux pas être accrochée à moi tout le temps, nous allons finir par nous marcher sur les pieds.

— Je m'accroche parce que je t'aime, Ludger. Ma vie n'est plus la même depuis que tu es là. Je me sens en sécurité, je suis plus calme, je respire plus normalement. J'ai peine à être une heure sans toi maintenant. Lorsque tu sors, j'attends ton retour, assise près de la fenêtre.

— C'est ridicule, voyons ! Ça n'a pas de sens ce que tu fais là !

— Bien, j'en suis là, mon chéri. Quand un homme devient un tout dans la vie d'une femme, elle n'a besoin de rien d'autre pour être heureuse.

Quelque peu mal à l'aise, flatté tout de même de l'aveu, Ludger adoucit le ton pour répondre :

— Remarque que je suis comblé avec toi, je te l'avoue, mais cet après-midi, j'aimerais descendre au centre-ville seul. J'ai vu un pantalon cargo qui m'intéresse et j'ai besoin de souliers moins lourds que ceux que je porte. Ça t'indisposerait de rester seule pour quelques heures ?

— Pas du tout, mon chéri, je vais en profiter pour cuisiner. Je vais préparer un *stew* pour ce soir et des boulettes de viande fourrées au riz comme tu les aimes pour demain.

— Bon, puisqu'il en est ainsi, je vais partir assez tôt, mais je ne reviendrai pas tard. Et promets-moi une chose, ne me surveille pas de la fenêtre.

Elle sourit et, lorsqu'il passa la porte le moment venu, elle lui cria de la damnée fenêtre d'où elle faisait le guet :

— Sois prudent sur les routes… Je t'aime, Ludger !

— Moi aussi, marmonna-t-il, en soupirant.

En cours de route, Ludger tentait d'analyser la situation. Viviane était si ancrée dans son petit bonheur qu'il se demandait comment passer à la prochaine étape. Il n'avait rien à lui reprocher, mais comment avancer dans sa stratégie avec une douce moitié sans cesse derrière lui ou pas loin dans ses chaudrons. Une situation fort différente des deux précédentes. Et comme il n'avait pas l'intention de passer l'été dans cette maison sans attrait de la rue Bloor, il lui fallait trouver une solution. Il soupira longuement, gara sa voiture de location dans un espace libre d'un magasin à grande surface, entra à l'intérieur, trouva le pantalon cargo à sa taille et se dirigea vers le rayon des souliers lorsqu'il s'arrêta net. Dans l'allée principale, de loin, il venait de reconnaître de profil nul autre que Steve, le fils de Raymonde, sa première conquête, accompagné d'un homme âgé. Ludger se terra derrière un haut présentoir d'imperméables à rabais pour l'observer de plus près. Aucun doute, c'était bien lui ! Steve ! Il portait les cheveux plus courts, avait l'allure plus adulte, mais avec encore la même démarche insolente quand il se déplaçait d'un étalage de chaussures à un autre. Sans attendre son reste, Ludger tourna les talons en laissant sur une tablette à gilets le pantalon qu'il n'avait pas encore payé. Puis, se dissimulant dans une allée chargée de complets, il regagna la sortie, retrouva sa voiture et décampa à toute vitesse du centre-ville pour emprunter la route qui menait à *Bloor Street.* « Ouf ! se disait-il, je l'ai échappé belle ! Comme le monde est petit ! » Il en suait derrière ses verres fumés. Il tentait de s'imaginer ce qui aurait pu se produire si Steve l'avait aperçu à quelques pas de lui. « Le bon Dieu m'a aimé… » songeait-il. Il revint prestement à la maison et, le sentant angoissé, Viviane lui demanda :

— Qu'est-ce qui t'arrive ? Une montée d'hypertension ? Tu es tout rouge !

— Non, rien de tout cela. J'ai failli accrocher le pare-chocs d'une voiture conduite par une vieille dame et ça m'a fait peur.

— Tu as eu le temps de te rendre au magasin ?

— Oui, mais inutilement, ils n'avaient pas ma taille pour le pantalon ni ma pointure pour les souliers que je cherchais. Pas chanceux ! Un déplacement inutile ! À l'avenir, je vais magasiner au centre commercial de notre quartier. Moi, la circulation de la ville, je ne suis plus capable !

— Voilà qui est mieux, mon amour, je pourrai même t'accompagner et t'aider dans tes choix. Tu sais, si ce n'est qu'une grandeur de plus ou de moins, je peux les ajuster, les pantalons. Je couds très bien, je confectionnais les robes de mes filles autrefois.

— Couture ! Tricot ! Cuisine ! Que de talents chez une même personne !

Mais voilà que, soudainement, Ludger se sentait en sécurité dans cette petite maison qui le gardait à l'abri des rencontres fortuites. Il pensait encore à Steve et il sentait son poil se hérisser sur ses bras. Il avait fait perdre tant d'argent à sa mère... Il l'avait laissée endettée... Steve aurait pu lui sauter au visage. Mais que faisait-il donc à Toronto, celui-là ? Ludger, creusant dans sa mémoire, se rappela que Steve brassait des « affaires » à Toronto avec des gens douteux. Faisait-il maintenant partie de la pègre ? Était-il monté en grade ? On aurait pu facilement le croire avec les vêtements de qualité, cravate incluse, qu'il portait. Ouf ! Quelle chance que le fils de Raymonde n'ait pas tourné la tête ! Mais là, il lui faudrait activer les choses, mettre davantage le pied sur l'accélérateur, s'il voulait parvenir à ses fins. Parce que, de la part de Viviane, rien ne bougeait. Elle lui avait même annoncé le lendemain que Stella, son mari et Jimmy allaient s'arrêter à Toronto avant de se rendre à

Marineland montrer les dauphins au petit. Ludger se sentit contrarié, mais que pouvait-il dire ? Il n'allait quand même pas empêcher une mère de recevoir ses enfants à souper et, par le fait même, de leur présenter l'homme qui vivait à ses côtés.

Ludger s'ennuyait à mourir dans cette maison où le balancier de l'horloge grand-père sonnait les heures au pas de tortue, selon lui. Viviane était pourtant charmante avec lui, elle payait tout et se contentait d'un rien. Mal à l'aise d'être ainsi « su'l bras » comme on disait en mauvais français, il revenait souvent du centre commercial avec de petites gâteries telles que des chocolats Ferrero Rocher qu'elle aimait beaucoup, des boucles d'oreilles du présentoir du bijoutier, des biscuits raffinés importés du Danemark, quelques roses ou une boîte musicale. De petits présents qu'elle appréciait grandement, au point de dire à Stella au bout du fil que son « bel amour » la comblait abondamment. De son côté, elle lui cuisinait de bons plats, ce qui l'avait perturbé, il devait maintenant boucler sa ceinture un trou plus loin. Côté intime, c'était comme ci comme ça, par-ci par-là. Rien d'excitant ni pour elle ni pour lui. C'était à se demander comment elle avait pu quitter son mari pour un amant, jadis, avec une sexualité aussi terne que la sienne. Ludger ne s'en plaignait pas, il n'insistait même pas, c'était un effort de moins à fournir. Même si elle était très attirante en dépit de son embonpoint. Car Viviane Barillet, malgré ses livres en trop, avait une silhouette bien dessinée et n'affichait en rien l'aspect de la cloche. Elle lui avait néanmoins dit un soir avant d'aller au lit :

— Je vais maigrir, Ludger. Je veux tenter de retrouver la taille de mes trente ans. Avec un peu de volonté, j'y parviendrai, sinon il y a des régimes plus sévères.

Ce à quoi il avait répondu :

— Écoute, Viviane, si tu le fais pour toi, pour ta santé, ça va, mais ne le fais surtout pas pour moi. Je t'aime telle que tu es, moi. Je n'ai jamais passé la moindre remarque.

— Je sais, et ce n'est pas par indulgence, je m'en serais aperçue, mais je veux le faire aussi pour nous, mon chéri.

— Pourquoi, puisque je te dis...

— Pour retrouver une certaine fierté, pour me glisser sous les draps sans gêne, lentement, et non en me cachant avec mon oreiller. Ce qui me permettrait de retrouver ma sensualité d'antan... Tu comprends ?

— Tu veux dire que ton embonpoint t'empêche de te donner...

— Non, pas de me donner, mais mon tour de taille me fait écourter de moitié ce qui pourrait me combler. Je ne le dis pas, mais ça m'embarrasse d'être sous toi avec mon poids. Je me sens rivée au matelas, je ne bouge pas, je prétends jouir, je me tourne de côté... Tu t'en rends compte, non ?

— Mais, pourquoi te torturer de la sorte, alors que je n'ai rien exprimé ?

— Parce que je suis grosse, Ludger !

Prémier samedi de juin, jour où Stella, son mari et leur petit Jimmy allaient venir souper. Viviane, bien intentionnée, avait roulé de la pâte pour cuire des pizzas comme son gendre les aimait et de toutes petites au fromage seulement pour Jimmy. Quant à eux, sa fille incluse, ils dégusteraient une lasagne bien apprêtée tout en débouchant un bon vin italien que Ludger était allé acheter. Ils arrivèrent vers quatre heures et, après les effusions et les présentations, tout ce beau monde passa au salon avec le petit Jimmy sur leurs talons. « Tannant, cet enfant, agité, mal élevé ! » pensait Ludger, alors que le petit arrachait des mains de sa grand-mère un biscuit au chocolat qu'elle allait lui donner. Puis, lorgnant du côté du couple, instantanément, Ludger ne les aima pas. Lui, genre macho et tatoué, parlait un anglais de bûcheron tout en affichant ses muscles emprisonnés dans un tee-shirt à l'effigie de Popeye. Aucun style ! Les *jeans* serrés, barbe de trois jours, les jambes écartées, le nez épaté de boxeur et un anneau à l'oreille droite. *Sexy*, le gars, mais aux yeux des filles de bars malfamés, pas ceux des femmes distinguées. Stella, bien tournée, pantalon noir, chandail rose très ajusté, laissait bondir ses seins au fur et à mesure qu'elle se déplaçait, pour ensuite les exposer dès qu'elle se penchait. Belle comme sa mère, cheveux longs d'un noir jais, il y avait cependant un hic dans le regard de Ludger ; elle portait au sourcil droit un *piercing* relié par deux perles. Il en éprouva un frisson ! « Comment peut-on mutiler ainsi une partie de son corps et risquer une grave infection ? » se demandait-il. Mais il ne lui en fit pas la remarque, elle n'allait être que de passage… Il offrit un scotch à Walter et ce dernier, dans un mauvais « franglais », lui répondit :

— *No, thanks*, merci. *No beer, Ludge ?*

Il l'avait appelé Ludge ! Il avait abrégé son prénom par familiarité. Comme sa femme avait fait du sien, puisqu'elle l'appelait Walt ! Viviane s'affairait à la cuisine et, en bon hôte, Ludger les entretenait au salon tout en surveillant du coin de l'œil le petit « monstre » qui touchait à tout, même aux vases de cristal sur les tables de coin.

— *Can I smoke here, granny ?* lança le gendre à sa belle-mère, d'un ton élevé.

— *Of course, go ahead, Walt !*

Ludger n'en revenait pas. Viviane lui permettait de fumer dans ce salon vierge de toute odeur de tabac et de nicotine. Il se leva, prit un fauteuil plus loin, et Walter, le regardant faire, lui demanda :

— Ça te *disturb* ? Dis-le si tu... *if you want* que je la *scounche.*

— Non, non, je vais ouvrir la fenêtre, ça va aller... Je pensais au petit...

— Jimmy est habitué, je fume *all day long...*

Stella, quand même plus décente, dit à son mari :

— *Dont smoke in here, honey, go outside, the house is too small...*

Il se leva en bougonnant, sortit sur la rue Bloor, fuma sa cigarette, se rendit à sa voiture et revint avec trois bières, deux dans une main, une dans sa poche de *jeans*. Et, à la grande surprise de Ludger, Stella en but une avec lui ; elle qui venait de refuser le Bloody Mary qu'il voulait lui préparer.

Durant le souper, alors que Walt se gavait de pizza et que le petit Jimmy lançait les croûtes de la sienne par terre, Stella engagea la conversation avec l'homme qui habitait avec sa mère :

— Vous avez toujours vécu à Toronto ?

— Non, un peu partout, même à Montréal. J'aime les grandes villes.

— Ma mère m'a dit que votre femme était morte depuis longtemps ?

— Oui, elle n'avait que vingt-trois ans…

— *My God! So young!* Elle était gravement malade ?

— Stella, *please*, ne questionne pas Ludger de la sorte. Tu lui fais revivre de douloureux souvenirs.

— *Oh! I'm sorry,* je suis très curieuse. C'est mon défaut.

Ludger sourit sans pour autant la mettre à l'aise. Il ne tenait pas à ce que Stella creuse davantage dans son passé. Fort heureusement, le petit était si vilain qu'elle n'eut pas l'occasion de lui reposer d'autres questions. Après avoir bien mangé et vidé les trois quarts de l'une des bouteilles de vin, Walter se leva et dit à sa belle-mère :

— On doit partir, *granny*, on a une longue route à faire et Jimmy est un *devil tonight.* Dans le *char*, il va s'endormir.

— Laisse-moi au moins finir mon café, répliqua Stella.

Puis, se levant après une dernière gorgée, elle suivit son macho avec le petit accroché à ses bottes *western* et serra la main de Ludger en lui disant :

— Contente de vous avoir rencontré.

— Moi de même, madame, répondit-il solennellement.

Elle embrassa sa mère, la remercia pour le souper et rejoignit son mari déjà assis dans son *char* sans avoir pris la peine de saluer Ludger et en lançant de loin un « *Bye, thank you!* » à sa belle-mère. La porte de la maison refermée derrière eux, Ludger voulut aider Viviane avec les chaudrons, la vaisselle et le rangement, mais elle le pria de n'en rien faire, d'aller regarder la télévision. Ludger, discrètement, se dirigea plutôt vers son bureau où il ouvrit sa mallette pour en retirer trois feuilles sur le comte de Chambord qu'il classa dans ses dossiers de 1845 à 1885.

Le lendemain, rendue à bon port avec son mari et leur fiston, Stella appela sa mère pour la rassurer sur le voyage de nuit qui avait été agréable. Profitant du retrait de Ludger dans son bureau, Viviane demanda en chuchotant :

— Comment l'as-tu trouvé, Stella ?

— Ton *chum*, maman ? Ludger ?

— Qui d'autre ?

— Bien... bel homme, mais un peu snob. Il parle en professeur, il m'appelle « madame »... Pas trop *friendly*, ton *roommate* !

— Pas mon *roommate*, Stella, mon compagnon, mon *lover*...

— Appelle-le comme tu voudras, mais Walt l'a pas aimé, ton *boyfriend*. Il l'a trouvé *haughty*, pas souriant, il dit qu'il mange du bout des doigts...

— Voyons donc, hautain ! Il a de la classe ! Ludger est un être adorable !

— C'est ta vie, maman, fais-en ce que tu veux, mais fais attention, il y a des hommes qui entrent dans la vie des femmes pour leur argent.

— Voyons donc ! Je ne suis pas riche...

— Assez à l'aise, maman, et tu as une maison. Qu'est-ce qu'il possède, lui ? Un luxueux chalet quelque part ? Tu ne sais rien de lui ! Tu ne poses pas de questions ! Si tu ne m'avais pas arrêtée hier, j'en aurais appris davantage sur lui.

— Ça devenait impoli, Stella. Il y a des limites à questionner...

— Peut-être, mais c'est moins pire que de ne rien demander. Moi, je ne peux pas dire que je ne l'aime pas, ton Ludger, mais je ne le sens pas fait pour toi, maman. Pas assez bon vivant...

— Bon, ça va, assez de commentaires comme ça ! Je vis seule, tu es loin, Francesca n'est jamais là, laisse-moi au moins avoir ma part de joie avec quelqu'un auprès de moi !

— *Gee whiz, mom !* Ne te fâche pas ! Tu me demandes mon opinion, puis tu ne la considères pas. Fais donc ce que tu voudras ! Je te laisse, Walt me fait de grands signes, Jimmy aussi !

Après avoir raccroché, Viviane vida le lave-vaisselle tout en songeant à sa situation personnelle. Non ! Stella avait tort ! Ludger n'était pas snob, c'était un homme bien élevé, très éduqué. Elle se disait avoir assez évolué pour être à ses côtés, tandis que Stella, avec son *nobody* de mari, n'allait jamais grimper d'un cran dans l'échelle de la société. Désormais, c'étaient sa vie, son choix, ses décisions. N'en déplaise à Stella et à l'absente Francesca ! Cette dernière, de toute façon, sans cesse avec son « amie », se foutait bien de ce que sa mère faisait de sa vie.

Samedi 12 juin 2004, jour ensoleillé et, très tôt, Viviane était en train de préparer son déjeuner lorsque Ludger surgit dans l'entrée de la cuisine :

— Toi ? Déjà debout ? Pas de grasse matinée ce matin ?

— Non, je ne m'endormais plus, il va me falloir arrêter les petites siestes d'après-midi, c'est ce qui trouble mon sommeil.

— Sans doute, mon amour, mais ces petites détentes sont bonnes pour la santé. Tu marches tellement le matin au parc…

— Oui, mais pas aujourd'hui, je vais déjeuner avec toi et me rendre tôt à la librairie pour trouver quelque chose concernant Anne Boleyn. Je vais reconnaître le livre que j'ai vu sur l'ordinateur, je vais le feuilleter, prendre des notes, mais je ne vais pas l'acheter, il me manque juste un fait précis avant son exécution.

— Je t'en prie, Ludger, ne me raconte pas des horreurs en te levant. Regarde le soleil dehors ! Oublie les reines décapitées !

— Tu as raison… d'autant plus que c'est mon anniversaire aujourd'hui.

Elle se retourna, le regarda bouche bée et s'écria :

— Quoi ? C'est ta fête et tu n'en parlais pas ? Ludger ! Pour l'amour !

— Rien à crier sur les toits… J'ai cinquante-six ans, rien de plus.

— Mais il faut fêter ça, mon chéri ! Je n'ai même pas de cadeau, je n'en savais rien… Tu m'avais dit que c'était en juin au début de notre rencontre, mais tu n'avais pas mentionné le jour, je crois… Tiens ! Que dirais-tu d'un bon souper au restaurant ce soir ? C'est moi qui t'invite !

— Ce n'est pas nécessaire, voyons…

— Si, si… j'insiste ! On pourrait aller au buffet chinois ou au centre-ville. À ton choix !

— Ni l'un ni l'autre, Viviane. Le nouveau restaurant du centre commercial sert un très bon *roast beef*.

— C'est vrai ! Je l'oubliais, celui-là, c'est si récent.

— Alors réserve cette fois, c'est achalandé le samedi soir. Demande un coin tranquille au fond, loin des tables nombreuses.

— Compte sur moi ! Tu veux des œufs pochés ce matin pendant que je suis au poêle ? Prends place, je te sers, c'est ta fête !

Ludger avait senti le besoin de lui annoncer que c'était le jour de sa fête. Ce qu'il n'avait pas fait avec les deux autres. Lui qui, pourtant, évitait tout aveu le concernant. Pourquoi cette fois ? Une raison précise ? Lui seul le savait.

La table réservée était discrète. Quelques couples autour, mais pas de fête familiale avec des enfants turbulents. Ils avaient tous deux commandé le *roast beef,* saignant pour lui, bien cuit pour elle. Ludger avait regardé la carte des vins, le choix n'était pas vaste, mais il trouva un demi-bourgogne qui semblait intéressant. Viviane lui avait dit : « Ne te prive pas, choisis le meilleur, c'est moi qui paye ! Ce sera ton cadeau de fête ! » Il avait souri, acquiescé de la tête et ils avaient trinqué, elle avec un fond de verre, à l'an qui s'ajoutait sur ses lourdes épaules. Au moment du dessert, Ludger, qui s'était presque payé le vin seul parce que « madame » n'en buvait qu'un doigt, jeta son dévolu sur une crème caramel pour reprendre un peu du sucre éliminé par l'alcool. Elle, sans réfléchir un instant, ayant étudié le menu avant, se permit le gâteau au chocolat. Un énorme morceau garni de crème fouettée qu'elle avala presque d'un trait. Ludger l'avait toujours sentie gourmande dans les restaurants, au fur et à mesure des services qui se succédaient, quatre ou cinq parfois. Et ce soir-là ne faisait pas exception à la règle. Néanmoins, faisant fi des plaisirs de la table, au moment de réchauffer le café, Ludger regarda sa compagne et lui dit :

— J'ai quelque chose à te demander, Viviane.

— Ah oui ? Quoi donc ?

— Accepterais-tu de m'épouser ?

Stupéfaite, le souffle coupé, déposant sa tasse, elle balbutia :

— Ai-je... ai-je bien compris, Ludger ?

— Oui, ma chérie, j'aimerais que tu deviennes ma femme et qu'on passe le reste de notre vie ensemble.

Encore sous l'effet du choc, Viviane restait de marbre sans même sourire ou sourciller. Apeuré, Ludger s'empressa d'ajouter :

— Si tu m'aimes assez pour ça, évidemment.

Elle parvint à se détendre et à répondre :

— Bien sûr que je t'aime, mais c'est si récent... On se connaît à peine...

— Assez pour se rendre compte qu'on est bien ensemble, non ?

— Oui, n'en doute pas, mais pourquoi se marier ? Est-ce nécessaire ?

Contrarié, Ludger plissa le front et répondit :

— Parce que je suis un fervent catholique, Viviane, et que même si je ne suis pas trop pratiquant, je me sens mal de vivre en dehors des normes. Mais si tu n'es pas intéressée, n'en parlons plus, ajouta-t-il d'un ton désappointé.

Il avait certes bien joué son jeu, car Viviane, craignant de le perdre, lui répondit avec empressement :

— Je suis intéressée, voyons ! Il me faudrait quand même en discuter avec mes filles…

— Pourquoi ? Tu as besoin de leur approbation pour prendre une décision ?

— Ce n'est pas ça, mais…

— Non, écoute-moi bien, si tu n'es pas capable de répondre pour toi, à ton âge, et leur annoncer ensuite la nouvelle, oublie ça, Viviane. Fais comme si nous n'avions pas abordé le sujet.

— Ludger ! Tu es mécontent… Bien sûr que j'ai envie d'être ta femme ! Je suis si heureuse avec toi ! Tu le sais pourtant, je m'ennuie dès que tu t'éloignes de moi. J'aurais bien de la misère à vivre sans toi.

Sans le démontrer, restant tiède, évitant le sourire de satisfaction, Ludger sentait qu'il venait de gagner. Malgré leur peu d'intimité charnelle, Viviane ne pouvait plus se passer de lui. Relevant la tête, sûr de lui, il ajouta d'un ton déterminé :

— Et sans perdre de temps, ma chérie. J'aimerais qu'on se marie en juillet. Un mois seulement pour se préparer, mais comme je parle d'un mariage intime…

— Le mois prochain ? C'est vraiment rapide… Pourquoi pas en septembre quand j'aurai le même âge que toi ?

— Non, c'est trop loin. L'été, c'est plus agréable et les tiens pourraient plus facilement y assister.

— Tu veux qu'ils soient là ?

— Bien entendu ! Avec ton petit-fils aussi ! Stella signera pour toi comme témoin et son mari sera le mien. Ce qui le rendra peut-être plus agréable avec moi.

— Et Francesca ?

— Elle sera là, bien entendu, et avec qui elle voudra ! Sa grande amie si elle le veut ! Nous irons nous marier civilement et, après, je les inviterai tous au restaurant pour un souper bien arrosé.

— Pas loin d'ici ? L'un de nos restaurants ?

— Non, pas dans un centre commercial, voyons. Je réserverai une belle table dans la salle à manger d'un grand hôtel, ou un petit salon particulier. Je demanderai qu'on dépose un centre de fleurs et nous aurons même un gâteau de noces.

— J'y pense, Ludger, pourquoi nous marier civilement ? Nous sommes veufs tous les deux, donc libres de nous marier à l'église.

N'ayant pas étudié cette question, ayant oublié cet état civil de leurs deux vies, Ludger, faisant mine d'avoir pensé à tout, lui répondit :

— Parce que… Parce que, civilement, c'est plus rapide pour le temps requis. Et comme ce sont les certificats qui comptent dans une union…

— Tu disais être très catholique… Nous avons une église pas loin…

— Non, je n'y tiens pas, ça va attirer le voisinage, mais si tu tiens vraiment à un mariage religieux, ce dont je te félicite, nous irons faire bénir notre lien lors d'une messe par la suite. Une semaine ou deux plus tard… Qu'en penses-tu ?

— Tu as réponse à tout, Ludger ! Décide, moi je te suis ! Mais je vais t'aider pour les préparatifs, ajouta-t-elle, agitée.

— Non, Viviane, je m'occupe de tout ! Tu n'auras qu'à te trouver une toilette de bon goût. Moi, j'ai déjà le complet approprié.

— Mon Dieu ! Qu'est-ce que je vais pouvoir porter avec ma grosseur ?

— Tu trouveras sûrement quelque chose de joli dans un magasin de tailles fortes. Quelque chose d'ample. Francesca pourrait t'aider…

— Elle ? Voyons donc ! Elle n'a même pas de goût pour elle-même ! Non, j'irai seule et, avec l'aide de la vendeuse, je trouverai quelque chose de léger dans les tons foncés.

— Je te fais confiance, tu es si jolie, tu as tant de goût…

— Ce qui me choque, c'est que le régime entamé ne fonctionne pas ! J'aurais aimé être plus mince…

— Viviane ! Aucune diète ne marchera avec de gros morceaux de gâteaux au chocolat !

Sur le chemin du retour, Viviane dit à son bien-aimé d'un ton quasi onctueux :

— Tu sais, au restaurant, j'ai sursauté parce que la surprise m'a presque jetée par terre, mais dès la première minute, j'étais intéressée…

— Ne mens pas, Viviane, tu as hésité et c'est normal.

— Pas hésité, Ludger, j'ai pratiquement paralysé par ta demande ! Mais je t'aime tellement ! Et je vais me souvenir longtemps de ton souper d'anniversaire, une demande en mariage le soir même…

— Tu n'y avais pas pensé, toi ? Pas un seul instant ?

— Non, parce que, d'habitude, les hommes qui se mettent en couple à ton âge ne veulent rien savoir du mariage. Alors…

— Tu vois ? Tu as déniché un homme attaché aux valeurs. Surtout quand il aime ! Moi, je n'ai aucune crainte, nous allons être heureux ensemble comme tu ne peux pas l'imaginer. Au fait, j'oubliais de te mentionner que nous allons faire un voyage de noces.

— Vraiment ? Où donc ?

— En Europe, ma chérie ! Et je te donne le choix entre la France et l'Italie.

— Ludger ! C'est bien trop loin et bien trop cher ! Je ne suis jamais sortie de mon petit territoire, moi !

— Raison de plus, le voyage sera inoubliable ! Choisis !

— Bien, pas l'Italie à cause de mon Frédo qui était Italien. Je l'appelais ainsi parce que, Alfredo, ça faisait sauce à *fettucini !*

Elle s'esclaffa, Ludger sourit poliment et demanda :

— Ça ne te fait pas de peine de l'avoir fait pleurer, ton Frédo, quand tu l'as quitté pour un autre ?

— Non, parce qu'un homme, un Italien surtout, ça ne devrait pas pleurer !

Déçu de cette réponse irréfléchie, contrarié de constater que Viviane ne croyait pas en la sensibilité d'un homme, encore moins à ses larmes, il afficha un rire pincé qu'elle ne perçut pas et, revenant sur le sujet premier, il lui dit d'un ton qu'il s'efforçait de rendre cérémonieux :

— Bon, ce sera la France ! Paris et ses splendeurs ! Et nous irons dans les cimetières connus déposer des fleurs sur les tombes célèbres.

— En plein voyage de noces ? Des cimetières ? Ludger !

— Bon, d'accord, juste sur la pierre de Marie-Antoinette, guillotinée injustement par le menu peuple et les sans-culottes !

— Les qui ? Quel drôle de nom !

— Les poules mouillées de la Révolution ! Ceux qui scandaient « Vive la reine » quand un défenseur le criait et qui, deux minutes plus tard, hurlaient « À mort, l'Autrichienne ! » quand Robespierre les stimulait. Des plébéiens, de la crasse, Viviane ! Le genre de plaignards et de suiveux qu'on retrouve encore dans nos manifestations. Les sans-culottes ont eu des descendants, ma chérie, et on en trouve une bonne partie ici, encore aujourd'hui !

Viviane attendit que Ludger sorte de la maison deux jours plus tard pour appeler Stella et lui annoncer qu'elle allait se marier le mois suivant. Cette dernière, irritée par la nouvelle, répondit :

— Voyons, maman ! Tu n'es pas sérieuse ! On ne se marie pas avec n'importe qui le temps de le dire !

— Ludger n'est pas n'importe qui, Stella, c'est l'homme avec qui je partage ma vie ! répondit la mère avec véhémence.

— Depuis quelques semaines, maman ! Pas même six mois ! C'est un étranger, ce gars-là ! Tu ne sais même pas d'où il vient ! *Come on !*

— Je le connais assez bien pour savoir à qui j'ai affaire, ma fille ! Ludger est un homme remarquable qui m'aime et qui prend soin de moi. Il a de bonnes valeurs, ce n'est pas un aventurier ! La preuve ? C'est lui qui m'a demandé de l'épouser ! Il m'aime, il me comprend, on s'entend bien et il m'accepte telle que je suis.

— Bien oui ! N'importe qui le ferait ! Tu as une maison pis de l'argent !

— De l'argent ? Juste assez pour vivre, ma fille ! Et la maison familiale, ce n'est pas un château, on était tassés comme des sardines quand nous vivions tous ici, souviens-toi ! Quand un homme veut profiter d'une femme, il la choisit pas mal plus riche que moi ! Ludger, avec son instruction et son apparence, aurait pu trouver mieux que moi, Stella !

— *Of course*, et c'est ce qui me chicote ! Il y a quelque chose de louche là-dedans !

— Dis-tu ça parce que je suis grosse, toi ?

— Entre autres, si tu veux que je sois franche ! Un homme de son apparence, comme tu dis, aurait pu en trouver une plus jeune, plus alerte…

— Oui, avec plus de bougeotte que moi, je te l'accorde, mais c'est moi qu'il aime ! Ludger n'est pas un *playboy*, Stella, c'est un intellectuel qui monte des classeurs sur l'histoire après l'avoir enseignée toute sa vie. Ce genre d'homme ne recherche pas une femme dégourdie, excitée… Il a plutôt besoin d'une compagne qui l'aime et qui en prend soin. Ludger n'est pas pointilleux, il ne me fait aucun reproche et il n'exige jamais rien. Très discret en plus. Imagine ! C'était son anniversaire et je n'en savais rien. Et c'est ce soir-là, au restaurant, qu'il m'a demandée en mariage.

— Bien beau tout ça, mais bizarre, maman. C'est louche…

— Arrête, Stella, et tant qu'à y être, si je tombe malade, est-ce toi qui vas prendre soin de moi ? Tu vis à Hamilton !

— Si ce n'est qu'une question de sécurité, tu as tout de même Francesca.

— Les deux pieds dans la même bottine, celle-là ! Tu le sais, pourtant ! Comme son père ! Fais-moi pas dire ce que… Pis on arrête ça là, ma fille. Je le marie, c'est mon choix, c'est aussi mon droit.

— C'est prévu pour quand, ce mariage-là ?

— Le 17 juillet, un samedi, on a décidé de la date hier.

— Dans un mois ? Pas même le temps d'y repenser ? Vite en affaires…

— Bon, j'ai assez parlé, Stella. Tu es invitée avec Walt et le petit. Tu me serviras de témoin et ton mari sera celui de Ludger. C'est lui qui l'a demandé. Un mariage civil qu'on fera bénir par la suite et un souper dans un salon d'hôtel que Ludger va réserver. Nous serons peu nombreux, que nous autres avec Francesca et son amie, Dina. Juste en famille, très intime.

— J'ai pas grand-chose à me mettre sur le dos, moi… Walt non plus…

— Arrangez-vous, c'est votre problème ! Une robe pis un habit, ça coûte pas les yeux de la tête, Stella ! Mais, une dernière chose avant que je l'oublie, si tu viens, enlève ton *piercing*, ça lève le cœur à Ludger de te voir avec ça dans le visage !

En fin d'après-midi, Viviane Barillet appelait sa fille Francesca pour lui annoncer la nouvelle. Cette dernière qui s'en allait souper au restaurant avec son amie avait répondu à sa mère :

— Ah oui ? Tu l'épouses ! Je pense que ça va te faire un bon mari, cet homme-là. Instruit, dévoué…

Bref, la plus jeune avait accepté d'emblée ce que l'aînée avait contesté. Ce qui ne surprit pas sa mère. Toujours d'accord avec elle, la petite dernière. Pareille à son défunt père. Ludger rentra pour le souper et annonça à sa future femme :

— Tout est arrangé pour le mariage, Viviane, rien ne cloche. Comme tu es veuve et moi aussi, aucun problème de ce côté. Il va juste me rester à réserver un petit salon à l'hôtel, ce qui sera plus discret qu'une longue table parmi tout le monde. Dis, tu as annoncé notre union à tes filles ?

— Oui, et Francesca en était ravie. Stella a un peu protesté, mais je l'ai vite remise à sa place. Ça va aller, Ludger, tout le monde sera là. Mais, dis-moi, ça t'a pris tout ce temps-là juste pour le mariage civil ?

— Non, j'ai fait un saut à la bibliothèque ensuite, et regarde ce que j'ai rapporté ! Un livre sur le mariage du duc de Ferrare avec Lucrèce Borgia. Un homme volage à qui elle a donné plusieurs enfants. Une trouvaille, Viviane !

CHAPITRE 9

Depuis sa demande en mariage, Ludger s'était rendu compte que Viviane ne revendiquait plus rien, côté charnel. Elle ne se rapprochait même pas lorsqu'il effleurait sa cuisse de son flanc, elle s'endormait dès qu'elle posait la tête sur l'oreiller. Et c'est là qu'il comprit que cette femme avait beaucoup plus besoin d'un compagnon de vie que d'un partenaire de lit. Était-ce dû à son embonpoint ? Non, sûrement pas, puisqu'elle ne se gênait plus maintenant pour sortir de la salle de bain devant lui, enroulée d'une serviette. Avec les bourrelets qui sautillaient d'une hanche à l'autre. Viviane Barillet, contrairement aux autres, n'était pas portée sur « la chose ». Du moins, elle ne l'était plus.

Un matin, loin des préoccupations de son compagnon sur sa faible libido, elle parut songeuse et lui dit lors de leur déjeuner à deux :

— Tu sais, Ludger, pour le voyage de noces, je ne crois pas que la France, Paris, les cimetières et les musées soient une bonne idée.

— Pourquoi ? Tu n'as jamais voyagé ou presque, ma chérie.

— Je préférerais attendre jusqu'à l'hiver et aller dans un pays chaud avec la plage et la chaise longue.

— Pourquoi pas Paris ? C'est plus enrichissant…

— Parce que dans les pays chauds, au bord de la mer, je n'aurai pas à traîner ma grosse charpente comme je le ferais à Paris ! Tu ne comprends pas, Ludger ? Sais-tu ce que c'est que de trimbaler deux cents livres et plus d'un musée à l'autre ? De monter les escaliers avec ce poids sur tes deux pieds ? Je n'ai pas le souffle pour ça, je n'ai pas non plus les jambes pour supporter ces sorties épuisantes.

Interloqué, la regardant, il lui répondit, repentant :

— Je m'excuse, ma chérie, il est vrai que je n'ai pas pensé à cela. En bon Gémeaux, j'ai d'abord pensé à moi. Tu me pardonnes ?

— Oui, oui… il n'y a pas de faute, répondit-elle, soudainement intimidée.

— Dans ce cas-là, nous attendrons et nous irons dans le Sud où tu pourras te reposer et apprécier davantage ton voyage. Acapulco, ça te dirait ? Ou Nassau, aux Bahamas…

— N'importe où, tu choisiras. D'ici là, nous pourrions faire un tout petit déplacement là où c'est plus frais en été.

— Où ? Qu'as-tu en tête ?

— Bien, à Terre-Neuve ou à Schefferville sur la Côte-Nord, là où c'est rafraîchissant, même en juillet. Moi, les chaleurs torrides de l'été, l'humidité, tu sais…

— Pas trop invitants, ces endroits-là… Tu y es déjà allée ?

— Non, mais Walt a déjà travaillé par là et il dit…

— S'il te plaît, Viviane, si ça vient de lui, c'est assez pour qu'on n'y mette pas les pieds ! Oublie tout ça, on verra en temps et lieu. Il y a d'autres endroits du genre que nous pourrons considérer. Attendons, si tu le veux bien, ce genre de voyage se planifie du jour au lendemain.

— Bien sûr, mon amour. Dieu que tu es bon pour moi, Ludger ! Jamais je n'aurais cru rencontrer un homme compréhensif comme toi. Un mari, en plus, qui va me porter sur la main et dont je vais prendre bien soin. Quel beau couple on va former !

Ludger trouvait les jours de plus en plus longs. Il aurait certes aimé tramer quelques coups bas, mais avec Viviane, rien à faire, elle était vraiment trop terre à terre, voire banale, pour l'enthousiasmer sur quoi que ce soit. Toutefois, par un matin de pluie, il lui demanda en tartinant ses rôties :

— Tu n'as jamais songé à vendre, Viviane ? À quitter cette maison pour t'installer dans un joli condo flambant neuf ?

— Non, moi, les condos avec un ascenseur… Imagine qu'il tombe en panne ! Ici, je n'ai que deux petites marches à grimper et je suis sur le perron. De plus, je n'ai pas les moyens pour un condo, Ludger ! C'est cher à Toronto !

— Je sais, mais avec la vente de ta maison dont la valeur est élevée…

— Même à ça, j'empocherais moins que ce que j'aurais à débourser.

— Tu oublies que je suis là, moi aussi, ma chérie. Tu pourrais l'acheter et c'est à deux que nous pourrions le payer par la suite. Ce serait une nouvelle vie, on se sentirait beaucoup plus jeunes.

— Pourquoi prétendre ? On n'a plus trente ans, toi et moi, on est dans la cinquantaine avancée. Tu n'es pas bien ici, Ludger ?

— Heu... oui, mais la maison vieillit, la décoration date presque du bon vieux temps... C'est propre, bien entretenu, mais...

— Remarque que c'est moi qui ai tout choisi quand on a acheté ici. Et ça ne fait que trente ans, pas un siècle, Ludger. Un professeur d'histoire, d'après moi, ça ne devrait pas aimer le contemporain, non ?

Mal pris, Ludger se défendit en répliquant :

— Heu... tu as raison, mais c'est la structure qui me fait peur...

— T'en fais pas, si les vieux châteaux dont tu parles tiennent encore debout en Europe, ma petite maison de la rue Bloor peut en faire autant.

— Donc, si je comprends bien, tu n'as pas l'intention de bouger d'ici, Viviane. Nouvelle vie ou pas !

— Même si je voulais le faire, je ne le pourrais pas, répondit-elle. Et je ne parle pas d'argent, cette fois.

— Alors, qu'est-ce qui t'en empêche ?

— Stella.

— Ta fille ? Que vient-elle faire dans tes affaires ?

— Cette maison est le seul héritage que je laisserai à mes enfants, Ludger. Et aussi bien te le dire, si nous devons faire un nouveau testament après le mariage, elle m'a fait promettre de leur laisser la maison advenant mon décès. Alors, pour ce qui est de la vendre, n'y pense pas. Je ne veux pas avoir de chicanes avec mes filles.

Vaincu dans sa démarche, regardant par la fenêtre, Ludger ne répondit pas, se contentant de dire en son for intérieur, en songeant à Stella: «La petite garce!»

Le téléphone sonna tôt sur la rue Bloor en ce matin pluvieux, et Viviane, qui avait un appareil sur sa table de nuit, répondit, évitant de parler fort pour ne pas réveiller Ludger. Ce dernier, un œil ouvert, l'oreille aux aguets, l'entendit s'exprimer en anglais et s'écrier «*Oh! my God!*» à un certain moment. S'asseyant dans le creux du lit, Ludger lui demanda:

— Qui est-ce? Qu'est-ce qu'il y a? Il n'est que six heures du matin!

— C'est Dina, l'amie de Francesca. Ma fille est à l'hôpital, on l'a opérée d'urgence pour une appendicite aiguë!

— Calme-toi, tu n'as plus de souffle! Demande-lui comment elle se porte.

Viviane reprit la conversation et l'amie de sa fille l'informa que tout s'était bien passé, que Francesca était hors de danger. Le violent malaise était survenu alors que Dina préparait le souper la veille. On avait d'abord cru à des crampes abdominales dues à une indigestion, mais après avoir essayé d'enrayer le mal avec du sel de fruit Eno, voyant qu'elle se tenait le côté droit du ventre en grimaçant de douleur, Dina avait composé le 911 et les ambulanciers mandés sur les lieux la transportèrent à l'hôpital où on l'avait opérée.

— Il faut aller la voir, Ludger! Ma petite fille! Elle est si fragile!

Ils attendirent en fin d'après-midi avant de se rendre au chevet de Francesca, la pauvre fille de Viviane, qui ne donnait jamais signe de vie. En entrant dans la chambre, Ludger crut remarquer la présence d'un homme à côté du lit, mais, Dieu merci, il s'était retenu de dire « Bonjour, monsieur ». C'était Dina, l'amie intime de Francesca, que Viviane s'empressa de lui présenter. Il lui tendit la main et elle lui serra la pince avec un « *hi !* » très familier. Ludger l'examinait, il n'en revenait pas. Il ne lui manquait qu'une cravate pour que la méprise excuse toute bévue. Se tournant vers Francesca, allongée dans son lit, bien portante quoique pâle, il la soutenait de pensées optimistes pendant que Viviane lui épongeait le front en la couvrant de mots encourageants. Comme seule une mère sait le faire dans de tels moments. Voyant qu'elle allait vite se remettre de cette intervention, Viviane s'exclama :

— Un peu plus et tu allais manquer notre mariage !

— *Dont worry, mom,* j'y serai. Un si beau jour...

— Vous allez venir aussi ? demanda Ludger, en anglais, à sa compagne.

— *Well, if I'm formaly invited, of course, I'll be there ! With pleasure !*

Viviane avait quelque peu froncé les sourcils. Il ne fallait surtout pas que Dina se présente aux noces dans un complet d'homme. Le macho de mari de Stella, qui ne la blairait pas, pourrait vite l'apostropher avec un coup dans le corps. Lui, si *straight* ! Devinant son trouble, Francesca avait chuchoté à sa mère pendant que Ludger conversait avec son amie :

— T'en fais pas, maman, Dina a aussi des robes et du rouge à lèvres.

Le chemin du retour se fit sans que Ludger passe la moindre remarque sur l'amie de Francesca. Ils parlèrent des bons soins de cet hôpital, de la propreté évidente des lieux, de tout et de rien. Puis, sans regarder sa compagne, il lui demanda :

— As-tu choisi ce que tu porteras pour le mariage ?

— Heu… oui, mais ça doit rester un secret, non ?

— Bah ! à notre âge ! Des coutumes pour les jeunes, tout ça ! En autant que tu ne portes pas de bleu ni de rouge, ça devrait aller…

— Pourquoi ? Tu n'aimes pas ces couleurs ?

— Non, pas vraiment, et j'ai aperçu dans ta garde-robe une robe rouge…

— Je la portais quand j'étais mince, Ludger. C'est la seule que j'ai de cette couleur. Je porte surtout du noir, mais pour un mariage estival, aussi bien te le dire, grosse ou pas, je me suis laissé tenter par un deux-pièces dans les tons de coquille d'œuf avec des appliques d'un brun clair ici et là. Quelque chose de soyeux que je te montrerai en entrant. Tu verras, rien de compliqué, mais chic. Je n'ai pas eu à aller loin, la nouvelle boutique pour dames du centre d'achats avait en plein ce qu'il me fallait.

Ils regagnèrent la maison et Viviane s'empressa de sortir d'une housse transparente la toilette en question. Très bel ensemble en effet, haut large et ample retombant sur la jupe jusqu'à la hauteur du genou. Sans y penser deux fois, Ludger compara l'ensemble à ceux de maternité des années 1960 alors que la jupe comportait le gros trou d'opulence que cachait le blouson. Avantageux pour sa conjointe, songea-t-il. Viviane, malgré son embonpoint, avait le don de s'acheter des choses qui l'avantageait et qui camouflait ses rondeurs.

— Je porterai un long collier de perles pour amincir ma silhouette et deux minuscules pois s'y appareillant comme boucles d'oreilles. Rien de plus. Je ne veux pas de bouquet de corsage ni de rose entre les doigts. Les fleurs, c'est pour la table lors de la réception. J'ai un petit sac à main en peau de soie dans les tons de beige et de brun qui fera un bel effet. Et toi ?

— Bien, je vais porter un complet noir avec une cravate beige sur une chemise noire.

— Mon Dieu, Ludger ! Ça va faire italien !

— Peut-être ! Ça risque même de te rappeler ton mariage avec le pauvre Frédo !

Juin n'en finissait plus et Ludger, plus impatient d'en finir cette fois, se demandait comment combler les jours jusqu'au… grand jour ! Il allait à la bibliothèque du quartier, bien sûr, il arpentait les allées durant des heures et ne trouvait pas grand-chose, les livres étant pour la plupart en anglais. Il en dénicha toutefois un en français, caché derrière les autres, sur le désastre final de Napoléon à Waterloo, sujet qu'il avait déjà, mais il profita d'un certain passage du livre pour relever des notes sur Pauline Bonaparte qui, en exil à Rome, avait été accueillie par le pape Pie VII, malgré l'opposition de la foule. Il découvrit aussi qu'Auguste de Gorbin, l'un des officiers de l'empereur, était l'amant du moment de la vieillissante Pauline. Un de plus, quoi ! Le 24 juin, Ludger vit à la télévision qu'on fêtait la Saint-Jean au Québec, pas en Ontario, encore moins à Toronto, sauf de la part de quelques francophones éparpillés, restés fidèles à leur berceau. Le dimanche qui suivit, il attira Viviane dans la véranda et lui remit une petite boîte satinée noire avec une mignonne rose de porcelaine blanche sur le dessus. Surprise, la future mariée lui demanda :

— C'est pour moi ? Pourquoi ?

Viviane souleva délicatement le couvercle de l'écrin pour y découvrir une bague en or avec un diamant qui la surplombait.

— Ludger ! Pourquoi une telle dépense ? À notre âge...

— C'est une bague de fiançailles, ma chérie. J'aurais pu te l'offrir plus tôt, mais quelques semaines avant le mariage, il est encore temps... Sois plus sentimentale, Viviane, ça vient du cœur !

— Je le suis, Ludger, je suis émue, ça ne se voit pas ? Tu as vraiment le culte des traditions, toi ! Quelle superbe bague !

— J'ai aussi le jonc qui l'accompagne que je te passerai au doigt lors de notre union. J'ai également le mien que je garde précieusement pour ce jour-là.

— Tu penses à tout, je n'en reviens pas ! Comme j'ai hâte que Stella et Francesca la voient, le diamant est si gros...

— Non, ne la leur montre pas avant le mariage, réserve-leur la surprise. Parlant de Francesca, elle est maintenant sur pied ? Sortie de l'hôpital ?

— Oui, depuis trois jours. Elle est forte, ma plus jeune. Dina l'a emmenée dans un *bed and breakfast* passer la fin de semaine. Un endroit de villégiature qu'elle connaît. Ça va lui faire du bien, la pauvre enfant.

Enfin, juillet, la fête du Canada qu'on allait célébrer grandement à Toronto, et Ludger, levé tôt, demanda à sa compagne :

— Tu fais un peu de tout dans la couture, n'est-ce pas ?

— Oui, pourquoi me demandes-tu ça ?

— Tu me fais trop manger, ma chérie, trop bien manger, et j'ai pris du poids depuis que je suis ici. Ce n'est pas un reproche, mais voilà que mon pantalon ne ferme plus à la taille. Il faudrait déplacer le bouton...

— Je vais faire mieux que ça, je vais te l'ouvrir d'en arrière, il y a toujours un jeu d'un pouce et plus en réserve. Enlève-le, Ludger, je m'en occupe.

— Il y a aussi le pantalon de mon complet noir pour les noces...

— Mets tout ça sur mon moulin à coudre, je vais y voir dès ce matin !

— Comme c'est drôle, ma grand-mère disait elle aussi « moulin à coudre » lorsque j'étais petit ! Je m'en souviens encore... De nos jours, on dit « machine à coudre ».

— Bien, je suis de l'ancien temps, moi, surtout avec la *sewing machine* d'ici en anglais ! Mais, entre nous, Ludger, toi qui vénères tant le français, ne viens pas me dire que « moulin », ce n'est pas plus élégant que « machine » ! Pourquoi avoir changé pour pire ?

— Ça fait partie des caprices de la langue française, ma chérie. Et tu as raison ! « Moulin » était beaucoup plus joli ! C'est comme le mot « automobile » qu'on a remplacé par « voiture ». Dans mon livre à moi, une voiture avait toujours son cheval devant ! Comme celles des boulangers et des laitiers autrefois. Même celle du guenillou...

— Du qui ? Ce dernier mot, je ne le connais pas…

— Oublie-le, Viviane, pas d'importance… C'était du temps de l'enfance de mon père, celui-là. L'homme qui ramassait et qui revendait des guenilles dans les ruelles. Ma grand-mère en achetait de lui pour faire des tabliers et des courtepointes. Tiens ! Me voilà reparti dans le passé !

— Ces histoires anciennes-là, je les aime, Ludger. Ça me touche plus que le désastre de… je ne me rappelle plus qui, tantôt.

— Bonaparte ! À Waterloo, ma chérie ! Tu ne m'écoutes que d'une oreille, Viviane ! À quoi me sert de tenter de t'instruire ?

— Dans ce cas-là, ne tente pas, ça ne rentre pas ! Moi, les rois, les reines, les papes anciens et tout le reste, ça ne m'intéresse pas.

— Tu aurais pu me le dire avant, au lieu de me faire gaspiller ma salive.

— J'ai essayé, Ludger, mais comme tu ne comprenais pas, j'ai fait semblant de t'écouter pour ne pas te contrarier… Bon, assez bavardé, j'ai de la bonne soupe aux pois et un jambon dans la fesse pour dîner !

Viviane n'avait entrepris aucune diète, Ludger le voyait bien, mais contrairement à lui, elle ne prenait pas de poids, elle ne faisait que maintenir celui qu'elle avait. Dieu que les journées étaient longues pour lui dans cette maison sans vie. Sa bien-aimée cousait, tricotait, cuisinait, époussetait… à longueur de journée. Pour éviter de sortir et d'avoir à marcher dans les allées du centre commercial, elle si lourde sur ses jambes. Ludger, désemparé, attendant le moment venu, tuait l'ennui dans les librairies et les bibliothèques, dont une sur la rue Younge qui, pourtant, n'avait rien en français. Endroit duquel il était tout de même revenu avec quelques trouvailles sur la reine Victoria. Le soir venu, c'était la télévision pour elle, l'ordinateur pour lui, avec une station de radio de musique classique en toile de fond. La porte fermée derrière lui, il n'entendait pas les éclats de rire de Viviane quand elle regardait le *sitcom Friends*. Le matin, il s'enfermait encore ou il allait marcher, parce qu'elle ne manquait jamais *The Price is Right* qu'il ne pouvait supporter à cause des cris hystériques des participants. *No wonder*... qu'elle se foutait de Lucrèce Borgia avec des « programmes » débiles comme ceux-là, songeait-il.

Le 10 juillet, Stella avait téléphoné à sa mère pour lui dire qu'elle avait acheté une robe jaune très *sexy* pour les noces. En plus d'escarpins de peau de soie, le sac à main, et d'autres petites choses.

— Tu n'auras pas honte de moi, maman ! Et j'ai enlevé mon *piercing* ! Pas juste pour ton mariage, pour toujours. Je me suis aperçue que ça faisait *cheap* d'avoir ça au sourcil. Ton Ludger n'avait pas tort !

— Il sera content, Stella. Et mon petit Jimmy, tu l'as habillé, lui aussi ?

— De la tête aux pieds, maman ! Et mon *bum* de mari s'est acheté un complet neuf avec une chemise de soie et une cravate. Tu t'imagines ? Lui, toujours en *jeans !* On y a mis l'paquet ! On s'est endettés jusqu'au cou, maman, mais tu en vaux la peine !

— Vous allez arriver quand, finalement ?

— La veille au soir, on a réservé à l'hôtel. On avait encore de la place sur la Visa pour ça ! Et toi, tu es prête pour le grand jour ?

— Oui, complètement, Francesca aussi.

— Elle va venir avec l'autre, celle-là ?

— Oui, mais t'en fais pas, Dina s'est acheté une robe, des souliers à talons fins, des bijoux... Elle va être féminine et élégante cette fois-là !

— Elle devrait l'être tout le temps, quant à moi...

— Oui, je sais, mais avant que j'oublie, Ludger m'a offert une bague de fiançailles en or avec un assez gros diamant. J'ai hâte que tu la voies !

— *Wow !* Il s'est garroché, le beau-père ! Il doit t'aimer en pas pour rire pour te gâter comme ça ?

— Oui, Stella, j'le savais, moi, y'avait juste toi qui en doutais !

Ludger était songeur en ce mardi de cette dernière semaine avant le grand jour. Le temps qui lui avait paru si long s'écoulait trop rapidement maintenant. Parce que le « moment venu » pour lui n'était pas encore planifié et qu'il lui fallait trouver le moyen d'éloigner Viviane de la maison pour une journée. Il avait beau se creuser les méninges et se broyer les mains l'une dans l'autre, ça ne germait pas ! Viviane n'avait aucune sortie en vue, pas même un rendez-vous médical. Il songeait... songeait, pour soudainement s'écrier... eurêka ! Par un éclair de génie, il venait de trouver comment mettre son plan à exécution. Et Viviane ne se méfierait pas puisque la veille, en lui faisant l'amour, ce qui, pour une fois, la chavira, il lui avait dit à maintes reprises l'aimer passionnément. Un aveu qu'elle lui rendait avec des « moi aussi » à tour de bras. L'avant-veille, elle lui avait décousu son pantalon d'un pouce pour qu'il soit à l'aise. Elle avait de plus repassé sa chemise blanche et pressé la cravate qu'il devait porter. Elle avait même ciré ses souliers ! Plus dévouée qu'elle, il aurait fallu chercher ! Tout ça parce que Viviane Barillet était très heureuse d'avoir trouvé l'homme qui vivrait à ses côtés jour et nuit. Sans plus avoir à s'inquiéter de la solitude qu'elle redoutait quand viendraient les vieux jours. À son insu, néanmoins, Ludger téléphona à Francesca pour lui demander :

— Es-tu libre, jeudi ? J'aurais besoin d'un service de ta part.

— Oui, je suis encore en congé de maladie. Que puis-je faire pour vous ?

— Je voudrais faire une surprise à ta mère et j'ai besoin de ton aide.

— En quel sens ?

— J'aimerais que tu la sortes pour la journée, que tu passes la prendre en matinée et que tu ne la ramènes que le soir, vers sept heures. J'ai demandé à un traiteur de venir à la maison et de nous concocter un élégant souper afin de célébrer la fin de notre célibat. Un souper auquel tu es conviée avec Dina, évidemment ! J'aurais préféré faire ça le vendredi, mais comme ce sera épuisant le lendemain, jour des noces, je devance d'une journée. Je veux tellement lui faire cette surprise, Francesca, je l'aime tant !

— Bien, c'est possible, et comme Dina est en congé cette semaine, elle pourra nous accompagner. Il sera plus facile de la retenir à deux, vous comprenez ? Je vais dire à maman que j'ai besoin de son aide pour choisir votre cadeau de noces et, ensuite, nous la retiendrons. Nous allons même l'emmener au cinéma, s'il le faut.

— Bravo et merci, Francesca ! Je suis soulagé... Voilà qui va me donner la journée entière pour décorer, suspendre des ballons aux lustres... Je vais lui dire que j'ai un ex-collègue à rencontrer. Je lui dirai l'avoir retrouvé par hasard et de ne pas tenter de me téléphoner, que ce serait impoli devant lui. Bref, comme vous l'occuperez toutes les deux, tout devrait bien se passer.

— N'en doutez pas, Dina a plus d'un tour dans son sac pour la retenir. Il y a un film avec Jim Carrey qui joue en ce moment, et comme maman aime les comédies légères... Laissez-nous ça, Ludger !

— Mais, si elle refusait de vous suivre ? De se déplacer ?

— Vous nous aideriez beaucoup en lui disant que vous devez absolument souper avec cet ami... Ne craignez rien, ça devrait marcher !

Toutefois, Ludger avait vu juste. Lorsque Francesca approcha sa mère le mercredi après-midi avec l'idée de sortir avec elle et Dina le lendemain, alors que son futur serait parti pour la journée avec l'ami retrouvé, Viviane lui répondit :

— Non, je préfère rester seule, je vais coudre et cuisiner, j'ai tant à faire...

— Mais, maman, j'aimerais tellement que tu m'aides à choisir quelque chose pour la maison. Et je pourrais voir ta bague avant Stella !

— N'y compte pas ! Je ne la porte pas encore. Le jour des noces seulement. Ordre du prétendant !

— D'accord, mais viens donc avec nous, tu n'auras pas à trop marcher après les achats, on va aller manger et, ensuite, s'asseoir au cinéma.

— Ah non ! pas de cinéma, c'est trop long !

— On a toute la journée, maman ! Dina a pensé que le film de Jim Carrey pourrait t'intéresser...

— Lui ? Oui, je l'aime bien... Ce n'est pas pareil, là... je ne dis pas non.

Francesca l'avait enfin gagnée et, ayant raccroché, Viviane se tourna vers Ludger :

— Tu es certain d'en avoir pour la journée demain avec le collègue d'autrefois ?

— Sûr et certain ! Et je ne voudrais pas avoir à consulter ma montre. Il veut même me garder à souper et comme c'est au centre-ville...

— Le souper aussi ? J'ai fait dégeler des poitrines de poulet pour demain !

— Tu n'auras qu'à garder Francesca et Dina à souper, voyons !

— Tu as raison, je t'en demande trop, c'est pas normal de vouloir que son homme soit là sans arrêt. Excuse-moi, Ludger, mais dès que tu es loin de moi, je suis désemparée. Je ne vis plus sans toi, je t'aime comme ce n'est pas possible ! Je deviens folle quand tu t'en vas !

— Voyons, pour une journée seulement, ma chérie. Ensuite, nous aurons toute la vie à partager chaque heure, chaque instant...

Elle s'avança, l'entoura de ses bras, l'embrassa amoureusement et lui dit :

— En espérant que la vie soit sans fin, mon amour !

Le lendemain matin, Viviane avait pris un bon bain chaud, s'était maquillée, recoiffée, habillée et, après avoir déjeuné avec Ludger, attendait que Francesca et Dina passent la prendre :

— La journée va être longue sans toi, murmura-t-elle.

— Viviane ! Cesse d'être aussi sentimentale ! Tu t'es excusée hier d'être trop possessive, et voilà que tu recommences. Moi aussi, je t'aime, mais il faut desserrer la corde, sinon je vais avoir l'impression d'être en laisse.

— Tout de même ! Suis-je sur tes pas à ce point-là ?

— Presque ! Tu ne t'en rends pas compte, mais l'envahissement... Tiens ! j'entends une porte d'auto qui se referme. Regarde par la fenêtre...

— Oui, elles arrivent. Tiens ! Dina est chic, elle porte un pantalon, certes, mais elle a ajouté des chaînettes et un joli chapeau de coton à sa toilette.

— Elle sait sans doute faire la part des choses. Réponds, on sonne !

Viviane ouvrit, les accueillit avec entrain et demanda à sa fille :

— Tu es certaine de vouloir de moi toute la journée ? Je ne suis pas une grosse marcheuse, tu sais. Je cherche souvent les bancs dans les centres d'achats !

— T'en fais pas, maman, on va te ménager.

— *Don't worry!* ajouta Dina, en serrant la main de Ludger.

Sans se gêner devant sa fille et son amie, Viviane embrassa Ludger sur les lèvres en lui disant :

— Passe une belle journée, toi aussi. Je vais compter les heures avant de te retrouver.

Elles partirent toutes les trois, alors que Ludger essuyait du revers de sa manche de chemise le baiser encore humide qu'elle lui avait donné. Puis, sans perdre une minute, il se précipita dans la chambre afin d'ouvrir les tiroirs de la commode ainsi que la porte du placard dans lesquels il avait ses vêtements. Pour ensuite laisser tomber rapidement dans un petit sac en cuir noir de l'un de ses bagages son rasoir, son eau de toilette, sa brosse à dents, sa lotion Mennen et ses boutons de manchettes en *stainless steel* laissés là par mégarde la veille. L'opération « préparatifs de voyage » se fit en moins d'une heure, livres d'histoire, calepins, plumes et crayons inclus, fourrés dans sa mallette. Faisant en sorte de n'être vu de personne, surtout de la voisine de droite, il confia tous ses effets au chauffeur de taxi venu le chercher, qui les rangea dans le coffre de sa voiture. Puis, se faufilant jusqu'au siège arrière dont la portière était restée ouverte, il la referma sur lui en disant au chauffeur :

— *Airport, please ! And make it fast, I have a plane to catch !*

Ludger Vallin n'avait pas pris de chance cette fois. Il avait rédigé sa lettre la veille afin de la jeter dans la boîte postale avant de pousser la porte d'entrée de l'aéroport Pearson. Le temps de confier ses bagages, il revint avaler un sandwich et un café pour ensuite emprunter le couloir des départs et, au moment venu, monter à bord de l'avion qui allait le conduire à la destination que lui seul connaissait. La veille, à l'insu de Viviane, il avait annulé son téléphone cellulaire et jeté l'appareil qu'il allait remplacer par un autre plus tard. Tout comme il avait rendu la voiture louée en disant à sa bien-aimée qu'il l'avait laissée au garage à quatre rues plus loin, pour une vérification des freins.

Vers trois heures ce jour-là, alors que Viviane, sa fille et l'amie de cette dernière regardaient l'affiche du film avec Jim Carrey à l'entrée du cinéma où on le présentait, l'avion qui transportait Ludger, parti beaucoup plus tôt pour disparaître à pleins moteurs, avait déjà traversé deux provinces à travers l'espace. Soulagé, heureux d'avoir réussi à se sortir de cette liaison qui lui avait donné plus de mal que les autres, dès que l'avion avait disparu au-dessus des nuages, Ludger s'était appuyé confortablement dans son siège, avait défait sa ceinture de sécurité et commandé un scotch double sans glaçons, tout en lançant un «*hi!*» à son jeune compagnon de vol qui lui avait répondu:

— Je parle français, monsieur. Vous le parlez aussi, n'est-ce pas?

— En effet! Je me présente: Ludger Vallin. Et vous?

— Kevin Leclerc. C'est mon père qui est québécois, ma mère est une Lewis de Toronto.

— Vous êtes encore aux études?

— Oui, à l'université, je me dirige en sciences politiques.

— Bravo! On aura besoin de relève! Ceux qui sont en poste sont épuisés. Mais je remarque sur votre sac de voyage que vous portez deux noms.

— Encore plus, je suis Andrew-Kevin Lewis-Leclerc. C'est comme ça qu'on me présente dans le cadre des études.

— Je ne comprends pas cette manie de donner tous ces noms à un enfant de nos jours ! Et ceux qui ont des prénoms composés ! Imaginez ! Les pauvres jeunes comme vous se promènent avec des noms longs comme la rue. Dans mon temps…

Le jeune homme l'interrompit pour lui demander :

— Vous ne m'avez pas dit ce que vous faisiez dans la vie.

— Je suis un professeur d'histoire à la retraite. La France, l'Angleterre, l'Espagne, la Russie…

— Mais… les personnages de l'histoire avaient des noms à n'en plus finir eux aussi, non ?

— Oui, sauf qu'ils les abrégeaient. Bonaparte n'était plus que Napoléon, la reine de France n'était que Marie-Antoinette, son altesse la reine Victoria n'était plus que Victoria pour le peuple quand on parlait d'elle, le poète Paul Marie Verlaine n'est devenu que Verlaine avec le temps et le compositeur russe Piotr Illitch Tchaïkovski n'a gardé que son nom de famille lorsqu'il est devenu célèbre. Autrefois, on écourtait, et voilà qu'on allonge ! Sans penser à ceux qui, avec le temps, n'auront plus assez de place au bas d'une demande d'emploi pour signer leur nom au complet !

Le jeune homme s'esclaffa de bon cœur, trouvant Ludger fort original.

— Je peux vous offrir un verre ? Moi, j'en commande un autre…

— Non merci, monsieur, c'est fort aimable, mais je m'en tiens à l'eau Perrier. Je ne veux rien perdre de mes facultés.

— Vous avez de la parenté là où vous allez ?

— Oui, mes grands-parents. Ils vont d'ailleurs m'héberger jusqu'à la fin de l'été. C'est mon grand-père qui paie mon voyage.

— Ah ! je vois…

Et, de fil en aiguille, la conversation se poursuivit, mais de plus en plus décousue. Jusqu'à ce que Kevin sorte son MP3 et ses écouteurs et que Ludger, sous l'effet de deux scotchs, s'assoupisse, la tête appuyée sur le hublot, épuisé par l'anxiété et le stress des préparatifs pour réussir sa fuite.

Viviane et ses deux compagnes avaient passé un bel après-midi ensemble. Francesca avait acheté pour sa mère et Ludger une batterie de cuisine afin de remplacer celle qui rendait l'âme au gré de tous les mets préparés. Un présent coûteux auquel Dina avait contribué de bon cœur, étant aussi invitée. Le tout rangé dans le coffre de la voiture, les trois femmes avaient mangé légèrement dans un *coffee shop* du centre commercial, avant de se rendre au cinéma où il y avait peu de gens en plein après-midi. Elles en étaient sorties ravies, Viviane avait bien ri. Jim Carrey était et serait encore longtemps son favori. Elle aurait voulu appeler Ludger, mais Francesca lui rappela qu'il ne fallait pas le déranger. Ce que sa mère, dans son amour démesuré, avait involontairement oublié. Elles magasinèrent encore un peu, Viviane s'acheta des sous-vêtements ; Francesca, une montre-bracelet que Dina lui paya ; et cette dernière s'empara à bas prix de trois films usagés d'un club vidéo. L'heure du souper se pointa et les deux jeunes femmes ne voulaient pas trop manger, sachant qu'un festin les attendait au retour. Difficile, cependant, de restreindre Viviane qui, avec un léger brunch digéré depuis longtemps, ne se priva pas d'une pizza *all dressed* complète ! Elle passa outre au dessert, toutefois, au grand soulagement des deux autres qui souhaitaient qu'elle se garde de « la place » pour le souper d'honneur que lui réservait l'élu de son cœur.

Il n'était pas tout à fait sept heures, mais pas loin, lorsque la voiture de Dina se gara sur la rue Bloor, en face de la maison. De l'extérieur, on aurait dit une maison morte alors que tant de choses devaient s'être passées à l'intérieur. Francesca imaginait Ludger terré dans un coin afin d'accueillir avec emphase, à défaut de fanfare, celle qui allait devenir sa femme le surlendemain. Mais Dina était étonnée de n'apercevoir aucune lumière à l'intérieur, pas même la lueur d'une lampe, même s'il faisait encore clair dehors en ce jour qui s'ombrageait. Ludger n'était quand même pas du genre à crier « coucou » ou « surprise » lorsque Viviane apparaîtrait. Pas même un soupçon de chandelle dans la salle à manger dont on apercevait, de la fenêtre à carreaux de la porte d'entrée, le lustre éteint. Viviane ne sonna pas. Croyant son chéri chez son collègue, elle déverrouilla plutôt avec sa clé suspendue au bout d'une plaque en étain, à l'effigie d'une madone. Elle pria les deux autres de la suivre en leur disant :

— Entrez ! Venez prendre au moins une tasse de thé avant de repartir !

Francesca et Dina se regardaient sans rien comprendre. Il n'y avait pas âme qui vive dans la maison, et encore moins de buffet monté avec des ballons accrochés aux lustres. Rien ! Décontenancées, elles ne savaient que dire. Ludger avait-il changé d'idée ? Mais où donc se trouvait-il pour que rien ne signale sa présence ? Pas même le son de la radio ! Viviane, ne se doutant de rien, croyant que tout était normal, mit de l'eau à chauffer dans la bouilloire. Regardant sa fille et son amie, toutes deux interloquées, elle demanda :

— Qu'est-ce que vous avez à me regarder comme ça ? Vous n'avez pas dit un mot depuis que nous sommes arrivées.

— Bien, c'est que… Tu as le numéro du cellulaire de Ludger, maman ?

— Oui, pourquoi ?

— Tu devrais l'essayer, il y a quelque chose de pas normal…

— Il ne veut pas que je le dérange chez son ami, tu le sais !

— Alors, donne-moi le numéro, je vais le faire, moi.

— Pourquoi ? Il va être mécontent… Mais qu'est-ce qui se passe ?

Sans répondre, Francesca composa le numéro de Ludger pour se faire dire par un message enregistré que la ligne était *disconnected*, hors de service. Durant ce temps, Viviane s'était rendue à la salle de bain pour en ressortir trois minutes plus tard et dire aux deux filles :

— C'est curieux, mais toutes les affaires de Ludger ne sont plus là. Même son dentifrice a disparu… Vous savez quelque chose, vous autres, non ?

Francesca la pria de s'asseoir et, refusant de croire ce qui aurait pu arriver, dit à sa mère :

— Écoute, maman, quelque chose ne va pas. Aussi bien te le dire, Ludger te réservait la surprise d'un repas gastronomique préparé par un traiteur pour sept heures, et il n'y a rien. Il voulait célébrer la fin de votre célibat. Il nous avait aussi invitées, Dina et moi, et on avait pour mission de te garder loin de la maison pour qu'il puisse tout préparer.

— Ah ! mon Dieu ! Il lui est sûrement arrivé quelque chose ! Il faut appeler la police !

— Non, attends, maman, faisons le tour de la maison ensemble. Au cas où des intrus…

Viviane n'avait pas attendu sa fille, elle s'était précipitée dans la chambre pour y trouver les tiroirs de la commode ouverts, vides de tout, et le placard du boudoir dépouillé de ses vêtements. Tremblante, elle se dirigea vers son bureau suivie des deux filles, pour le trouver vide de son contenu. De son portable jusqu'à sa plus petite mallette, rien ! Pas même le stylo-feutre dont il se servait pour ses notes. Éberluée, cherchant à comprendre, elle s'écria :

— Ils sont venus le voler ! Tout a disparu ! Il a été enlevé !

Francesca, quoique nerveuse, venait de comprendre. Ludger n'était pas disparu, il s'était volatilisé ! Il avait quitté la maison pendant que sa future était prise en charge par sa fille. Il avait foutu le camp deux jours avant le mariage ! Elle le chuchotait à son amie alors que sa mère, alarmée, lui demandait :

— Qu'est-ce que tu complotes avec elle ? Vous savez quelque chose, hein ?

— Il est parti, maman. Ludger n'a pas été kidnappé, il s'est enfui avec tous ses vêtements et ses effets personnels.

Viviane faillit s'évanouir et c'est Dina qui l'empoigna à temps pour l'asseoir dans un fauteuil. À bout de souffle, ayant peine à trouver ses mots, la grosse dame dont les joues s'étaient empourprées s'efforçait de dire :

— Parti ? Pourquoi il aurait fait ça, on se marie samedi… Ça ne se peut pas…

— Je ne sais pas pourquoi, maman, mais c'est ce qu'il a fait. Tu peux le retracer quelque part ? Tu connais au moins ses amis…

— Quels amis ? Il n'en avait pas ! Même le collègue, je ne l'ai pas rencontré. Mon Dieu ! Dites-moi pas qu'il a fait ça ! Pas Ludger ! Il m'aimait tant ! Et je l'aimais comme une folle ! Il n'y a rien que je n'aurais pas fait pour lui… Dites-moi que ce n'est pas vrai, les filles, Ludger n'est pas parti comme un voleur. Sans même laisser un mot… Je rêve ou quoi ? Il va revenir, ne prenons pas panique, il ne peut être loin, il est sans doute à la bibliothèque… C'est ça !

— Avec tous ses vêtements, maman ? Dina, verse-lui vite une tasse de thé !

La soirée s'écoula entre les interrogations et les larmes de Viviane. Elle ne comprenait pas que Ludger soit parti aussi vite qu'un lièvre, lui, si bien élevé, lui qui disait l'aimer. Dina avait murmuré : *« He's a son of a b… »* mais Francesca lui avait mis l'index sur la bouche pour ne pas qu'elle se défoule vulgairement en anglais. Il y aurait eu trop de *f…* en cours de route ! Les deux jeunes femmes décidèrent de passer la nuit auprès de la mère éplorée. Se demandant sans cesse pourquoi il avait pu faire ça, Francesca avait fini par déduire :

— Peut-être qu'il ne voulait plus se marier, maman…

— Voyons donc ! Il n'avait qu'à le dire et on aurait tout annulé ! C'est lui qui m'a demandée en mariage, pas moi ! C'est lui qui a tout planifié, il m'a même fiancée, Francesca !

— Oui, c'est vrai, mais je ne sais plus quoi penser, moi…

— Il a tout réservé, le célébrant, l'hôtel pour le souper…

— Tu as tous les détails, maman ? Par eux, on pourrait peut-être le retracer !

— Non, je ne sais rien, je lui ai fait confiance. Je ne sais même pas où il désirait qu'on aille manger après la cérémonie. Comme si j'avais pu me douter qu'il annulerait tout... Pire encore, qu'il se sauverait comme un sauvage de ma maison avec son linge et sa paperasse ! Il a dû appeler un taxi, non ? Vérifie, Dina, appelle la compagnie qui a un *stand* pas loin d'ici.

L'amie de Francesca s'exécuta, mais aucun appel n'avait été enregistré pour la rue Bloor le jour même. Comme d'habitude, Ludger avait réservé la veille, d'un chauffeur du bas de la ville peu scrupuleux, un trajet pour le lendemain à *meter* fermé avec gros pourboire, sur confirmation de dernière heure. Au cas où, par malheur, Viviane reviendrait à la maison en plein après-midi, malade ou épuisée de marcher, le croyant chez son collègue retrouvé. Ce qui lui avait donné des sueurs froides jusqu'à ce qu'il referme la porte du taxi après s'y être engouffré. C'était la première fois qu'il avait craint d'être pris sur le vif avec les gestes imprévisibles de sa compagne. Viviane Barillet n'était pas comme les autres. Vorace, elle ne « lâchait pas le morceau », ne le quittait pas d'une semelle ! Ce qui rendait sa fuite angoissante. Rien n'était coulé dans le ciment avec elle, pas même sa journée avec sa fille et Dina, telle que prévue. Elle aurait pu revenir tricoter ou coudre, regarder la télévision et les laisser partir seules pour le cinéma si elle n'en avait plus eu envie. Ludger avait tenu ses doigts croisés. Il avait eu foi en Francesca et Dina pour la retenir, ce qui lui avait donné assez de temps pour déguerpir.

Mais elle pleurait, la pauvre, à fendre l'âme ! Elle ne pouvait admettre un seul instant que son compagnon de vie était parti. Elle pleurait davantage juste à penser qu'elle finirait ses jours seule. On décida d'attendre au lendemain pour poursuivre « l'enquête » et tenter d'annuler tout ce qu'il avait réservé. Au cas où, repentant, il déciderait de rentrer en pleine nuit, croyait encore la pauvre abandonnée. Les deux jeunes femmes se regardaient et ne savaient trop quoi dire. La plus grande colère intérieure de Francesca était que Ludger s'était servi d'elle pour accomplir son lâche forfait. Il l'avait mise dans le complot pour meurtrir sa propre mère ! Le goujat ! Le salaud ! Et Dina s'était mise de la partie à la demande de son amie. Le traître ! Mais voyant Viviane pleurer, sa fille était au bord des larmes avec elle, tellement sa douleur la secouait. Dina aurait voulu soulager sa rage en le qualifiant de *bastard* ou de *mother f...*, mais Francesca la rappelait à l'ordre en lui disant :

— Ne réagis pas de la sorte, c'est ma mère, non la tienne. Contente-toi d'être là et de m'aider à la soutenir. Pour ce qui est de Ludger, *the hell with him,* nous avons bien d'autres choses à nous occuper. Il ne faudrait pas que ma maman tombe malade pour ce lâche qui n'a pas su être assez homme pour l'affronter de face et lui dire qu'il ne l'aimait plus. Parce que c'est ça, Dina, qui l'a fait se sauver comme un rat, j'en suis certaine. Il n'aimait plus ma mère !

— *Did he only loved her, Francesca ?*

— Je n'en sais rien... Ma mère n'avait rien en commun avec lui. Je n'ai jamais compris son attirance pour elle...

— *You...* Tu parles de son *overweight* ?

— Entre autres, un peu... Mais je fais surtout référence au fait qu'il est un professeur éduqué et que maman n'est qu'une femme de maison avec un léger bagage d'instruction. Quel avenir pouvait-il donc envisager avec elle ?

Elles allaient poursuivre leurs déductions lorsque Viviane revint au salon après avoir tenté de s'endormir :

— Je n'arrive pas à fermer l'œil, je ne pense qu'à lui. C'est inadmissible qu'il ne soit plus ici. C'est comme une mort subite !

— Maman, je t'en prie, prends sur toi et vois les choses avec plus de sang-froid. Je sais que tu as de la peine, une rupture, ça fait toujours mal, surtout quand on ne s'y attend pas, mais viens, prends un calmant et tente de dormir, sinon tu vas passer la nuit à penser qu'il pourrait revenir. Il est parti, maman. Définitivement à ce qu'on peut voir. Il va te falloir cesser de l'aimer et commencer à le haïr, il t'a désertée brusquement...

Viviane hochait la tête en guise d'approbation, mais elle continuait de remplir la poubelle de papiers-mouchoirs. Francesca lui fit avaler deux calmants assez forts pour endormir un cheval, mais la pauvre femme dormit à peine deux heures, attendant le lever du jour et, peut-être, son retour.

S'étant à peine assoupie à plusieurs reprises au cours de la fin de la nuit, Viviane s'était levée et, regagnant la cuisine, elle aperçut Francesca dans l'une de ses robes de chambre un peu ample pour elle qui dressait la table :

— Déjà debout ? Tu aurais pu faire la grasse matinée.

— Non, maman, je n'ai pas dormi plus que toi. J'étais songeuse, ta peine me faisait mal… Comment te sens-tu ce matin ?

— Aussi ébranlée qu'hier soir, mais avec le cœur qui bat un peu moins vite. Je suis encore sous le choc, ça va de soi, c'est inimaginable ce qu'il a fait, mais que puis-je faire d'autre que de pleurer sur mon sort ? Il est parti, il m'a quittée, je me retrouve seule, il ne me reste qu'à penser que cet homme n'était pas honnête. Du moins, dans ses sentiments… Car on ne se sauve pas comme il l'a fait quand on a une conscience et de la maturité. Ce n'était pas une prison, ici. Il n'avait qu'à dire que ça ne faisait plus son affaire et je lui aurais ouvert la porte, je ne l'aurais pas retenu de force. Et dire que c'est lui qui voulait m'épouser… C'est à n'y rien comprendre, Francesca, c'est méchant ce qu'il a fait, c'est un coup de masse direct au cœur qu'il m'a donné. Mais je n'aurai pas d'autre choix que de m'en remettre… Je ne vais pas le pleurer toute ma vie.

— Contente de t'entendre parler ainsi, maman. Tu redeviens celle que tu étais avant, indépendante, ne se fiant à personne, autonome…

— Pas encore, ma fille, il m'avait fait perdre ma confiance en moi, Ludger. J'étais devenue dépendante de lui, je l'aimais tant… Je l'aime encore, mais il m'a tellement déçue… Actuellement, je me bats entre l'amour et la haine. Avec le temps, ça deviendra peut-être de la rancœur, puis de l'indifférence, mais je n'en suis pas encore là. Tiens ! j'entends Dina qui se lève, elle va pouvoir déjeuner avec nous et, tout de suite après, on va appeler Stella avant qu'ils prennent la route pour se rendre ici.

Ayant joint Stella à Hamilton, Francesca lui demanda de s'asseoir pour ensuite lui annoncer que le mariage était annulé. Bref, elle lui raconta tout ce qui était arrivé et l'aînée, déboussolée par la nouvelle, lui répliqua :

— Nous étions à deux heures de partir... C'est pas possible ! Passe-moi maman !

— Vas-y mollo, Stella, elle est toute chavirée, elle est en état de choc, elle n'a pas encore encaissé le coup.

Viviane, interpellée par sa fille, prit le récepteur de la cuisine et débita à son aînée, sans même lui dire bonjour :

— Oui, il est parti, ma fille, il a pris le bord durant mon absence. Je ne sais pas où il se trouve en ce moment, car il a pris la fuite sans laisser un traître mot derrière lui. Je suis désespérée, je me sens si humiliée...

— Comment a-t-il pu te faire ça ? À deux jours du mariage ! Avez-vous eu une querelle ?

— Pas du tout ! Il avait été gentil et même affectueux jusqu'au moment où je suis partie avec les filles pour la journée. Il leur avait dit vouloir préparer un souper-surprise avec un traiteur pour souligner la fin de notre célibat. Ce qu'il cherchait, c'était à m'éloigner afin de s'enfuir aisément avec toutes ses affaires, autrement il n'aurait pas pu, j'étais toujours à côté de lui. Il avait tout manigancé, Stella ! Il a même leurré Francesca et Dina avec son supposé souper auquel il les avait conviées. Plus sournois que ça...

— Et le mariage ! T'es-tu informée ? L'avait-il annulé ?

— Comment faire ? Je ne sais même pas où il s'est adressé et à qui il a parlé. On verra bien si quelqu'un appelle ou se présente... On pourrait s'informer à l'hôtel de ville, mais avant d'avoir quelqu'un sur la ligne avec leur système téléphonique compliqué et toutes les options, on risque d'attendre trois quarts d'heure au bout du fil. Je suis certaine qu'il n'a rien réservé, pas même la salle à manger de l'hôtel dont il parlait. Encore là, quel hôtel ?

— Tu n'as donc aucune piste pour le retracer ? Son téléphone, sa voiture...

— Non, tout était provisoire, il s'est débarrassé de son cellulaire et même de la voiture qui était peut-être seulement louée, je ne me suis jamais informée... Je ne peux même pas retracer le taxi qui est venu le chercher. À moins que ce soit son collègue retrouvé... Mais quel collègue ? Tu vois bien que c'était une menterie, ça aussi ! Afin de m'éloigner de la maison pour la journée.

— Tu parles de quel collègue, maman, je ne suis pas au courant...

— Oublie ça, je n'ai pas envie de perdre ma salive pour un ami sans doute inexistant, Francesca te racontera... Alors, comme tu vois, c'est annulé, Stella. Encore chanceuse qu'on t'ait rattrapée à temps, tu aurais pu faire ce déplacement inutilement.

— Oublie le déplacement, c'est juste de l'essence d'épargnée. Pense plutôt à nos dépenses, maman. On s'est habillés du dernier cri, Walt et moi ! Et le petit aussi ! Ça nous a coûté un bras tout ça ! Il nous a fallu prendre nos deux cartes de crédit !

— Si c'est un reproche, je te rembourserai, Stella ! C'est quand même pas de ma faute...

— Non, non, maman, ce n'est pas à toi que j'en veux, mais à lui, l'écœurant, le plein de m... Ah ! je me retiens pour ne pas déballer tout ce que je pense de lui ! Walt va être encore plus en maudit que moi, il ne l'aimait pas, ton Ludger, il s'en méfiait et… voilà !

— Écoute, je n'ai pas dormi de la nuit, je te passe Francesca, défoule-toi sur elle, moi, je ne suis plus capable d'en prendre. J'ai le cœur en boule depuis hier, c'est comme si je divaguais quand je parle de tout ça.

Francesca reprit l'appareil et pria sa sœur aînée de ne plus s'en prendre à leur mère. Elle avait déjà le cœur en morceaux, lui disait-elle. Ajouter quoi que ce soit serait de trop.

— Est-ce qu'elle a encore la bague qu'il lui a donnée ?

— Oui, il n'y a pas touché, il n'est parti qu'avec ses choses à lui.

— Alors, si tu en as la chance, va la faire évaluer, Francesca ! Ça ne va pas consoler maman, mais ça va peut-être aider à rembourser les dettes qu'on a contractées, Walt et moi !

— Oui… j'irai avec Dina quand j'en aurai le temps. Pour le moment, je ne laisse pas maman d'un pouce. Elle n'a rien mangé depuis hier…

— Bon, c'est ça, prends-en soin… Une minute, Walt est derrière moi, il veut savoir ce qui se passe.

Francesca attendait et pouvait entendre tout ce que Stella racontait à son mari. Après le strict nécessaire à gober pour lui, elle l'avait entendu riposter : « *The dirty bastard ! I told you…* » Et le reste se perdit… Stella avait mis sa main sur le récepteur pour que sa sœur ne saisisse plus la rage crachée de la bouche de son *bum* de mari.

— Bon, il est affranchi et il est en furie ! Qui ne le serait pas ?

— D'accord, mais c'est maman qui souffre, pas Ludger, il est parti, lui ! Alors, Stella, fais donc comprendre à ton tatoué mal engueulé que ça ne lui a coûté qu'un habit !

— Mon quoi ? Comment l'as-tu appelé ?

Sans répéter, Francesca avait raccroché, choquée du manque de compassion de la part de sa sœur aînée.

Le samedi, rien n'arriva d'inattendu, aucun coup de fil du supposé célébrant de l'hôtel de ville. Pas d'appel non plus de la part d'un hôtel ou d'un restaurant. Ludger n'avait rien réservé, ce qui choqua doublement la pauvre Viviane, trompée à tous points de vue dans cette affaire. Durant l'après-midi, alors que Francesca consolait encore sa mère en ce jour de rêve évanoui, Dina s'était rendue au centre commercial le plus près où se trouvait une bijouterie. Après y être entrée, elle déposa le petit écrin sur le comptoir et demanda à la patronne :

— Ça vient d'ici, cette bague-là ?

— Juste à voir la couleur de l'écrin, non, ça ne vient pas de nous, les nôtres ne sont pas satinés, ils sont tous en velours rouge. Et la fleur de porcelaine sur le vôtre a été ajoutée.

— Vous pouvez m'évaluer la bague et le diamant ?

La dame sourit et répondit à une Dina béate :

— Elle vaut 39,95 $, madame. J'en ai de semblables ici. Regardez !

— Quoi ? Ce n'est pas de l'or ni un vrai diamant ?

— Non, c'est une réplique en étain plaqué or avec un zircon greffé dessus. Le vôtre n'est même pas beau, il est écorché dans le coin. Voyez avec la loupe… On a dû l'obtenir à rabais.

Dina se prêta à l'exercice et put constater la fissure dont la dame parlait. Il était évident que la bague était fausse, il y en avait trois identiques dans le comptoir.

— Pourquoi font-ils des imitations de bagues de fiançailles ? lui demanda-t-elle d'un ton choqué.

— Parce que des jeunes filles les achètent pour faire croire aux garçons qu'elles ne sont pas libres. Et, croyez-le ou non, un jeune couple est venu en acheter une pour ajouter au jonc de la mariée pour la journée. On les achète pour bien des raisons, vous savez. Il y a aussi celles qui n'ont jamais eu d'homme dans leur vie qui en portent une pour se sentir fiancées. D'autres les portent en voyage pour ne pas risquer de se faire voler leurs bijoux de valeur. Comme vous pouvez voir…

Dina sortit déçue du magasin, avala une bouchée au resto de l'endroit et revint faire le compte rendu de sa démarche à Francesca qui, délicatement, en informa sa mère. Cette dernière, insultée en plus de se sentir humiliée devant les filles, avait saisi l'écrin avec la bague en place et, du pied, avait ouvert le couvercle de la poubelle pour les jeter parmi les pelures d'oranges et de patates. Le rêve venait de prendre fin définitivement et Viviane, quoique fort chagrinée intérieurement, s'efforçait d'afficher un air qui semblait au-dessus de l'affront.

Lundi 19 juillet 2004. Viviane Barillet préparait son déjeuner lorsque le facteur sonna à sa porte, ayant un colis à lui remettre. Un film commandé chez Amazon.ca par l'entremise de Francesca, afin de faire plaisir à Ludger… maintenant volatilisé. Un film biblique de 1962 intitulé *Barabbas,* avec Anthony Quinn et Silvana Mangano, qu'elle allait regarder seule pour ensuite le mettre dans le sac à déchets. Francesca et Dina étaient retournées chez elles depuis la veille, car Viviane leur avait dit être assez forte pour rester seule et retrouver peu à peu sa vie antérieure, d'avant Ludger. Or, sous le colis, il y avait d'autres envois, des comptes à payer, des réclames publicitaires et, juste en dessous… Viviane avait pâli, elle venait de reconnaître l'écriture de Ludger. Déposant tout le reste sur une table, les circulaires incluses, elle se dirigea au salon avec la lettre de « son compagnon » qu'elle tenait sur sa poitrine d'une main tremblante. Prenant place dans son fauteuil coutumier, fermant le téléviseur, elle décacheta l'enveloppe avec l'ongle de son index pour en retirer une feuille verte sur laquelle elle put lire à l'encre noire, sans jour ni date en guise d'identification :

Chère Viviane,

Je suis parti, je me suis même enfui, avant de mourir de lassitude. Tu n'étais pas vilaine, tu étais même une bonne personne, mais tu étais la femme la plus ennuyante que j'aie jamais rencontrée. Avec toi, un homme prend de l'âge avant son temps, crois-moi ! Et ta maison était étouffante ! Dieu que j'avais hâte d'en sortir et de rajeunir au gré de l'air respirable que j'ai retrouvé. De plus, aussi bien te le dire, je ne t'aimais pas. Je me demande même si je t'ai quelque peu aimée. C'est cruel de lire de tels mots, n'est-ce pas ? Je sais que tu dois être triste et que tu as certes pleuré en voyant les tiroirs vides, mais si tu veux t'en sortir, va au cimetière et demande à Frédo, qui a pleuré « comme un veau » quand tu l'as quitté, comment il a fait pour arriver à t'oublier.

Ne me cherche pas, tu ne me retrouveras pas. Je n'avais rien réservé, ni mariage civil ni réception. Je sens que plus tu me lis, plus tu me détestes. Tant mieux, tu te consoleras plus vite. À moins que tu m'aimes encore et que ta peine te déchire le cœur plus longtemps. Comme Frédo, naguère...

Je suis désolé d'avoir impliqué Francesca dans mon brusque départ, mais c'était la seule façon de me défaire de toi qui, telle une sangsue, restais collée à ma peau. Je l'aimais bien, Francesca, elle était douce et affable. Mais dis à Stella et à son imbécile de mari que je ne les regretterai pas une seule minute. Quel affreux couple ! Et quel enfant mal élevé que leur petit Jimmy ! Bon, le temps me presse et j'arrête ici ma lettre. Il me faut garder un peu d'encre afin d'écrire aux amis pour leur dire que j'arrive !

Bonne fin d'été, Viviane, et si tu trouves un autre homme, sois moins emmerdante avec lui, et ne lui parle pas d'Alfredo, au cas où il aurait la corde aussi sensible que la mienne.

Ludger

Elle fulminait ! Elle pleurait et elle rageait ! Quelle lettre impolie de sa part ! Aucun remerciement pour tout ce qu'elle avait fait pour lui. Aucune explication précise concernant son départ. Et pourquoi lui parler de Frédo ? Il n'était tout de même pas parti jaloux d'un mort ? Viviane, à l'instar des autres, n'avait rien compris. Il lui reprochait d'être ennuyante. Sans doute à cause du tricot et de la couture... Ou bien par insatisfaction au lit ? Non, car sur ce point, il n'avait fait aucune allusion dans sa lettre et, mince consolation, il ne lui avait pas reproché son embonpoint.

Dieu qu'elle aurait aimé néanmoins lui répondre ! Pour ne pas s'endormir le soir même avec tous ces dards en plein cœur ! Comme elle aurait aimé lui écrire qu'il avait été lâche ! Ajouter aussi qu'il avait été un hypocrite de lui dire qu'il l'aimait jusqu'à la dernière minute, alors qu'il ne l'avait jamais aimée ! Et lui cracher son mépris de l'avoir fiancée avec une bague sans valeur ! Avait-elle eu affaire à un fou ? Le seul fait de se poser la question et d'y croire allait peut-être la consoler de l'avoir fait fuir comme un rat pendant que la chatte n'était pas là… Viviane relut la lettre plusieurs fois, se demandant si elle allait la partager avec Francesca. Peut-être un jour… Pas maintenant, pas si tôt après l'ultime gifle reçue par la poste. Elle replia la lettre, la cacha au fond d'un tiroir et reprit sa machine à coudre pour terminer un bord de robe, en laissant tomber une larme, puis deux, puis trois, sur le tissu de soie qui glissait entre ses doigts.

Pendant que Ludger, au loin, taquinant sa perruche après avoir nettoyé la cage, avait accepté d'emblée l'invitation de ses voisins, Mary et Godfrey, à manger un T-Bone barbecue arrosé d'un bon vin.

CHAPITRE 10

Jeudi 2 juin 2005, et Ludger, levé tôt, tondait sa pelouse alors que, sur la terrasse voisine, Mary buvait son café matinal tout en étant plongée dans un livre. Elle avait levé la tête pour lui sourire et Ludger, éteignant le moteur de sa tondeuse, lui demanda :

— Qu'est-ce que tu lis en ce moment, Mary ? Quelque chose d'intéressant ?

— Oui, un très bon roman intitulé *The Bridal Bouquets* que Godfrey m'a commandé d'Amazon. Je l'achève ! Je l'ai presque lu d'un trait tellement il est captivant ! Il paraît que tu comptes repartir en voyage ?

— Oui, je prends l'avion samedi. Une dernière recherche à faire pour mes dossiers historiques.

— Pour aller où cette fois ?

— En Nouvelle-Écosse, mais je ne sais pas où exactement. Je pars en *nowhere* comme d'habitude.

— Pour longtemps ?

— Quelques mois, je ne sais trop encore…

— Tu avais l'habitude de partir au printemps…

— Oui, j'ai retardé cette fois, car ce sera peut-être mon dernier déplacement pour affaires. Ensuite, je me reposerai longuement. Vous allez m'avoir souvent à déjeuner à partir de novembre, Godfrey et toi !

— À souper aussi ! Nous t'aimons bien, tu sais…

— C'est réciproque, Mary ! Je peux compter sur toi pour ma perruche encore une fois ?

— Ne t'inquiète pas, ta Sweetie sera bien entretenue. Elle va finir par me connaître plus que toi, si ça continue comme ça ! Tiens ! Godfrey se lève ! Je vais lui préparer son déjeuner. Il a fait la grasse matinée, celui-là ! Même le bruit de ton moteur ne le réveille pas ! Bonne journée et à plus tard !

— Pas mal gâté, ton Godfrey ! Le déjeuner servi maintenant ! lança son proche voisin en riant, avant de remettre sa tondeuse en marche pour finir un carré.

Deux jours plus tard, un avion d'Air Canada se posait à l'aéroport Stanfield de Halifax avec ses passagers à laisser descendre, dont Ludger Vallin avec son portable dans une main, sa mallette dans l'autre. Cette fois, pas de compagnon ni de compagne dans la rangée 15-A. Seul et à l'aise de pouvoir transcrire dans un cahier des notes sur le mari de la princesse de Lamballe, devenue veuve à dix-neuf ans, ce qu'il avait trouvé sans difficulté la veille sur Internet. Avec, en plus, une superbe huile sur toile signée Joseph Ducreux qui nous laissait voir, dans sa splendeur, cette jolie dame de la cour qui avait été lynchée à Paris sous le régime de la Terreur, le 3 septembre 1792. Ludger récupéra ses bagages et, apercevant l'enseigne des taxis, il s'y dirigea et un préposé héla la première voiture libre de la longue lignée. Il prit place à l'arrière et demanda au chauffeur de le conduire dans un hôtel peu coûteux ou un motel abordable. Le chauffeur, heureux de se sentir utile, le conduisit à un petit hôtel sur West Street. Ludger régla la course, mais demanda au chauffeur d'attendre un signal de sa part avant de repartir, au cas où il n'y aurait rien de libre à cet endroit. Mais tel ne fut pas le cas et le taxi reprit sa route sur un signe de la main du passager. La jeune femme attitrée aux arrivées lui demanda une carte de crédit au cas où des boissons ou des mets seraient livrés à sa chambre, mais Ludger l'informa n'en détenir aucune, qu'il payait tout comptant et qu'il ne commanderait rien à la chambre, qu'il n'utiliserait même pas le téléphone, préférant se servir de son cellulaire. Peu encline à satisfaire sa demande, c'est le gérant qui vint à la rescousse de son nouveau client en acceptant comptant deux jours ouvrables, quitte à lui rembourser la journée de trop s'il décidait de quitter plus tôt. Marché conclu, Ludger Vallin, qui avait présenté une carte d'identité contrefaite, monta à sa chambre du deuxième étage pour y trouver un lit double, un téléviseur, un bureau avec chaise, un fauteuil de repos et une salle de bain propre, mais peu coquette. Le rideau de douche était déchiré dans un coin. Somme toute, une chambre inconfortable mais convenable, à prix très modique en cette avant-saison estivale.

Ne voulant faire offense à ses habitudes, Ludger avait ensuite loué une voiture dans un Hertz situé à quelques pas de l'hôtel. Une Ford Escort cette fois. Pas grosse, pas luxueuse, mais moins chère que les autres. Dès le lendemain, il avait parcouru le journal et avait trouvé, dans la colonne des appartements à louer, un trois pièces meublé dans un immeuble de la rue Barrington. Exactement ce qu'il lui fallait ! Au quatrième étage, dernière porte au fond du couloir, balcon sur le côté de l'édifice. Une vue sur une rue transversale achalandée, mais peu lui importait, il n'était pas du genre à s'asseoir à l'extérieur. Meublé avec goût, payable au mois, il avait réglé deux mois comptant sans avoir à s'identifier outre mesure au concierge qui semblait satisfait d'avoir enfin un locataire pour cet appartement vide depuis des mois. Installé avec le peu d'effets qu'il avait, il ne comptait pas faire la cuisine, sauf le petit déjeuner. Il traversa la rue pour entrer chez l'épicier du coin et y trouver du beurre, des œufs, du lait, du pain tranché, de la confiture, des biscuits secs, du beurre d'arachide, ses Puffed Wheat et du café instantané. Ce qu'il fallait pour ne pas crever de faim le matin ou pour apaiser une fringale en fin de soirée. Puis, se servant du salon comme lieu de séjour à cause de la table de travail élevée en coin sur laquelle il déposa son *laptop*, il alluma le téléviseur et, les pieds appuyés sur un pouf malmené, il regarda le film sur lequel il était tombé sur une station rétro : *Samson and Delilah*, avec Victor Mature et Hedy Lamarr. Un film biblique qu'il avait vu maintes fois, mais qu'il regarda encore, captivé par la beauté de l'actrice. Finalement, il n'avait passé que deux nuits à l'hôtel, les deux payées d'avance. Il avait quitté sans leur donner de raison, il ne leur devait rien, pas même le repas de la veille qu'il avait réglé en argent. Ayant arpenté les alentours de son immeuble, il découvrit un restaurant de belle apparence à prix moyens où il prit son premier souper. Un endroit qu'il allait adopter pour ses repas du soir, à moins d'aller au centre commercial pas bien loin où les restos étaient multiples. Se regardant dans le miroir, il se trouva fort bien pour les cinquante-sept ans qu'il allait accuser dès la semaine suivante. Sans en parler à personne, évidemment, il était seul. Ce qui lui éviterait de fêter avec qui que ce soit cette année de plus sur ses épaules. Peu pressé cette fois, plus confortable là où il était que dans la chambre louée à Toronto, il comptait prendre son temps et planifier adroitement le choix de sa prochaine proie.

Ludger laissa s'écouler quelques jours, histoire de se familiariser avec le quartier et d'en apprendre un peu sur Halifax, une ville qu'il n'avait jamais visitée. Pas plus qu'aucune de la Nouvelle-Écosse, d'ailleurs. Mais Halifax, de prime abord, lui semblait plus agréable que Toronto ou Montréal, et plus discrète que Moncton qui l'avait stressé. Quelques voisins de palier le saluaient, mais il leur répondait d'un petit signe de la tête distant. Juste assez pour qu'on se rende compte que « monsieur » ne tenait pas à être importuné. Néanmoins, il se lia d'amitié avec le concierge, Michael Chapman, que tout le monde appelait Mike. Un célibataire endurci dans la quarantaine qui, tout en questionnant Ludger, donnait l'impression d'être discret, pas du genre à répéter aux autres locataires ce que monsieur Vallin faisait dans la vie, pas plus qu'il ne renseignait Ludger sur aucun d'entre eux, même ceux de son étage. Confiant, Ludger avait accepté de prendre un café chez lui, au premier sous-sol, dans un appartement plus qu'ordinaire, fourni par le propriétaire en échange de ses services, en plus d'un modeste salaire. Une chambre, une cuisine, une salle de bain et un petit boudoir.

Mais propre et meublé avec soin. Mike, impressionné d'apprendre que Ludger était un professeur à la retraite doublé d'un écrivain qui allait publier des essais sur l'histoire, le gratifia de son admiration. Assez édifiant, ce cheminement, surtout pour un concierge qui semblait n'avoir terminé que son primaire… et encore ! Mike lui montra la photo de son ex-amie qu'il avait quittée parce qu'elle voulait se marier et non lui. Une fille rondelette aux cheveux courts et sans grâce. Ludger lui dit par politesse qu'elle était charmante, et l'autre de répliquer : « Même pas ! Elle était quelconque et pas très portée sur l'hygiène ! » Ludger n'insista pas et lorsque Mike lui demanda s'il était marié ou divorcé, il eut droit au veuvage de son interlocuteur, de sa femme morte à vingt-trois ans peu après leur mariage, bref, au même monologue servi à tant de gens qui, chaque fois, manifestaient une profonde compassion. Puis, avant que Ludger ne remonte à son appartement, Mike lui demanda s'il comptait refaire sa vie :

— Heu… pas vraiment… Mais si je rencontrais une bonne personne…

— J'en ai une pour vous ! Exactement celle qu'il vous faudrait ! Une cousine à moi très distinguée !

Ludger, l'interrompant, lui répondit que pour l'instant il ne cherchait pas à se caser, mais ce qu'il ne savait pas encore, c'était que, pour une fois, il n'aurait pas à chercher dans les annonces classées ou dans les agences de rencontres d'un site sans doute anglophone de Halifax ou des environs.

Peu empressé cette fois, appréciant son séjour, Ludger Vallin avait appris que Halifax était la deuxième plus grande ville côtière du pays et qu'elle comptait environ 375 000 habitants. Fondée en 1749, elle avait été baptisée Chibouctou par les Amérindiens Micmac. Côté historique, Ludger put lire que, le 6 décembre 1917, une terrible explosion avait secoué le port de la ville et qu'en 2003, deux ans plus tôt seulement, Halifax avait été frappée par l'ouragan Juan et qu'il avait fallu deux semaines pour rétablir l'électricité. Mais ce qui retint son attention, c'est que la Tour de l'horloge dominant le centre-ville avait été construite sur les ordres du prince Edward, duc de Kent, en 1800. Voilà qui sonnait un peu plus historique pour lui. Un prince ! Sur Internet, on mentionnait que l'actrice Ellen Page, vedette du film *Marion Bridge*, était native de Halifax, ce qui intéressa peu le professeur... qui ne la connaissait pas !

De fil en aiguille, causant de plus en plus avec le concierge qui était loin d'être bête malgré les apparences, il apprit qu'il n'était pas de tout repos, mathématiquement, de gérer un tel immeuble avec le va-et-vient continuel des locataires et les exigences de la firme qui en était propriétaire. Le 12 juin, dix jours après son arrivée, Ludger demanda à Mike le matin même :

— Ça vous dirait de venir souper avec moi ? C'est mon anniversaire et ce serait ennuyant de le fêter seul...

— Votre fête ? Bien sûr ! Et c'est moi qui paye !

— Non, c'est mon invitation, il n'en est pas question.

— Je connais un restaurant où on apporte son vin. Permettez-moi au moins de m'en charger, je me sentirais plus à l'aise. Vous aimez le rouge ou le blanc ?

— Le rouge de préférence…

— J'en ai ! On m'en a donné aux Fêtes ! Certains locataires m'offrent des cadeaux chaque année. Et comme je bois du gin plus que du vin…

Le soir venu, Mike prit sa voiture et conduisit Ludger dans un restaurant peu attirant par sa devanture, mais passable à l'intérieur. Une dame âgée, hôtesse sur le déclin, les dirigea vers une table du fond où c'était plus tranquille le dimanche en soirée. Mike sortit deux bouteilles d'un sac de papier et Ludger lui dit :

— Juste une, je ne bois pas à ce point…

— Comme vous voudrez, elles sont pareilles toutes les deux ! Ça vient de…

Il tentait de lire l'étiquette et Ludger lui lança :

— D'Australie, mais ça va aller, ils ont parfois du très bon vin.

Mike commanda un spaghetti à la viande et Ludger prit une chance avec le bœuf braisé qui, finalement, s'avéra succulent. Le vin, quoique buvable, n'était pas de la trempe des crus français, mais « le fêté » s'en contenta. Soudain, sans qu'il s'y attende, Mike Chapman lui dit :

— J'ai parlé de vous à ma cousine. Je lui ai dit ce que vous faisiez dans la vie et elle a semblé intéressée.

— Je ne vous avais pourtant pas demandé…

Mike l'interrompit pour ajouter :

— Je sais, mais je n'ai pas pu résister, elle est divorcée, elle est secrétaire au ministère de la Défense où elle est très courtisée quoique peu intéressée. Elle n'a pas d'enfants, elle est jolie, et quand je lui ai parlé de vous, elle ne m'a pas interrompu. Elle est instruite, elle aime l'histoire… Ça ne vous engagerait à rien de la rencontrer.

— Elle a quel âge, votre cousine ?

— Trente-sept ans le mois prochain ! Le 12 comme vous, mais en juillet !

— Vous n'y pensez pas, Mike ? Trente-sept ans ! J'ai vingt ans de plus qu'elle !

— Qu'est-ce que ça change ? De nos jours…

— Voyons donc ! Il faut le lui dire !

— C'est déjà fait, je lui ai mentionné que vous étiez dans la cinquantaine sans savoir votre âge au juste avant aujourd'hui, et ça ne l'a pas dérangée. Elle préfère rencontrer un homme mûr et sage plutôt qu'un habitué de bars dans la trentaine. C'est une femme sérieuse, vous savez. Elle aime bien s'amuser parfois, mais elle sait faire la part des choses. Lili-Perle est bien éduquée.

— Comment l'avez-vous appelée ? Lili-Perle ? J'ai bien compris ?

— Oui, Lili-Perle Simon de son nom complet. Nos mères étaient deux sœurs. Décédées toutes deux, malheureusement…

— Un très joli nom… Français, je crois… Est-elle née ici ?

— Elle, oui. Ses grands-parents paternels, cependant, vivent encore à Nice ou à Paris, je ne m'en souviens plus. Je crois qu'elle communique encore avec eux, mais de plus en plus rarement si c'est encore le cas. Elle s'y est déjà rendue avec son père qui, lui, vit aux États-Unis. C'est compliqué… Une longue histoire… Ça vous dirait de la rencontrer juste un soir ? Elle est divorcée, donc libre…

— Elle a été mariée longtemps ?

— Elle a fréquenté Bruce durant cinq ans pendant ses études, elle l'a marié à vingt-cinq ans et leur mariage n'a duré que six mois, elle s'en est débarrassée...

— Pourquoi ?

— Parce qu'elle ne l'aimait plus, elle ne l'avait jamais vraiment aimé, c'est lui qui l'aimait comme un fou ! Pour elle, c'était une erreur de jeunesse...

— Il a dû avoir beaucoup de peine, le jeune marié...

— De la peine ? Plus que ça, il en a fait une dépression, mais la cousine ne s'est pas laissé attendrir pour autant. Il a enfin quitté Halifax et on n'en a plus eu de nouvelles. Je ne devrais pas vous dire tout ça, c'est personnel. Lili-Perle m'en voudrait si elle l'apprenait.

— Vous pouvez compter sur ma discrétion, Mike.

Puis, songeur, sourire en coin, la femme qu'il était venu chercher, selon ses critères, lui arrivait... « rôtie dans le bec » ! Levant la tête, regardant son compagnon de table avant de boire le fond de son verre, il lui dit :

— Ça va, je vais la rencontrer, ta cousine, Mike. On peut se tutoyer, non ? On est déjà des amis...

— Pas de problème, Ludger ! Bonne fête encore ! J'appelle Lili-Perle demain soir !

Mike, dès le lendemain, avait contacté sa cousine pour lui faire part de l'intérêt de Ludger à la rencontrer :

— Écoute, je veux bien, mais pas avant vendredi soir. Et en terrain neutre, ni chez toi ni chez lui.

— Dans un restaurant alors ?

— Non, vendredi, je ne serai pas très loin de l'hôtel White Swan à dix minutes de marche de la gare. Ils ont un authentique restaurant italien. Demande au professeur s'il peut réserver pour sept heures, je le rejoindrais dans le hall d'entrée si ça ne le dérange pas. Tu peux me le décrire ?

Mike lui fit une bonne description de Ludger et, ayant bien saisi, sa cousine lui dit :

— D'après le portrait que tu en fais, il ne semble pas mal de sa personne, ce type-là.

— Bien sûr, Lili, je ne te présenterais pas n'importe qui ! Il y a des haut placés qui te courtisent… Tu verras, il paraît très bien pour son âge. Il a encore ses cheveux, moyennement grand, mince, bien habillé… Le genre d'homme que plusieurs femmes voudraient !

— Bon, ça va, ça suffit, je verrai. Transmets-lui ma requête et rappelle-moi pour me dire si ça fonctionne. S'il hésite, n'insiste pas, on se rencontrera une autre fois.

— Ça me surprendrait, il est libre, Lili…

— Il a peut-être pris un rendez-vous pour ce soir-là. Qu'en sais-tu ?

— Je ne croirais pas, je te reviens le plus tôt possible pour confirmer.

Ludger accepta de bon cœur la proposition de la belle inconnue. Les mets italiens l'intéressaient et ils avaient sûrement en cave son vin préféré, le Valpolicella Folonari, léger et fruité en bouche. Mais il se sentait mal à l'aise. Il se demandait si une conversation avec une femme de vingt ans sa cadette allait être intéressante. Il avait beau être jeune d'allure, ses pensées profondes étaient de son temps, pas forcément du sien. Mais comme elle n'avait pas hésité en dépit de la différence d'âge, pourquoi alors se retenir de rencontrer madame Simon ? Petite-fille de grands-parents français… En autant qu'elle n'ait pas l'accent… Sûrement pas, son père vivait aux États-Unis ! De toute façon, si sa rencontre avec cette jeune femme s'avérait insipide, il n'avait qu'à en faire une soirée de détente et à chercher l'âme sœur avec « le profil » convoité. Si seulement la soirée pouvait s'avérer plaisante avec cette Lili-Perle ! Il se voyait déjà faire l'amour à une femme plus jeune, plus réceptive que les précédentes. Lui, si en manque ! Ce qui l'amusait quelque peu juste à y songer, car, dans sa fierté démesurée, il se sentait capable d'être à la hauteur de tous les fantasmes permis d'une femme, en pleine possession de ses facultés… au lit !

Le vendredi soir 17 juin se pointa presque d'un bond et, à dix-sept heures, Ludger Vallin, vêtu comme un acteur, attendait le moment pour se rendre à l'hôtel choisi par la cousine de son concierge. Ce dernier, le voyant enfin sortir de l'ascenseur, lui dit :

— Dis donc, tu n'as rien ménagé ! Tu as l'air d'un homme d'affaires, pas d'un écrivain !

— Je ne suis pas encore écrivain, Mike, je ne fais que de la recherche présentement. Je suis un professeur avant tout et, dans l'enseignement, c'était de mise d'arriver vêtu de cette façon pour donner mes cours.

— Tu enseignais où ? Tu ne me l'as pas dit…

— Heu… Dans les universités, Montréal, Québec, Toronto, *name it !*

— Ça va, et passe une bonne soirée. Oh ! j'ai oublié de te dire que Lili-Perle avait une sœur, Romy, qui habite aux États-Unis non loin de son père. Une sœur de dix ans plus jeune qu'elle, mais pas aussi belle. Tu vas voir, Ludger, ma cousine est une femme assez resplendissante !

— Laisse-moi le plaisir de la découvrir... Tout ce que je sais pour l'instant, c'est qu'elle portera un tailleur beige sur un chemisier noisette et qu'elle est blonde. C'est bien ça, n'est-ce pas ?

— Oui, absolument ! C'est ce qu'elle m'a dit ! À moins qu'elle ait changé d'idée, mais il n'y a quand même pas beaucoup de femmes qui vont entrer là seules, ce soir. Ce sera facile de la repérer, tu vas voir !

Ludger faisait les cent pas depuis quinze minutes dans le hall de l'hôtel qui lui semblait bien tenu. Il avait eu le temps de jeter un coup d'œil à l'intérieur du restaurant et de demander au placier : « Pouvez-vous me réserver une table discrète, au fond, près d'une fenêtre ? Pas celle près du couple avec trois enfants, une autre. Loin du bruit le plus possible. » L'homme avait acquiescé et, rassuré, Ludger avait pris place dans un fauteuil d'attente de la réception, le regard dirigé vers la porte. Des gens entraient. De tous les âges. Accompagnés pour la plupart. Soudain, la porte s'ouvrit sur une jeune femme qui lui apparut telle que décrite par Mike. Il était resté bouche bée ! À peine capable de se lever ! Elle le regarda, lui sourit, et il sentit son cœur battre à tout rompre. Resplendissante, avait dit Mike ? Elle était éblouissante, exceptionnelle, superbe ! Si jolie, si bien tournée, qu'il en avait le souffle coupé ! Affichant une pseudo-contenance, quelque peu remis, il s'avança vers elle et tendit la main en lui demandant :

— Madame Simon, si je ne m'abuse ?

— Vous attendiez quelqu'un d'autre, monsieur Vallin ? répondit-elle en riant.

— Heu... non, sûrement pas... Que vous... répliqua-t-il maladroitement.

Il n'avait pas saisi la plaisanterie, encore sous le choc de la vision.

— Heureuse de faire votre connaissance, monsieur Vallin. J'espère que vous aimez les mets italiens ?

Le maître d'hôtel de la salle à manger les avaient dirigés à la table indiquée par Ludger. Loin des enfants turbulents qui, de toute façon, étaient sur le point de partir, et près d'un couple âgé dont on percevait à peine les murmures quand, parfois, ils échangeaient entre eux. Ludger était encore émerveillé alors qu'il tirait la chaise rembourrée de sa compagne pour qu'elle prenne place. Magnifique, la cousine de Mike ! Inespérée ! Il l'avait détaillée alors qu'il la suivait jusqu'à la table. La taille gracieuse, les hanches parfaites, les jambes galbées, le bombement des pieds superbe dans ses souliers à talons aiguilles. Le buste impeccable ; il avait même aperçu la fente lorsqu'elle s'était légèrement inclinée pour déposer son sac à main à côté d'elle. Les cheveux blonds touchant l'épaule, lisses, duveteux, tournés vers l'intérieur avec la raie sans repousse au centre. Les yeux bleus comme un ciel d'été, le nez fin, la bouche vermeille et sensuelle, et ce sourire qui laissait voir de superbes dents blanches. Sans parler de ses mains gracieuses qui semblaient douces, de ses doigts longs et minces, et du vernis appliqué sur chacun de ses ongles. À son poignet un bracelet, non, deux, qui s'entrechoquaient l'un sur l'autre quand elle levait le bras. À ses lobes d'oreilles, deux anneaux d'or ni petits ni gros, juste assez pour allonger la ligne du cou. « Une Grace Kelly des temps modernes », avait pensé Ludger avec fierté, sans même se demander si le premier coup d'œil de la part de la dame, porté sur lui, avait eu autant d'effet.

Elle commanda une salade César et une entrée de pâtes *alla carbonara*, alors qu'il opta pour le jus de légumes et l'escalope de veau citronnée avec quelques brocolis bouillis. Depuis qu'il avait retrouvé son poids santé, il ne tenait plus à faire « du ventre ». Surtout pas avec une telle femme devant lui ! Il commanda le Valpolicella et comme Lili-Perle tentait de lui dire qu'une bouteille à deux, c'était peut-être un peu trop, il lui répondit dans un sourire : « Ne vous en faites pas, j'ai toujours préféré le verre à l'assiette ! » Elle avait soupiré d'aise alors que le serveur remplissait son verre à moitié après que Ludger l'eut goûté.

— Vous travaillez au ministère de la Défense depuis longtemps ?

— Presque dix ans… J'y suis entrée peu après mon divorce. Je suis secrétaire d'un sous-ministre, un grand-papa, un patron formidable. Avant, j'ai occupé d'autres postes ici et là, mais toujours dans le secrétariat. Ma vocation première était de devenir institutrice, mais je me suis rendu compte que j'étais plus infantile que les enfants auxquels j'aurais enseigné. J'ai donc abandonné après deux trimestres et je me suis inscrite dans un *business college* d'ici pour un cours de secrétariat plus rapide. De toute façon, j'allais me marier et mon futur ne tenait pas à ce que je travaille.

— Bruce ?

— Vous connaissez son nom ? Tiens ! Mon cousin serait panier percé ?

— Ne lui en voulez pas, c'est moi qui l'ai questionné, j'ai même insisté. Mike est très discret, il ne voulait rien me révéler. J'ai réussi à apprendre que vous étiez jolie, ce qui n'était guère un compliment, vous êtes divinement belle.

Lili-Perle rougit et, relevant les yeux, elle lui demanda :

— On poursuit avec moi et ensuite, on parle de vous ? Est-ce ainsi que vous prévoyez faire plus ample connaissance ?

— Le scénario approprié ! Je vous en remercie. Alors, dites-moi ce que vous faites à Halifax alors que votre père, vos grands-parents…

— Bon, je vois ! Mike a tiré sur les ficelles ! Je suis venue ici avec mon père et ma jeune sœur, Romy, alors que j'avais à peine quinze ans, elle cinq. Nous avons une bonne différence d'âge, ma sœur et moi, mais nous sommes du même lit. Avant tout, laissez-moi vous dire que ma mère est décédée deux ans après la naissance de Romy. Je vous épargne les détails, c'était un mal incurable… Comme celui de sa sœur, la mère de Mike. Or, installé à Halifax, mon père, excellent conseiller financier, a ouvert un bureau et acquis une clientèle d'élite.

— Juste un instant, vous habitiez où avant ?

— Je suis née et j'ai grandi en Ontario, à Ottawa plus précisément. C'est après la mort de maman que papa a vendu la maison pour changer de province. Or, établie ici, j'ai terminé mes cours dans les deux langues, papa y tenait beaucoup. C'est d'ailleurs par son entremise que j'ai fait la connaissance de Bruce, le fils de l'un de ses clients. Un amour de jeunesse pour commencer, celui des derniers bancs du *high school*, comme on dit. À peine vingt ans tous les deux... Puis, il est devenu stagiaire dans un bureau d'administration connexe à celui de mon père, et nous nous sommes fréquentés plus assidûment durant cinq ans avant de faire le saut.

— Et ça n'a pas duré ?

— Non, six mois seulement, je lui ai demandé de s'en aller.

— Puis-je savoir pourquoi ?

— Je ne l'aimais pas... Je ne l'avais jamais tellement aimé. Et j'avais l'œil sur un autre qui m'avait charmée, mais ce fut de courte durée. Je me cherchais...

— Je reviens à Bruce, à votre mari... Pourquoi l'avoir épousé si vous ne l'aimiez pas ?

— Parce que lui m'aimait à en mourir et que j'ai fini par céder. De plus, parce qu'il était très beau... Mais vous savez, mariés, on se voit du matin au soir ou presque, et le désenchantement s'installe... La beauté s'altère, on ne voit plus l'autre de la même façon... Pour lui comme pour moi, sans doute. L'accoutumance, je crois... Nous étions ensemble depuis si longtemps, si je calcule nos années de fréquentations. Je n'avais pas connu d'autres garçons à part lui...

— A-t-il pleuré quand vous l'avez quitté ?

— Question un peu mièvre de la part d'un homme ! Oh ! excusez-moi !

— Aucune offense, mais un homme, ça pleure aussi, Lili-Perle.

— Oui, je sais, de nos jours... Je ne sais trop s'il a pleuré, j'ai tout simplement appris par sa mère qu'il était déprimé... Elle ne m'aimait pas, cette femme. Elle ne jurait que par son fils. Au point que lorsque Bruce a quitté Halifax pour s'en aller je ne sais où, sa mère a vendu sa maison pour le suivre. Elle m'accusait d'avoir gâché sa vie. Comme si j'étais coupable de l'abattement de mon mari, de son peu de forces... Elle était devenue veuve depuis peu, et comme Bruce était fils unique, je présume qu'ils sont allés habiter ensemble.

— Vous n'aviez pas envisagé d'avoir un enfant ?

— Non. Surtout pas avec lui ! Je voulais retrouver ma liberté, rien de plus. J'avais Bruce à mes jupes depuis cinq ans, pensez-y !

— Je ne veux pas être indiscret, mais durant les fréquentions, vous et lui...

— Vous parlez du plan intime ? Très peu et souvent décevant. Il avait un beau corps, mais il ne savait pas comment s'en servir, ajouta-t-elle en souriant.

— Pourtant, avec une fille superbe comme vous deviez l'être...

— Je vous saurais gré de changer de sujet, monsieur Vallin. Bruce fait partie d'un passé qui n'existe plus pour moi.

— Je veux bien le croire, mais comme il a dû avoir de la peine...

Voyant que Lili-Perle ne réagissait pas à cette remarque, Ludger poursuivit :

— Vous avez eu d'autres hommes dans votre vie depuis ?

— Plusieurs mais aucun. Vous me suivez ? Je suis sur mes gardes et je n'ai pas encore rencontré celui...

Elle s'était arrêtée, avait rougi, et Ludger, heureux de l'hésitation le concernant sans doute, leva son verre et avala une gorgée de son vin sans la quitter des yeux, comme pour la séduire d'un regard bien calculé.

— Dites-moi, « Simon », c'est français ? Votre père est né…

— Je vous interromps, je m'en excuse, et je résume. Mes grands-parents paternels sont français. Ils vivent encore tous deux à Nice, dans le sud-est de la France. Ils possèdent aussi un appartement à Paris, non loin du Louvre. Ils ont eu deux fils, Paul et Eugène. Ce dernier est mon père. Papa a quitté la France après la mort accidentelle de son frère aîné. Une violente collision avec un lourd camion alors qu'il était seul au volant de sa Peugeot. Mon père a, dès lors, décidé de vivre sa vie ailleurs et a choisi le Canada comme terre d'accueil. Au grand dam de ses parents qui ne lui ont jamais pardonné cet exil. C'est ici qu'il a rencontré ma mère. Mike est mon cousin du côté maternel, comme vous le savez. Je suis donc née au Canada, ma sœur aussi, et je n'ai pas d'accent comme vous pouvez le constater. Comme papa était rarement à la maison, je ne suis pas tombée sous l'influence de sa langue parlée. J'ai plutôt hérité de celle de maman, le français d'ici. Romy, par contre, plus jeune et élevée par mon père à la mort de maman, avait à l'école l'accent de ses ancêtres, tout en s'efforçant de parler comme moi et ses camarades de classe. Moitié-moitié, comme on peut dire ! Aujourd'hui, mon père vit à Trenton, capitale du New Jersey. Ma sœur l'a suivi et, mariée, elle vit non loin de chez lui avec son mari et ses deux filles.

— Tiens ! Quelque chose que Mike ne m'a pas dit !

— Pas surprenant, il ne sait même pas ce qu'est devenue Romy. Ils n'ont jamais été près l'un de l'autre, ces deux-là. Elle ne l'a même pas invité à son mariage. Ma sœur prétend qu'il n'a pas de classe, mais moi, je l'aime bien, mon cousin. Il a un si grand cœur. Et puis, il gagne bien sa vie… Pour continuer, papa, très fort en affaires, a aussi une villa à Clearwater en Floride où il va se reposer l'hiver. Il a depuis quelques années une compagne de vie, Emma, une Américaine, mais n'a jamais été tenté de l'épouser. Est-ce assez pour la famille ?

— Je n'en demandais pas tant, je vous l'avoue, mais comme je suis professeur d'histoire, il est évident que la France de vos grands-parents me subjugue. Vous y allez souvent ?

— Non, très peu, je ne les ai vus qu'une fois en dix ans. Mes grands-parents n'aimaient pas maman, évidemment, ce qui me désolait. Leur Eugène avec ses filles de l'autre bord de l'océan, c'était inadmissible. Par conséquent, ils ne nous portent pas dans leur cœur, ma sœur et moi. Papa les visite, mais sans plus. Il a vraiment perdu la culture française dans son bassin d'affaires.

— Vous vivez en appartement, Lili-Perle ?

— Oui, j'ai un condo sur la rue Oxford, pas loin de l'université Dalhousie. Je l'ai acheté après mon divorce et c'est mon père qui m'a financée.

— Que puis-je donc vous demander d'autre ?

— Je ne vois vraiment pas, nous en sommes au dessert depuis longtemps. Et si vous me parliez de vous maintenant ?

Ludger se fit un plaisir et un devoir de lui parler de sa chère Andréanne, morte à vingt-trois ans, ce qui eut pour effet d'émouvoir sa compagne du moment. Comme les autres avant elle ! Il causa de ses défunts parents, de ses années comme professeur d'histoire, de ses élèves, de ses recherches sur les monarques et les nobles des autres siècles en vue d'un essai à publier... Il lui avoua n'avoir jamais fréquenté une autre femme depuis son veuvage et il finit par lui mentir effrontément en lui disant posséder deux appartements, un à Montréal, l'autre à Québec, et qu'il faisait la navette au gré des cours qu'il donnait encore occasionnellement.

— Pourquoi être venu à Halifax si vous cherchez des faits historiques sur les royautés d'antan ? La France serait certes...

— Je vous arrête ! J'ai vu la France, l'Angleterre, la Russie et bien d'autres pays. Aujourd'hui, je visite le mien, le Canada. Non pas pour y trouver des documents sur Napoléon ou Louis XV, mais pour me détendre un peu. Et je découvre des provinces et des villes très intéressantes tout en ne négligeant pas mes recherches que je fais dans les bibliothèques, sur Internet ou dans des livres chez des libraires. D'une pierre deux coups, quoi !

— Voilà qui doit être onéreux... Les déplacements en sol canadien, en avion surtout, coûtent parfois plus cher que ceux pour la Floride ou l'Europe.

— Je sais, mais quand on en a les moyens... laissa-t-il tomber tout en levant sa tasse de café.

Elle avait souri, elle venait de comprendre que Ludger Vallin voulait lui signifier qu'il était très à l'aise. Pas autant que son père, l'homme d'affaires, mais pas loin...

— Vous vous plaisez dans l'appartement où Mike est concierge ?

— Si on veut... Ce n'est pas le chic d'un hôtel, mais c'est plus tranquille. Et comme je ne suis que de passage...

— Combien de temps comptez-vous rester à Halifax ?

— Le temps qu'il me faudra, rien ne m'attend vous savez, pas même un chien ni un chat. Juste une perruche dans sa cage à Québec dont une voisine prend soin.

Elle avait éclaté d'un rire franc et grave à la fois. Le timbre de voix que Ludger aimait d'une femme. Comme celui de Patricia Kaas. Il était temps de partir et Ludger se demandait s'il avait réussi à l'impressionner. Il avait tout appris d'elle ; elle lui avait demandé si peu de lui. Cette discrétion, pour ne pas dire indifférence, était-elle due au fait qu'elle n'était pas intéressée ? Heu... sûrement pas, puisqu'elle lui avait tout confessé de sa vie, même ses moments intimes avec Bruce. On ne s'ouvre pas de la sorte quand on sent que la rencontre sera brève, sans lendemain. Il était tout près de chez lui en sortant de cet hôtel, elle, un peu plus loin, mais elle refusa son invitation à la raccompagner, sa voiture étant à côté dans un terrain de stationnement voisin. Ludger marcha avec elle jusqu'à sa Volkswagen noire impeccable et, avant qu'elle ne démarre, il se risqua à lui demander :

— Vous croyez qu'on pourrait se revoir, madame Simon ?

Pour toute réponse, elle lui tendit sa carte avec ses coordonnées en lui disant :

— Oubliez les formalités, vous m'avez appelée par mon prénom toute la soirée.

— C'est vrai ? Comme je suis gauche ! J'aurais dû, d'abord, vous demander la permission. Mais comme le mal est fait, moi, c'est Ludger tout court !

Elle sourit, démarra, tourna le coin et Ludger, resté seul sur le terrain presque vacant du stationnement, était encore sous le charme de cette beauté insoupçonnée qu'il n'avait pas osé tutoyer.

Rentré chez lui, Ludger Vallin était éberlué. Une soirée avec une telle femme l'avait chaviré. Assis devant le téléviseur, il regarda le bulletin de nouvelles sans s'y intéresser. Il n'avait que Lili-Perle en tête. « Une autre qui, comme Judith, vient d'une famille riche » songeait-il. Ne pouvant la séduire en lui faisant miroiter des voyages ou en la comblant de cadeaux précieux, il n'avait d'autre choix que de tenter de trouver son point faible. Avec Judith, c'était le sexe, mais il n'était pas certain que ce seul angle puisse faire flancher une femme qui pouvait séduire de très beaux mâles quand bon lui semblait. Plus jeunes que lui, en plus ! Pour parvenir à ses fins avec elle, il lui fallait absolument la faire tomber en amour, à moins qu'elle s'accroche à lui intellectuellement, si elle s'avérait être aussi intéressée que lui par l'histoire. La partie était loin d'être gagnée, car belle comme elle l'était, elle pouvait facilement lui damer le pion. De toute façon, n'avait-elle pas dit que son Bruce était beau ? Beau et jeune et elle l'avait quitté ! Ce qui signifiait que le côté esthète de la jeune femme ne l'emportait pas sur ses sentiments. Il lui faudrait donc la séduire de regards particuliers comme il l'avait fait au restaurant. Sans trop lui parler d'amour, laisser aller les choses d'une façon *smooth,* comme on disait dans son coin, et attendre que ce soit la femelle qui désire le mâle. Ne pas trop lui dire qu'elle était magnifique, ce qui le diminuerait chaque fois. Ne lui faire que les compliments requis selon les occasions. Elle lui avait laissé sa carte comme une femme d'affaires et elle n'était que secrétaire ! Bizarre ! Ce qui témoignait, n'empêche, d'un signe d'intérêt. Allait-il attendre plusieurs jours et risquer qu'elle oublie le Valpolicella et le nom de l'hôtel où on le lui avait servi ? Non. Pas avec elle ! Il devait la rappeler dès le lendemain soir, ne pas perdre de temps, ne pas jouer à « l'indépendant », ce qui se tournerait contre lui avec une femme comme Lili-Perle. Encore troublé, la nuit presque venue, il ferma le téléviseur et se dirigea vers sa chambre afin de se remémorer la soirée. Sans passer devant son écritoire et farfouiller dans le dossier de Messaline. Pas cette fois ! Il se coucha sur le dos, les mains derrière la nuque sur l'oreiller et, la revoyant avec son sourire angélique, son air distingué à la Grace Kelly dans le film *High Society*, il se surprit à en rêver. Il se battait contre ses démons et le coup de foudre qui venait de le transpercer. Rien à faire ! Il sentait ses tripes s'écrabouiller. Elle, rentrée depuis longtemps, s'était couchée sur le rappel d'une agréable soirée. Ludger se morfondait, elle sommeillait. Il sentait déjà quelque chose lui torturer le corps. Pas elle. Du moins, pas encore.

Il avait compté les heures pour que le soir vienne. Il avait croisé Mike en sortant de l'ascenseur et lui avait avoué avoir passé une belle soirée, pour ensuite ajouter que sa cousine était, en effet, fort jolie. Sans lui dire cependant qu'il allait la rappeler entre chien et loup, terrifié déjà à l'idée de la perdre. En après-midi, il se rendit à une bibliothèque non loin de son immeuble, mais ne trouva que des livres en anglais. La bibliothécaire, intéressée à l'abonner, se fit répondre qu'il n'était que de passage. Il fouina quand même dans la section historique et releva le passage d'un livre sur Lady Jane Grey, qui fut reine d'Angleterre en 1553 durant neuf jours seulement. Il chercha un peu plus loin et trouva du Barry, mais c'était la recette d'une crème de chou-fleur qui portait le nom de la célèbre comtesse. Revenant sur ses pas avec sa serviette sous le bras, il s'arrêta dans un restaurant pour avaler un sandwich aux œufs et un café. Il paya, sortit, regarda les vitrines et regagna finalement son appartement. Il fixait l'horloge sans arrêt, impatient, et vers dix-neuf heures, il composa le numéro de celle qu'il convoitait en se disant intérieurement : « J'espère qu'elle est chez elle ! » Trois coups de sonnerie se succédèrent et il sentit qu'on décrochait le récepteur :

— *Hello...* répondit, en anglais, une voix qu'il reconnut.

— Lili-Perle ? C'est vous ? Ici Ludger...

— Oh ! comment allez-vous, Ludger ? Vous avez passé une belle journée ?

— Oui, quelque peu, j'ai fureté dans une bibliothèque, mais je n'ai pas trouvé grand-chose, tout est en anglais ici...

— Et puis ? Vous savez traduire, non ?

— Oui, mais parfois, mes termes ne sont pas aussi riches que ceux que je trouve dans les bouquins d'antan... Chaque siècle a son vocabulaire...

— Je vois, pour un essai ou une thèse, il faut être impeccable, je crois.

— Le plus possible, mais dites-moi, l'histoire vous intéresse aussi ?

— Pas de partout, celle de la France en particulier. C'est quand même de mon sang... J'ai aussi lu sur les tsars de

Russie, mais l'Écosse, l'Irlande et l'Espagne, ça me préoccupe beaucoup moins. J'ai lu sur l'Angleterre à cause des alliances avec la France, mais passons, je n'ai pas votre bagage, Ludger.

— Qu'importe, le seul fait de vous y intéresser... Dites-moi, qu'avez-vous fait de votre journée en ce beau samedi ?

— Quelques emplettes à l'épicerie, le ménage et la lessive. Vous devriez me voir avec les cheveux remontés et un *jeans* poussiéreux sur le dos !

— Vous devez être tout aussi charmante, je vous imagine d'ici.

— Que faites-vous demain, monsieur Vallin ?

— Vous revenez avec le « monsieur » ?

— Je vous taquine !

— Bon, demain... Dimanche ? Heu... rien ! Je ne vois pas...

— Ça vous dirait de venir souper chez moi ?

— Ce serait avec plaisir, mais je ne voudrais pas m'imposer...

— Allons, c'est moi qui vous invite. Je ne suis pas bonne cuisinière, mais si vous aimez le bœuf sur nouilles, je me défends bien avec cette recette.

— Mon Dieu ! Une omelette aurait fait l'affaire !

— Non, les œufs, c'est pour le déjeuner ! s'exclama-t-elle en riant. Que diriez-vous de six heures ? Je mange tôt, car je ne prends que deux repas par jour.

— J'apporterai le vin. Je vous surprendrai avec un bordeaux de bonne cuvée.

— Comme vous voudrez, Ludger, mais j'en ai, vous savez...

— Je n'en doute pas. Merci de l'invitation, je n'ose y croire encore !

— C'est que nous avons bavardé de notre passé hier soir, de rien d'autre. J'aimerais connaître vos goûts, vous entretenir des miens, bref, une soirée à échanger entre nous...

— Avec joie ! Le plaisir sera pour moi, Lili-Perle !

— Alors, je vous attends. Vous connaissez le chemin ?

— Ne vous inquiétez pas, je trouverai bien.

— Oh ! si possible, n'en parlez pas à mon cousin.

— Il n'en saura rien, comptez sur moi.

Elle avait raccroché et Ludger, fou de joie, jubilait ! C'était elle qui l'avait invité et non lui. Ce qui voulait dire qu'elle était intéressée. Qu'allait-il donc lui raconter sur ses habitudes, sur ses goûts en particulier ? Lui mentir pour paraître plus jeune ou jouer franc jeu et risquer quand même de la charmer ? Surtout pas lui avouer que chez lui, tous les samedis soirs, il écoutait en rediffusion les *shows* de Lawrence Welk, à la télévision, pour revoir Norma Zimmer, la *Champagne Lady* qu'il avait toujours trouvée superbe. Non, il allait tenter d'être de son temps, de la suivre dans ses goûts, de même fureter dans le journal pour trouver les films à l'affiche, pour être en mesure de lui parler plus de Tom Hanks que de Burt Lancaster. Il avait vingt ans de plus qu'elle, ce qui était déjà un handicap. Mais, en la côtoyant de plus près, peut-être allait-il réussir à rajeunir quelque peu ? Allait-il se vêtir de façon plus décontractée ? Elle semblait pourtant aimer les beaux vêtements, sa tenue lors de leur première rencontre était sobre, impeccable. Femme d'affaires plus que sportive. Il ne l'imaginait pas avec des espadrilles aux pieds et un pull noué autour du cou par-dessus le blouson qu'elle portait. Lili-Perle avait trop de classe, trop de dignité... Il s'arrêta à force de trébucher dans ses déductions, mais, pour la première fois, son cœur battait fort au creux de sa poitrine: « Allons donc, vieux fou ! Ce n'est qu'une de plus ! » lui clamait sa conscience, en assistance à ses efforts pour combattre un certain sentiment. Mais le visage de Lili-Perle Simon, refaisant surface, lui crevait les yeux d'amour, sinon d'admiration.

Il avait peu dormi, il s'était vu toute la nuit auprès d'elle. Il avait, depuis la veille, dans un sac de papier brun, le Château de Brousse, un vin tranquille qu'il avait acheté en vitesse avant la fermeture. Quoi porter pour qu'elle le trouve bien ? Il avait finalement choisi un veston beige qu'il enfila sur une chemise noire à col ouvert et un pantalon noir de qualité. Sans oublier ses *loafers* Florsheim, un passe-partout de dignité. Il avait suivi le chemin indiqué par son ordinateur et s'était retrouvé à l'heure convenue devant le chic immeuble de celle qui l'attendait. « *Shit ! I forgot the flowers !* » s'écria-t-il, rendu dans le stationnement. Il avait compté les acheter en cours de route. Qu'allait-elle penser ? Devrait-il s'en excuser ? Non, il n'en laisserait rien paraître et vanterait, pour masquer l'oubli, les vertus de sa bouteille de vin. Elle habitait tout en haut, sans doute le *penthouse* de cette édifiante construction. Il sortit de l'ascenseur et remarqua qu'il y avait d'autres portes que la sienne. Il longea le couloir et frappa discrètement au numéro 21 après avoir, bien sûr, annoncé son arrivée dans le micro du hall d'entrée :

— J'arrive, Ludger ! Le temps d'enlever mon tablier !

Il compta ses quelques pas derrière la porte, elle ouvrit et il faillit échapper son sac contenant le vin. Elle était divine ! Encore plus belle qu'à la salle à manger de l'hôtel. La même coiffure, le même sourire, l'ombre à paupières bien appliquée, les lèvres pourpres... Mais que de grâce dans cette robe de soie noire cintrée à la taille avec un décolleté plongeant. Ample sur un jupon gris, elle la moulait si bien... De longues tiges noires se balançaient à ses oreilles, et une bague en marcassite, symbolisant un paon, encerclait son auriculaire au-dessus d'un ongle au vernis rouge flamboyant. Tout n'était que « beauté » chez cette femme ! Elle lui présenta sa joue qu'il effleura de ses lèvres, et surpris d'un tel accueil, il ne put s'empêcher de lui dire :

— Vous êtes magnifique, Lili-Perle.

— Allons, j'ai cette robe depuis deux ans... Vous êtes très élégant, vous aussi.

— Oh ! si peu... décontracté... Si j'avais su... Mais... Dieu que c'est beau chez vous !

— Vous trouvez ? Vous venez à peine d'entrer ! Disons que c'est avant-gardiste. Ce n'est pas ici que vous allez trouver des tableaux de Van Gogh. Des répliques, seulement ! ajouta-t-elle en riant.

Elle le fit passer au salon pour lui offrir un verre et, en effet, tout était si futuriste qu'il en perdit son latin. D'un « tendance » à outrance ! Tapis blancs, divans rouges et noirs, lampes courbées sur pied comme dans les magazines, des coussins de soie éparpillés, une luminosité filtrée qui venait de tous côtés, des bibelots difformes et des toiles dignes de Picasso sur les murs ! Si abstraites qu'on aurait pu croire qu'un enfant avait lancé sur elles ses pots de gouache ! Beau, prestigieux, ce salon, mais pas du goût de Ludger Vallin qui préférait le réalisme en tout. Même les tapis fleuris du vieux presbytère de sa paroisse ! La salle à manger était aussi de la main d'un designer. Au point qu'il hésita avant de prendre place sur le siège de velours blanc de la chaise qu'elle lui désignait. Passant finalement outre à l'extravagance des lieux, il en vint à n'avoir d'yeux que pour elle. Comment une telle femme pouvait-elle être sans homme dans sa vie ? Et s'intéresser, de surcroît, à un homme aussi « vieux » que lui ? Elle souriait sans cesse, elle avait dans le regard une telle franchise qu'il se sentit péremptoirement à l'aise d'être là, à la regarder faire. Elle avait allumé une chandelle odorante et, au centre de la table, il y avait des fleurs fraîches dans un vase de cristal. « Ouf ! pensa-t-il, voilà qui me libère de mon affront ! » Le souper était prêt. Tout était au réchaud, il ne restait plus qu'à servir. Lorsqu'elle le frôlait en se rendant au four de sa cuisinière, elle dégageait un envoûtant parfum dont il n'osa lui demander la marque, de peur de ne pas le connaître.

La salade César, le bœuf sur nouilles, les petits pains chauds du four, tout était succulent. Et Lili-Perle avait grandement apprécié le vin de Ludger. En guise de dessert, elle lui offrit une gelée sur crème glacée, ou des fruits frais coupés en dés avec des biscuits viennois concassés. Il opta pour le second choix qu'il trouvait plus léger :

— Vous cuisinez très bien, j'ai mangé avec appétit.

— Heureuse de vous l'entendre dire, je ne suis pas un cordon-bleu, je connais quelques recettes, pas plus. Et je les fais avec le livre à mes côtés !

Elle avait ri, lui aussi. Dieu qu'elle était belle, cette femme !

— Vous aimez la musique ? lui demanda-t-elle.

— Oui, classique surtout… Diana Krall à l'occasion.

— On va bien s'entendre, j'adore la musique classique. De Mozart à Chopin sans oublier les autres. J'apprécie aussi l'opéra. J'ai vu *Turandot* avec mon père il y a deux ans, c'était édifiant. Et le cinéma, vous aimez ?

— Oui… les films à saveur historique surtout. Pas friand de comédies…

— Ah non ? Pourtant ! Adam Sandler, Chevy Chase… Mais j'aime aussi les drames psychologiques… Michael Douglas, Tom Hanks…

Il avait vu juste. Elle aimait Tom Hanks, il aurait pu le jurer, c'était de son temps…

— Vous avez d'autres loisirs, Lili-Perle ?

— Vous pouvez m'appeler juste Lili, tout le monde le fait !

— Jamais de la vie ! Vous avez le plus joli prénom composé qui soit ! Lili-Perle ! Imaginez ! Digne des châteaux de la Loire, un tel prénom !

Elle avait souri, puis lui avait répondu :

— J'aime aller danser parfois, des *slows* seulement… J'aime regarder le tennis, j'aime lire…

— Quel est votre genre de lecture ?

— Les biographies, les romans intenses, pas nécessairement policiers, les bouquins sur la psychologie… Un peu de tout, quoi !

— Rien sur l'histoire ?

— À vrai dire, non. Je connais mon histoire de France, mais de là à la relire, non. On ne peut pas tout avoir en commun, monsieur Vallin.

— Non, pas encore « monsieur », seulement Ludger.

— C'était dit sur le ton de la convenance du sujet dont nous parlions. Avec un brin d'ironie… Je vous appelle Ludger depuis notre rencontre.

— Croyez-vous qu'il soit possible que vous et moi…

Intimidé, il s'était arrêté et, devinant sa pensée, elle avait enchaîné :

— Nous nous fréquentions sérieusement ? J'en serais enchantée, Ludger, si de votre côté, vous croyez que je suis celle qui pourrait…

— N'allez pas plus loin ! Quelle question ! Vous les surpassez toutes, Lili-Perle ! Aucune femme ne vous arrive à la cheville ! Et comme nous sommes destinés à mieux nous connaître, que diriez-vous si je te tutoyais dès cet instant ?

— Allez ! Faites ! Fais-le, Ludger, je n'attendais que le moment.

Il soupira d'aise, s'empara de sa main qu'il serra dans la sienne et lui révéla :

— Le bon Dieu a mis un ange sur ma route !

— Tu es croyant ? Moi aussi. Il m'arrive souvent de prier ma mère d'intercéder pour moi quand j'ai besoin d'une faveur. Elle est si près de Lui, j'ai confiance…

— Tu es pratiquante ?

— Je ne vais pas à la messe tous les dimanches, c'est assez loin d'ici, mais quand arrivent Pâques et le temps des Fêtes, je m'y rends respectueusement. J'adore entendre les chantres entamer *Il est né le divin enfant.* Ça m'émeut chaque fois. J'observe aussi le carême durant la Semaine sainte. Je ne mange presque rien pendant six jours.

— Vraiment ? Dévote à ce point ?

— Non ! s'exclama-t-elle en riant, je le fais aussi pour ma ligne ! Je n'ai aucun mérite et ma mère ne doit pas être fière de moi de là-haut. C'est elle qui m'avait inculqué ce culte que j'ai toujours respecté.

Elle l'avait invité au salon et avait fait tourner un CD des œuvres de Franz Liszt, les plus douces à l'oreille, pour que son invité puisse se détendre. Écoutant les premières notes, Ludger lui défila d'un trait :

— Tu savais que Liszt avait été le compagnon de vie de Marie Catherine Sophie de Flavigny, comtesse d'Agoult, après qu'elle eut quitté son mari ? Elle avait deux filles de ce premier mariage et, avec Liszt, elle a eu trois enfants : Blandine, morte lors d'un accouchement, Cosima, qui épousa Richard Wagner, et Daniel, son seul fils, mort à vingt ans de la tuberculose. Marie d'Agoult a aussi été écrivain et signé des romans sous le nom fictif de Daniel Stern. À cette époque…

Il s'était arrêté net. Il venait de se rendre compte que, tout en lui prêtant une oreille sourde, Lili-Perle préparait les digestifs sans feutrer le bruit causé par les glaçons. La regardant, il s'excusa presque de l'avoir ennuyée avec sa narration et, sans le mettre à l'aise pour autant, elle lui servit, avec élégance, le Grand Marnier bien préparé dans un verre de cristal sur pied. Après l'avoir entretenue sur d'autres sujets susceptibles de l'intéresser, Ludger s'aperçut que le temps avait filé et que la nuit en était à son orée. Il manifesta le désir de partir, lui disant avoir ambitionné. Elle ne le retint pas vu l'heure tardive et, au moment de franchir la porte, Ludger s'avança pour l'embrasser sur la joue lorsqu'elle lui offrit ses lèvres. Le baiser fut insistant et passionné. La pressant contre lui, il lui murmura révérencieusement pour la taquiner de bon ton :

— Je vous aime, madame Simon.

CHAPITRE 11

Ils se fréquentaient depuis trois semaines et un peu plus, et tout allait à merveille entre eux. Le 12 juillet, jour d'anniversaire de Lili-Perle, il l'avait invitée dans un chic restaurant où il lui avait remis un étui qui contenait un superbe bracelet en or, greffé de trois diamants. Cette fois, parce qu'elle faisait tourner les têtes sur son passage, Ludger se sentait obligé d'aller plus creux dans sa poche pour la choyer. Il avait quelque peu effeuillé la marguerite avec elle, mais elle ne s'était pas encore donnée à lui. Sans pour autant le repousser, elle lui disait : « C'est trop tôt, Ludger, j'ai des principes. » Il n'avait pas insisté, mais il trépignait d'impatience de voir le moment arriver. Il en vint même à douter de lui, de ses attraits, et à se demander si son savoir-faire serait encore à la hauteur avec une si jeune femme. Elle en avait tout de même connu d'autres, elle le lui avait avoué. Avaient-ils tous sué comme il le faisait de ne pas pouvoir la gagner ? Il se le demandait... Il en doutait même, car elle lui avait dit avoir eu une courte liaison avec un garçon de vingt ans alors qu'elle en avait trente. Physiquement sans doute, mais se comparant avec ses cinquante-sept ans révolus… Ce qui voulait dire que la beauté du mâle… Non ! Il y avait aussi l'expérience. Torturé, songeur, Ludger était quelque peu perdu dans cette histoire de cœur. Pourtant, Lili-Perle l'aimait, elle le lui avait répété maintes fois. Et lui l'aimait… jalousement ! Possessif, il aurait voulu se l'approprier entièrement, regrettant même de l'avoir interrogée sur les autres. En oubliant parfois que Lili-Perle Simon, à l'instar des précédentes, ne devait être qu'une proie. Que lui arrivait-il ? Pris à son propre piège ? Allons donc ! Retrouvant passagèrement la raison, Ludger s'en défendait en marmonnant intérieurement : « Je ne suis quand même pas venu jusqu'ici pour… Non ! Passons ! »

Samedi 16 juillet, journée ensoleillée, humide cependant, et Ludger était en route pour retrouver sa « flamme » dans son air climatisé. Ils allaient passer l'après-midi et la soirée ensemble. Maintenant plus à l'aise avec elle, il avait enfilé un pantalon cargo et une chemise à manches courtes quadrillée. Elle, découpée comme une déesse dans une robe-soleil blanche à pois rouges, portait des sandales surélevées et un joli chapeau de paille sur ses cheveux remontés en chignon. Verres fumés, aucun bijou sauf une bague perlée, ils prirent un verre sur le patio avant de rentrer se rafraîchir, tellement c'était devenu chaud, même sous le parasol. Curieusement, Ludger n'avait pas dit à sa bien-aimée qu'il n'aimait ni le rouge ni le bleu. Lili-Perle adorait le rouge. De ses robes jusqu'à ses souliers, parce que cette teinte s'alliait bien avec la blondeur de ses cheveux. De son côté, elle lui avait avoué aimer ses fossettes prononcées quand il riait, que ça lui donnait un air gamin :

— Tu me fais penser à Mario Lopez ! lui avait-elle lancé.

— Qui ?

— Mario Lopez, l'animateur de *Pet Star* à la télévision. Celui qui reçoit des animaux savants. Tu n'as jamais vu cette émission ?

— Oui, je sais ce que tu veux dire, des chiens, des chats, de tout... Oui, j'ai déjà vu l'émission, mais je ne savais pas le nom du type qui l'animait.

— Il a tes fossettes, Ludger ! Et c'est un beau garçon ! Tu vois ? Un compliment de plus à ton endroit !

— Merci, ma soie, que puis-je donc espérer de plus ?

Elle se leva, sa robe virevolta et, excitée, lui demanda :

— Ça te dirait de manger une salade grecque pour souper ?

— Que cela ? Sans viande ?

— On y ajoute des cubes d'agneau et toutes sortes de choses, j'ai la recette. C'est très consistant et léger à la fois.

— Avec un vin blanc, je suppose ?

— Oui, un vin grec que j'ai trouvé en passant. Il est au réfrigérateur depuis hier. Ce serait différent...

— Bien sûr que ça va aller ! Tout ce que tu désires, mon amour ! Même de la rhubarbe avec de la moutarde ! N'importe quoi !

— Quand même !

Il n'avait pas aimé la salade ni le vin grec, mais il n'avait pas osé s'en plaindre. Il était incapable de décevoir Lili-Perle. Pas elle ! Les autres avant, oui, mais pas elle ! Elle ouvrit le téléviseur, lui servit un digestif, s'en versa un aussi et, main dans la main, ils attendirent le début du film *A*

Knight's Tale avec Heath Ledger, inscrit dans l'horaire-télé pour ce soir-là. Elle s'était rendue chez lui deux fois à l'intérieur du mois et avait trouvé son appartement dénudé, sans âme, même s'il insistait pour lui rappeler qu'il n'était que de passage. Il avait cru qu'elle aimait Michael Bublé comme tant d'autres, mais non, Lili-Perle avait gardé, dans son cœur, les chanteurs préférés de son père, ceux d'Europe comme Brel, Aznavour, Ferrat et Bécaud, son préféré, quand il chantait *Je reviens te chercher*. Mondaine, actuelle, elle avait quand même dans l'âme des goûts enracinés pour la musique. Ce qui mêlait Ludger au point d'être incapable de réellement l'identifier. Elle lui parlait de Tom Cruise et de son dernier film, pour ensuite lui dire que Brigitte Bardot avait été le fantasme de son père. Donc, un pied dans le présent et l'autre dans le passé. Pas très loin cependant. Pas comme Ludger l'aurait souhaité. Vestiges de sa jeunesse sans doute, alors que papa lui imposait ses goûts et que sa sœur, Romy, trop jeune encore pour être influencée, était plongée dans *Les malheurs de Sophie* de la comtesse de Ségur. En fin de soirée, collée contre lui au moment où le film s'achevait, elle lui murmura à l'oreille :

— Tu ne rentres pas chez toi ce soir, Ludger.

— Ah non ? Et pourquoi donc ?

— Parce que tu restes ici. Je te garde. Je n'ai pas envie que tu partes.

Quelque peu désarçonné, il se demandait si elle voulait dire que... Puis, rasséréné, il l'embrassa passionnément en lui disant :

— Comme tu voudras, ma soie, tu ordonnes et j'obéis !

Elle s'esclaffa, lui serra le bras et rétorqua :

— Non, mon loup, je n'ordonne pas, je décide !

Il sourit à son tour et, sans permission, il laissa glisser sa main droite dans l'encolure de sa robe où l'attendait un sein chaud et doux. Elle l'appelait « mon loup », il l'appelait « ma soie ». Comme des adolescents qui, entre deux crises d'acné, apprenaient peu à peu à s'aimer. Le film que Ludger n'avait pas détesté, à cause de l'aspect historique, se termina, et Lili-Perle s'empressa de fermer le téléviseur. Se rapprochant de son « loup », elle l'embrassa longuement, alors que, d'une main baladeuse, il tentait une montée sur sa cuisse qu'elle retint de la main pour lui dire :

— Non, pas ici, viens…

Avec le cœur qui lui sautait dans la poitrine, il la suivit en lui tenant l'auriculaire. La chambre était majestueuse, il l'avait entrevue maintes fois, mais de loin seulement. Et voilà qu'elle avait poussé la porte pour l'entraîner jusqu'au lit trois fois trop grand pour elle. Ludger prit place sur le rebord pendant que, devant lui, Lili-Perle se déshabillait progressivement. En le séduisant de chaque geste alors que, sans la quitter des yeux, il déboutonnait sa chemise. Les seins apparurent, fermes, pointés en sa direction, ses hanches gracieuses suivirent et, finalement, bas de soie retirés, nue devant lui, elle offrait à sa vue un corps de nymphe. Conquis, le souffle coupé, il l'admirait comme s'il s'était agi d'une sculpture et, la voyant se glisser sous les draps, il s'empressa de se dévêtir, de s'exposer à son tour et de la retrouver dans ce lit où les oreillers dégageaient une fragrance insoupçonnée. Il se retint de lui dire qu'elle était sublime, de peur de se diminuer. Car, malgré ses cinquante-sept ans bien conservés, Ludger affichait ici et là quelques poignées d'amour et une ou deux varices sur une cheville. L'accouplement se fit en silence. Sans cris, sans ongles enfoncés dans la peau, mais entier à tous points de vue. Si Ludger avait la prétention d'être un amant formidable, Lili-Perle pouvait certes se targuer d'être une « amoureuse » incomparable. Avec ce qu'il fallait pour retenir un homme au lit, gestes à l'appui. Ludger, quasi épuisé, avait peine à se remettre de sa chance. Après des mois, voire même un an de chasteté, il venait d'être aimé de façon particulière par l'une des plus belles femmes de l'univers. La joue appuyée sur son épaule, elle somnolait comme une chatte quand il lui murmura :

— Je suis comblé, ma douce, ma soie…

La main allongée jusqu'à la nuque de son amant, elle répondit :

— Et toi, tu m'as rendue à bout de tout… mon loup.

Puis, dans le silence, avec la veilleuse qui prenait la relève de la lampe de chevet tamisée, ils s'endormirent affaiblis l'un de l'autre, épuisés d'amour, sans que rien les dérange jusqu'au lever du jour.

Il était allé sous la douche dès le matin, s'était enroulé dans une serviette et avait franchi le seuil de la cuisinette où Lili-Perle terminait son petit déjeuner en lisant le journal.

— Rien de spécial à la une, chérie ?

— Non, la politique, les débats, les accidents de la route… *As usual !*

— Tiens ! Tu me parles en anglais maintenant ?

— Un mot ou une phrase échappés ici et là… N'oublie pas que nous sommes à Halifax, mon loup !

— Tu as bien dormi ? Je te sens sereine ce matin.

— À cause de toi, sans doute… Au fait, je voulais te poser une question.

— Vas-y, ne te gêne pas, je me verse un jus d'orange en t'écoutant.

— Tu en as pour longtemps ici ? Je veux dire à Halifax. Tes recherches vont prendre fin quand ?

— Je n'en ai aucune idée. Un mois, un an… Qu'en sais-je…

— Et durant ce temps, tu as deux condos à assumer les frais en plus de ton appartement sur Barrington !

— Oui, ma soie, et après ? J'en ai les moyens, tu sais.

— Je veux bien le croire, mais pourquoi ne pas venir partager le mien, Ludger ? N'est-ce pas plus agréable ici que dans l'immeuble de mon cousin ?

La demande qu'il attendait ! Mais, pas si tôt… Étonné sans le lui montrer, il lui répondit de façon évasive :

— C'est mon pied-à-terre, rue Barrington, et toutes mes affaires…

— C'est moche où tu habites, Ludger. C'est vide ! Ça n'a pas de qualité de vie !

— Je sais, mais comme c'est passager… Tu es sérieuse ? Tu souhaiterais que je m'installe ici avec toi ? Après seulement un mois ?

— Oui, j'aimerais beaucoup ! Une vie à deux, ce serait moins ennuyant…

— Je te l'accorde, mais je ne suis pas toujours facile, tu sais.

— Qu'importe ! Je t'aime, Ludger ! Et comme tu dis m'aimer…

— Bien sûr, ma soie, je t'adore... Tu es déjà toute ma vie !

— Alors, qu'est-ce qu'on attend ?

Il lui sourit, les fossettes bien en place, puis, lui massant légèrement l'épaule, il se pencha pour lui dire :

— Alors, j'accepte, je prends ce que j'ai, j'avertis ton cousin et j'arrive demain.

— Quelle joie ! Tu pourras t'installer pendant que je serai au travail.

— M'installer comment ? Tu occupes le bureau du fond...

— Tu prendras le petit boudoir, j'ai le meuble qu'il te faut dans le *locker* au sous-sol.

Ludger la prit dans ses bras et, sans manières, l'embrassa fougueusement, une main glissée à l'intérieur de sa robe de chambre de satin rouge.

— Pas encore, mon loup, sois raisonnable, je dois me maquiller...

— Après, ma soie, ma douce, je t'aime tant...

Sans l'entraîner dans la chambre, appuyé sur elle agrippée au comptoir, il lui fit l'amour déraisonnablement, ce qu'elle sembla apprécier davantage. Puis, il se versa un café pendant qu'elle replaçait quelques mèches défaites. Sérieux, les bras croisés, une main sur le menton, Ludger Vallin, une fois de plus, venait de s'immiscer dans la vie d'une femme. Et quelle femme, cette fois !

Ludger s'était installé chez Lili-Perle en moins de deux jours. Le temps requis pour elle pour lui faire de l'espace afin qu'il se sente chez lui. Patient, le « bien-aimé de madame » attendait que tout soit en place pour se présenter avec ses sacs de voyage, son *laptop* et sa voiture louée qu'il gara au sous-sol dans un endroit inoccupé. Mike, le cousin de Lili-Perle, avait été surpris de cette liaison soudaine, mais Ludger l'avait rassuré en lui disant :

— Il y a de ces coups de foudre qui précipitent les choses, Mike. Et n'oublie pas que c'est toi qui me l'as présentée, cette femme superbe.

— Je suis conscient qu'elle a tout pour plaire au premier coup d'œil, mais, de sa part, ça me surprend. Elle est si méfiante de nature, si indépendante…

— Tu te demandes ce qu'elle me trouve, finalement ? Ce que j'ai de plus que les autres pour plaire à une femme de son calibre ?

— Mais non, Ludger, tu es un homme de belle apparence, cultivé en plus… Mais un attachement si rapide de sa part, ce n'est pas son genre. Elle se laisse habituellement courtiser longtemps, la cousine !

— Alors, reste à croire qu'elle est prête pour une relation plus solide. Trente-sept ans, ce n'est pas vingt-cinq pour une femme. Elle a beau être belle et cultivée, qu'elle s'achemine comme les autres vers le *deadline*.

— Pas elle, voyons ! Lili-Perle va être belle et attirante toute sa vie !

Ludger préféra ne rien ajouter, sachant fort bien que Mike voulait dire que c'était plutôt lui qui était sur le déclin. Ils s'étaient quittés sur une dernière bière et Ludger lui avait dit en lui serrant la main au moment de partir :

— C'est sûr qu'on va se revoir, tu es de la famille, Mike.

Tout roulait comme sur des roulettes et les journées du mois d'août défilaient dans l'amour fou l'un de l'autre, au gré des chaleurs torrides ou des rafraîchissants jours de pluie. Lili-Perle n'avait pas pris de vacances, elle les réservait pour l'automne, saison où elle aimait s'envoler vers le Sud avec moins de touristes autour d'elle. Fidèle à ses habitudes, mais moins motivé cette fois, Ludger visitait les librairies et les bibliothèques et revenait souvent bredouille, ne trouvant rien qu'il n'avait pas déjà. Lili-Perle le questionnait sur ses découvertes et il lui répondait :

— Tu sais, j'ai tellement de dossiers complets... Ce sont les anecdotes que je cherche et je n'en trouve guère. Du moins, pas ici...

— J'espère que tu ne t'ennuies pas pour autant, mon loup ?

— Voyons ! Bien sûr que non puisque j'ai découvert ici la plus belle dame du globe terrestre ! Si seulement Louis XV t'avait connue à son époque, je suis sûr que la Pompadour aurait été mise au rancart !

Elle s'esclaffa, il souriait et, se rapprochant d'elle, il murmura :

— De Henri IV à Louis XIV, jusqu'à Bonaparte, ils sont tous, en ce moment, jaloux de moi, s'il est vrai qu'on voit de l'au-delà.

— Grand fou ! Arrête ! Je suis bien ordinaire ! Mon miroir n'approuve pas tous les compliments que tu me fais. Il a l'œil plus averti, lui !

— Je t'en achèterai un autre. Celui que tu possèdes est myope et presbyte, ma soie !

Elle éclata de rire, se jeta dans ses bras, l'embrassa furtivement et, comme de coutume depuis quelque temps, elle l'entraîna jusqu'au lit de leurs ébats en plein cœur de l'après-midi. Heureux, comblé sur le corps d'une telle muse, Ludger Vallin mettait de plus en plus de côté les têtes couronnées pour ne vivre que par elle. Nu plus souvent que vêtu, avec des sillons de sueur sur le cou dès qu'elle s'abandonnait, les seins pointés vers sa bouche gourmande, il la chevauchait abruptement, sans se soucier de ses vaines supplications de… suspendre !

Comme avec Judith et Viviane, son séjour chez Lili-Perle ne lui coûtait rien ou presque. Elle refusait le partage qu'il lui proposait. Par contre, il la sortait beaucoup. Les grands restaurants, les vins capiteux, les bars huppés où il y avait de la danse, car Lili-Perle avait convaincu Ludger de l'emmener danser, même s'il n'était guère habile et sans grâce sur ses pieds. Elle se contentait d'un *slow*, parfois deux, laissant les plus jeunes exécuter les danses plus rythmées. Les hommes la regardaient, certains auraient souhaité la tenir dans leurs bras, Ludger s'en rendait compte. Surtout lorsque moulée dans une robe rouge, elle jouait quelque peu des hanches dans les bras de son bien-aimé. Elle adorait porter le rouge et, vil menteur, il lui disait que ça lui allait à ravir. Avec elle, aucun caprice de sa part, aucune moue désobligeante, même quand elle écoutait les tubes de Gilbert Bécaud alors qu'il aurait apprécié un adagio en sourdine en furetant dans le dossier de Monsieur, et de sa femme La Palatine, frère et belle-sœur du Roi-Soleil. Elle aimait faire du lèche-vitrine et il l'accompagnait. Patient, l'admirant pendant que, dans les boutiques où elle entrait, peu intéressée certains jours, elle essayait plusieurs robes pour ressortir avec aucune. Elle raffolait des fromages importés; lui pas, ceux d'ici avaient sa préférence. Elle aimait le yogourt, il le repoussait de la main, c'était sur, aigre même, disait-il. Ils n'avaient pas du tout les mêmes goûts, mais il n'en disait rien ou presque. Parce que cette fois, sa proie, il l'aimait. Contrairement aux autres, il était épris de celle qu'il voulait pourtant détruire. Un dilemme ! Une situation devant laquelle il se sentait désarmé. Allait-il bêtement tomber à ses pieds ? Ramper ? Lui crier son désarroi parce qu'elle le subjuguait au lit ? Il lui arrivait de reprendre le haut du pavé, de retrouver le fil de sa trahison tramée quand, venant de nulle part, elle l'encerclait de ses deux bras pour l'enivrer de son parfum qui s'était délayé jusqu'au bout de ses doigts. Ludger était libre, elle aussi, il l'aimait, elle l'adorait. Il aurait pu remanier ses plans, changer de voie avec elle, modifier le scénario, être moins vil puisqu'il était fou d'elle, mais une blessure profonde qui lui tenaillait encore le cœur lui refusait ce sursaut de clémence. Il avait beau avoir sur un drap blanc scintillant la plus belle femme du monde à lui seul, que la raison lui rappelait qu'il n'avait pas le droit de faire preuve d'indulgence.

Dimanche 28 août. Beau mais frais, comme si la fin de l'été qui venait conseillait de garder une petite laine à portée de la main. Lili-Perle s'était levée du bon pied après une nuit mouvementée avec Ludger. Comme plusieurs autres… de plus en plus fréquentes. Les jeux de corps l'emportaient maintenant sur les relents du cœur. Ils faisaient l'amour sans marmonner, en gigotant, en mordant, en rugissant… Comme des enragés ! Ce que Ludger chérissait et ce à quoi Lili-Perle se pliait de bonne grâce. Il l'avait si bien aguerrie que, de chatte, elle était devenue fauve. Elle qui avait toujours aimé l'amour à l'état pur le préférait maintenant à l'état brut. Voire indécent ! Indigne du couple distingué qu'ils formaient aux yeux des autres. On leur aurait donné la communion sans confession, et pourtant…

En début d'après-midi, après un brunch à peine réussi de la part de sa « soie », Ludger ouvrit le téléviseur et une chaîne spécialisée s'apprêtait à présenter le film *Temptation* avec Annette O'Toole. Ils s'installèrent avec un verre à côté d'eux et visionnèrent cette comédie satirique qui ne plut guère à Ludger, mais qui charma Lili-Perle qui l'avait regardée d'un œil en se limant les ongles.

— C'était pas si mal, mon loup ! L'héroïne finit par devenir vedette de cinéma !

— Si on veut, mais je ne donnerais pas plus que cinq sur dix à cette production banale. Je l'ai regardée pour te faire plaisir, Lili-Perle. Je sentais que ça t'accrochait.

— Tu aurais pu *zapper* plus loin, il y avait peut-être un autre film que tu aurais préféré.

— Sans doute pas et quelle importance. Vois ? Je viens de tomber sur un concert avec Leontyne Price. Tu l'aimes, cette soprano ?

— Plus ou moins… mais laisse, ça va nous détendre, Ludger.

Huit heures du soir et ils ne savaient que faire de leur corps à part l'amour, bien entendu. Ils avaient mangé des filets de poulet panés qu'elle avait fait décongeler, ils avaient bu du vin blanc et fait honneur au dessert, fruits frais et crème glacée. Ludger, de retour au salon, lui avait dit :

— Pas encore un autre film ? Tu aimerais qu'on sorte ?

— Non, je n'en ai pas envie, mon loup, je me sens lasse, je digère mal, ces temps-ci…

— Tu travailles trop, Lili-Perle, tu te donnes corps et âme ! Ton sous-ministre ambitionne ! Tu rentres même avec de la paperasse !

— Parce que je le veux, Ludger, personne ne m'y oblige. Non, c'est tout ce qui m'arrive qui me déstabilise.

— Tu veux dire moi ?

— Non, pas toi, mais cette nouvelle vie. J'en suis encore à m'adapter. J'en subis le contrecoup…

— J'ai emménagé trop vite, je le sens ! Je t'envahis, je dérange !

— Ludger ! Ce n'est pas ça ! Je t'aime éperdument ! Je meurs sans toi !

— Qu'est-ce donc, alors ?

— Un problème de femme, je… je…

— Je, je quoi, ma soie ?

— Je suis en retard dans mes règles, Ludger, j'ai peur d'être enceinte.

Il avait pâli, il avait failli se payer un infarctus tellement l'annonce était directe. Dans ses élans, dans son besoin de sexe, dans son amour dément, Ludger n'avait pas pensé un seul instant qu'une telle chose puisse arriver. Pourtant, sa Lili-Perle n'avait que trente-sept ans ! Feignant de retrouver son calme, il balbutia :

— Tu… tu n'es pas sérieuse ? Tu plaisantes, n'est-ce pas ?

Elle s'esclaffa et répliqua :

— Non, je ne suis pas enceinte, Ludger, ne t'en fais pas. Je retarde tout simplement, ce qui m'arrive occasionnellement.

— Tu m'as fait peur ! Ne fais plus jamais de farces semblables ! Mais tu en es certaine ? Tu ne prends quand même pas de risques ?

— Non, et retrouve tes couleurs, tu es blanc comme un drap, mon loup !

— Avoue que c'eût été désastreux. À mon âge…

— Si j'avais eu à être enceinte, je l'aurais été bien avant ce jour. J'ai connu d'autres hommes, tu sais… Mais je n'ai jamais voulu d'un enfant avec aucun d'entre eux. Surtout pas avec Bruce ! Je prenais la pilule et il n'en savait rien.

— Parce qu'il en voulait, lui ?

— Évidemment ! Comme tous les jeunes mariés ! Il avait hâte d'être papa, il le disait à mon père fréquemment. S'il avait appris que l'issue était fermée, il serait devenu fou !

— Il l'est devenu quand tu l'as quitté, Lili-Perle, c'est bien assez ! Pauvre gars ! Lui qui avait misé sur une longue vie à deux…

— Ludger ! Arrête ! On pourrait jurer que tu es son avocat ! Tu le plains constamment ! Et moi dans tout ça ? Je ne l'aimais pas, comprends-tu ? Aussi beau était-il, j'avais peine à faire l'amour avec lui ! Alors, cesse de m'importuner avec cet épisode fermé de ma vie !

— C'est la première fois que tu élèves le ton, ma soie. Je m'excuse si je t'ai contrariée. Tel n'était pas mon but…

— Ce n'est pourtant pas la première fois et… bon, n'en parlons plus, Ludger. Mais, à ce que je vois, ce n'est pas avec toi que je vais faire un enfant si jamais l'envie me prend.

— Il t'arrive d'y penser ?

— Pas vraiment, mais avec toi, j'envisagerais peut-être la possibilité.

— Lili-Perle ! J'ai cinquante-sept ans ! L'âge d'un grand-père, pas celui d'un père !

— Tu ne serais pas le premier à le devenir dans la cinquantaine, c'est un fait courant maintenant. Attends... Michael Douglas...

— Ne les cherche pas, je les connais ces abrutis dont tu parles ! Ils ont beau être millionnaires, ils ne sont pas de bons pères pour autant. Un jeune enfant, ça veut voir son père à genoux comme un cheval pour qu'il grimpe dessus. Et les pères de mon âge ou plus ont de la misère à plier les genoux ! Imagine ! Ils ont même trop mal dans le dos pour se pencher et changer les couches ! Alors, pour compenser, ils font de leurs petits des enfants-rois ! En les gâtant pourris ! En leur donnant tout ce qu'ils veulent, sauf une bonne éducation. Et quand les jeunes arrivent à l'adolescence et qu'ils ont besoin d'un père, ils sont trop vieux pour leur prêter l'oreille. Non pas par manque d'intérêt, mais parce que plusieurs d'entre eux sont sourds à soixante-quinze ans ! L'argent entre donc en cause et on les bourre d'ordinateurs et de tous les gadgets possibles pour s'en débarrasser, et c'est de cette façon que les enfants blasés apprennent la vie. Sur Internet et pas toujours sur des sites recommandables ! J'ai été professeur, tu sais ! Je sais de quoi je parle ! Et ne viens pas me dire que j'ai tort !

— Tu vois ? C'est toi qui t'emportes cette fois, mon loup...

— Je ne m'emporte pas, je me défends. C'est-à-dire que je m'élève contre ces imbéciles qui, devant une jeune femme, oublient qu'ils ont l'âge d'être leur père.

— Ce qui n'est pas notre cas, Ludger.

— Ça pourrait l'être ! Avec mes vingt ans de plus que toi... De toute façon, jamais je ne concevrais un enfant hors mariage. J'ai des principes fondamentaux que je respecte. Étape par étape...

— Alors pourquoi ne pas nous marier, Ludger ? Tu te sentirais plus à l'aise, moi aussi... Je t'aime tant.

Il n'avait pas sursauté, il souhaitait ardemment qu'elle en vienne à le lui proposer. Pour mieux se rendre au bout de son plan machiavélique.

— Tu voudrais qu'on se marie, ma soie ? Tu sais, moi, je ne demande pas mieux... Mais si c'est uniquement pour avoir un enfant...

— Mais non, mon loup, je veux d'abord être ta femme, t'avoir à moi sans cesse. Ce qui veut dire que tu ne songerais plus à retourner au Québec, que ta nouvelle vie serait ici.

— Ce n'est pas bête, je t'aime comme un fou, Lili-Perle ! Une vie entière avec toi serait le plus beau cadeau du Ciel. Et si tu me promets d'être prudente jusqu'au mariage, qui sait si je n'aurai pas envie, après, d'être trois et non plus deux seulement.

— Ce serait un beau complément, mon amour, mais juste un, garçon ou fille, j'avance en âge moi aussi. Et ça, si Dieu le veut, parce qu'avec tout ce que j'ai pris jusqu'à ce jour pour ne pas être mère... Si ça ne se produit pas dans la première année, je reprends la pilule, je ne veux pas d'un enfant subit et tardivement à quarante ans. Ce qui se produit souvent.

— Tu vois comme tu peux être raisonnable, ma soie ? C'est pour ça que je t'aime. *Beautiful but not dumb,* pour contrarier les Américains. Tu es la femme la plus intelligente qui soit !

— Alors, on se marierait quand, mon chéri ?

— En octobre, pas plus tard. Un mariage intime, ça se prépare en un rien de temps. Intime et civil, cela va de soi. On n'est que deux ici à part ton cousin.

— Mais mon père et ma sœur viendront ! Papa voudra te connaître !

— Tu ne vas quand même pas faire venir tes grands-parents d'Europe !

— Bien sûr que non, ils n'étaient même pas présents la première fois que…

Elle s'arrêta net ! De peur que Ludger lui parle encore de Bruce !

— Alors, tu me laisses m'arranger avec tout ça, ma soie ? Toi, tu travailles… Moi, j'aurai tout mon temps. On reparlera de tout ça demain, tu veux bien ? Je me sens fatigué ce soir.

— Une dernière question, Ludger. Que feras-tu de tes condos au Québec ?

— Bien, je vais les vendre ! Pas plus compliqué que ça ! Mais seulement après le mariage, je n'aurai pas le temps avant.

— On pourra peut-être s'acheter une grosse maison avec l'argent que ça rapportera. Qu'en penses-tu ?

— Tout ce que tu voudras, ma soie, mais là, vite au lit, tu es lasse toi aussi. Et le sommeil profond ce soir, pas de gamineries !

— Tu ne m'aimes plus ? Je n'aurai pas le droit de te toucher ?

Devant son air candide, il lui sourit à pleines fossettes et, l'attirant contre lui, il l'embrassa amoureusement. Puis, férocement !

Le lendemain, en début de soirée, Lili-Perle avisa Ludger de ne plus s'inquiéter, elle avait eu ses règles. Ouf ! Quel soulagement ! Elle avait toujours eu de ces retards inquiétants pour les hommes depuis son divorce. Et Ludger n'avait pas échappé à l'angoisse de ses prédécesseurs. Assis au salon, après le bulletin de nouvelles, il lui demanda :

— Que dirais-tu du 8 octobre pour notre mariage, ma chérie ?

— Le 8… c'est un samedi, je présume ?

— Effectivement, et comme tu prends d'habitude tes vacances en octobre…

— Oui, c'est une belle date, mais, tu sais, même si l'automne est agréable en Nouvelle-Écosse, la pluie est fréquente.

— Bah ! un mariage intime ! On a un large parapluie, non ?

Elle sourit, songea quelques instants et répondit :

— Dans ce cas-là, mon loup, je vais prendre le mois de congé au complet. Je suis capable d'assumer la première semaine à mes frais. Mais, connaissant mon patron, quand il en saura la raison, il va me l'accorder payée en maladie cette semaine de plus ! Depuis le temps que je me dévoue pour lui !

— Excellente idée que de prendre le mois d'octobre en entier ! Pour ce qui est de la maison que tu désires avoir, pourquoi ne pas commencer à la chercher maintenant, ma soie ?

— Rien ne presse, tu n'as pas encore vendu tes condos, Ludger.

— Tu n'as qu'à vendre le tien, Lili-Perle, ce serait le *cash down* et la banque te prêterait le reste sans problème !

— Mais la maison ne serait qu'à mon nom ?

— Et puis ? On pourra rétablir les faits après, lorsque j'aurai l'argent…

— Non, je préfère attendre, c'est trop compliqué et je ne veux pas d'une maison avant l'hiver. Je préfère la trouver en été. Quand tu auras vendu, Ludger !

— Mais avec ce que tu récolterais de la vente…

Elle l'interrompit :

— Non, Ludger ! Je ne veux pas ! Pourquoi cet empressement ?

— Parce que… et puis, laisse faire, on fera comme tu voudras.

C'était la première fois qu'une femme lui tenait tête. Même amoureuse, Lili-Perle n'avait pas cédé à l'insistance de son futur mari. Et le vilain coup que Ludger avait tramé avait été un coup d'épée dans l'eau !

Septembre, avec ses jours parfois plus frais, et les deux tourtereaux continuèrent de s'aimer tout en envisageant l'avenir plus sérieusement. Du moins, de la part de la future mariée. Elle avait déjà choisi un ensemble vert bouteille avec des filaments dorés ici et là pour le rehausser. Un deux-pièces original et fort coûteux. Puis des souliers de qualité, le sac à main jumeau de la teinte du cuir de ses chaussures, un collier, un bracelet et des boucles d'oreilles en cristal de roche, des gants de soie courts, bref, une petite fortune pour un mariage intime. Ludger lui avait dit posséder un chic complet noir avec chemise blanche et nœud papillon noir pour la circonstance. Mais Lili-Perle lui suggéra la cravate, elle avait horreur des boucles genre *Father Knows Best* pour un homme. Même dans les grandes occasions. Il avait agréé, tenant à former avec elle le plus beau couple qui soit, avait-il ajouté. Quand vint le moment de choisir un petit restaurant pour la réception, il l'avisa vouloir s'en occuper, mais elle insista pour le trouver elle-même. Soupirant d'impatience, il lui avait dit :

— Nous ne serons que cinq, Lili-Perle ! Pourquoi voir grand ?

— Je désire inviter mon patron, le sous-ministre, avec son épouse ainsi que deux compagnes de travail avec leur conjoint. Nous formerons une bonne tablée comme tu peux voir et je ne tiens pas à inviter ces gens n'importe où. Je veux l'endroit le plus élégant qui soit. Et les salles à manger de restaurants huppés ou pas ne me conviennent pas. Je préfère un salon privé d'un grand hôtel avec deux musiciens en toile de fond. Pour ouvrir la danse, pour…

— Bon, bon, ça va… Trouve-le, ton salon, réserve, donne le dépôt et je réglerai ensuite l'addition !

— Tu sembles fâché, mon loup…

— Non, juste désarmé… Un mariage intime, ma soie, et tout ce chichi déjà… Tu es aussi exigeante que les courtisanes…

Elle l'interrompit :

— Laquelle, cette fois ? La du Barry ? La Montespan ? Ninon de Lenclos ? Cesse de me comparer à ces femmes d'une autre époque, Ludger ! Je ne suis pas une catin de l'histoire, moi ! Je suis une femme de mon temps, avec de la classe et de la dignité ! Laisse-moi m'impliquer…

— D'accord, ma soie, ne t'emporte pas… Mais laisse-moi au moins te garder la surprise des alliances. Et je m'occupe de réserver le juge de paix qui nous unira au palais de justice… Comment ça fonctionne ici ?

— Informe-toi, c'est ton domaine, tu viens de le dire. Je te remettrai les papiers de mon divorce et tu pourras t'y rendre seul, on n'a pas besoin d'être deux pour ça. Mais les invités dont je te parle ne viendront qu'à la réception. Pour l'union, je ne veux que mon père, ma sœur Romy et Mike. Moi, un mariage civil, tu sais…

— Que veux-tu dire ?

— C'est loin d'avoir l'apparat d'un mariage à l'église.

— Lili-Perle ! Tu es divorcée ! On ne se marie pas devant Dieu…

— Je sais ! Ne tourne pas le fer dans la plaie !

— Tu deviens impatiente depuis quelque temps. Qu'est-ce qui se passe ?

— Rien ! Ou plutôt oui ! Tu me fais l'amour moins souvent, mon loup.

— Pourtant… Je ne crois pas te négliger, moi.

— Non, mais c'est moins fréquent, moins excessif de ta part.

— Mais non, tu t'imagines des choses, tu verras ce soir…

Il l'avait certes honorée un peu plus la nuit venue, mais Ludger se rendait compte qu'aussi belle était-elle, aussi désirable, aussi impétueuse, il s'en détachait peu à peu physiquement. Comme si le « qui trop embrasse mal étreint » lui allait comme un gant.

À l'instar des autres, Lili-Perle commençait à être agacée par les conversations historiques qu'il tentait sans cesse de lui imposer. Un soir, alors qu'ils mangeaient des plats commandés à la maison, il lui dit :

— T'ai-je dit que Catherine II de Russie était morte dans son palais de Tsarskoïé-Sélo ?

— Non, et moi, t'ai-je dit que la chanteuse Sarah McLachlan était née ici ?

Il resta bouche bée pour ensuite répliquer :

— Je ne la connais pas, ta Sarah, je regrette.

— Pas plus que je connais ta Catherine, Ludger. Désolée.

— Si je comprends bien, tu ne veux plus entendre parler de mon travail.

— Non, ce n'est pas ça, mon loup, mais c'est constant et toujours entre parenthèses. Une anecdote par-ci, une autre par-là. Et tu sautes de la France à la Russie pour ensuite me parler du duc de Suffolk en Angleterre. Tu vois ? J'ai retenu son nom, celui-là ! À force d'entendre parler d'Henri VIII ! Ta façon de m'intégrer dans tes recherches me déplaît. C'est décousu, c'est épuisant. Je suis une femme de mon temps, je te le répète. Travaille dans tes dossiers, fais-la, ta thèse, mais je t'en prie, arrête de m'en parler, j'en suis rassasiée, Ludger ! J'ai bien assez de mes histoires avec lesquelles je ne t'embête pas, sans être dérangée par celles d'une comtesse de… De j'sais pas où, mais qu'importe !

— De quelles histoires te concernant parles-tu, Lili-Perle ?

— J'ai une vie moi aussi, un travail sur lequel tu ne me questionnes jamais. Ce que je fais ne t'intéresse pas et, pourtant, c'est présentement que ça se passe et non dans le temps où les squelettes ont fini par être emportés par le vent !

Et vlan ! Ludger Vallin venait d'avoir sa mise au point.

Elle avait téléphoné à son père pour lui annoncer son mariage et ce dernier, fort pris par les affaires et venant d'apprendre que le futur avait vingt ans de plus qu'elle, ne s'inquiéta pas du choix de sa fille. Il ne demanda même pas à Lili-Perle de lui passer Ludger au bout du fil. Il s'informa de la date du mariage et, l'apprenant, lui répondit :

— Désolé, ma chérie, mais je ne pourrai pas être là. Une convention à Washington, ce qui est très important pour moi. Toutefois, Romy se fera un plaisir d'être là et de me représenter auprès de toi. Ne compte pas sur son mari, il sera en mission en Afrique avec des collègues de la recherche médicale. Romy trouvera bien quelqu'un pour s'occuper des enfants.

— Mais, papa, c'est un mariage… Tu…

— Je veux bien le croire, Lili-Perle, mais ce n'est pas le premier. Et peut-être pas le dernier. Avec toi, qui sait ?

— Tu te trompes, je l'aime de tout mon cœur, celui-là !

— Grand bien te fasse, ma fille, j'en suis heureux pour toi. Si tu acceptes, je t'offre ma villa de Clearwater en Floride pour ton voyage de noces. Tu aimes tant le sable de la plage… Et je vous rembourse les billets d'avion ! Tu crois que ton futur serait enchanté d'un tel présent ?

— Oh ! papa, c'est merveilleux ! C'est très généreux de ta part ! Je suis certaine que Ludger saura t'en remercier quand tu feras sa connaissance.

— Bon, heureux que ça te plaise. Autre chose, ma chérie ?

— Non, papa, et je suis heureuse que tu sois content pour moi.

— Oui, je le suis, ne crains pas, tu es très intuitive et je te fais confiance. Il est à l'aise, ton professeur ? Il peut te faire vivre ?

Elle chuchota pour ne pas être entendue :

— Il possède deux condos, papa, et il semble détenir un gros portefeuille à sa banque, il contacte souvent son conseiller en placements par courriel, me dit-il.

— Bon, tant mieux, ma fille. Et là, il faut que je te laisse, j'attends un appel de Seattle pour une transaction.

— En plein milieu de la soirée ?

— Oui, jour et nuit quand on est en affaires ! Porte-toi bien.

Eugène Simon raccrocha sur ce souhait alors que Lili-Perle, de retour au salon où Ludger l'attendait, se fit demander par ce dernier :

— Pas trop déçu, ton père ? Heureux pour toi ?

— Oui, mais il ne viendra pas, il a une convention à Washington. Romy viendra seule, mais tu sais ce qu'il nous offre, mon loup ?

— Non… Et il n'a même pas demandé à me parler…

— Pas grave, et tiens-toi bien ! Papa nous offre en cadeau de noces un voyage en Floride dans sa villa de Clearwater. L'avion payé en plus ! Ça te plaît, mon loup ?

— Très aimable de sa part. Nous irons, ma soie. Tout ce que tu désires !

— Le soleil, la plage, le sable chaud… Je vais aller m'acheter un maillot neuf ! Si tu savais comme je t'aime, Ludger !

CHAPITRE 12

L'automne venait à peine de poindre que, déjà, les pluies étaient fréquentes à Halifax. Lili-Perle cuisinait de moins en moins, préférant les repas surgelés ou ceux des restaurants des alentours. Lorsqu'elle faisait le marché sans Ludger, elle n'achetait que le strict nécessaire et quelques desserts, dont les minigénoises fourrées au cacao dont elle raffolait. Ludger, toujours affairé dans ses dossiers, tuait le temps en visitant les bibliothèques des quartiers avoisinants où il trouva, en furetant soigneusement, quelques détails insolites sur Rose Bertin, la couturière de Marie-Antoinette, ou sur Fawzia et Fadia, les deux plus jeunes filles du roi Farouk, lors de leur exil à Capri, famille sur laquelle il venait d'ouvrir un fichier dans un tiroir à suspension du meuble. Lili-Perle ne l'importunait pas dans ses recherches, préférant de beaucoup regarder un film comme *Vertigo,* d'Alfred Hitchcock, avec Kim Novak, qu'elle avait loué en revenant du travail parce que cette dernière était très belle. Sur le plan amoureux, elle ne se plaignait plus, Ludger l'honorait… convenablement ! Ils avaient des différends de temps à autre, car Lili-Perle avait un caractère qui s'enflammait quand elle était contrariée, mais l'accalmie suivait de près. Elle aimait tellement Ludger qu'il était aisé de constater qu'elle ne pouvait plus s'en passer. Lui en était toujours épris, parce qu'elle était jeune, jolie et aussi séduisante dans un pantalon noir avec un pull d'un vert tendre, que dans une robe du soir de son choix. Lorsque, savamment, il la déshabillait, c'était pour mieux la rhabiller… après ! La façon dont elle se déhanchait, le coup de brosse qu'elle donnait à ses cheveux blonds, l'application de son vernis à ongles, tout l'excitait ! Il la suivait des yeux pour ne pas manquer le moindre mouvement sensuel de sa part. Esthète jusqu'au bout des doigts, Ludger savait qu'il aurait peine à se défaire de cette femme et que nulle autre ne pourrait la surpasser, même d'un échelon. Il aimait surtout lorsque, le soir venu, elle lui chuchotait à l'oreille : « Tu viens au lit, mon loup ? », parce qu'il savait qu'il allait s'approprier, une fois de plus, du plus beau corps qu'une femme puisse offrir. Les seins fermes, la taille fine, les hanches et les jambes sans la moindre imperfection. « Une sculpture ! » s'exclamait-il intérieurement, chaque fois qu'il soulevait le drap. Qui donc dans l'histoire avait pu être plus belle qu'elle ? Sûrement pas Messaline ni Pauline Bonaparte ! Et, plus près, dans sa mémoire imagée, certainement pas Brigitte Bardot !

Un matin, en humant le café frais coulé, Ludger avait dit à celle qu'il aimait :

— Je vais me départir de ma voiture de location. Elle est devenue plus encombrante qu'utile.

— Ah oui ? Tu en es sûr ?

— Elle est plus souvent dans le stationnement que sur la route. Nous sortons toujours ensemble et ta Volkswagen est plus confortable.

— Mais quand je travaille, Ludger ? Pour les bibliothèques ou les centres d'achats ?

— Un taxi fera l'affaire. J'en achèterai une lorsque nous serons mariés. Je ne louerai plus... j'ai vu une belle Mercedes...

— Tu n'as pas de voiture au Québec ? À Montréal ?

— J'en ai une à Québec, mais je la vendrai en même temps que le condo. Elle a pas mal de kilométrage. À Montréal, je n'en ai pas, je travaille de mon condo en plein centre-ville et je sors peu souvent.

— Comme tu voudras, mon loup, c'est vrai qu'une Mercedes donnera de la prestance à la maison que j'ai en tête.

— Tu magasines déjà ? Tu m'avais dit qu'avant l'hiver...

— Je regarde quand même, je cherche dans les quartiers huppés...

— Aïe ! Ne vise pas trop haut, tu n'es pas millionnaire !

— Je sais, mais toi, avec ce que tu possèdes...

— Tout de même ! Je n'ai hérité de personne, tu sais.

— À d'autres, Ludger ! Sans avoir hérité, tu es passablement à l'aise. Tes complets sont griffés, tes boutons de manchettes sont importés, tes mallettes sont en cuir véritable d'Italie... Il faut avoir les moyens pour se payer des choses comme ça. Tu ne vis pas comme un pensionné, Ludger ! Ton train de vie est très élevé. Comme celui de mon père, quoi !

— Ton père est riche, ma soie, pas moi.

— Bien, avec mon travail et tes rentes, la maison, les voitures, on en mettra plein la vue aux gens du voisinage.

— Tu crois avoir besoin de tout cela pour les impressionner, Lili-Perle ? Attends que les hommes d'affaires du quartier huppé que tu choisiras te voient ! Ils vont m'envier comme ça ne se peut pas ! Et leurs femmes vont te détester !

— Ça, je m'y attends ! Même avec Bruce, les femmes me jalousaient déjà.

— D'avoir un mari comme lui, ou d'être belle comme tu devais l'être ?

— Envieuses de moi, voyons ! Encore Bruce qui revient dans la conversation !

— Je te ferai remarquer que c'est toi qui l'as ramené dans nos propos cette fois.

— Si peu… Je n'ai qu'à prononcer son nom et tu sautes sur l'occasion.

— Parce que je le trouve sympathique, ce garçon-là.

— Comment peux-tu ? Tu ne l'as même pas connu !

— Pas nécessaire, ma soie, le seul fait qu'il ait pleuré…

Ils étaient allés en villégiature pour le week-end. Une petite auberge où ils étaient traités aux petits soins. Et c'est là que, peu à peu, Ludger se rendit compte que Lili-Perle n'était pas la seule belle femme de la planète. Lors d'un saut à la piscine où elle voulait se rafraîchir après un bon massage, la femme de trente-sept ans devait se mesurer à de plus jeunes beautés, même à une maman d'environ vingt-cinq ans avec un enfant dans les bras. S'approchant de Ludger, elle lui demanda à voix basse :

— Si jamais nous avons une fille, que dirais-tu du prénom Maude pour elle ? J'ai vu ce prénom quelque part et je trouve que c'est plus distingué que Cindy ou Ashley. Plus bourgeois.

— Tu l'as en tête, non ? Tu veux vraiment d'un enfant après le mariage, n'est-ce pas ? Tu changes d'idée souvent, toi ! Dès que tu vois un bébé...

Elle lui mit l'index sur les lèvres pour ajouter :

— C'est que... vois-tu, je suis sur le déclin pour la maternité.

— Et puis ? Est-ce nécessaire d'enfanter pour être une femme accomplie ? Un cheminement à deux, ça peut être très valorisant aussi. Mais non ! tu veux tout avoir de la vie, toi ! Une maison, des voitures de luxe, des voyages, des toilettes coûteuses et là, un enfant ! Parce que tu viens d'en apercevoir un dans les bras de sa mère ! Elle est en âge, elle ! Son mari aussi, sans doute !

— Mais je le suis encore, en âge, mon loup.

— Toi, oui, mais pas moi, Lili-Perle ! Je te le répète, il n'est pas dans mes priorités d'être père. Au contraire ! Mais, si Dieu le veut... ajouta-t-il, voyant qu'elle avait froncé les sourcils.

— Bon, tu as raison, à la grâce du Ciel, mon loup !

— Ne m'appelle pas ainsi en public, les surnoms, c'est pour l'intimité, ou à être utilisés tout bas à l'extérieur de la maison. Ça me gêne, à mon âge, d'être qualifié de loup comme si je dévorais les brebis !

— Tu le fais, Ludger ! Au moins une ! Au lit ! s'exclama-t-elle en riant de bon cœur. Pas lui.

De retour chez eux, à deux semaines tout au plus du mariage, Lili-Perle avait annoncé à Ludger :

— Romy compte arriver la semaine prochaine. Je pense qu'on pourra l'héberger si tu lui cèdes ton bureau pour quelques jours.

— Non, pas question, j'ai du travail à terminer. De plus, je ne veux pas de ta sœur que je ne connais pas dans notre intimité. Demande-lui d'arriver la veille, ce sera plus convenable. Après notre mariage, quand nous serons partis en voyage de noces, tu pourras lui prêter l'appartement pour aussi longtemps qu'elle le voudra.

— Ludger ! Ce n'est pas le condo qu'elle désire, elle veut arriver avant pour me voir, pour te connaître, pour qu'on sorte ensemble tous les trois.

Contrarié, et pour cause selon ses plans, Ludger rétorqua :

— Écoute, Lili-Perle, il te faudra penser à moi dans tes préparatifs, pas seulement à toi. Je te demande bien humblement de lui demander d'arriver la veille afin que nous puissions être deux jusqu'au mariage. Est-ce trop exiger ?

— Heu... oui, parce que nous sommes deux depuis que tu es ici et que nous serons encore deux après la cérémonie et pour fort longtemps ! Je ne te comprends pas, Ludger. Tu n'as même jamais voulu que j'invite des amies avec lesquelles je travaille pour un souper ou un *drink* dans la soirée. Des personnes que tu vas connaître à notre mariage seulement, pas un seul jour avant.

— Je ne suis pas sociable, je te l'ai dit, ma soie... Je ne suis pas parfait. Après notre mariage, je ferai en sorte d'essayer de changer et comme je les connaîtrai... Mais, d'ici là, je t'en prie, sois indulgente face à cette carence de ma personnalité. Est-ce vraiment trop demander ?

— Heu... non, tu as raison. Je pense trop à moi et pas assez à toi. J'ai été gâtée, tu sais. C'est de la faute à papa ! Romy aussi a ses caprices... Mais je vais m'efforcer de changer, moi aussi. En s'aidant l'un l'autre, nous allons finir par nous accorder, Ludger. Nous avons trop de petits différends. Même s'ils sont minimes... En autant que tu m'aimes encore comme aux premiers jours...

— Bien sûr, ma soie, que vas-tu chercher là ? J'ai beau regarder les portraits des femmes de l'histoire ainsi que les photos des vedettes de cinéma, aucune n'est plus belle que toi ! mentit-il.

Car il devenait évident que, depuis quelque temps, blasé de cet amour charnel qui lui manquait, Ludger avait senti la bougie de ses sentiments fondre graduellement. Surtout le matin, en se levant, alors que Lili-Perle, cheveux ébouriffés, pas maquillée, se traînant jusqu'à la cuisine dans ses savates, ressemblait à n'importe quelle femme. Ce n'est qu'après de nombreux artifices qu'elle devenait unique et qu'elle le séduisait, presque nue, avec ses longs bas noirs dans des souliers à talons aiguilles. Fantasmes, quoi ! Ce qui ne l'avait pas empêché, à l'auberge, de rendre le sourire qu'une jolie brunette dans un bikini blanc lui avait adressé, alors que Lili-Perle avait le dos tourné. Une fille d'au moins dix ans plus jeune... que sa soie !

— Regarde ce que j'ai trouvé, chérie ! lança Ludger à Lili-Perle, en revenant d'une vente de livres en français dans une école avoisinante. Des anecdotes de Marie-Madeleine Mercier, la nourrice de Louis XV, dit le Bien-Aimé ! Ça vient de la collection des *Métiers de Versailles*. On parle même du parfumeur Jean-Louis Fargeon ! Encore des choses à ajouter dans le dossier de mon monarque préféré !

— Tant mieux pour toi, mais ces choses-là, moi...

— Tu n'as pas l'air contente... Que s'est-il passé ?

— Un coup de fil de Romy qui a mal tourné. Je lui ai demandé d'arriver la veille seulement et elle s'est emportée. J'ai tenté de lui expliquer la raison de ce changement, mais, contrariée, elle s'est presque désistée d'être mon témoin, elle songeait même à ne pas assister à notre mariage. Elle s'est sentie insultée, Ludger, et elle ne te porte pas dans son cœur, crois-moi !

— Tu lui as dit que ça venait de moi ? Tu aurais pu...

— Quoi ? Lui dire que c'était ma décision quand je lui ai toujours ouvert ma porte avec empressement ? Non, elle a eu l'heure juste, Ludger ! J'ai peut-être des défauts, mais je ne mens pas.

— Bon, que veux-tu que je te dise... Elle va venir au moins ?

— Oui, la veille, son billet n'était pas encore réservé. Mais ça m'a fait mal de la retarder de la sorte. Romy et moi avons toujours été comme les deux doigts de la main. Solidaires ! Très attachées l'une à l'autre. Et voilà que ça se gâte...

Il se pencha, lui massa les épaules et répliqua :

— Ne t'en fais pas, ma soie, je saurai bien la conquérir en lui expliquant mon désarroi. Elle comprendra que mon insociabilité...

— Elle ne comprendra rien, Ludger ! Elle vient de se rendre compte d'un désintéressement auquel elle n'était pas habituée. La connaissant, elle va venir, mais elle ne sera que polie et réservée avec toi, rien de plus.

— Alors tant pis, mais j'aurai fait de mon mieux pour lui faire comprendre le besoin que j'avais d'être seul avec toi jusqu'à la fin. Si ça ne fonctionne pas, je n'insisterai pas. En autant qu'elle reste chaleureuse avec toi. C'est ta sœur, pas la mienne, Lili-Perle.

Elle se leva, se regarda dans le miroir, glissa ses doigts dans ses cheveux blonds comme pour les gonfler et Ludger, déjà loin de l'altercation, poursuivit :

— Ils avaient aussi un livre sur Henri IV, mais j'ai passé outre, j'ai à peu près tout sur lui.

Il avait parlé dans le vide, car, écœurée de l'entendre divaguer sur les têtes couronnées, Lili-Perle avait quitté la pièce pour se réfugier dans la chambre à coucher.

Octobre se montra le bout du nez, ce qui angoissa Ludger, pas loin de la dernière manche de son plan diabolique. Il tournait souvent en rond, se demandant comment il allait réussir à éloigner Lili-Perle de l'appartement, le moment venu. Elle était maintenant en congé et, outre quelques sorties pour les emplettes, elle ne s'éloignait guère. Ludger avait les mains moites. Il lui fallait partir le 6 ou le 7 du mois qui s'ouvrait, le 7 de préférence, alors que Romy serait là pour ramasser les restes. Mais comment faire ? Une idée folle lui traversa l'esprit. Il allait l'avoir avec son point faible : les robes et les bijoux. Il lui fallait l'éloigner à tout prix. Prétextant une sortie au centre-ville dans le but d'aller chercher des pages sur l'impératrice Joséphine chez un libraire indépendant d'un centre commercial, il s'y rendit, mais, sur place, c'est chez Fanny, une boutique *high fashion* que Lili-Perle fréquentait, qu'il entra. Avec la complicité de la patronne et de sa vendeuse, il se mit en frais de choisir plusieurs robes de prix qui venaient juste d'arriver ainsi que des bijoux de qualité nouvellement importés pour les rehausser. Traitant le tout avec discrétion, feignant l'improvisation, il avisa madame Fanny qu'il n'avait pas sa carte de crédit sur lui, qu'il laisserait un dépôt de cent dollars et que le solde serait réglé au moment où il viendrait avec Lili-Perle prendre possession de la marchandise. « Un cadeau de noces inattendu la veille de notre mariage ! » avait-il chuchoté aux deux femmes qui enviaient madame Simon d'être si choyée par son charmant futur mari. Il avait ajouté qu'il était préférable qu'il ne règle pas l'addition ce jour-là. Un mal pour un bien finalement de ne pas avoir sa carte, au cas où Lili-Perle refuserait le généreux cadeau. Ce à quoi madame Fanny, habituée à sa cliente, avait répondu : « Ce qui me surprendrait, monsieur Vallin ! »

Or, plan bien échafaudé, il revint à la maison les mains vides et expliqua à sa future que le libraire l'avait mal renseigné et que les pages du supposé livre rare faisaient déjà partie de ses dossiers. En revanche, voyant qu'elle s'ennuyait, il proposa d'aller louer un film qu'ils regarderaient ensemble le soir avant d'aller... au lit ! Une fin de phrase sur laquelle il avait appuyé en lui massant la nuque pour qu'elle retrouve le sourire. Car, si Ludger sentait ses ardeurs diminuer, il n'en était pas ainsi de celle qui avait trouvé en lui l'homme de sa vie. À cause de son merveilleux savoir-faire, nonobstant ses quelques défauts. Il revint avec *My Own Private Idaho*, un drame tourné en 1991 avec River Phoenix et Keanu Reeves. Une production bizarre et stylisée sur le thème de la marginalité. Un film qu'elle aima plus ou moins, mais qu'elle finit par apprécier à cause du *look* séduisant et inattendu de Keanu ! Puis, pour boucler la boucle, Ludger l'entraîna ensuite dans le brouillard de l'accouplement, avec quelques efforts de sa part déployés malhonnêtement.

Jeudi 6 octobre, et Lili-Perle était de plus en plus nerveuse. Agitée même. Comme une jeune fille qui se marie pour la première fois. Elle tournait en rond, vérifiait ses vêtements pour la cérémonie, limait ses ongles, recommençait… Au point que Ludger tenta de la calmer :

— Allons, cesse d'être anxieuse de la sorte, ma soie. Ce sera un jour comme les autres, sauf qu'à la fin de la soirée, nous serons mari et femme.

— Un jour comme les autres ? Mon Dieu que j'aimerais avoir ton impassibilité, Ludger ! Rien ne te bouscule, toi ! Toujours posé, même à deux jours d'une nouvelle vie.

Il était pourtant angoissé intérieurement, ses battements de cœur étaient précipités, il craignait tellement que son coup bas ne marche pas comme sur des roulettes. Feignant toutefois d'être pondéré, il lui cria du salon où il était entré :

— Viens voir à la chaîne spécialisée, ma soie, on nous présente *The Night of the Hunter,* avec Robert Mitchum et Shelley Winters. Un film sur la naïveté et la cupidité, dit-on.

Il n'aurait pu mieux dire. À l'instar des autres avant elle, Lili-Perle était naïve et peu méfiante. Mais elle refusa de regarder le film, préférant entreprendre lentement un souper, elle qui détestait cuisiner. Tout pour retrouver une certaine quiétude alors que ses appréhensions étaient ailleurs que dans ses chaudrons. Elle avait fait bouillir des pommes de terre, coupé des haricots verts, épluché des oignons, assaisonné une salade et fouetté un pudding à la vanille pour le réfrigérer. Sans trop se rendre compte de ce qu'elle faisait dans sa nervosité. Les deux steaks sortis du congélateur allaient dégeler sur le comptoir et, pour tuer le temps pendant que la boustifaille cuisait ou attendait selon le cas, elle s'était servi un *rhum and Coke* pour tenter de se détendre. Les aiguilles de sa montre firent deux fois ou presque le tour du cadran et, après le film que Ludger avait apprécié, elle l'invita à passer à table où tout était prêt, sauf les steaks qui grillaient dans le poêlon. Elle déboucha un beaujolais rouge que Ludger apprécia et, après ce souper quasi improvisé, au moment du digestif au salon après le bulletin de nouvelles, il baissa le volume de l'appareil pour lui dire :

— J'ai une surprise pour toi demain, ma soie.

— Ah oui ? Quoi donc ?

— On ne dévoile pas une surprise, voyons… Mais disons que c'est en guise de cadeau de noces de ma part.

— Bien, là, tu m'intrigues…

— Tu connais la boutique Fanny, là où tu te rends parfois ?

— Bien sûr, et c'est le cas de le dire… parfois ! C'est si cher à cet endroit-là.

— Alors, écoute-moi bien, demain après-midi, tu devras t'y rendre pour profiter de ce dont je parle.

— Je ne te suis pas, Ludger… Que veux-tu dire ? Tu veux que je me rende à la boutique ? Pourquoi ?

— C'est sur les lieux que tu verras à quel point je t'aime, ma soie.

— Tu… tu aurais fait des achats pour moi ?

— Ah ! je ne dévoile rien, il te faudra y aller, on t'y attend.

— Qui ça « on » ? La patronne ? Je la connais, tu sais…

— Alors, plus de questions, je t'en prie, et ne l'appelle surtout pas, ça briserait le *punch* !

— Ludger ! Tu veux que je m'y rende seule ? Sans toi ?

— Oui, parce que ce sera long. Je n'ai pas la patience…

— Pourquoi demain ? C'est la veille de nos noces, je n'aurai pas le temps…

— Oui, tu l'auras, et ça va te détendre, diminuer ta nervosité. Tu tournes en rond, Lili-Perle ! Imagine ce que sera demain pour toi ! Avec ces heures que tu sauras apprécier, crois-moi, tu vas mettre l'anxiété de côté. Tu seras dans un monde enchanté.

— Ne me dis pas que tu as fait de folles dépenses, toi ! Je n'ai pourtant besoin de rien. Et c'est si cher à cet endroit ! De plus, ça pourrait attendre après le mariage, non ?

— Lili-Perle ! Un présent de la part du futur marié, c'est avant les noces qu'on le reçoit, pas après ! Comme ton père qui t'a envoyé d'avance l'argent pour notre voyage ainsi que tes amis et ton cousin qui t'ont déjà fait parvenir leurs cadeaux. Ne me désappointe pas en remettant à plus tard ce que j'ai mis en œuvre pour demain.

Sans en avoir vraiment envie, surtout la veille du grand jour, Lili-Perle se plia de mauvaise grâce à l'invitation de Ludger :

— D'accord, j'irai… Mais tu aurais pu planifier cela pour aujourd'hui. S'il n'était pas si tard, je m'y rendrais maintenant.

— Non, demain, ma soie, le rendez-vous est pour deux heures et tu en auras pour un bout de temps. De toute façon, je crois que la patronne s'absentait aujourd'hui… Je n'en suis pas certain, mais il y avait un empêchement. Voilà pourquoi j'ai opté pour le lendemain.

— Je me demande bien ce que tu as fait, mon loup. J'espère que je n'aurai pas à essayer tout le *stock* du magasin ! Je te connais, toi !

— Pas loin… tu verras, mais tu seras contente, j'en suis certain.

Elle laissa échapper un soupir de « on ne savait quoi ». D'impatience ? D'indifférence ? D'agitation ? Sans doute tout cela à la fois. Puis, l'enlaçant et l'embrassant tendrement, Ludger avait ajouté :

— Tu seras heureuse avec moi, n'en doute pas. Je ferai tout, ma soie, pour que chaque jour se lève sous un soleil ardent. Même s'il y a de la pluie… Parce que, dans mon cœur, tu t'es multipliée de jours en heures… Comme si le Ciel y avait semé sa plus jolie fleur !

— Ah ! Ludger ! Quel poème… Je t'aime, je t'aime… et je ferai de toi le plus heureux des hommes !

Il lui passa la main dans les cheveux, caressa sa nuque et ses épaules et, dans un désir ardent cette fois, il lui murmura :

— Une nuit d'amour réussirait-elle à t'apaiser, ma soie ?

Elle sourit, se leva et se dirigea vers la chambre où le grand lit de leurs ébats les attendait. Il insista pour que ce soit comme la première fois, le déshabillage progressif de part et d'autre afin qu'il puisse admirer encore ce corps parfait qu'il allait certes quitter à regret. Nus tous les deux, assise sur ses cuisses pendant qu'il lui encerclait la taille, elle sentait déjà la jouissance se dégager de ses entrailles. Lui, dans cette position, avait peine à retenir l'érection que les fesses de Lili-Perle lui causait. Il lui embrassa les seins, lécha ses mamelons et, d'une main baladeuse, il laissa glisser le majeur et l'index de sa main droite, plus bas que le nombril de celle qui, secouée par le geste, lui mordillait les oreilles. Quel parfum suave que le sien ! Étrange, il ne lui avait jamais demandé le nom ni le sceau du produit. Comme pour garder le mystère de ce qui l'avait envoûté depuis le tout premier rapprochement. Prêts à passer à l'attaque l'un comme l'autre, elle se laissa choir au creux du lit, sachant qu'il la soutiendrait de son bras musclé. Puis, étendue, inerte dans l'extase, il s'apprêtait à la posséder lorsqu'elle le renversa sur le dos afin d'être la première à lui procurer de ses lèvres un plaisir fou. Ludger, enflammé, s'agrippait au drap blanc du lit, alors que la plus belle des femmes, quelque peu animale, lui compressait le membre d'une façon bestiale. Renversant les rôles, Ludger prit le dessus et, tout en l'embrassant fougueusement, il la transporta sans trêve dans la furie d'un indomptable accomplissement. Elle se mordait les lèvres pour ne pas hurler de contentement. Il le savait, il lui retenait les poignets pour qu'elle ne puisse se défaire de sa minable emprise. Pour éviter qu'elle l'égratigne ou qu'elle lui enfonce ses ongles cramoisis dans la cambrure des reins. Une fois, deux fois, presque trois de ces dons de soi et, à deux heures du matin, épuisés dans les bras l'un de l'autre, la sueur au front pour lui, sous les aisselles pour elle, ils s'endormirent comme deux amants soudés l'un à l'autre, de peur d'être pris en faute. Jusqu'au petit matin. Sans râles de la part du mâle, avec, encore, quelques gémissements d'elle. Puis, se dénouant peu à peu de ce corps à corps que rien n'avait prohibé, ils entrouvrirent les yeux. Lui, le premier ; elle, quelques minutes plus tard. Satisfaits, sourire aux lèvres, ils étaient muets lorsqu'elle rompit le silence avec une larme au coin de l'œil :

— Je t'aime, mon ange, je t'aime, je t'aime... Chut ! ne dis rien ! Tu risquerais de réveiller ma chair, mes sens, et que ça recommence.

Vendredi 7 octobre 2005, après un bon déjeuner ensemble, Ludger se retira dans son bureau pour travailler pendant que Lili-Perle, remettant tout en ordre dans la chambre, refaisait soigneusement le grand lit malmené. Après une douche, habillée, maquillée, vêtue d'un pantalon beige et d'un blouson brun café, elle entra dans le bureau où son futur mari travaillait et put lire sur son dossier en vue : *Messaline, l'impératrice nymphomane.* « Encore elle ! » pensa-t-elle, mais sereine à la pensée du grand jour qui viendrait le lendemain, elle dit à Ludger :

— Écoute ! Tu vas être seul plus longtemps que tu ne le croyais, je dois aller chez le coiffeur pour des mèches et, ensuite, je me rendrai à la boutique après avoir avalé un sandwich au centre commercial tout près de l'endroit.

— Vraiment ? Aucun problème, ma soie, mais tu es certaine de ne pas revenir ici après le salon de coiffure ? Tu auras certes du temps à tuer avant le rendez-vous de cet après-midi.

— Préfères-tu que je revienne et qu'on dîne ensemble ?

— Non, pas du tout, je veux juste m'assurer de ton horaire, car, dans ce cas-là, je vais me rendre chez un libraire dont j'ai trouvé l'adresse sur mon ordinateur. Pas loin d'ici, dix minutes tout au plus en taxi. Il possède, semble-t-il, des documents à vendre sur le règne de Napoléon ainsi que des livres historiques usagés. Ça risque de m'intéresser. À quelle heure dois-tu être chez le coiffeur ?

— Vers onze heures. Demain, je passerai pour une petite retouche avant le mariage. C'est sur notre chemin.

— Bon, d'accord, fais ce que tu as à faire et moi, de mon côté, je vais effectuer ce déplacement et revenir après, à moins que je ne mange quelque chose dans ce coin-là... Si je trouve un petit resto, évidemment. De toute façon, je vais prendre mon temps, ça va m'empêcher de me tourner les pouces, j'ai presque fini le dossier sur lequel je travaille depuis des mois.

— Tant mieux pour toi ! Tu sais, je ne te sens pas nerveux pour un homme qui se marie demain. Contrairement à moi qui...

— Je le serai quand je me lèverai, ma soie, l'interrompit Ludger. Aujourd'hui, j'évite d'y penser parce que tout est prêt de mon côté. Mon complet, ma cravate... Tu me laisses terminer mon travail ?

Elle l'embrassa sur la joue et lui murmura amoureusement :

— C'est toi qui vas m'apprendre à retrouver ma quiétude, mon loup. Avec toi, je me sens protégée et délivrée de tout. Même de mes pires angoisses.

— Allons, va vite prendre tes choses, le temps presse, les aiguilles de l'horloge tournent, il te faut être à l'heure chez le coiffeur...

— J'ai encore du temps, Ludger. Je pourrais te déposer là où tu vas, si tu veux...

— Non merci, Lili-Perle, va en paix de ton côté et laisse-moi m'arranger avec ma journée. Quand tu reviendras en fin d'après-midi et que tu seras revenue de ta surprise, nous pourrons aller souper au restaurant en cette dernière journée de célibat. Ça te plairait ?

— Oh oui ! Ce sera plus distrayant qu'ici, et un bon vin m'aidera à me détendre après ces longues heures d'essayage chez Fanny qui s'annoncent, grâce à toi... éreintantes !

Elle s'était esclaffée après sa remarque, il n'avait que souri.

Trente minutes plus tard, sur son départ, Lili-Perle vint lui tendre la joue. Il se leva de son fauteuil de travail pour lui dire :

— Allons, mieux que ça, Lili-Perle, tu as une bouche si invitante...

Elle se reprit, s'approcha de nouveau et, cette fois, la saisissant dans ses bras, c'est lui qui déposa sur ses lèvres le plus brûlant des baisers. Le dernier.

Lili-Perle Simon s'était rendue chez son coiffeur qui l'avait félicitée pour son mariage tout en lui faisant une coiffure digne d'une star hollywoodienne. Cheveux bouffants avec des mèches retombant sur le côté de l'œil gauche. Il lui rappela qu'il lui ferait une retouche le lendemain si elle voulait bien s'arrêter cinq minutes en se dirigeant au lieu de son union. Plus généreux encore, il lui avait offert, en cadeau de noces, un magnifique vase à fleurs en verre soufflé rose. De la part des employés aussi. Sans oublier la coiffure et les mèches avec ses compliments ! Sortie du salon avec le sourire aux lèvres, le vase dans un sac approprié de qualité, elle se dirigea au centre commercial et, choisissant parmi les restaurants à aire ouverte de l'endroit, elle jeta son dévolu sur un buffet brunch de viandes froides, de crudités et de salades diverses. Elle se versa une soupe au poulet avec riz, pour ensuite se remplir une assiette de laitue avec des tomates en dés, une tranche de jambon et un œuf cuit dur, ce qui serait suffisant jusqu'au souper gastronomique au restaurant. Regardant sa montre, l'envie lui prit d'appeler Ludger, mais elle n'en fit rien, le sachant chez le libraire qui avait beaucoup de livres de seconde main, selon lui. Roulant lentement, elle se rendit à deux heures précises à la boutique Fanny où l'attendait la patronne avec son employée :

— Madame Simon ! Heureuse de vous voir ! clama la propriétaire des lieux dans un très bon français. Toujours aussi jolie à ce que je vois... Monsieur n'est pas avec vous ?

— Heu... non, devait-il l'être ?

— Il a dit à ma vendeuse qu'il vous accompagnerait quand il est parti. J'étais occupée avec une autre cliente...

— Alors, il aura changé d'idée ! Il voulait sans doute que la surprise soit plus grande ! Je voulais venir hier, mais comme vous étiez absente...

— Hier ? Mais non, j'étais là toute la journée ! Vous auriez dû appeler. Ça m'aurait mieux arrangée le jeudi que le vendredi, c'est moins occupé. C'est votre futur qui a fixé le rendez-vous pour aujourd'hui...

— Je me demande bien pourquoi, je suis pourtant plus affairée aujourd'hui, la veille du mariage. J'avais le coiffeur ce matin... Ah ! les hommes ! Bon, maintenant que je suis là, cessez de me faire languir et dites-moi de quoi il s'agit.

La patronne l'attira vers l'arrière du magasin puis, tirant un rideau, Lili-Perle, la main sur la bouche, faillit tomber à la renverse. Six ensembles différents avec bijoux : robes du soir, robes d'après-midi, un deux-pièces... Tous griffés d'un couturier canadien renommé. Du rouge, du vert, du blanc... et des bijoux de fantaisie multiples pour enjoliver chaque toilette. Se ressaisissant quelque peu, Lili-Perle demanda :

— Vous n'allez pas me dire que tout cela est pour moi ?

— Oui, madame, le choix de votre futur, mais avec notre aide, naturellement. Nous connaissons vos goûts depuis le temps.

— Ludger ne peut avoir fait ça ! C'est une fortune, une telle garde-robe !

— Il faut croire qu'il n'y a pas de prix pour la femme qu'on aime. D'ailleurs, votre futur est un homme distingué et fort beau, selon ma vendeuse.

Cette dernière avait rougi, mais Lili-Perle s'accommoda fort bien du compliment, tout en gardant les yeux rivés sur ces toilettes de grand prix. Aucune ne lui déplaisait, elle se voyait dans chacune d'elle au moment choisi. Surtout au travail avec le tailleur griffé qui en ferait rêver plus d'une.

— Vous désirez les essayer, madame Simon ?

— Bien, pas toutes, je vais en avoir pour la journée, mais peut-être la rouge à cause de la taille cintrée et le tailleur pour en voir la longueur. De toute façon, vous avez mes mensurations, je ne crois pas qu'il y ait eu erreur de ce côté et, si jamais je trouvais que l'un des autres vêtements n'est pas à mon goût dans le miroir, ce qui me surprendrait, je pourrais le rapporter, n'est-ce pas ?

— Bien sûr, madame, mais nous avons été très sélectifs, monsieur et moi. Il a bon goût, vous savez.

— Oui, Ludger a des aptitudes de styliste, il dénote tout d'un seul coup d'œil. Que ce soit pour des vêtements, un divan, un tableau, un bibelot, un réveille-matin, tout s'agence avec lui. Il a une acuité qui ne se dément pas.

— Alors, qu'est-ce qu'on fait, madame Simon ? On emballe tout et on dépose les cartons et les housses dans le coffre de votre voiture ?

— Heu... je pourrais peut-être revenir avec lui les prendre... Mais, d'un autre côté, Ludger sera heureux de me voir revenir avec ses cadeaux plein les bras. Je vais donc opter pour les faire emballer et les déposer dans la voiture.

— Voilà qui va prendre quelque temps, madame Simon. Si, en attendant, vous passiez dans mon bureau, je pourrais vous offrir un café ou un thé avec des biscuits aux amandes.

Lili-Perle accepta le café, prit place en face de la patronne aussi hautaine que « les têtes couronnées » de Ludger, et lui dit :

— Je suis désolée de ne pas avoir choisi ma toilette de mariée ici. Je suis tombée en amour avec un ensemble aperçu dans une vitrine.

— Qu'importe, madame. Je ne prétends pas avoir la seule boutique huppée de Halifax. Il y en a d'autres, vous savez.

Puis, coupant court à ce bavardage inutile, madame Fanny lui demanda :

— Monsieur vous a remis un chèque certifié ou une carte de crédit conjointe pour le règlement de la facture ?

— Pourquoi ? Vous voulez dire que cette marchandise n'est pas payée ?

— Non, madame, il nous a remis un acompte de cent dollars seulement. Il devait régler le tout au moment où il reviendrait prendre les toilettes avec vous.

— Ah bien ! ça alors ! Ludger ne m'en a glissé aucun mot ! À combien s'élève la facture, madame Fanny ?

— Après les taxes et la déduction des cent dollars pour la mise de côté, il reste une balance de sept mille huit cents dollars, madame.

— Tant que ça ? Mon mari voulait-il habiller la reine d'Angleterre ?

— Je ne sais trop, mais il a choisi ce que nous avions de plus exclusif et de plus cher. Quelques-uns des bijoux sont des importations… Monsieur n'a rien mesuré pour vous plaire.

— Bien, pour une surprise, c'en est toute une ! Je lui demanderai donc de venir régler la facture. D'ici là…

— Heu… je suis désolée, madame Simon, mais je ne peux laisser sortir cette marchandise sans qu'elle soit payée. C'est contre mes principes.

— Bon, je vais tenter de le contacter sur son cellulaire et voir avec lui comment nous allons procéder.

Lili-Perle essaya à deux reprises, mais la communication ne se faisait pas. Elle réessaya une troisième fois, la ligne était morte. Étonnée, elle dit à la patronne :

— Je ne comprends pas ce qui se passe, je suis incapable de l'atteindre. Ah ! ces portables ! Je vais essayer à la maison.

Elle composa, mais tomba, après quatre sonneries, dans sa boîte vocale.

— Il n'est pas encore revenu de sa sortie.

Lili-Perle songeait à ce qu'elle pouvait faire, lorsque la dame lui suggéra :

— Vous pouvez toujours revenir avec lui ce soir, madame. Nous garderons les achats ici, en toute sécurité.

— Voyons donc ! La moitié est déjà dans mon coffre d'auto ! Je vois d'ici la jeune fille qui transporte les boîtes. Vous pourriez me faire confiance, non ?

— Désolée, mais c'est contre la politique de la maison, madame. D'autant plus que ce sont des exclusivités. Non, je ne peux vous accommoder de la sorte, madame Simon.

— Et moi, je ne peux faire ça à Ludger ! C'est son cadeau et il s'attend sûrement à ce que je revienne avec ces vêtements pour me voir en essayer quelques-uns ce soir. Le règlement de la facture est sans doute un oubli de sa part, à moins qu'il croyait pouvoir revenir plus tard, ne connaissant pas… vos principes ! Je vais vous la régler, l'addition, moi ! Avec ma MasterCard ! Et Ludger me remboursera !

— Comme il vous plaira, madame Simon.

Lili-Perle présenta sa carte qui fut vite acceptée pour le montant requis. Après que tout fut rangé dans le coffre de la voiture, elle s'apprêtait à partir lorsque madame Fanny lui dit :

— Vous connaissez notre politique, n'est-ce pas ? Nous échangeons, mais il n'y a aucun remboursement sur la marchandise livrée.

Choquée de l'attitude de cette pimbêche après avoir tant dépensé chez elle, Lili-Perle, qui ne comptait plus remettre les pieds là, répliqua d'un ton condescendant en sortant :

— Oh ! une remarque avant de partir, madame Fanny. Ne croyez-vous pas qu'une cliente de qualité, après avoir dépensé une telle somme dans votre boutique, devrait avoir au moins droit à un café allongé ?

Durant tout ce temps, dès le départ de Lili-Perle de la maison, Ludger n'avait pas perdu de temps. Il avait attendu quinze minutes, pas plus, au cas où elle reviendrait prendre quelque chose qu'elle aurait oublié et, sûr et certain qu'elle était maintenant en chemin, il fourra tout ce qu'il avait sur son bureau dans sa mallette. Ses dossiers, ses cahiers, ses plumes et ses crayons, ses trombones... Tout ! Puis, fermant son *laptop*, il se dirigea ensuite vers la chambre et la salle de bain pour ramasser son linge et ses articles de toilette qu'il laissa tomber négligemment dans ses sacs de voyage. Le rituel, quoi ! Il avait réservé, la veille, à l'insu de sa bien-aimée, un taxi d'un autre arrondissement et s'était départi de son cellulaire déjà annulé, en le laissant tomber dans une large fente d'une bouche d'égout. Libre comme l'air, il rappela le *stand* pour que la voiture arrive plus vite que prévu. Pourvu de tous ses biens, il put quitter le condo sans que personne le voie, les quelques voisins de l'étage travaillant à cette heure-là. N'ayant rien oublié, surtout pas le portrait de Voltaire qu'il avait imprimé la veille, il s'assura nerveusement que rien n'avait été laissé derrière lui et s'engouffra dans le taxi venu le quérir. En route vers l'aéroport Stanfield, il fit arrêter le chauffeur devant une boîte aux lettres afin d'y glisser une enveloppe déjà adressée et timbrée. De cette façon, il était certain qu'elle la recevrait plus rapidement que postée de l'aérogare. Sur place, ayant récupéré le billet avec escale à Toronto, dont l'avion décollait en milieu d'après-midi, il se réfugia dans un coin discret pour reprendre son souffle et, de là, jusqu'au petit restaurant passé la sécurité, où il avala un sandwich au *roast beef* froid avec un carré de fromage. Plus détendu dans cette aire d'embarquement réservée aux passagers, protégé des rencontres avec des personnes qui pourraient le reconnaître, il s'empara d'un journal laissé sur un banc pour y lire que c'était le week-end du Salon du livre de Shippagan au Nouveau-Brunswick. Que de souvenirs de cette province ! Surtout de Moncton et de Judith, sa deuxième conquête abandonnée. Puis, regardant vaguement les pistes d'atterrissage, il se mit à songer à Lili-Perle, celle qu'il fuyait lâchement, à son amour pour elle, à ses nuits divines avec elle dont la dernière, l'ultime, l'inoubliable... Chagriné, il se rendait compte soudainement qu'il n'allait plus jamais posséder cet incomparable corps de femme. L'abstinence allait être douloureuse, d'autant plus qu'aucune autre ne l'attendait pour l'en soulager. Complètement seul dorénavant, il savait qu'il allait devoir faire un long deuil de cette dernière histoire. Car, contrairement aux autres, elle l'avait marqué, sa dernière proie. Lili-Perle Simon n'était pas femme à être rejetée. Et, au fond de lui-même, Ludger l'aimait encore un peu, beaucoup, passionnément. Mais il ferma les yeux sur la rupture brutale qui, cette fois, semblait lui faire autant mal à lui qu'à elle... quand elle rentrerait. « Le temps est un grand maître », se disait-il intérieurement, mais son geste le torturait. À cinquante-sept ans révolus, une telle conquête de vingt ans de moins d'usure... Belle à outrance ! Gâtée, mais si enivrante ! Têtue, mais si séduisante ! Il avait presque le cœur gros sur ce banc gris à côté de son bagage, mais le chagrin s'atténuait dès qu'il se rappelait que « sa soie » désirait un enfant après le mariage. Un enfant ! Quel encombrement à son âge ! Fils unique, marié à Andréanne jadis… Non, il ne fallait pas qu'il pense à sa femme, sa légitime d'antan. Pas maintenant. Pour ce qui était de Lili-Perle, il s'efforçait à se remémorer les côtés moins favorables de cette dernière compagne. Il n'avait qu'à fermer les yeux, lire et relire de mémoire la lettre qu'il avait rédigée l'avant-veille en buvant un verre de vin, pour que s'effacent les remords. Il ne fallait pas qu'il regarde en arrière… Lili-Perle se devait de s'ajouter au trio composé de Raymonde, Judith et Viviane… Pour former un quatuor ! En devenant la dernière éclopée de tous ces déplacements improvisés. Les yeux dans le néant, il cherchait à tourner la page en songeant à ses voisins, Godfrey et Mary, qu'il avait envie de retrouver. Le plus tôt possible ! Il pensait aussi à Sweetie, sa perruche qui, d'un perchoir à l'autre, s'agiterait au son de sa voix. Trois heures, le moment du décollage, et Ludger, assis près du hublot dans cet avion peu confortable, avait comme voisine une dame âgée à qui il allait certes causer puisque, sur ses genoux, le signet dans une page, elle était à mi-chemin de la vie de… Marie Stuart !

Il était quatre heures trente en fin d'après-midi lorsque Lili-Perle regagna le condo. Exténuée par sa journée, elle comptait sauter dans ses pantoufles et s'allonger sur le canapé, un *rhum and Coke* sur la table du salon, puis prendre un bain chaud pour relaxer avant d'aller souper. Elle monta par l'ascenseur jusqu'à l'appartement et put entendre, du couloir, de la musique classique provenant de chez elle. Déverrouillant la porte, elle cria :

— Chéri ? C'est moi ! Je vais avoir besoin de ton aide, j'ai le coffre de la voiture rempli de boîtes, de sacs et de housses.

Aucune réponse, aucun pas, que la musique de Chopin en sourdine, en mode répétition. « Pas encore là ! se disait-elle, à moins qu'il ait fait ensuite un saut à la bibliothèque... Mais si tard ? Voilà qui me surprendrait. » Elle alluma partout et, se dirigeant jusqu'à la chambre, elle prit place sur le bout du lit et troqua ses souliers à talons hauts contre des savates confortables. Levant les yeux, elle se rendit compte que l'un des tiroirs de la commode de Ludger était ouvert. Elle allait le refermer lorsqu'elle s'aperçut qu'il était vide. C'était pourtant celui dans lequel il cordait ses sous-vêtements et ses pyjamas. Elle ouvrit l'autre plus haut et sursauta. Vide également ! Sans aucune paire de bas. Confuse, elle remarqua que son eau de toilette n'était pas sur la commode et qu'aucune paire de souliers ou de pantoufles de Ludger ne traînait sur le plancher. Elle s'avança, ouvrit la porte du placard et ce fut son coup de grâce ! Il était dépouillé de tout ! Ses complets, ses chemises, ses cravates, sa veste de laine, sa robe de chambre, plus rien ! Étonnée, mais ne réalisant pas encore ce qui s'était passé, elle se rendit à la salle de bain pour trouver le lavabo dénudé de sa brosse à dents, de son rasoir et de sa crème à barbe. Il ne restait plus que ses effets personnels à elle sur la commode de marbre rose. Tremblante, la crainte au cœur, elle se précipita dans son bureau pour le découvrir entièrement vide de tous ses articles de travail, l'ordinateur inclus. Seul un trombone échappé traînait par terre. Abasourdie, assise dans la cuisine à se poser mille et une questions, elle en vint lentement à la conclusion qu'il était parti.

Nerveuse, désemparée, buvant une gorgée de rhum à même la bouteille, ne sachant trop que faire, elle chercha en vain un mot laissé quelque part, avant de se mettre à pleurer. De peine plus que de rage. Lili-Perle ne pouvait s'imaginer que Ludger ait pu lui faire un coup semblable. C'était inconcevable ! Ils allaient se marier le lendemain. Il n'était quand même pas parti pour la journée en emportant toutes ses affaires. Se creusant les méninges, il lui revint en mémoire le cellulaire qui ne répondait plus. Prise de panique tout en s'efforçant de garder son calme, elle composa le numéro de son cousin Mike qui, heureusement, était chez lui :

— Lili ! Que puis-je faire pour toi ?

— Dis-moi, Mike, Ludger serait-il chez toi par hasard ?

— Non, pourquoi ?

Un long silence au bout du fil et, d'une voix au bord des larmes, Lili-Perle répondit :

— Il est parti, Mike. Tout son *stock* aussi. Je ne comprends pas…

— Parti ? Voyons donc ! Vous vous mariez demain !

— Oui, je sais, mais le marié ne sera pas là… Il a disparu, il s'est envolé la veille des noces ! Je suis désemparée, je viens à peine de rentrer.

— Il va sûrement revenir, il ne peut être loin…

— Tu n'as pas compris, Mike ? Il n'y a plus rien de lui dans l'appartement, pas même sa brosse à dents ! Il m'a quittée, Mike, je le sens; juste avant le mariage. Il a sans doute changé d'idée…

— Ça ne se peut pas ! On ne fait pas ça à personne ! Ce serait trop lâche et, connaissant Ludger… Veux-tu que je me rende chez toi, Lili ? Tu sembles bouleversée !

— C'est bien assez, tu ne trouves pas ? Oui, viens avant que je devienne folle ! Romy devrait arriver de l'aéroport vers sept heures, mais d'ici là, j'ai peur de rester seule… J'ai les nerfs en boule. C'est monstrueux ce qu'il a fait là, Mike !

— As-tu essayé son cellulaire ? Son courriel ?

— Sa ligne téléphonique est morte et son adresse *e-mail*, je ne l'ai pas, je n'en avais pas besoin, on vivait ensemble.

— Quelle maudite affaire ! Tout un choc ! J'ai peine à le croire ! Est-ce qu'il t'a déjà parlé d'où il venait ? Une adresse à Québec ou à Montréal ? Attends, je vais essayer par Bell sur mon ordinateur.

Lili-Perle soupirait, suait même, et Mike revint au bout du fil pour lui dire :

— Écoute, je ne comprends pas, il n'y a pas un seul Ludger Vallin à Montréal ou à Québec. J'ai vu quelques Valin avec juste un *l* au Québec, en région, mais Vallin, j'en trouve même pas au Canada !

— Laisse faire, cherche pas, et viens prendre un verre à la maison. J'ai besoin d'aide, Mike. Ça presse ! Il y a des démarches à faire, du monde à prévenir…

— Il y a aussi toi, ma petite cousine. Il va te falloir être forte si son départ est définitif.

— Il l'est, voyons, on n'apporte pas toutes ses affaires pour réfléchir. Viens, on aura du travail à faire toi et moi. Et j'ai des housses et des sacs dans la voiture à te faire monter. Pour ce qui est de me soutenir, Romy va être là dès ce soir. Je te laisse, Mike, arrive avant que j'éclate ! Quelle humiliation !

Mike était chez sa cousine depuis trois heures lorsque Romy se présenta après avoir appris, de l'aéroport où l'avion avait atterri, que le futur mari était parti. Se jetant dans les bras de Lili-Perle, elle lui avait dit :

— *Please, don't cry...*

Pour ensuite poursuivre en français :

— Il n'en valait pas la peine, Lili. Tu aurais sans doute été malheureuse avec lui. Un homme aussi instable, aussi cruel...

— Mais je l'aimais, Romy ! Comme une folle ! J'aimais tout de lui ! répliqua Lili-Perle en pleurant de plus belle.

Mike, plus en retrait, avait dit à Romy à l'insu de sa sœur :

— Tu sais, on ne savait rien de lui. Pas même d'où il venait. On n'a jamais vérifié... Il était de passage, m'avait-il dit au départ, il n'était pas d'ici. Je pense qu'il était de nulle part, cet homme-là.

Romy, qui n'avait rien en commun avec sa sœur aînée, plus grande, plus robuste, moins jolie, lui avait dit en s'exclamant :

— Tu te sauves peut-être d'un paquet de troubles, Lili !

Sans l'écouter, Lili-Perle, absorbée dans ses pensées, poursuivit :

— La veille du mariage ! C'est un coup de couteau dans le dos de sa part, ça ! On ne fait pas souffrir ainsi une femme qu'on aime !

— T'aimait-il seulement ?

— Il me le répétait constamment.

— Parce qu'il avait vingt ans de plus que toi, peut-être...

— Raison de plus pour ne pas me quitter ! Je ne faisais jamais allusion à notre différence d'âge. C'était l'amour fou entre nous ! Chaque nuit... Ah ! laisse faire, Romy, je n'entrerai pas dans ces détails. Mais c'était l'harmonie la plus totale.

— Tu as une photo de lui ?

— Heu… non, on n'en a jamais pris, il n'aimait pas se faire photographier. J'ai eu de la misère à engager un photographe pour les noces, et on ne le verra pas, il a décampé ! Ah ! le… Je me retiens devant vous deux, mais intérieurement…

— Allez ! ne te gêne pas si ça peut te soulager ! lança Romy.

— Qui sait ? Il avait peut-être un trouble de la personnalité, ton Ludger… marmonna Mike.

— Un trouble ? Si c'était le cas, c'est de démence qu'il souffrait ! On ne quitte pas brutalement une femme qu'on a aimée intensément. J'étais « sa soie », comme il m'appelait. Il était « mon loup ».

— Arrête de t'agiter ainsi, lui conseilla Romy. Comme on ne peut rien faire pour le retracer, il faut avertir les gens, Mike et moi.

— Et tu sais quoi, Romy ? Il vient de m'endetter de sept mille huit cents dollars ! Aujourd'hui même ! Pendant qu'il prenait le large ! Un beau salaud, n'est-ce pas ?

— Comment ça ? insista Mike.

Et Lili-Perle, entre ses sanglots, leur fit part de la manigance coûteuse qu'il avait planifiée pour se sauver d'elle. Une dette fort élevée qu'elle devrait rembourser. « Ah ! le goujat ! » cria-t-elle dans une haine soudaine.

Mal à l'aise, inconfortable dans une pareille situation, Lili-Perle laissa Mike et Romy avertir les invités que le mariage était annulé, sans rien préciser cependant. On avait ajouté que les cadeaux seraient retournés, ce à quoi quelques-uns s'opposèrent. Puis, Lili-Perle trouva la force d'appeler elle-même l'hôtel pour annuler la réception du lendemain, ce qu'on fit moyennant une compensation pour les denrées périssables commandées. Pour ce qui était du célébrant qui devait les unir, aucune trace. Comme dans les cas des précédentes proies du « triste sire », comme on aurait pu le désigner. Et, bien entendu, on ne réussit pas à localiser le taxi qui était venu le chercher. Romy avait téléphoné à son père en fin de soirée pour l'informer du drame que Lili-Perle vivait. Monsieur Simon, plus tiède, plus pondéré devant les faits, lui répondit :

— C'est peut-être la meilleure chose qui lui soit arrivée, Romy. Ta sœur a toujours été trop impulsive. On ne se marie pas avec un homme qu'on ne connaît pas. Tu vois ? Je te l'avais dit, elle ne savait rien de lui. Et ce qu'il lui racontait était sans doute un tissu de mensonges. Demande à Lili de prendre l'argent que je lui ai fait parvenir pour les billets qu'elle devait réserver si ce n'est déjà fait, et de se rendre avec toi, si tu le peux, à Clearwater. Pour ses achats, dis-lui de ne pas s'en faire, je lui signerai un chèque pour les régler. Même chose pour les autres montants engagés dans cette histoire.

— Veux-tu lui parler, papa ?

— Non, elle est trop fragile en ce moment et je pourrais être sévère… Mais elle n'a pas à s'en faire, tout va se tasser et elle va reprendre sa vie en main comme avant. Il n'y a que l'humiliation subie que je ne peux soulager avec mon argent. Elle aura à la vivre, c'est évident, mais elle saura bien s'en libérer avec le temps. Si elle cherche encore à refaire sa vie, dis-lui que des ministres et des haut placés au ministère de la Défense, c'est beaucoup mieux qu'un va-nu-pieds venu on ne sait d'où. Un opportuniste qui ne s'est servi que de la beauté de Lili pour se rehausser aux yeux d'on ne sait qui ! En terminant, dis à ta sœur aînée d'être plus vigilante la prochaine fois et de ne pas s'éprendre d'un homme de l'âge de son père !

Il l'avait quittée sur ces mots et Romy, d'accord avec lui, se promit tout de même d'attendre au lendemain avant de transmettre, à sa sœur attristée, l'essentiel du long chapelet qu'Eugène Simon venait d'égrener.

Samedi 8 octobre, jour du prévu mariage, Romy ne comptait pas faire la morale à sa sœur. Elle savait que Lili-Perle aurait à faire le deuil de cette journée en la vivant en imagination. Elle ne parlait presque pas, buvait du café, du rhum avec cola et un verre de vin au souper avec quelques bouchées. Le cousin Mike était reparti la veille à la tombée de la nuit. Lorsque Romy la regardait longuement, son aînée lui disait : « Ça va aller, ne t'en fais pas ! » Contrairement aux autres délaissées, Lili-Perle allait survivre plus solidement à l'affront. Parce que plus jeune, plus jolie et pouvant compter encore sur un avenir plus prometteur. Mais avec la difficulté d'affronter la honte qu'elle ressentait. Soulagée d'avoir, par contre, le mois complet devant elle. Il lui aurait été pénible d'avoir à faire face, plus tôt, à ses camarades de travail, sans baisser les yeux devant eux. Non pas pour la rupture, on en voyait fréquemment, mais pour le rejet. Lili-Perle Simon, la belle d'entre les belles, qui refusait, on s'en souvenait, les offres et les invitations. Quelle injure pour elle que d'être celle qui avait été cavalièrement abandonnée par un homme plus vieux qu'elle !

Le dimanche, pour se changer les idées, elle accepta d'aller se promener dans un parc avoisinant où quelques écureuils cherchaient encore, avec moins de résultats cependant, des biscuits à croquer ou des arachides à enterrer. Lili-Perle, s'échappant, mentionnant parfois Ludger, dit à Romy en passant :

— Quel être infâme ! Quel grossier personnage ! Me laisser de cette façon après m'avoir aimée comme un forcené !

Sa jeune sœur, soupirant de compassion, lui répliqua :

— Il n'a peut-être aimé que ton corps, Lili. Ce qui n'implique aucun sentiment. Tu sais, les femmes trop belles sont souvent victimes de leurs charmes.

Lili-Perle hocha la tête et, sans relever la remarque, ajouta :

— Que j'ai été naïve ! J'aurais dû voir venir ! On va me trouver idiote comme ce n'est pas possible au bureau. Se faire avoir comme une enfant… À trente-sept ans, Romy !

— C'est ton orgueil qui est blessé, Lili. Beaucoup plus que ton cœur ! Mais il te faudra la piétiner, cette fierté, et comprendre que tu es sujette à l'erreur comme tout le monde. Comme moi parfois, comme Mike, comme maman, Dieu ait son âme, lorsque papa jouait dans les buissons avec d'autres. C'est toi qui me le disais, Lili.

— Tu as raison, *mea culpa!* J'ai été dupée, mais comment leur faire face ? Comment leur expliquer ?

— La vérité, Lili. Dis-leur qu'il t'a leurrée ! Sois franche et, tu verras, on va sympathiser avec toi.

Lundi, temps gris, quelques nuages de pluie à l'horizon, et Romy et Lili-Perle déjeunaient ensemble à la cuisinette, cette dernière avec un peu plus d'appétit. Acceptant le second café que sa sœur lui offrait, Lili-Perle lui demanda :

— Ça t'arrange de venir à Clearwater avec moi ? Tu sais, une évasion me serait bénéfique. La villa somptueuse, la plage, le golfe du Mexique…

— Bien sûr que je t'accompagne, mais pas pour longtemps, mes filles m'attendent. Pour ce qui est du travail, j'ai pris un congé sans solde. Tu comptes partir quand ?

— Le plus tôt possible ! Demain si tu veux…

Romy esquissa un sourire et répondit :

— Pas si vite, Lili, vendredi peut-être… Le temps de se procurer des billets, de fermer ton appartement, de faire tes bagages… Dis, il avait la clé, Ludger ?

— Oui, mais il l'avait glissée sous la porte du concierge. Ce dernier l'a remise à Mike quand il l'a vu repartir tard le soir. Ils se connaissent tous les deux. J'avais oublié ce détail…

— Peu banal, avoue-le… Il aurait pu revenir et s'emparer…

— Non, Romy, Ludger est peut-être un lâche, mais pas un voleur. Jamais il ne remettrait les pieds ici… Il doit être très loin en ce moment. Bon, cela dit, je te laisse tout entre les mains ! Rappelle papa et dis-lui qu'il faut que ça ne coûte rien ! J'ai assez de choses à payer comme c'est là !

— Papa a dit qu'il réglerait…

— Je sais, mais j'avais d'autres dettes avant celles-là ! Sans compter mes comptes réguliers, le chauffage pour l'hiver qui s'en vient…

— Ne t'en fais pas, papa va s'occuper de notre séjour, il en a les moyens. Si tu savais… Je me demande pourquoi tu vis encore ici, toi ! Aux États-Unis…

Elles furent interrompues par la sonnette du hall de l'immeuble. Lili-Perle s'informa par le micro et le facteur lui dit qu'il avait un colis trop gros pour sa boîte aux lettres. Elle ouvrit et le fit monter pour prendre le lourd paquet qui contenait des bouquins commandés à un club de livres historiques. Pour lui ! Elle aurait pu refuser la livraison, mais elle l'accepta, quitte à jeter les livres sans même les déballer. Le facteur en profita pour lui remettre son courrier et descendit prestement afin d'ouvrir les boîtes des autres appartements.

— Des comptes, encore des comptes ! grommela-t-elle, en jetant les enveloppes sur le buffet de l'entrée.

Elles s'éparpillèrent un peu et Lili-Perle, intriguée, s'emparant de celle rédigée à la main sans adresse de retour, sentit son cœur battre d'amour et de mépris à la fois.

— Romy, viens vite, viens voir ! C'est lui qui m'écrit !

— Qui, lui ?

— Ludger ! Qui d'autre ?

Romy s'avança et, constatant que la lettre semblait très personnelle, dit à sa sœur aînée :

— Va la lire seule au salon, Lili, et si après tu désires la partager avec moi, je serai tout près.

Lili-Perle se versa un autre café, s'empara du coupe-papier et décacheta soigneusement l'enveloppe de la lettre de Ludger pour y lire :

Chère Lili-Perle,

Comme tu dois m'en vouloir ! Il n'est pas facile, n'est-ce pas, de se sentir rejetée après avoir été aimée. Tu n'as peut-être pas pleuré, mais si c'était le cas, retrouve Bruce et demande-lui comment il s'est remis de l'affront quand tu l'as quitté de la même façon.

Contrairement aux trois autres femmes qui t'ont précédée, je t'ai aimée, toi. Physiquement surtout ! Comment passer à côté d'une femme avec un corps aussi magnifique ! Sur ce plan cependant, je crois t'avoir rendue aussi heureuse que j'ai pu l'être. Mais, pour le reste, il ne fallait pas compter sur moi. Un mariage et peut-être un enfant, tu as vraiment cru à cela, toi ? De ma part ? À mon âge ? Il faut être un peu naïve, ma soie, pour croire qu'un professeur retraité peut avoir envie d'un tel avenir. Plongé comme je le suis dans le passé avec Bonaparte, les « Madame de... » et la cour d'Angleterre. Mais non, frivole, enfant gâtée comme tu l'étais, tu as pensé que tu n'avais qu'à retirer ton soutien-gorge pour qu'un homme tombe à tes pieds. À trente-sept ans ! Quel manque de maturité et de jugement !

Bien sûr que, jolie comme tu l'es, tu peux en séduire plus d'un, même ceux de vingt ans. Mais je me suis rappelé à temps du dicton d'Irène, une femme du temps de mon défunt père, qui disait en parlant des femmes de ton espèce : « La beauté s'en va, la bête te reste ! »

Je ne veux pas te faire plus de mal que tu en mérites par cette lettre, ma soie, mais ne cherche pas à me retracer, tu ne me trouveras pas. Ni à Québec ni à Montréal ! À moins de dépenser l'argent de ton père et de faire le tour de la Terre.

Et, encore là... Je suis sorti de ta vie comme j'y suis entré. Sur la pointe des pieds ! Incognito ! Sans que tu cherches à savoir d'où je venais. Comme toutes les autres ! Dieu que les femmes sont sottes quand elles tombent en amour !

Je ne vais pas m'éterniser, sachant que tu trouveras certainement au ministère de la Défense quelqu'un pour prendre la relève. Ne serait-ce que pour la grâce et la sensualité que tu dégages ! Car ton caractère, tes caprices, tes exigences, tes entêtements n'étaient pas toujours de tout repos. Ce qui te sauve, c'est le coup de foudre qu'on reçoit dès qu'on t'aperçoit. Après ? Briquet jetable, quoi !

Sois heureuse au milieu de tes robes, tes colliers, tes bracelets, bref, tout ce que madame Fanny a empilé dans des cartons. Navré de n'avoir pas tout payé, j'avais oublié mon chéquier ce jour-là.

Bonne continuation dans ta quête d'amour, ma soie. Ça devrait te réussir pour encore quelques années. Ensuite ? Désolé du diagnostic, mais le temps fera son œuvre... Pas facile de vieillir seule et oubliée de tous... Ne pleure surtout pas, les larmes ne te conviennent pas. Bruce en avait la pureté, lui, pas toi.

Je garderai quand même un agréable souvenir... de Halifax !

Ton loup

Tel que prévu par Ludger, « sa soie » ne pleurait pas. Elle rageait plutôt en elle-même. Elle aurait voulu l'étrangler avec un bas de soie... ou lui enfoncer sa petite culotte au fond de la gorge ! Une vengeance bien « sensuelle » si le Ciel l'eût permis. Dieu qu'elle le haïssait après avoir relu la lettre deux autres fois. Comme elle se sentait humiliée, elle qui, dans sa vie, avait toujours eu le haut du pavé. Qu'ils étaient durs les mots de l'homme qu'elle avait aimé ! « Le salaud ! » pensait-elle intérieurement en repliant la lettre. « *Bastard !* » ajoutait-elle en anglais, cherchant à mieux l'insulter du fond de sa pensée. Tentant de retrouver un peu de dignité après avoir senti sa fierté s'écraser, elle se leva, se versa un peu de rhum dans un verre pour cesser de trembler et, rejoignant Romy à la cuisine, elle lui tendit la lettre en disant :

— Tu peux la lire maintenant. Nous serons deux ensuite à savoir que j'avais affaire à un écœurant !

Romy, quoique gênée, déplia la feuille blanche qu'elle parcourut des yeux, lentement, sans s'arrêter, sans relever la tête vers son aînée, jusqu'à la signature après la dernière phrase. Puis, regardant Lili-Perle, incapable de dire quoi que ce soit, elle lui demanda :

— C'est comme ça que tu l'appelais ? Mon loup ?

Constatant que sa jeune sœur était intimidée face aux révélations de Ludger, elle reprit la lettre et lui dit :

— Je vais la décortiquer avec toi, Romy, et je vais te dire ce qui m'a fait le plus mal dans les propos de ce déséquilibré.

Elle posa les yeux sur les lignes et s'arrêta à quelques endroits pour dire :

— Il parle de trois femmes avant moi, l'hypocrite ! Lui qui m'avait dit n'avoir eu dans sa vie qu'Andréanne, sa femme, morte dans la vingtaine.

Poursuivant, elle s'arrêta encore pour souligner :

— Il dit qu'à trente-sept ans, penser qu'un homme tombe à mes pieds, c'est un manque de maturité ! L'effronté ! Le malappris ! Comme si j'étais déjà vieille…

Sursautant plus loin, elle cita à haute voix :

— « La beauté s'en va, la bête te reste ! » Le goujat ! Comme si j'allais devenir odieuse ! La bête… Comme si j'allais le mordre, le lâche ! Il ose même écrire « des femmes de ton espèce » pour appuyer davantage le dicton. Quelle espèce ? Une truie ? Une vache ? Une pute ? Le misérable ! De plus, il me traite de sotte un peu plus loin, en parlant des femmes qui tombent en amour. Quel méprisable personnage que cet homme-là !

Elle continua sa lecture pour s'arrêter :

— Il dit que je trouverai sûrement quelqu'un pour prendre « la relève », Romy ! Comme si j'étais désespérée ! Comme s'il me fallait vraiment un homme, moi qui n'en cherchais pas avant qu'il s'immisce dans ma vie. Plus loin, il parle de ma « quête d'amour », le scélérat ! On voit bien qu'il y a quelque chose de tout croche dans la tête de ce type-là !

Elle en était presque à la fin et mentionna :

— Il me souhaite d'être heureuse avec mes robes et mes bijoux ! Comme si on trouvait le bonheur à se pavaner dans ses toilettes ! L'imbécile ! Une garde-robe qu'il a lui-même choisie dans le but de me la faire payer ! Mais ce qui me fait le plus mal, c'est quand il me traite de « briquet jetable ». Je ne peux pas croire qu'un homme qui m'a fait l'amour avec autant de passion qu'il l'a fait puisse en arriver à traiter sa « déesse », selon lui, d'utilité temporaire ! Pourquoi pas la poupée gonflable un coup parti ? Quel être exécrable !

Puis, remettant la lettre dans l'enveloppe sans même songer à la déchirer dans sa colère, elle se tourna vers Romy pour ajouter :

— Il a raison, je ne vais pas pleurer, il n'en vaut pas la peine. Je vais me remettre de sa trahison et, avec le temps et l'aide des autres, surmonter cet affront. J'étais aux prises avec un fou, Romy, je m'en rends compte maintenant. Le diable en personne ! Et c'est sans doute le Ciel qui m'a sauvée de sa fourche !

Regardant la lettre sur la table à café, elle soupira de soulagement mêlé à de la peine et, levant les yeux, s'exclama :

— *Amen !*

— Alors, pourquoi ne fais-tu pas tes valises dès ce soir, Lili ? Je te sens délivrée du stress et de l'angoisse qui te tenaillaient depuis son départ. Et tu avais raison, qui sait si un avion demain ou après-demain…

Souriante, détendue, du moins en apparence, Lili-Perle répondit à sa sœur qui avait encore les yeux remplis d'interrogations :

— Ce sera vite fait, Romy. Appelle papa et demande-lui de faire préparer la villa, nous arriverons à Clearwater plus tôt que prévu. Demain soir si possible…

ÉPILOGUE

Entre ciel et terre, Ludger avait en effet conversé avec sa voisine de siège, une bonne grand-mère venue à Halifax visiter sa fille, son gendre et ses petits-enfants. Elle allait descendre à Toronto, un peu moins loin pour elle que pour lui. Curieux, Ludger lui avait parlé du livre qu'elle lisait sur Marie Stuart et la brave dame lui avait répondu : « Son histoire me touche beaucoup. Ma mère était Écossaise. J'ai donc de ce sang dans les veines. » Ils causèrent un peu de tout et, s'apercevant que le bon voisin se commandait du vin, elle retourna à sa lecture et l'ignora dès lors, de peur d'avoir affaire à un buveur solide qui finirait par l'ennuyer. La deuxième partie du voyage, après l'escale à Toronto, s'annonçait bien, il y avait moins de passagers pour Vancouver. Car c'était là que chaque fois Ludger retournait après ses « curieux déplacements » un peu partout jusqu'à ce jour. Chez lui ! Dans son bled où il retrouverait ses voisins, Mary et Godfrey, ainsi que sa maison, sa perruche et son marché d'alimentation coutumier sur Joan Avenue. À Crofton, en Colombie-Britannique, où il avait toujours habité depuis son enfance. Dans cette même maison achetée jadis par son père. Crofton, une ville des îles de Vancouver fondée en 1902 par Henry Croft. Une population de moins de trois mille âmes, s'exprimant en anglais et en français, selon les familles. Une communauté forestière qui offrait des parcs, beaucoup d'accommodations et des activités nombreuses. Une petite ville côtière à trois heures de Burnaby et plus près de Victoria que de l'aéroport international de Vancouver. Un endroit peu visité par les touristes, car, à part le Old School Museum, il n'y avait que la pêche et le golf pour attirer les gens, ce que la plupart faisaient déjà chez eux ou pouvaient trouver en se rendant moins loin. Au sud de Crofton, il y avait certes Maple Bay où les plages étaient superbes, mais encore là... Il était peu probable qu'il croise, un jour, Raymonde, Judith, Viviane ou Lili-Perle dans ce coin du pays aussi peu fréquenté, aussi éloigné et quasi noyé par l'océan qui l'entourait...

Ludger Vallin, de son nom d'emprunt, était en réalité Robin Granger. Son nom fictif pour ses escapades, il l'avait trouvé dans un conte historique. Celui de l'horticulteur qui s'occupait des jardins d'une vicomtesse. Rien d'authentique ! Un petit roman de cent vingt-deux pages abandonné sur un banc d'école par une élève sans doute distraite. Berthold Granger, père de Robin, avait gagné sa vie comme comptable au moulin à papier de l'endroit et avait élevé seul son fils unique. Sa femme, Shirley, Américaine de naissance et strictement anglophone, l'avait quitté pour un autre homme, le laissant derrière elle avec leur petit Robin qui n'avait que quatre ans. Désespéré, ayant beaucoup pleuré, seul avec son fils en bas âge, Berthold Granger, dont les souches étaient canadiennes-françaises, s'était occupé de son petit au prénom bilingue jusqu'à ce que ce dernier atteigne ses dix-huit ans. Sans une autre femme dans sa vie tellement sa peine avait été immense. Et le petit Robin, alias Ludger, avait cherché sa mère longtemps avant de comprendre qu'elle ne reviendrait pas. Choyé et aimé par son père à qui il rendait sa douce affection, il grandit en se débrouillant tout seul, alors que Berthold travaillait. Sauf en bas âge, alors qu'une bonne à tout faire avait été engagée pour s'occuper de l'enfant et de l'entretien ménager. Une femme que le petit n'aimait pas parce qu'elle était sévère avec lui. Chaque soir, c'était dans les bras de son père que l'enfant se réfugiait. Autodidacte, s'instruisant seul ou dans les livres, Robin Granger poursuivit quand même ses études dans le domaine de l'enseignement. Que l'essentiel, pas davantage. Juste assez pour devenir instituteur dans une école primaire du quartier, pas professeur d'histoire, loin de là ! Cette passion pour les têtes couronnées et les nobles n'était que personnelle et il en était devenu accro, après avoir vu le film sur Henry VIII dans sa première version avec Charles Laughton. Subjugué, il avait commencé lentement à monter des dossiers sur les rois d'Angleterre, pour ensuite s'éprendre de la royauté française, des tsars de Russie, des régents d'Espagne et, boule de neige, des empereurs romains, Trajan, Jules César, Néron, pour aussi s'intéresser aux femmes de l'histoire, dont Messaline, Cléopâtre, Pauline Bonaparte, Marie-Antoinette et tout ce qu'avaient été Versailles et Buckingham Palace ainsi que les autres cours d'Europe. Féru d'histoire, ce bagage de connaissances acquis dans les dictionnaires et les livres allait le suivre au cours des ans et le rehausser de plusieurs crans aux yeux des gens.

Beau jeune homme, reçu enseignant à vingt et un ans, il trouva vite sa place auprès de ses élèves de deuxième année, filles et garçons selon les saisons, lorsque son père mourut d'un arrêt du cœur en prononçant encore « Shirley », le prénom de sa femme, mère de son fils, qu'il n'avait jamais oubliée. Robin, sans la connaître, n'en ayant aucun souvenir, avait crié de rage en regardant le portrait de celle qui lui avait donné le jour : « C'est toi qui l'as fait mourir, maman ! *Shame on you,* où que tu sois ! » On enterra le père dans le lot familial du cimetière local, et le fils, déjà chez lui dans cette maison pas tellement vaste mais coquette, en devint le propriétaire. Son père, par testament, la lui avait léguée ainsi que son argent. Une assez forte somme, car, sans cesse dans l'insécurité, le paternel avait toujours épargné pour contrer les jours sombres. Robin, alias Ludger, plus confortable avec l'héritage de son père, avait rénové la maison pour la rendre plus agréable. Isolée des autres, un seul proche voisin, la maison d'à côté appartenant à Godfrey et Mary, un couple voué à ne pas avoir d'enfants. Mais quels voisins charmants pour le jeune instituteur sans famille proche maintenant !

Quelques mois plus tard, alors que son travail était toute sa vie, Robin Granger fit la connaissance d'Andréanne Dunne, secrétaire chez le notaire de son père. Petite de stature, bien élevée et fort jolie, elle tomba amoureuse de l'enseignant qu'elle alla présenter un certain soir à ses parents, à Burnaby. Ces derniers, heureux de rencontrer un si beau jeune homme instruit, s'empressèrent de dire à leur fille qu'il était un très bon parti. Ils se fréquentèrent le temps de trois saisons, se fiancèrent rapidement, pour ensuite s'épouser alors qu'ils avaient vingt-deux ans tous les deux et aménager dans la maison de Robin afin de fonder une famille. Le jeune professeur était follement épris de sa femme qui, chaque soir, lui cuisinait des plats extravagants, en plus de l'inciter à se rendre souvent au cinéma, aux soirées de danse, aux voyages pas trop éloignés, au magasinage... Une queue de veau ! Jamais en place, cette jeune épouse mondaine et frivole qui, ayant quitté son emploi, s'en donnait à cœur joie avec l'argent de feu Berthold Granger. Mais Robin l'aimait tant ! Comment lui refuser le moindre de ses caprices ? Un *jumpsuit* à la mode, des coiffures à la Olivia Newton-John et les souliers à talons hauts qu'elle collectionnait, que lui importait ! Elle n'en était que plus féminine et plus jolie. Néanmoins, il s'inquiétait de ne pas voir « la cigogne » se manifester et elle lui répondait : « Rien ne presse, mon chéri, nous avons bien le temps ! » Lui qui souhaitait un enfant à la fin de l'année en cours ou au début de l'autre... Six, huit, dix mois ou un peu plus à lui dire chaque soir qu'il l'adorait, qu'il aurait peine à vivre sans elle, et Andréanne, à l'aube de ses vingt-trois ans, sans avis, sans merci, le quitta pour s'enfuir avec un autre homme de dix ans son aîné, dix fois plus riche que lui. Il croyait rêver... C'était un cauchemar ! Il ne pouvait comprendre... Comment avait-elle pu le quitter si brusquement ? Sans même l'en avertir, sans même lui dire qu'elle ne l'aimait plus, alors que lui, dans ses larmes les plus abondantes, l'adorait encore. Il était prêt à lui pardonner, à tout oublier, si elle revenait auprès de lui... En vain ! Andréanne ne répondait même pas à ses supplications et, ayant imploré au bout du fil, à Burnaby, l'appui de son beau-père, ce dernier, peiné, mais protecteur de sa fille, avait répondu à son gendre : « Mieux vaut en faire ton deuil, mon gars ! Sans enfants, c'est juste la fin d'un engagement ! »

L'avion venant de Halifax via Toronto se posa à l'aéroport de Vancouver où, après avoir salué l'agent de bord, « Ludger » descendit pour ensuite aller quérir ses quelques bagages. Ouf ! Quel soulagement que d'avoir réussi à se sortir de cette quatrième « performance » sans conséquences fâcheuses pour lui. Il imaginait Lili-Perle cherchant partout pour ne trouver, finalement, aucune trace de son passage, ainsi que son désarroi devant le fait accompli. Elle allait certes pleurer, crier de rage, ce qui avait été un peu le cas. Rejetée, abandonnée, délaissée, alors qu'elle nageait en plein bonheur ! Comme Raymonde, Judith et Viviane avant elle ! Comme lui, naguère, quand Andréanne l'avait quitté lâchement. Comme son père, quand sa mère, sans pitié jadis, s'était enfuie sans se retourner, le laissant seul avec l'enfant derrière elle. Cette mère sans entrailles qu'il avait haïe devenu grand. Cette femme sans cœur qui avait été à l'origine de tous ses déboires et qui n'avait jamais cherché à le revoir. Cette mère qui ne lui avait donné que la vie et quelques tétées pour ensuite l'abandonner. Comme une chatte le fait de ses chatons ! Comme s'il avait été un petit animal qu'on laisse au mâle en souhaitant qu'il trouve une autre femelle pour en prendre soin. Quel choc pour un enfant de quatre ans de ne plus voir, au lever, le visage de celle à qui il s'était attaché. Et que de tristesse dans les yeux de l'enfant de voir son père sans cesse pleurer.

Robin Granger, alias Ludger Vallin, retrouva sa voiture laissée à l'aéroport au départ et roula jusqu'au traversier qu'il allait emprunter pour se rendre à Crofton. Ayant un peu de temps à tuer, il prit place sur le tabouret d'un *snack bar* du port, commanda un café et un *english muffin* avec sirop et consulta les journaux de sa province afin d'y lire ce qui s'y passait. Puis, repliant le journal, il le passa à son voisin de droite qui lisait presque par-dessus son épaule depuis un bon moment. « Ludger » demanda à la serveuse de lui remplir encore sa tasse et, les yeux dans le vide, il songeait, fossettes creuses, sourire malsain, à ces femmes qui sans doute le cherchaient encore. Comme il avait cherché sa mère et sa femme à tour de rôle ! Que d'images de ces délaissées lui revenaient encore… Raymonde, il ne s'en souciait guère, elle était d'un milieu si plébéien. Judith ? La belle affaire ! Portée sur le sexe, mais sans intérêts de son côté à lui. Que d'efforts ! Et juste à penser à son père antipathique… Viviane ? Elle n'avait réussi qu'à le faire engraisser ! Bonne personne, mais elle aussi avait fait pleurer un homme. Lili-Perle ! Sa « soie », la plus belle. Celle dont il avait réussi à s'éprendre pour ensuite comprendre qu'il ne pouvait pas trahir son propre père à qui il avait juré sur sa tombe de le venger. Il allait certes regretter cette dernière même si, pour s'en consoler, il se disait s'être emparé du meilleur d'elle… À trente-sept ans ! Au sommet de sa beauté ! Ce qui allait, hélas, s'estomper dans quelques années… Mais, la retrouvant dans un brouillard, il revoyait ce corps superbe du moment, sa bouche ensorcelante, sa grâce divine dans des vêtements de classe, ses longs bas noirs, ses seins pointés vers lui… « Une quasi-duchesse », avait-il pensé bien souvent, alors qu'elle brossait ses cheveux d'or devant la glace ovale de sa commode aux tiroirs argentés. Belle à outrance, celle avec qui il avait presque retrouvé sa jeunesse… Mais il lui fallait chasser ces images de sa mémoire, mission accomplie. Elle comme les trois autres ! « Des garces ! » avait-il clamé en lui-même, pour justifier sa vengeance. Il regarda sa montre et un bruyant coup de sifflet vint l'avertir que le traversier était prêt à prendre les voitures et les passagers pour les déposer, au gré des vagues, aux quais de l'île de Vancouver.

Après avoir roulé sur plusieurs kilomètres, Robin, alias Ludger, arriva enfin devant le chemin courbé du côté gauche de sa demeure. Levant les yeux, regardant par le rétroviseur, il aperçut son voisin Godfrey qui, malgré le soleil qui lentement se couchait, ramassait un dernier tas de feuilles empilées sur son terrain. Godfrey, sourire aux lèvres, s'était approché de la clôture qui les séparait :

— *Hi, Rob ! Finally !* Ça fait si longtemps ! Tu es allé où cette fois ?

— Un peu partout dans l'est du Canada. J'ai sauté d'un avion à un autre souvent ! mentit-il.

— *Good for you !* Tu as trouvé ce que tu cherchais ?

— Oui, j'ai tous les documents que je voulais. Je ne repartirai plus, Godfrey. C'est fini les voyages ! Ça commençait à coûter cher… Où donc est Mary ?

— Elle est chez sa sœur et son mari jusqu'à demain. C'était l'anniversaire de leur fils, notre filleul. Moi, j'ai préféré rester. Je n'aime pas laisser la maison sans gardien, surtout quand tu n'es pas là, juste à côté. On ne sait jamais, des vols, ça se produit partout de nos jours.

— Bien, là, je suis de retour et pour longtemps ! On sera deux à surveiller les alentours. Content de te revoir, Godfrey !

— Et moi donc ! Mary disait souvent : « Si seulement Rob pouvait revenir, c'est ennuyant sans voisin, sans personne. »

Robin avait souri. Il était évident qu'il allait redevenir « Rob » pour ses voisins et quelques intimes de sa génération, mais pour ses élèves il avait toujours été « monsieur Granger », ne leur permettant aucune familiarité. Il allait déverrouiller et entrer lorsque Godfrey revint en courant avec un paquet ficelé :

— Tiens ! c'est pour toi ! Un gars et une fille sont venus le laisser à ta porte, mais j'ai cru bon de le mettre en sécurité en cas de pluie.

Robin remercia son voisin et, une fois à l'intérieur, après avoir déposé ses sacs de voyage et renoué avec sa perruche qui s'excitait de sa présence, il remarqua sur le paquet mou enveloppé d'un papier brun : *From Jennifer and Bill.* Deux de ses anciens élèves, en couple maintenant, qui l'aidaient dans ses recherches sur l'Angleterre. Mais non ! Rien d'anglais cette fois ! Ils avaient plutôt trouvé des anecdotes sur l'abbé Fesch, l'oncle de Pauline Bonaparte. Tiens ! Des détails qu'il n'avait pas ! Car, à part ses voisins, Robin recevait parfois Jennifer et Bill à qui il avait transmis sa passion pour l'histoire. Sa perruche, sa Sweetie, avait engraissé. Sans doute trop nourrie par Mary. Le soir venu, le téléviseur allumé, Robin « Ludger » s'installa confortablement dans son large fauteuil et, un verre de vin à la main pour décompresser, il regarda la fin d'un match de tennis entre Juan Carlos Ferrero, son préféré, et un autre joueur qu'il ne connaissait pas. Puis, épuisé par sa fuite et son retour de l'est à l'ouest du pays, il s'endormit dans son fauteuil, le téléviseur encore ouvert, sans voir Ferrero remporter la victoire.

Le lendemain, ayant remis ses vêtements à leur place et son portable dans son bureau, Robin se rendit chez l'épicier afin d'y acheter des œufs, du pain, du lait, du beurre, bref, les denrées les plus importantes pour le réfrigérateur. Il déjeuna quelque part en chemin et, regagnant la maison, il remarqua l'amas de feuilles de toutes les couleurs sur son terrain. S'il pleuvait souvent en automne à Halifax comme l'avait mentionné Lili-Perle, ce n'était pas le cas à Crofton, où le soleil brillait de ses mille et un feux. Sentant que l'exercice lui manquait, il se mit en frais de râteler son terrain, détendu, débarrassé de l'angoisse de son dernier tour de force en Nouvelle-Écosse. Le jour même où il devait… se marier ! Quelle farce pour lui ! Quelle indignation pour elle ! Mais il s'en foutait ! Tout comme des autres qui avaient été châtiées avant elle. Dans un *jeans* délavé accompagné d'un chandail noir à col roulé, une barbe de deux jours, les cheveux en broussaille, il était loin du « monsieur Vallin » que Lili-Perle cherchait partout ce jour-là, et du « Ludger » dont parlaient sans doute encore les autres délaissées. Surtout Raymonde, la première, qu'il avait laissée endettée jusqu'au cou, sans le moindre sou. Robin se promettait bien de les oublier une à une, c'était presque déjà fait pour les deux premières. Il ne lui restait qu'à tirer « un coin de rideau » de son passage chez Viviane et de faire le deuil de Lili-Perle, la seule des quatre qu'il avait aimée. Ce qui lui faciliterait un peu la tâche, c'est qu'il n'avait aucune photo d'elles ni de lui avec elles. Il s'y était toujours opposé. Pour qu'elles finissent par oublier même son visage. Pour ne pas laisser, en somme, la moindre trace. Un inconnu, sans photo, sans nom véritable, sans indices pour le retracer... sans rien ! Tel qu'il l'avait planifié chaque fois. Tel qu'il avait réussi à le faire, surtout. Quels exploits ! Sans la moindre faille ni le moindre caillou blanc laissé derrière lui. Quelques mois avec chacune, pas davantage. Le temps que lui avait alloué Andréanne, en quelque sorte, avant de lui crever le cœur.

Il avait revu Mary en fin d'après-midi, il l'avait remerciée pour les soins apportés à Sweetie et pour le courrier accumulé. Des comptes, pour la plupart, qu'il réglerait en retard avec les intérêts à ajouter. Elle lui parla de son filleul qui avait célébré ses vingt-cinq ans et qui terminait son cours d'infirmier diplômé. Puis, heureuse d'apprendre qu'il ne repartirait plus, elle lui dit en riant puissamment : « C'est ta perruche qui va être contente, Rob ! » Les fossettes creuses en vue, il rangea ses sacs de feuilles au bord de la route et, plumeau à la main, il épousseta quelque peu ce qui était en évidence dans la maison, pour ensuite déloger de la galerie, à l'aide d'un balai, les toiles d'araignées, derniers vestiges de l'été. Le soir venu, il se fit griller un filet mignon dans sa poêle en fonte qu'il mangea avec des pommes de terre bouillies, arrosées de sauce au thé, l'un de ses mets préférés. Laissant le téléviseur fermé, il se rendit au boudoir où, sur une table, il y avait deux portraits de noces, celui de son père et le sien. Il inséra dans le lecteur de CD le disque de Joshua Bell interprétant sur son violon les œuvres de Mendelssohn, puis assis dans un fauteuil beige, un verre de vin sur une table de coin, la photo de noces de sa mère et son père sur ses genoux, il déclara à son père en cachant d'une main le visage de sa mère :

— C'est fait, papa. Je suis revenu, je ne repartirai plus. Je t'avais promis, juré, que je te vengerais, que je nous vengerais, et c'est fait. Quatre femmes ont payé pour le mal qu'on nous a fait. Je me souviens encore de tes larmes, papa, de ton immense chagrin. J'étais petit, mais je sentais que tu avais le cœur crevé. Sans savoir pourquoi, hélas ! Je te regardais pleurer, je tentais de te consoler du haut de mes quatre ans, j'allais même te chercher des mouchoirs de papier, papa, pour que tu me prennes dans tes bras pour te réconforter. Je pleurais avec toi chaque fois pour qu'on soit deux à avoir les joues mouillées. Je m'en souviens encore… Tu finissais par t'essuyer les yeux et j'en faisais autant. Puis, affectueusement, tu me souriais…

Ludger reprit son souffle et, les souvenirs embués au bord des paupières, il continua :

— Ah ! que j'aimais ce sourire qui ne s'adressait qu'à moi ! Encore, sans savoir pourquoi. Ce n'est qu'avec le temps que j'ai compris pourquoi tu avais versé tant de larmes lorsque j'étais petit. C'était de sa faute à elle ! Ta femme, ma mère, papa ! Quand elle s'était enfuie brusquement en nous abandonnant derrière elle ! Partie avec un autre ! Sans même se retourner, sans même nous regretter, papa ! Cette femme sans pitié, cette mère indigne d'en porter le nom que j'ai cherchée… en vain ! Pour ensuite peu à peu l'oublier et, plus tard, la détester, quand j'ai compris. Et tu es mort, papa, sans en avoir aimé une autre. Parce que tu l'aimais encore, cette femme au cœur de pierre qui t'avait quitté. Tu l'as emportée dans ta tombe, papa, comme si elle avait envie d'y être alors qu'elle s'allongeait quelque part sur le corps d'un autre… Ah ! la… Tu vois ? Je suis incapable de l'injurier, tu me le reprocherais, je le sais. J'ai attendu trente ans, papa, avant de réagir et d'avoir envie de « nous » venger tous les deux. Pour que ta femme et la mienne n'emportent pas au paradis, sans passer par l'enfer, ce que nous avons subi toi et moi.

« Je laisse derrière moi, Dieu me pardonne, quatre délaissées, quatre femmes sans pitié qui ont fait pleurer leur mari. En leur faisant expier leur faute, j'ai vengé ces hommes qu'elles ont démolis en les quittant sans merci. Comme nous, papa ! Et je l'ai fait avec tout le mépris que j'avais pour elles quand je disais les aimer. Elles nageaient en plein bonheur, comme toi jadis, quand je les ai abandonnées. Comme tu l'as été, toi, de ton vivant par cette… Je me retiens encore. Mais je les ai rejetées brutalement, ces femmes, papa, et ne me le reproche pas… Ta bonté t'en aurait empêché, toi, et comme je suis aussi sensible que toi… Or, pour me rendre jusqu'au bout de ma revanche, il m'a fallu emprunter le cœur de ma mère…

« J'ai appris il y a quelques années, d'une source lointaine, qu'elle vivait quelque part aux États-Unis, internée, folle ou presque, celle qui avait gâché ta vie. Elle t'avait oublié depuis longtemps, ta Shirley, papa, elle ne se souvenait même plus de ton nom ni du mien… Effacés de sa mémoire tous ses péchés, mais pas de la mienne. Je ne l'ai pas cherchée, cette épouse indigne, cette mère dénaturée, étrangère pour moi… Je ne sais pas si elle est encore en vie… Que le diable l'emporte ! Mais sache que je t'aime, papa, et qu'au fond de moi je sens que tu es le seul à m'avoir donné la vie. Que toi, pas elle…

À bout de souffle, larmes de tendresse sur le visage pour lui, de rage, pour elle, Robin Granger déposa le cadre contenant la photo de ses parents, à plat côté face sous un coussin du divan. Se levant, effectuant quelques pas pour se dénouer les jambes alors que Mendelssohn tournait encore, il se versa un autre verre de vin, marcha de long en large dans la pièce, essuya ses yeux embués et, avec la force qu'il lui restait après ce long monologue, il s'empara de l'autre portrait, celui d'Andréanne et lui au temps de leurs vingt ans, et laissant échapper un soupir de contentement, il la regarda dans sa robe blanche, le voile de mariée sur le front, et marmonna : « À ton tour maintenant ! »

Le verre de vin à ses lèvres, les yeux fixés sur la photo un peu jaunie sur laquelle il offrait ses fossettes, il posa les pieds sur le tabouret rembourré et, prenant une grande respiration, il entonna à haute voix :

— Tu as vu tout ce que j'ai fait, Andréanne ? Parce qu'on voit sûrement, d'où tu peux être. Avec Dieu ou avec le diable, on voit sans doute encore ce qui se passe ici-bas, après soi… Tu m'as quitté lâchement et, cinq ans plus tard, tu es morte dans un accident de la route alors que lui, l'autre, s'en est tiré. À Burnaby, pas loin de la maison de ton père… J'en ai souri quand je l'ai appris, Andréanne, pour ensuite en pleurer de douleur, parce que je t'aimais encore. Je t'ai toujours aimée, je t'aimerai sans cesse, je te l'ai crié tant de fois depuis ton départ irréfléchi de la maison… Ce que j'ai fait depuis quatre ans, Andréanne, c'était pour me venger de toi, car à l'instar de ma mère qui avait fait pleurer mon père, tu m'as détruit autant qu'elle l'avait fait pour lui. Tu m'as infligé la même douleur. Sans pitié, ma femme ! Sans même un remords. Impardonnable ! Je m'étais juré qu'un jour je me vengerais, la vie s'en est chargée dans ton cas, mais pour mon père comme pour moi, j'ai fait souffrir quatre femmes que je ne connaissais pas. Des femmes comme toi, Andréanne, qui avaient quitté leur mari aussi brusquement que tu l'as fait avec moi ! Des garces… quel mot tendre, qui ont laissé pleurer un homme en se jetant dans le lit d'un autre. Sans merci, sans pitié… Comme toi ! Comme pour déchirer une page d'un livre et en tourner une autre comme si de rien n'était… Les salopes !

« J'ai erré longtemps l'âme en peine, tu sais, espérant un retour, un coup de fil, un mot… En vain ! Tu étais partie à jamais, me laissant dans un désarroi total, toi de qui je voulais un enfant. Tu as vu, Andréanne, la dernière de mes proies, aussi belle que toi, voulait m'en donner un… Mais c'est de toi que je le voulais, pas d'elle. Alors que jeunes et beaux tous les deux, je n'attendais que ce moment pour former un trio. Tu es partie avant, ma femme ! Sauvagement ! En brisant à tout jamais mes rêves de jeune marié.

« J'ai dit à celles que j'ai fait à mon tour pleurer que tu étais morte subitement peu après notre mariage, à l'âge de vingt-trois ans... Et je n'ai pas menti puisque tu es morte pour moi, à ce moment-là, en me quittant subitement pour un autre qui avait plus d'argent. Je t'ai traitée de tous les noms dans ma consternation, je ne les répéterai pas, ça n'en vaut plus la peine... Je t'ai haïe comme ça ne se peut pas, pour ensuite t'aimer encore lorsque je revoyais, sur une photo ou dans mon souvenir, ton doux visage. Ah ! comme il aurait été beau l'enfant que nous aurions pu faire ensemble ! Tu n'en as pas eu de l'autre parce que le bon Dieu t'a sans doute punie. De plus, comme Il savait du haut de son royaume que tu n'en aurais pas pour longtemps ici-bas... Et tu es partie brusquement une fois de plus, alors que lui a survécu. Pauvre Andréanne ! Foudroyée par la main divine pour m'avoir percé le cœur de tes ongles de ton vivant !

« Ces femmes que j'ai délaissées une à une, je ne les ai pas aimées, Andréanne. Aucune d'elles, sauf la dernière pour les plaisirs charnels. Lili-Perle avait beau être plus sensuelle que toi, que je n'ai pas cédé pour autant. Non seulement pour ne pas briser le serment fait sur la tombe de mon père, mais parce que je t'aimais encore, Andréanne. Autant que je t'aime en ce moment à travers mes larmes.

« Elles se croyaient toutes à l'aube du bonheur et je suis parti. Brusquement ! Sans même sourciller ! Comme tu l'as fait naguère à l'orée de notre vie à deux, après m'avoir avoué tant de fois que tu m'aimais. Pure hypocrisie de ta part, l'autre était déjà dans les parages. J'aurais pu te remplacer, refaire ma vie comme tu le souhaitais sans doute, mais je n'ai pas pu, Andréanne, car je n'ai jamais croisé sur ma route après ton départ une femme que j'aurais aimée plus que toi. Étrange, n'est-ce pas ? Mais tu étais mon âme, ma vie, la buée de tous mes sentiments… Abandonné par ma mère, rejeté de toi, j'ai méprisé toutes celles qui ont tenté de prendre la relève. J'ai travaillé, j'ai enseigné, j'ai laissé le temps passer, mais je sentais qu'il manquait un maillon au filet de ma dignité ravagée. Comme à celle de mon père ! Et je me suis enfin vengé ! Trente ans plus tard, Andréanne ! Comme pour être délivré de t'avoir tant aimée, et redonner du même coup à mon père son honneur massacré.

« Elles ont nagé dans l'espoir et le bonheur, ces délaissées. Comme papa et moi avant d'être quittés. Elles ont ensuite ragé, pleuré… Quelle importance ! Sûrement pas autant que mon père et moi lorsque, brisés, nous avions crié vos noms dans le désespoir de tant d'années. Il est mort de chagrin, lui, ce qui ne sera pas mon cas, tu es morte avant moi. De ne pas m'avoir aimé comme je t'ai aimée, Andréanne. Je ne me suis pas remarié, je ne le ferai jamais, aucune autre femme n'entrera dans ma vie, je l'ai juré à mon père. Pour ce que j'ai fait à ces femmes qui ont payé pour toi et pour ma mère, je n'en ai aucun regret. Je me sens, par elles, délivré d'un poids qui m'obstruait encore la gorge et le cœur… de douleur ! Délivré de ma mère, vivante ou pas, délivré de toi qui n'es plus là. Ce que je demande à Dieu, Andréanne, c'est qu'il m'épargne de toi dans l'au-delà. J'aurais peur de vivre mon éternité à t'aimer encore… En vain !

Robin, dit Ludger, se leva, s'assécha les yeux et, sans hésiter, retira les deux portraits de leur cadre pour ensuite les déchiqueter avec quelques feuilles de ses dossiers devenues inutiles. Plus rien, aucun souvenir désormais de celle qu'il avait tant aimée, ni de l'autre qui ne l'avait qu'accouché. Plus rien, sauf derrière un mica de son portefeuille, une petite photo de tête de son défunt père.

Seul dans sa maison de Crofton, Robin Granger, pantoufles aux pieds, avec Mendelssohn dans une plage reprise en sourdine, terminait son troisième verre de vin. Avec, pour la dernière fois en tête, les visages de Raymonde, Judith, Viviane et Lili-Perle, les délaissées qui, pantoises, cherchaient peut-être encore celui qui leur avait promis le ciel, pour les plonger l'une après l'autre dans un vide infernal. Chassant le plus possible de sa mémoire celles qui avaient fait pleurer un homme sans le regretter, il ferma aussi les yeux sur sa mère et Andréanne qui, enfin, venaient toutes deux de se dissoudre en poussière au plus creux de son cœur. Fossettes en vue au creux des joues, inspirant et expirant de soulagement, il s'approcha de la cage de sa perruche pour gratter d'un papier un perchoir quelque peu crotté.

Le lendemain, ragaillardi, assuré que le fils de Dieu qui avait chassé les voleurs du temple ne lui en voudrait pas de s'être vengé, il sortit prendre l'air lorsque Mary lui cria de son perron :

— Tu veux souper avec nous ce soir, Rob ? Je fais, *as you call it, a good* pâté chinois ! Avec des betteraves marinées ! Godfrey a acheté un bon vin du Chili ce matin.

Il acquiesça d'un signe de la tête en se disant intérieurement : « Un vin du Chili ? Moi qui aime les vins français... »

Puis, retrouvant la modestie dont il était sans cesse empreint, il marmonna : « C'est mieux que rien. » Pour ensuite rentrer et mettre de l'ordre dans le dossier de Mademoiselle de Montpensier.

Cet ouvrage a été composé en Times 13/16
et achevé d'imprimer en août 2012 sur les presses de
Marquis imprimeur, Québec, Canada.

certifié

procédé sans chlore

100 % post-consommation

archives permanentes

énergie biogaz

Imprimé sur du papier 100 % postconsommation, traité sans chlore,
accrédité Éco-Logo et fait à partir de biogaz.